GALAKTISCHE-BEFREIUNGSKRIEGE-SERIE

Raumschiff-Grenadier

Sternenschiff Liberator

Schlachtschiff Indomitable

Flaggschiff Victory

Schwarmschiff-Offensive

Kristallschiff-Krieg

Strechers Brecher

Weitere Informationen finden Sie unter http://www.davidvandykeauthor.com/

Flaggshiff Victory Copyright der Originalausgabe: 2018 by David VanDyke und B.V. Larson
Titel der Originalausgabe: „Flagship Victory" Teil 1 und 2
Copyright der deutschen Ausgabe: 2019 by David VanDyke
Übersetzung: Frank Dietz

Alle Rechte vorbehalten. Ohne vorherige schriftliche Genehmigung und Zustimmung des Autors darf kein Teil dieser Publikation in irgendeiner Form oder irgendeinem Verfahren (elektronisch, mechanisch oder auf sonstige Weise) vervielfältigt, gespeichert oder übermittelt werden. Dieses Buch ist ein fiktionales Werk. Namen, Charaktere, Orte, Unternehmen und Ereignisse sind entweder Produkte der Fantasie des Autors oder werden fiktiv eingesetzt. Jegliche Ähnlichkeit mit tatsächlichen Ereignissen, Orten, lebenden oder toten Personen ist rein zufällig.

FLAGGSCHIFF VICTORY

DAVID VANDYKE

B.V. LARSON

Übersetzt von
FRANK DIETZ

TEIL I: VERTEIDIGER

Die furchtbare, seelenzerstörende Kollektivgemeinschaft war durch meine Befreiungsbewegung gestürzt worden. Meine Truppen und Anhänger, meine tapferen Männer und Frauen – Strechers Brecher – standen nun dank der Unterstützung von Verbündeten wie den Rebellen, den Ruxins, den Sachsen und zahlreichen Überläufern siegreich auf dem historischen Aschehaufen, der vom kollektivistischen Paradies übriggeblieben war. Diese Tyrannei würde nun nicht mehr über tausend Welten unterjochen. Die Neue Erdische Republik war geboren.

Nun würde ich meine Aufmerksamkeit meinem früheren Regime und meiner Nation zuwenden, den Hundert Welten. Die sogenannten Hunnen waren schon lange der Feind der Kollektivgemeinschaft gewesen, obwohl das Wissen darum dem Durchschnittsbürger der Hundert Welten vorenthalten wurde. Nun waren sie bereits dabei, Gebiete unserer Republik zu erobern und schienen nicht bereit, einen Friedensvertrag zwischen den beiden großen Imperien der Menschheit in Erwägung zu ziehen. Deshalb hatte ich beschlossen, die Hunnen mit Hilfe treuer Freunde und Verbündeter zu Friedensgesprächen zu zwingen.

Aber bevor ich meine Absichten umsetzen und meine Pläne in Bewegung setzen konnte – und zwar noch vor Beginn der Flitterwochen mit meiner Frau und der Befehlshaberin meiner Flotten, Karla Strecher, gebürtige Engels – kam es zum Angriff der insektenartigen Opters. Zunächst unternahmen sie den Versuch, mich der Nektarsucht verfallen zu lassen. Danach zerstörten sie unsere größten Raumwerften in Kraznyvol komplett. Nun eilten wir nach Murmorsk, um die dortigen Nestschiffe zu konfrontieren.

- E<small>INE</small> G<small>ESCHICHTE</small> *der Galaktischen Befreiungskriege* von Dirk Bernhard Strecher, 2860.

KAPITEL 1

*Atlantis: Hauptstadt der Hundert Welten
Hauptquartier des Carstairs-Konzerns
Vor einem Jahr*

DIE HUNDERT WELTEN stellten ein funkelndes Sternengeschmeide dar, eine Ansammlung seltener Juwelen in der Schwärze des Alls. In deren Zentrum glänzte der Planet Atlantis am hellsten, ein blauer, in einer Schatzkiste verborgener Edelstein. Im Gegensatz zum malerischen Museum der Alten Erde vibrierte Atlantis nur so vor unbändiger Energie und Geschäftigkeit. Als Hauptwelt stellte es das wirtschaftliche und politische Zentrum der Hundert Welten dar.

Auf Atlantis trafen alle möglichen Bevölkerungsschichten aufeinander, alle Wege kreuzten sich, und die gesamte Macht der Hundert Welten war hier konzentriert.

Diese unanfechtbaren Wahrheiten wiederholte der Konzernchef Billingsworth M. Carstairs VI an jedem Tag seines luxuriösen Lebens in seinen Gedanken.

Carstairs hatte eine Gruppe seiner Untergebenen zu einem Vorstandstreffen einberufen. Zu Beginn dieser Treffen setzte er stets eine mürrische Miene auf, selbst dann, wenn er glücklich war. Sein Vater, Big Bill Carstairs, hatte ihm diesen Trick zu Kindeszeiten beigebracht. „Am Anfang musst du unzufrieden wirken, mein Junge", hatte er gesagt, „dann strengen sich deine Angestellten noch mehr an, um dich zufriedenzustellen. Wenn sie erst einmal gelernt haben, dein Lächeln zu schätzen, kannst du es verteilen wie ein seltenes Geschenk."

Big Bill, möge er in Frieden ruhen, hatte Recht behalten. Im Verlauf des vergangenen Jahrzehnts war Carstairs Corporation von der drittgrößten Firmengruppe der Hundert Welten zur größten geworden. Hinsichtlich der Finanzen und des Einflusses übertraf sie mittlerweile jeden anderen Mega-Konzern um das Doppelte.

Das Schönste daran war, dass sein Vater den Anstand besessen hatte, bei einem ungewöhnlichen Flugwagenabsturz relativ jung zu sterben und seinem Sohn und Namensvetter Billy die Kapitalmehrheit zu vererben.

Selbstverständlich nannte ihn außerhalb der Carstairs-Familie niemand mehr Billy. Zumindest niemand, der plante, seinen Job noch zu behalten.

Carstairs' Macht bedeutete, dass Billingsworth die Minister in seiner Tasche hatte und jede Menge bestens dotierter Regierungsaufträge einstrich. Gerade eben hatte er sogar einen besonders fetten Auftrag erhalten, was den Grund für das heutige Treffen darstellte.

Als Carstairs den Konferenzraum betrat, verstummten die Anwesenden. Alle blickten ihn an, woraufhin sich Gesichtsausdruck noch mehr verfinsterte.

„Willkommen, Sir!", sagte seine Vorstandsvorsitzende,

Romy Gardel, mit übertriebener Freundlichkeit, während sie ihren Platz an der Stirnseite des Tisches räumte.

Als seine zuverlässigste Untergebene – und gelegentliche Liebhaberin – erkannte Gardel die gute Laune, die er unter dem griesgrämigen Anschein verbarg.

„Danke, Romy", sagte er. „Bitte nehmen Sie alle Platz. Meine Damen und Herren, ich habe gute Nachrichten. Der Verteidigungsausschuss hat die Haushaltsmittel für das Victory-Projekt genehmigt. Die Mitglieder waren von unserem Prototypen sogar so begeistert und wegen der *bedauernswerten* militärische Katastrophe auf Corinth derart besorgt" – nun zeigte Carstairs ein breites, ehrliches Lächeln und kicherte, was ein kriecherisches Echo seitens seiner Untergebenen auslöste – „dass sie das Budget verdoppelt und unseren potenziellen Bonus für die rechtzeitige Fertigstellung verdreifacht haben."

„Keine verfassungsrechtlichen Probleme?", fragte Mike Rollins, der leitende Rechtsberater des Konzerns. „Wie haben sie den Abschnitt 4.3 umschifft?"

„Die Erklärung der Menschenrechte?" Carstairs kicherte erneut. „Der Oberste Gerichtshof hat offiziell entschieden, dass sämtliche Organe mit Ausnahme eines vollständigen Gehirns einfach nur Körpergewebe darstellen. Solange dieses auf legale Weise entnommen wurde, besitzt es keine Menschenrechte. Genauso wenig wie ein verpflanztes Herz oder eine Niere. Nach einigen kleinen Modifikationen der Unfreiwilligen Organspendegesetze – die im Rahmen des Loyalitätsgesetzes kriegswichtig waren, wissen Sie – wurden Tausende von Gehirnen verfügbar, sobald die armen Dinger gewisse Vitalfunktionen verloren hatten. Ein bedauernswerter Ausrutscher des Skalpells, oh wie schade, und die Familie erhält selbstverständlich eine großzügige finanzielle Entschädigung."

Der Gesichtsausdruck der Vorstandsmitglieder passte sich rasch an, um Carstairs geheuchelte Besorgnis widerzuspiegeln.

Carstairs fuhr fort: „Das Loyalitätsgesetz verleiht der Regierung die nötige Autorität, um sterbliche Überreste zu identifizieren und zu konfiszieren, die für Forschungszwecke benötigt werden. Und sie hat die Option, diese Forschungsarbeit als Geheimangelegenheit einzustufen, stimmt's, Rollins?"

„Korrekt."

„Dann können wir also loslegen." Carstairs klatschte zufrieden in die Hände. „Wenn sich diese neuen Flaggschiffe als erfolgreich erweisen, werden unsere tapferen Streitkräfte mehr können, als nur weiter vorzustoßen. Schließlich kann das Programm auch auf den Zivilsektor ausgeweitet werden, in dem Victory-KIs für vielerlei Zwecke einsetzbar wären." Er runzelte deutlich die Stirn, als er Rollins betrachtete. „Und unsere Patente sind umfassend?"

„Vollkommen unanfechtbar", sagte der Rechtsanwalt. „Oh, früher oder später identifizieren andere Megakonzerne eine Methode, um auf legale Weise Gehirnteile zur Erzeugung stabiler KIs zu verwenden. Letztlich ist dies die einzig mögliche Vorgehensweise, eine Maschinenintelligenz vor dem Wahnsinn zu bewahren. Aber die Leiter des Rechnungswesens haben mir mitgeteilt, dass wir den Markt gute fünfzehn Jahre lang beherrschen werden."

„Und zweifellos wird der Wert unserer Aktienoptionen deutlich ansteigen." Carstairs klatschte wieder in die Hände. „Ausgezeichnet! Ich erwarte wöchentliche Berichte über das Projekt. Weitermachen." Er drehte sich um, blickte dann aber über die Schulter zurück. „Oh, Romy ... kommen Sie bitte in mein Büro, sobald Sie hier fertig sind."

„Ja, Sir", sagte sie, wobei ihr perfektes Gesicht ein wenig errötete. Carstairs hatte entdeckt, dass Geld und Macht ein hervorragendes Aphrodisiakum darstellten. Und da er Romy gerade eben mehr von beidem versprochen hatte ... nun ja, man musste das Eisen schmieden, solange es heiß war.

Sehr heiß.

Zudem hatte er auch noch die neuesten pharmazeutischen Aphrodisiaka zur Verfügung, die garantiert für maximale Leistung bei minimalen Nebenwirkungen sorgen würden.

Das Schlafzimmer des Chefs würde so einiges erleben.

MURMORSK-SYSTEM, Neue Erdische Republik

ADMIRAL DIRK STRECHER, Mechgrenadier und selbsternannter Befreier der Menschheit, packte die Rückenlehne von Kommodore Karla Engels' Kommandeurssessel. Er starrte auf das riesige Hologramm, das auf die gigantische Brücke des Schlachtschiffs *Indomitable* projiziert wurde und einen verwirrenden Wirbel von Kriegsschiffen zeigte, die sich erbittert bekämpften.

Die *Indomitable* war gerade erst im Murmorsk-System angekommen. Dort befand sich die zweitgrößte Flottenbasis und Raumwerft der kürzlich gestürzten Kollektivgemeinschaft, die nun durch die Neue Erdische Republik abgelöst worden war. Sowohl Strecher als auch Engels hatten erwartet, dass die seltsamen insektenartigen Opters und ihre Raumträgern ähnelnden Nestschiffe dort als nächstes zuschlagen würden, nachdem der größere Hauptstützpunkt bei Kraznyvol vernichtet worden war.

Die Vermutung hatte sich bewahrheitet.

Zudem hatte sich Strechers Hoffnung erfüllt, dass die *Indomitable* und andere Einheiten der Republik die Opters in flagranti erwischen würden. Seine Nachrichtendrohnen hatten allen verfügbaren Kriegsschiffen befohlen, sich bei Murmorsk zu sammeln und nach Ermessen des ranghöchsten Kommandeurs den Kampf aufzunehmen. Aufgrund von *Indomitables* begrenzter Lateralraumgeschwindigkeit traf sie deutlich später ein als die anderen Schiffe.

„Wer befehligt unsere Einheiten?", fragte Strecher.

Tixban, der oktopusartige Ruxin, der als Sensorenoffizier des Schiffs diente, antwortete ihm: „Anscheinend hat Kommodore Gray diese Funktion übernommen."

Strecher sah, dass Engels zufrieden nickte. Obwohl ihre Beziehung anfangs schwierig gewesen war, hatte sich die ältere Ellen Gray nun für beide von ihnen zu einer zuverlässigen Kameradin entwickelt.

„Feindliche Gefechtspositionen markieren", befahl Engels.

Tixbans Untertentakel rasten über die Konsole hinweg, und er modifizierte die Hologrammansicht zur Illustration seiner Worte. „Hier befindet sich eine Gruppe von sechs Opter-Nestschiffen, etwa in der Mitte zwischen dem Stern und dem Rand des Flachraums. Ihre Kampfdrohnen nähern sich den inneren Planeten und den Raumwerften."

„Wie viele Drohnen?"

„Mindestens fünfzigtausend. Es könnte noch mehr geben. Ich bin immer noch dabei, die Daten abzugleichen."

Strecher runzelte die Stirn. „Ach du Scheiße ... fünfzigtausend ... wie bekämpfen wir so viele von ihnen gleichzeitig?"

Engels stand auf und ging näher ans Hologramm heran. „Während der Reise durch den Lateralraum habe ich alle von uns gesammelten Daten studiert. Einzeln betrachtet sind die Drohnen schwach. Viele von ihnen sind lediglich kleine Raumjäger mit einem als Kanonenfutter dienendem Piloten und einer Waffe, meistens einem Strahler. Ich glaube, dass sie von den Hundebienen gesteuert werden, den Opters mit der geringsten Intelligenz. Die nächsthöhere, etwas weniger häufig vorkommende Klasse würde einem größeren Raumjäger entsprechen. Als Piloten dienen wahrscheinlich die ameisenähnlichen Techniker, die du gesehen hast. Die verfügen über ein Arsenal von zwei oder drei kleinen Waffentypen, was verbesserte Kampfkraft und Überlebensfähigkeit bedeutet. Eine Stufe darüber liegen die Kampfraumschiffe, die mit unseren vergleichbar sind. Die setzen eine größere Waffe ein und werden vermutlich von Wespenkrieger-Piloten gesteuert."

Strecher grunzte zustimmend. „Wie sehen unsere Streitkräfte aus?"

Tixban markierte die entsprechenden Symbole. „Kommodore Grays Flaggschiff, das Super-Großkampfschiff *Correian*. Fünf Großkampfschiffe, neunzehn Schlachtkreuzer, fünfunddreißig schwere Kreuzer, sechzig leichte und über vierhundert Eskorten, die von Zerstörern bis hin zu Korvetten reichen. Alles, was wir aus den nahe gelegenen Systemen heranschaffen konnten."

„Kampfraumer?"

„Fünfundvierzig örtliche Einheiten sowie zwei Monitor- und eine Handvoll Eskortenschiffe. Anscheinend wird noch versucht, auch einige der Kriegsschiffe zu starten, die momentan noch repariert werden. Aber diese dürften nicht früh genug gefechtsbereit sein."

„Die Kampfraumer werden nicht lange durchhalten. Die Monitore überleben eventuell ... Wie lange wird es dauern, bis die Opter-Streitkräfte sie angreifen?"

„Zwei Stunden."

„Und Kommodore Grays Schiffe?"

„Es wird etwa drei Stunden dauern, bis ihre schnellsten Schiffe ins Gefecht eingreifen können."

Strecher schlug mit der Handfläche gegen die Rückenlehne des Sitzes. „Und die *Indomitable* wird die Schlacht nicht rechtzeitig erreichen, oder?"

„Nein", sagte Engels. „Das Zusammenfügen ihrer Sektionen dauert mindestens zwölf Stunden." Das Schlachtschiff, das zu groß war, um sich in einem Stück durch den Lateralraum zu bewegen, musste für die Reise von Stern zu Stern in sechzehn Sektionen aufgeteilt werden.

„Verdammt, wir können doch nicht als Zuschauer auf der *Indomitable* herumsitzen!"

„Eine andere Wahl haben wir nicht", sagte Tixban.

„Oh doch, die haben wir. Indy? Zaxby?" rief Strecher, da er annahm, dass die künstliche Intelligenz Trinity zuhörte. Die KI bewohnte den ehemals als *Gryphon* bezeichneten Zerstörer, der an der Hauptsektion der *Indomitable* angedockt hatte.

Die Antwort kam von einer Stimme, die wie Indy – der Maschinenteil der Gruppenintelligenz – klang. „Weder Zaxby noch Indy. Ich heiße jetzt Trinity, Admiral. Wie kann ich Ihnen helfen?"

„Wie schnell können Sie mich zur Schlacht bringen?"

„Trinity stellt das schnellste in diesem System verfügbare Schiff dar. Ich schätze, dass ich die Hauptkampflinie in zwei Stunden erreichen kann, vorausgesetzt, dass Sie innerhalb der nächsten sieben Minuten an Bord gehen."

„Bin schon unterwegs."

Engels wandte sich ihm zu, um Einspruch zu erheben. „Was glaubst du dort erreichen zu können, das Ellen Gray nicht schaffen würde, Dirk?", zischte sie beim Näherkommen. „Du bist kein Flottenkommandeur."

„Genau, und darum werde ich hier nicht gebraucht. Ich kann nicht nur faul herumhocken. Du bist ein Offizier der Raumflotte. Bring die *Indomitable* so schnell wie möglich nach innen. Fügt die Sektionen unterwegs zusammen. Trinity beschützt mich, während ich unsere Feinde aus der Nähe beobachte."

„*Beobachte*", fauchte sie. „Du wirst nicht mehr als das

beobachten, was die Sensoren bereits an Informationen gesammelt haben. Wenn du Daten brauchst, schick Trinity alleine hin. Es gibt keinen Grund, dein eigenes Leben aufs Spiel zu setzen."

„Ich muss einfach dort hin", sagte Strecher mit Nachdruck.

„Ich werde auf ihn aufpassen", versicherte Trinity Engels. „Ich bin ebenfalls daran interessiert, die Opters aus der Nähe zu beobachten und neue Daten zu sammeln." Diese Aussage klang nach dem Zaxby-Aspekt des Triumviratwesens.

„Na also." Strecher gab Engels ein Küsschen. „Ich muss los, Schatz. Wir sehen uns auf der anderen Seite." Er ließ sie wutschnaubend zurück.

Während er zum Flugdeck joggte, rief er: „Sind Sie immer noch mit *Indomitables* Nervensystem verbunden, Trinity?"

„Falls die Frage lautet, ob ich noch mit dem Bordnetzwerk verbunden bin – dann ja."

„Teilen Sie Redwolf mit, dass er die Einsatztasche aus meinem Quartier holen und mich bei der Luftschleuse treffen soll. Befehlen Sie dann dem Flugdeck, meinen Mechanzug vorzubereiten. Ich werde damit an Bord gehen."

„Das ist nicht nötig", sagte Trinity. „Ich bin bereits dabei, den Anzug in meinen Frachtraum zu verladen. Ich hatte antizipiert, dass sie ihn werden mitnehmen wollen."

Strecher änderte die Laufrichtung und begab sich zur Luftschleuse. „Sehr gut. Ich werde in ein paar Minuten da sein."

Am Übergang von *Indomitable* zu Trinity stand Unteroffizier Redwolf in seinem Panzeranzug bereit, eine Reisetasche in jeder Hand.

„Was ist in der anderen Tasche?", fragte Strecher, als er anhielt.

„Meine eigenen Sachen, Admiral."

„Bei diesem Einsatz brauche ich Sie nicht, Red."

Die dunklen Augen des Mannes verfinsterten sich noch mehr. „Bin ich nicht Ihr Leibwächter? Und Ihr Steward?"

Strecher dachte darüber nach. „Das sind Sie wohl, nicht wahr? Na gut, freut mich, Sie dabei zu haben."

Auf Redwolfs ebenmäßigem Gesicht erschien beinahe so etwas wie ein Lächeln. „Freut mich zu hören. Ich möchte Sie ja nicht mit Faserband fesseln und an Bord schleppen müssen." Er betrat Trinity vor Strecher.

Strecher folgte ihm mit einem Prusten. *Diese Typen von der gepanzerten Infanterie. Anscheinend glauben die, dass sie das Maul beliebig weit aufreißen und trotzdem ungeschoren davonkommen können. Fast wie Mechgrenadiere.*

Als er Trinitys kompakte Brücke erreichte, war er überrascht, eine junge, wunderschöne platinblonde Frau neben dem leeren Kommandeurssessel zu sehen. „Setzen Sie sich bitte, Admiral", sagte sie. Sie trug einen eisblauen, hautengen und äußerst freizügigen Kunststoffoverall. Ein elegantes Headset schmiegte sich einem Stück Hightech-Schmuck gleich an ihren Hinterkopf.

Strecher konnte sich einen abschätzenden Blick nicht verkneifen, bevor er sich dazu zwang, seinen Blick auf Augenhöhe zu heben. „Und wer sind Sie?"

„Ich bin Trinity", sagte sie mit einem vielsagenden Lächeln und hob eine perfekte Augenbraue. „Früher einmal kannte man mich als ich Doktor Marisa Nolan. Mein Körper wurde verjüngt und mein Bewusstsein ist nun darin integriert."

Strecher stand mit offenem Mund da. „Sie sind die klapprige alte Frau?"

„Das *war* ich." Sie drehte sich nach links und rechts, um ihren Körper im attraktivsten Winkel zur Schau zu stellen. „Meine Persönlichkeit und meine Erinnerungen habe ich beibehalten, bin aber immer noch eitel genug, um wieder umwerfend aussehen zu wollen. In meinen jungen Jahren war ich eine wahre Herzensbrecherin."

„Kann ich mir vorstellen ...", sagte Strecher und musste sich in Erinnerung rufen, dass er glücklich verheiratet war. „Sie dürfen aber gerne ein Outfit tragen, das etwas weniger ..."

„Sexuell erregend ist?"

Strecher gab ein empörtes Geräusch von sich. „Schluss damit. Wir sollten losfliegen."

„Wir sind bereits mit maximaler Beschleunigung unterwegs, Admiral", erwiderte sie. „Die Unterhaltung mit Ihnen erfordert nur einen winzigen Teil meiner Aufmerksamkeit, weshalb es zu keiner Verzögerung gekommen ist."

Ach ja. Sie war ebenso ein Teil von Trinity wie Zaxby oder Indy, obwohl er diese Tatsache momentan nur zu gerne verdrängte. „Na gut. Schön. Aber im Ernst, Sie machen es mir wirklich schwer, wenn Sie sich aufführen wie ein Tachina-Klon."

Das Gesicht des Marisa-Körpers nahm einen Ausdruck der Betroffenheit an. „Ich verstehe, was Sie meinen und entschuldige mich dafür."

Dann drehte sie sich weg und stolzierte davon. Vielleicht kam sie einfach nur seinem Wunsch nach, oder aber sie war beleidigt. In dem Fall musste sie endlich erwachsen werden. Eine verjüngte Hundertjährige sollte sich nicht so benehmen. Nicht einmal dann, wenn sie ihr Gehirn mit einer Teenager-KI und dem nichtmenschlichen Zaxby teilte.

Auch Nolans Rückansicht war extrem attraktiv. Strecher schüttelte den Kopf und dachte an kalte Duschen. Als das nicht ausreichte, projizierte er in Gedanken Karlas Bild auf Marisa und wandte sich dann dem primären Holobildschirm zu. „Zeigen Sie mir das kommende Gefecht."

„Selbstverständlich, Admiral", sagte Indys körperlose und eindeutig nicht verführerische Stimme.

Der Holobildschirm zeigte einen Schwarm von Opter-Drohnen. Technisch gesehen handelte es sich hierbei um keine Drohnen, da sie von Piloten bemannt wurden. Trotzdem wurden sie wie Drohnen eingesetzt – wegwerfbare Werkzeuge, die den Willen der Nestköniginnen ausführten, also nannte er sie auch so. Der Schwarm näherte sich den inneren Welten in einer geordneten Masse, wobei der größte und am stärksten industrialisierte Planet Murmorsk-4 das erste Ziel darstellte. Hierbei handelte es sich um einen kleinen Gasplaneten, dessen wichtigste Raumwerften auf dem Mond Beta-2 lagen.

Dutzende weitere, auf kleineren Monden errichtete Stützpunkte unterstützten die Werften und Werkstätten. Absaugrohre mit einer Länge von vielen Kilometern reichten von den niedrigeren Monden in die dicke Atmosphäre hinab, wo sie wertvolle Gase einsaugten. Auf den Oberflächen weiterer, größerer Planetoiden waren Raumdocks, Bergwerke und landwirtschaftliche Kuppeln zu erkennen, weitere Anzeichen einer blühenden Orbitalindustrie.

Die Mehrheit der Bevölkerung lebte auf Murmorsk-3, einer grünen Welt. Die beiden Planeten des Systems befanden sich fast am Punkt der größten Annäherung, etwa vierzig Millionen Kilometer voneinander entfernt.

Die Feinde dürften M-4, den am stärksten verteidigten Planeten, als erstes angreifen. Falls sie dort siegreich waren, würden die Abwehrstellungen bei M-3 sie kaum aufhalten können. Strecher fragte sich, ob die Opters die Zivilbevölkerung auszurotten oder nur zu erobern planten. Grüne Welten waren wertvoll – ihre Bewohner hingegen nicht unbedingt. Wollten diese Insekten mehr Untertanen, oder einen Genozid?

Wenn ihre Vorgehensweise bei Kraznyvol einen Hinweis

auf ihre Absichten lieferte, dann würden sie niemanden am Leben lassen.

Ellen Grays Flotte war weiter von den Zielen entfernt als der sich entfernende Feind und bildete eine längliche Form, dessen Ende auf M-4 gerichtet war. Diese ersten Schiffe würden das Schlachtfeld in etwa drei Stunden erreichen, und laut den auf dem Holobildschirm dargestellten Informationen war das hintere Ende der Flotte etwa fünf Stunden von M-4 entfernt.

Strecher sah zu, wie sich ein Sechstel der Feindflotte vom Rest des Verbands löste und Kurs auf M-3 nahm. Ein Nestschiff-Kontingent von sechs Schiffen? Wahrscheinlich. Und weshalb? Planten sie, damit die Abwehr zu spalten?

Strecher fragte sich, was diese Opters antrieb. Das Verlangen nach Ruhm? Interner Wettbewerb? Achtete jede Königin auf ihren Vorteil, oder kooperierten sie vollständig und uneigennützig? Genau diese Fragen stellte er Trinity.

„Hallo, Admiral", sagte Zaxby, als er auf die Brücke schlenderte. Seine Kopfbedeckung wirkte noch kompakter als beim letzten Besuch, eine drahtlose Verbindung zum Rest von Trinity. „Wir spüren ein Verlangen, mit unserem Zaxby-Körper zu sprechen."

„Ich möchte mit jemandem sprechen, den ich sehen kann, das ist alles."

„Nolan kannst du sehen."

„Von ihr würde ich etwas zu viel zu Gesicht bekommen, also nein danke."

„Das wäre dann wohl dein Problem, nicht unseres", sagte Trinity-Zaxby.

„Wenn biologische Instinkte Probleme darstellen, befinden sich alle von uns in einer hoffnungslosen Lage – du eingeschlossen."

„Touché. Um die Frage zu beantworten: Die Opters eines

jeden Nests stellen tatsächlich eine kollektive Gesellschaft dar. Man kann sich jedes Nest als ein von einer Königin geleitetes Gruppenbewusstsein vorstellen."

„Sie besitzen also wohl telepathische Fähigkeiten?"

„Überhaupt nicht. Aber wie ein Schwarm von Vögeln oder Fischen sind sie so aufeinander abgestimmt, dass sie ein Bewusstsein zu teilen scheinen. Zudem verwenden sie eine der unsrigen ähnliche Technologie für Neuralverbindungen. Im Gegensatz zu Menschen haben sie aber keine Tabus bezüglich der elektronischen Vernetzung von Gehirnen, daher greifen sie darauf zurück, wenn es ihnen nützt."

„Und die Nester? Bilden diese im Kollektiv ein größeres Gruppenbewusstsein?"

„Viele Nester bilden einen Schwarm, scheinen aber nicht miteinander verknüpft zu sein. Wie Schiffe in einer Flotte kooperieren auch Nester fast immer mit hoher Effizienz, allerdings habe ich Hinweise auf gelegentliche Meinungsverschiedenheiten entdeckt. Wir sollten uns aber nicht darauf verlassen, dass unter ihnen Streitigkeiten ausbrechen."

„Ich will nur einen ersten Eindruck erhalten. Kontrollieren sie ihre eignen Insekten und Drohnen? Sind die nicht austauschbar?"

„Nein", sagte Zaxby. „Jedes Nest verfügt über seine eigenen Pheromone, Markierungen und genetischen Eigenheiten."

„Was passiert nach dem Tod einer Nestkönigin?"

„Es gibt Königinnen in Wartestellung, aber die Befehlsstruktur wäre gestört."

Strecher rieb sich am Kinn. „Das wäre also eine Schwachstelle."

„Nicht mehr, als der Verlust eines militärischen Kommandeurs es bei den Menschen wäre."

„Was passiert, wenn eine Nestkönigin zu viele Einheiten

verliert? Würden die anderen sie angreifen und etwa ihr Territorium übernehmen?"

„Gelegentlich, aber nicht üblicherweise. Es gibt eine natürliche Grenze dessen, was eine Nestkönigin kontrollieren kann. Schwarmköniginnen benehmen sich wie feudale Monarchen, und die ihnen untergebenen Nestköniginnen schulden ihnen Treue."

„Gibt es über der Schwarmkönigin eine weitere Hierarchitätsstufe?"

„Eine übergeordnete Königin mit einem nicht übersetzbaren Namen. In den Datenbanken der Kollektivgemeinschaft trägt sie die Bezeichnung ‚Kaiserin.' Aber wir haben nur sehr wenige Informationen über sie."

Strecher trat näher an den Bildschirm heran. „Ich brauche jetzt sofort etwas. Etwas, das ich benutzen kann. Das uns hier – dir und mir, Zaxby, äh, Trinity – erlaubt, diese Schlacht zu gewinnen. Den Verlust des größten verbleibenden Raumwerftsystems können wir uns nicht leisten. Wie wäre es, wenn ... wir uns bei den Feinden einhacken oder so ähnlich? Du bist jetzt eine integrierte KI. Zuvor warst du gut beim Hacken. Inzwischen dürftest du zum Super-Hacker aufgestiegen sein."

Zaxby sprach mit sichtlichem Stolz. „Ich *bin* ein Meister-Hacker, aber das Hacken erfordert den direkten Zugriff oder zumindest physikalische Nähe. Aus einer Entfernung von mehreren Lichtminuten kann ich nicht ins System eindringen. Also muss ich ihre kybernetischen Systeme in Echtzeit und aus nächster Nähe angreifen. Der Gegner wird wohl kaum tatenlos zusehen, während ich damit beschäftigt bin. Daher besteht die sicherste Methode darin, sich der Flotte anzuschließen und ein Ziel unter vielen zu werden, wobei wir und Kommodore Grays Eskortschiffe sich gegenseitig unterstützen."

„Okay, dann trefft ihr euch mit ihnen."

„Wir sind bereits auf Kurs und werden sie in etwa einer Stunde erreichen."

Strecher ging hin und her. „Grays erste Einheiten werden aber eine Stunde zu spät eintreffen, oder?"

„Korrekt."

„Werden die Verteidiger von M-4 durchhalten?"

„Meinen Simulationen zufolge verlieren sie während der ersten Stunde fünfzig Prozent ihrer Effektivität."

„Aber Grays Einheiten werden vereinzelt eintreffen. Zerstreut statt in einer massiven Welle."

Zaxby zoomte an den zukünftigen Gefechtsbereich heran und erweiterte seine Vorhersage. „Stimmt. Unsere Vorhut wird schwere Verluste erleiden."

„Wie schwer?"

„Fast hundert Prozent, falls sie bis zum bitteren Ende kämpfen."

Strechers Augenbrauen hoben sich. „Das ist nicht akzeptabel. Bis zum bitteren Ende werden sie sowieso nicht kämpfen – nicht diese ehemaligen Einheiten der Kollektivgemeinschaft. Das möchte ich auch gar nicht. Was wäre, wenn wir die vorderen Elemente zurückziehen, die Front verstärken und unsere Ankunft um eine halbe Stunde oder eine Stunde verzögern?"

„Die Effektivität steigt proportional zur Verzögerung, allerdings werden auch entsprechend mehr Verteidiger sterben. Ich habe alle standardmäßigen Simulationen durchgeführt, und Kommodore Grays Taktik erscheint mir fast optimal."

„Und gewinnen wir damit?"

Zaxby schnitt eine Grimasse. „Das Endergebnis befindet sich deutlich innerhalb des Fehlerbereichs."

„Was heißt, dass das Ergebnis völlig offen ist."

„Ja. So oder so werden beide Flotten schwere Verluste erleiden."

Strecher schlug die Faust wiederholt gegen seine Handfläche. „Wir müssen eine Methode finden, um durchzubrechen. Zaxby, dir fällt bestimmt etwas ein. Einmal hast du erwähnt, dass du alle möglichen verrückten Ideen hattest, die von deinen Vorgesetzten abgelehnt wurden. Jetzt brauche ich einen dieser verrückten Pläne – etwas, das uns einen überragenden Sieg garantiert."

„Meine beste Chance besteht in der Identifikation einer Hack-Taktik. Falls viele der Drohnen außer Gefecht gesetzt würden, würde unsere Chance auf einen Sieg deutlich steigen."

„Könnte man die Nestschiffe hacken?"

„Die sind weiter entfernt und werden nicht zulassen, dass ich mich in diesem Schiff bis auf Hack-Reichweite anschleiche."

„Mit einem Trip durch den Subraum wäre es machbar ..."

Zaxby kniff die beiden Augen, die Strecher am nächsten waren, voller Skepsis zusammen. „Selbst, wenn sie keine Detektoren besitzen, werden sie uns nach dem Auftauchen kaum in Ruhe lassen. Bei einem Angriff aus dem Subraum heraus wäre es sinnvoller, einfach Schwebeminen einzusetzen. Wir könnten vielleicht ein oder zwei ihrer Nestschiffe vernichten, bevor die anderen in alle Richtungen flüchten."

Plötzlich kam Strecher eine Idee. „Was ist aus Indys pazifistischer Neigung geworden?"

„Sie existiert noch, wurde aber auf uns drei verteilt. Wir halten es für angebracht, Kreaturen eines außerirdischen Feindes zu vernichten, die unserem Volk Zerstörung bringen und den Tod wünschen."

„Gut. Vielleicht sollten wir die Kontrolle über die *Indomitable* wieder an euch übergeben."

„Das würden wir höflich ablehnen. Dieser Schiffskörper ist für uns flexibler."

„Aber das Schiff ist winzig! Denkt an die Einrichtungen, die euch auf dem Schlachtschiff zur Verfügung stehen!"

„Du willst uns in Versuchung führen." Zaxby wandte ein Auge ab und blickte auf seine Konsole. „Später können wir dies immer noch in größerem Umfang tun. Momentan sind uns Tempo und Flexibilität wichtiger als die reine Gefechtsstärke."

„Hast du noch irgendwelche technologischen Tricks in der Hinterhand?"

„Keine, die so kurzfristig einsetzbar werden."

„Wie wäre es damit, Schwebeminen gegen die Drohnen einzusetzen?"

„Wir könnten einige Dutzend vernichten – vielleicht Hunderte – aber auf den Verlauf der Schlacht hätte dies nur eine minimale Auswirkung."

„Und es ist unmöglich, einen atomaren Gefechtskopf direkt in ein Nestschiff schweben zu lassen, oder?"

Zaxby breitete seine Tentakel aus. „Das habe ich doch bereits erklärt. Es ist durchaus möglich, einen Gefechtskopf hineinzubringen – dieser wird aber nicht korrekt detonieren, solange er nicht in einem Vakuum auftaucht. Das Vorhandensein einer Atmosphäre löst Billionen von molekularen Interaktionen aus, die das erforderliche präzise Timing stören. Bestenfalls ergibt sich daraus eine schmutzige Bombe. Auf einem Raumschiff von der Größe eines Nestschiffs dürfte das die Feinde kaum stören. Die Verseuchung einer Nestkönigin könnte Störungen verursachen – vielleicht aber auch nicht. Man stelle sich eine Befehlshaberin der Menschen vor, die verstrahlt wird, sich aber bewusst ist, dass sie erst Tage nach der Schlacht sterben wird. Vor ihren Pflichten würde sie sich kaum drücken. Und es muss Notfallpläne für den Fall geben, dass eine Königin außer Gefecht gesetzt wird."

„Verdammt. Irgendeine Methode müsste es doch geben ..."

Redwolf trat auf die Brücke, wobei die Stiefel seines Panzeranzugs über das Deck dröhnten. „Ich habe Ihre Ausrüstung verstaut, Admiral."

„Danke, Red." Strecher deutete auf den Bildschirm und seufzte. „Wir suchen nach einem schlauen Trick, der uns die Schlacht gewinnen lässt ... oder wenigstens unsere Verluste verringert. Bald schon hämmern die Feinde auf uns ein."

„Ich bin nur ein einfacher Soldat, Admiral. Wenn ich etwas nicht erschießen oder vögeln kann, salutiere ich es oder male es an." Redwolf trat vor und nahm den Helm ab, um den Bildschirm besser zu sehen. „Weil wir gerade von Hämmern sprechen ... schade, dass wir nicht mit unseren Anzügen an Bord der Nestschiffe gehen können."

Strecher schnippte mit den Fingern. „Vielleicht doch. Zaxby?"

„Die Möglichkeit besteht, aber die Erfolgschance wäre gering."

„Warum?"

Zaxby zählte die Gründe an seinen Untertentakeln wie an Fingern ab. „Wir müssen uns unbemerkt annähern, wissen aber nicht, ob sie Subraum-Detektoren besitzen. Bei so einem Einsatz müssten wir lange genug auftauchen, um letzte Daten zu sammeln, ohne dabei gesehen zu werden. Wenn uns das gelingt, müssen wir immer noch darauf vertrauen, dass das entsprechende Nestschiff sich während unserer letzten Reisephase nicht bewegt. Und vor allem besitzen wir keinen präzisen Grundriss des Nestschiff-Innenbereichs. Wir wissen nicht einmal, ob das Opter-Schiff, das du besucht hast, ein typischer Vertreter dieser Schiffsklasse war. Deiner Aussage nach war es modular aufgebaut, also können wir uns bezüglich des Layouts nicht sicher sein. Das Auftauchen in einer Atmosphäre ist gefährlich genug. Wenn ihr ins Innere eines Festkörpers geratet, sterbt ihr."

„Die Königin befand sich im Zentrum, das ziemlich geräumig war. Also sollte das unser Ziel sein. Ihr habt doch die Daten meines Berichts, oder?"

„Natürlich."

„Vorausgesetzt, wir werden nicht entdeckt – wie hoch wäre dann die Chance, dass ich den Subraum sicher verlassen kann?"

„Bestenfalls fünfzig Prozent."

Strecher dachte darüber nach. Er *wollte* das Risiko eingehen, dort eindringen und kämpfen. Aber fifty-fifty …

„Boss", sagte Redwolf. „Das wäre verrückt. Ich meine, wenn es die Schlacht entscheiden würde, wäre es das Risiko vielleicht wert. Aber wir würden ja nur ein oder zwei ihrer Schiffe vernichten. Und wissen wir überhaupt, ob das den Schlachtverlauf beeinflussen würde? Die feindlichen Streitkräfte haben wahrscheinlich bereits ihre Angriffsbefehle erhalten. Diese Insekten werden nicht einfach so davonkrabbeln."

„Trotz des furchtbaren Wortspiels stimme ich Unteroffizier Redwolfs Befürchtungen zu", sagte Zaxby. „Das wäre eine umgekehrte Pascalsche Wette."

„Wenig positives und viel negatives Potenzial." Strecher verspürte den Drang, auf etwas einzuschlagen. „Stimmt. Das Risiko wäre zu groß. Also sind wir wieder beim Hacken angelangt … ich glaube aber, dass wir mehr ausrichten können, nachdem Trinity jetzt wieder ein Kriegsschiff ist. Ihre drei Eierköpfe müsst euch etwas einfallen lassen."

Zaxby zeigte ein Lächeln, und Strecher hatte den Eindruck, dass dieses natürlicher wirkte als in früheren Zeiten. Der Ruxin konnte die menschliche Körpersprache nun deutlich besser nachahmen, vermutlich dank seiner Neuralverbindung zu Nolan. „Diesbezüglich hätte ich sogar eine Idee."

KAPITEL 2

Strecher und Trinity, im Anflug auf Murmorsk-4

„Wir sind in Position", sagte Zaxby von seiner Rudergänger-Konsole aus. Trinity benötigte eigentlich keinen Piloten, der direkt steuerte, aber der Ruxin schien sich dort wohl zu fühlen und ließ seine Untertentakel ruhelos über die Schaltflächen gleiten. Wie ein Pokerspieler, der die Chips mischte, während er auf den Beginn des Spiels wartete.

Der primäre Holobildschirm zeigte, dass die Verteidiger von Murmorsk-4 bereits in ein erbittertes Gefecht mit dem Opter-Drohnenschwarm verwickelt waren – und dieses verloren. Sie verteidigten verzweifelt die kostbaren Raumwerften, aber es war nur eine Frage der Zeit, bis diese von den Tausenden der kleinen feindlichen Raumschiffe überrannt und vernichtet würden.

Und Tausende weitere Schiffe waren im Anflug. Sie waren an M-4 vorbei vorgestoßen und bildeten nun eine dicke Gefechtsebene, welche die Flotte der Neuen Erdischen Republik daran hinderte, die Verteidiger zu erreichen. Trinity befand sich unter den vorderen Korvetten von Kommodore Gray, die in wenigen Augenblicken das Gefecht beginnen würden.

Diese Vorhut hatte das Recht des ersten Kampfes und die kleinen Schiffe eröffneten das Feuer mit ihren Primärwaffen. Fast eine Minute lang zerfetzten und verbrannten sie Dutzende von Feinden, ohne dass das Feuer erwidert wurde, da die Reichweite der Opter-Drohnen viel geringer war. Als Zerstörer wirkte Trinity neben den winzigen Korvetten wie ein Monster, setzte aber ihre hervorragenden Abwehrwaffen für diese ein. Diese Waffen waren für die Raketenabwehr optimiert, so dass sie diese Aufgabe perfekt erfüllten.

Die Korvetten beschleunigten weiterhin mit Vollschub, begannen aber auch mit zufälligen Ausweichmanövern. Gefechtssimulationen hatten aufgezeigt, dass sie länger überlebten, wenn sie während des Eindringens in das Herz des Schwarms weiterhin beschleunigten und Ausweichmanöver durchführten. Dadurch erhielten sie eine geringe Chance, es zu schaffen. Hätten sie Tempo weggenommen, wäre diese Chance gegen null tendiert.

„Gehen wir in den Subraum über?", fragte Strecher, dessen Finger die Lehnen seines Kapitänssessels gepackt hielten.

„Keine Angst, oh großer Befreier. Unser Timing wird perfekt sein", antwortete Zaxby.

„Es sieht aber aus, als ob wir –"

Das Universum kühlte sich ab, ein typisches Anzeichen des Übergangs in den Subraum. Strecher drehte sofort die Heizung seines Druckanzugs hoch. Der Holobildschirm zeigte dieselben Symbole wie zuvor. Strecher wusste aber, dass es sich hierbei nur um Voraussagen handelte, die nicht auf spezifischen Sensorendaten basierten.

Trinity steuerte auf die nächste, dichteste Gruppe der

Opter-Drohnen zu. „Hackmine los", sagte Zaxby. „Kursänderung."

Strecher sah, wie Trinity Kurs auf eine andere Gruppe nahm. Als sie sich direkt davor befand, warf Trinity eine weitere Hackmine ab.

Er hätte Trinity gerne gebeten, aus dem Subraum aufzutauchen, um zu sehen, ob die Hackminen funktionierten. Allerdings wäre dies sinnlos gewesen. Nach dem Abwurf würden die winzigen, getarnten Geräte, die aus verschiedenen Sonden, Minen und Lenkwaffen an Bord von Trinity angefertigt worden waren, hochgradig aggressive Breitband-Cyberattacken ausstrahlen.

Falls das funktionierte, würden einige der feindlichen Drohnen gestört und zumindest solange kampfunfähig bleiben, bis sie die Malware beseitigen konnten. Wenn alles perfekt klappte, würden die Trojaner, Würmer und Viren die Opters vielleicht sogar dazu bringen, sich gegenseitig anzugreifen.

Das Zaxby-Trinity-Wesen hatte diese Idee entwickelt, um sich bei den Opters einzuhacken, ohne Trinity dem Risiko eines Massenangriffs auszusetzen oder vor dem Versuch zu warnen. Der Nachteil bestand darin, dass Trinity weder die Angriffe üben noch die Reaktion des Gegners bewerten konnte. Diese Hacks glichen Schrotschüssen, die ins Dunkel des vernetzten Cyberspace abgegeben wurden. Wenn sie auftauchten und sich umsahen, würde dies nichts ändern.

Und wenn die Hackminen nicht funktionierten, dann könnte Trinity wenigstens den Schwarm durchdringen und versuchen, die Verteidiger von M-4 zu unterstützen.

Neunzehn weitere der Geräte schwebten aus dem Subraum empor, bevor Trinity die Blockade hinter sich gelassen hatte. Strecher besaß nun ausreichend Zuversicht, um auf dem Auftauchen zu bestehen. Die Sekunden bis zur

Aktualisierung des Holobildschirms erschienen ihm quälend lang.

Als das Bild aufgrund der neuen Daten wackelte und sich veränderte, stand Strecher auf und jubelte. Von den schnellen Korvetten hatte eine wesentlich größere Anzahl als erwartet im Schwarm überlebt – ungefähr die Hälfte. Hinter diesen waren die langsameren Schiffsklassen – Fregatten, dann Zerstörer, leichte Kreuzer und so weiter – tief in die Blockadefront eingedrungen und dabei viel länger kampffähig geblieben, als die Simulationen vorausgesagt hatten.

„Stellen Sie eine Verbindung zur Gray auf dem Flaggschiff her", sagte Strecher.

„Verbindung zu *Correian* hergestellt, nur Audio."

Im Hintergrund rauschten und knallten immer wieder die Schlachtgeräusche. „Hier spricht Gray. Beeilen Sie sich, Strecher. Ich habe verdammt viel zu tun."

„Die Hackminen haben anscheinend funktioniert."

„Ja, danke. Sie haben Tausende von Drohnen gestört. Klopfen Sie sich auf den Rücken. Sonst noch etwas?"

Strecher ignorierte die Stichelei. Die ältere Frau hatte sich nie ganz damit abgefunden, dass ein so junger Mann den Oberbefehl hatte. Aber sie war zu kompetent, als dass er sie dafür kritisiert hätte – zumindest in der Öffentlichkeit. Schmeichlerische Kriecher wollte er ohnehin nicht um sich haben.

„Wir stoßen vor, um den Verteidigern zu helfen", sagte er. „Folgen Sie uns, sobald es Ihnen möglich ist. Haben Sie wichtige Meldungen?"

Das gigantische Flaggschiff, dessen Koordinationspersonal hunderte von Personen umfasste, konnte Sensordaten, Informationen und Funksprüche viel besser verarbeiten. Grays Antwort war für ihn keine Enttäuschung.

„Die Raumwerften auf Beta-2 haben den kritischen Kern der Einrichtungen gebildet", sagte sie.

„Dort werden die Verteidiger das letzte Gefecht durchführen. Der Rest ist von sekundärer Bedeutung. Wenn Sie das herumreißen, können Sie das Manöver als Gesamtsieg betrachten – oder zumindest nicht als schwere Niederlage. Nach der Sicherung der Werften arbeiten wir uns nach außen vor."

„Was für Berichte gibt es von M-3?"

„Sie halten durch. Ich glaube, dass der dorthin entsandte Schwarm die örtlichen Streitkräfte binden sollte, so dass sie M-4 keine Unterstützung geben könnten. Konzentrieren Sie sich auf Beta-2. Das ist meine Meinung als Experte."

„Sie sind der Flottenoffizier, nicht ich", sagte Strecher mit der Absicht, Kommodore Gray damit Anerkennung zu zollen. Er wusste, wie nervig es war, wenn der Boss alles besser wissen wollte und kompetenten Untergebenen keinen Entscheidungsspielraum ließ. „Wir sehen uns bei Beta-2. Strecher, aus."

„Verbindung beendet", sagte Zaxby. „Weißt du, Dirk Strecher, ich mag Kommodore Gray wirklich."

„Oh? Warum?"

„Ihr Äußeres hat eine schöne kastanienbraune Farbe, die ich als ästhetisch angenehm empfinde. Zudem lässt sie sich von dir nicht jeden Quatsch sagen."

„Quatsch, wirklich?"

„Dies wäre der korrekte Ausdruck, wie ich glaube."

Strecher lächelte. „Ja, ich respektiere sie. Ich bin mir sicher, dass sie mir sagen wird, was ich hören muss, und keine Jasagerin ist."

„Oh ja, das kann ich sehen. Wirklich, ja." Zaxby zwinkerte mit einem Auge.

„Seitdem du über deine Neuralverbindung ohne Verzögerung auf eine erdische Sprachdatenbank zugreifen kannst, bist du unerträglich geworden."

„Falls du erfahren möchtest, was *unerträglich* bedeutet, solltest du dein ganzes Leben inmitten einer anderen Gattung verbringen."

„Du hättest nach Ruxins Befreiung auf den Planeten zurückkehren können."

„Und all das hier versäumen? Papperlapapp."

Strecher schnalzte mit den Fingern. „Zurück an die Arbeit, alte Krake."

„Bitte keine Beleidigungen." Zaxby hob die Stelle, an der sich seine Nase befinden würde und verstummte – genau, wie Strecher es gehofft hatte.

Da das Primärdisplay nun in Echtzeit aktualisiert wurde, konnte Strecher nur zusehen, wie Trinitys Symbol durch den verbleibenden Raum kroch, während die Minuten verstrichen. In der Zwischenzeit versuchte er, eine Entscheidung zu treffen.

Sollte er Trinity befehlen, aus weiter Entfernung anzugreifen, vorzustoßen und sich dann wieder zurückzuziehen, um möglichst viele feindliche Drohnen aus dem Gefechtsbereich zu locken? Oder sollten sie in den Subraum übergehen und zwischen den Verteidigern auftauchen, um deren Front zu stärken?

Leider waren ihnen die Hackminen ausgegangen. Zudem bestand die Möglichkeit, dass der Feind die Ergebnisse beobachtete und auf Grundlage dieser bereits Gegenmaßnahmen eingeleitet hatte. Allerdings besaß Trinity noch zahlreiche Schwebeminen-Gefechtsköpfe, die aus den relativ nutzlosen Schiffkiller-Lenkwaffen hergestellt worden waren, die sie normalerweise mitführte. Keine Lenkwaffe würde die Tausenden vom Schwarm abgegebenen Strahlen überleben. Was bedeutete, dass der Sprengkopf möglicherweise verfrüht detonierte und nur einige wenige Drohnen vernichtete. Es wäre besser, Atomsprengköpfe aus dem Subraum abzuwerfen, falls es dazu kam.

Strecher wurde klar, dass die Schwarmtaktik der Opters fast einen Drittel der Bewaffnung einer typischen Menschenflotte nutzlos machte – die Lenkwaffen. Auch Railguns büßten an Wirksamkeit ein, bis sie aus nächster Nähe abgefeuert wurden, da die winzigen Raumschiffe den Projektilen mühelos auswichen. Strahlen waren zwar immer noch effektiv, aber die geringe Größe und Manövrierfähigkeit der Ziele glich deren mangelnde Panzerung aus.

„Zaxby, füge folgenden Hinweis deiner nächsten Nachricht an deine Eierkopf-Kollegen hinzu: Wir benötigen eine neue Schiffsklasse oder zumindest eine neue Bewaffnung für Eskortenschiffe, die gegen diesen neuen Feind optimal wirksam ist."

„Wolltest du nicht opter-mal sagen?" Zaxby lachte, etwas zu laut.

„Wer denkt sich denn jetzt die furchtbaren Wortspiele aus? Tu es einfach, ja? Führe einige Untersuchungen durch, lass die Simulationen laufen und entwickle Empfehlungen."

„Vielleicht hat das gar keinen Sinn."

„Warum?"

Zaxby rollte ein weiteres Auge herum und richtete drei davon auf Strecher. „Dem zufolge, wie es momentan läuft, haben wir vielleicht bald keine Raumwerften mehr."

„Sei nicht so ein Klugscheißer. In gewisser Weise hast du recht, aber wir besitzen Hunderte kleiner Werften, die meist Frachter und örtlich eingesetzte Kriegsschiffe bauen. Nimm die in deine Untersuchung mit auf. Wir brauchen eine Art ... Liberty-Schiff."

„Liberty-Schiff?"

„Ruf deine historische Datenbank der Alten Erde auf, 20.

Jahrhundert, Zweiter Weltkrieg, Vereinigte Staaten von Amerika. Die dort eingesetzten Liberty-Schiffe waren Frachter, aber das Prinzip ist identisch. Ein Schiff, das schnell und kostengünstig gebaut werden kann. Etwas mit einer kleinen Crew, sehr simpel und vor allem effektiv gegen diese Drohnen. Alles andere sollte der Kampfkraft geopfert werden – der Komfort der Crew, unnötige Sensoren, erweiterte Kommunikationssysteme. So etwas wie ein Super-Kampfraumer oder eine spezialisierte Korvette. Etwas, von dem wir tausende Einheiten bauen können."

„Ich werde die Anweisungen mit der nächsten Nachrichtendrohne absenden." Zaxby tippte auf der Konsole herum. „Admiral Strecher, ich muss jetzt die Taktik erfahren. Greifen wir von außen her an oder schlüpfen wir durch, um bei der Abwehr zu helfen?"

Strecher rieb sich das Kinn, als ob er nachdachte, obwohl er seine Entscheidung bereits getroffen hatte. Wenn seine Hauptaufgabe in der Inspiration seiner Truppen bestand, würde es nicht ausreichen, den Feind hin und wieder aus der Ferne zu beschießen. Ihren Kampfwillen würde er nur dadurch stärken, dass er den Verteidigern beistand. Dadurch könnte er vielleicht auch Kommodore Grays Streitkräfte zu größeren Anstrengungen anstacheln.

„Wir gehen rein. Führt präzise Messungen durch und stellt den Kurs so ein, dass wir an einer geschützten Stelle in Frontnähe auftauchen. Wir müssen uns orientieren und unsere Daten aktualisieren. Dann helfen wir dort, wo wir am dringendsten gebraucht werden."

„Aye, aye, Befreier."

„Ich bin überrascht, dass du nicht befürchtest, dass wir dabei umkommen."

„Angesichts der Tatsache, dass die Opter-Drohnen zu

klein sind, um Subraum-Detektoren mitzuführen, haben wir jederzeit die Möglichkeit zu fliehen."

„Diese Option werden wir nicht nutzen. Denk sogar daran, sie niemals zu erwähnen. Ein Befreier, der sich durch eine Hintertür aus der Schlacht davonstiehlt, reißt niemanden zu Begeisterungsstürmen hin."

„Mich dünkt, ich könnte nirgends so zufrieden sterben als in des Königs Gesellschaft, da seine Sache gerecht und sein Zwist ehrenvoll ist."

Strecher knurrte: „Mich dünkt, dass Shakespeare zu sehr in Mode gekommen ist. Hat er nicht auch etwas darüber gesagt, dass der König für all die Arme und Köpfe verantwortlich ist, die während der Schlacht abgehackt werden?"

„Das hat er … glücklicherweise kann ich Arme nachwachsen lassen, aber keinen Kopf. Zumindest nicht ohne Hilfe. Das verbesserte Verjüngungsmodul könnte es schaffen, wenn das Gehirn bewahrt würde. Ich sollte eigentlich –"

„Könntest du dich *bitte* darauf konzentrieren, was um uns herum vorgeht?"

Zaxby war empört. „Da wir uns momentan durch den leeren Weltraum bewegen, verfügt unser Bewusstsein über ausreichend Kapazität, um auf alles gleichzeitig zu achten. Ich werde mich erst wieder voll konzentrieren müssen, wenn wir mitten in der Gefechtszone auftauchen."

„Na gut. Wie lange wird das dauern?"

„Ungefähr sechsundfünfzig Minuten."

„Ich steige jetzt in den Anzug."

Zaxby machte große Augen und drehte sich überrascht um. „Du willst in deinen Mechanzug?"

„Warum nicht? Ich bin kein Taktikexperte und kann mich über die Neuralverbindung in eure Sensordaten einklinken. Was besser wäre, als hier herumzusitzen und mit dir zu quasseln."

„Natürlich, du fühlst dich machtlos. Der Mechanzug wird dieses Gefühl kompensieren. Achte aber bitte darauf, den Frachtraum nicht durch dein wildes Herumzappeln zu beschädigen."

„Ich zapple nicht herum – und schon gar nicht wild", sagte Strecher. „Stell aber sicher, dass ich Zugriff auf die Frachtraumfunktionen habe. Ihr werdet kaum wollen, dass ich mir den Weg von innen heraus freischieße."

„Ich erschaudere bei dem Gedanken."

Redwolf folgte Strecher, der sich zum Frachtraum begab. „Wie lautet unser Plan, Admiral? Springen wir auf jemanden ab?"

„Ich bin mir noch nicht sicher, Red. Übrigens, würden Sie gerne zum Mechgrenadier ausgebildet werden?"

Redwolf grinste durch seine geöffnete Sichtscheibe hindurch. „Ich hatte schon geglaubt, Sie fragen mich niemals, Admiral."

„Ich kann keine Garantie dafür abgeben, wie gut Sie sich an den Mechanzug anpassen werden. Das hängt tatsächlich von der Neuralverbindung ab. Bei manchen klappt es einfach nicht. Aber zumindest könnten Sie den Schmiedehammer manuell steuern, nachdem sich Karst nun als Verräter erwiesen hat."

„Ich wünschte, ich hätte den Schweinehund umgebracht, als ich die Gelegenheit dazu hatte."

„Das möchten wir beide, Unteroffizier. Sie haben sogar meine ausdrückliche Erlaubnis, ihn ohne Vorwarnung zu erschießen, obwohl ich ihn lieber im Militärgefängnis verhören lassen würde. Ich habe das Gefühl, dass er über interessante Informationen verfügt." Die Tür zum Frachtraum öffnete sich vor ihm, während der Indy-Teil von Trinity seine Bewegungen verfolgte.

Drinnen lag sein Mechanzug auf dem Rücken, zugänglich

gemacht durch die offenstehende Klappe am Oberkörper. Strecher zog seinen Druckanzug aus, legte diesen weg und hüpfte dann auf seine fünfzig Tonnen schwere Kampfmaschine. Er rollte sich in das liegende Konturcockpit und stöpselte seine Neuralverbindung ein. Diese, in Verbindung mit dem manuellen Aktivierungscode, erweckte das Monster zum Leben.

Bald erweitere sich seine Welt. Er schien gleichzeitig im deutlich geschrumpften Frachtraum zu stehen, wobei sein Körper und seine Sinne nun dem menschenförmigen Mechanzug entsprachen, und auch aus Trinity hinaus in die Leere des Alls blicken zu können. Er überprüfte die Datenverbindung und stellte sicher, dass sich die Außentüren öffnen und schließen sowie der Luftdruck regeln ließen.

Sobald er sich sicher war, dass Redwolf seinen Panzeranzug geschlossen hatte und somit einsatzbereit war, senkte er den Druck bis fast auf ein Vakuum. Dann wartete er und sah zu, wie Trinity sich dem Schwarm näherte, der M-4 und seine Orbitaleinrichtungen angriff. Einige im Subraum verbrachte Minuten brachten sie zur Schlacht um den Mond Beta-2.

Nach dem Auftauchen befanden sie sich in einem stillen Sturm aus Chaos und Verwirrung. Tausende von Drohnen rasten heran und feuerten, wobei sie in Ausweichmustern drehten und wirbelten, die Strecher an Vogelschwärme oder Fischschwärme erinnerten und eine derart hohe Koordination aufwiesen, dass die Drohnen ein gemeinsames Bewusstsein teilen mussten.

Über ihm schwebte ein schwer bedrängter Monitor, ein enormes lokales Verteidigungsschiff, das in seinen Dimensionen nur noch von den Asteroidenfestungen oder der *Indomitable* übertroffen wurde. Trinity war offensichtlich hier aufgetaucht, um hinter der Masse des Monitors Schutz zu suchen.

Hunderte der Nahverteidigungswaffen des Monitors

schossen Salven ab und beleuchteten das Gebiet mit ihrem Feuerwerk. Wo Strahlen dadurch enthüllt wurden, dass sie Staub aufleuchten ließen, wurden Opter-Drohnen getroffen und vernichtet. Wo Railguns feuerten, trafen die Projektilströme trotz ihrer hohen Geschwindigkeit fast nie auf ein Ziel. Die Drohnen schlüpften beiseite wie Fische, welche Haifischzähnen auswichen.

„Schlimmer, als ich erwartet hatte", murmelte Strecher. „Zwei Drittel unserer Waffen sind nutzlos."

Trinity unterstützte das örtliche Gefecht mit ihrer Feuerkraft und hatte bald schon einen kugelförmigen Raumbereich freigekämpft, was dem Monitor eine willkommene Erleichterung bot. Die Drohnen zielten offensichtlich auf die Strahlenwaffen, um das große Schiff nach und nach durch Präzisionsangriffe zu entwaffnen.

In ihrer früheren Inkarnation als der Zerstörer *Gryphon* war Trinity für diese Art von Arbeit konzipiert worden – als Jäger und Killer von allem, was kleiner als sie war. Zog man dann noch Indys KI-Präzision und Zaxbys Dienstjahre an einer Waffenstation in Betracht, war sie Kilo für Kilo das tödlichste Anti-Drohnen-Schiff im Weltraumbereich der Menschen. Während der ersten Gefechtsminuten eliminierte sie Hunderte dieser Drohnen, bevor diese sich zurückzogen, um außerhalb ihrer effektivsten Reichweite zu bleiben.

Gelegentlich feuerte der Monitor eine Lenkwaffe ab und ließ sie in minimaler Reichweite detonieren. Diese Explosionen erwischten jeweils eine Handvoll Drohnen, denen die Flucht nicht schnell genug gelang, aber diese Angriffe waren eine reine Verzweiflungstat. Der Monitor hatte nicht ausreichend viele Lenkwaffen in seinem Inventar, um dieser Art von Feind merklichen Schaden zuzufügen.

„Videoverbindung für Sie, Befreier", hörte Strecher Trinity sagen, die Indys Maschinenstimme verwendete.

„Schalten Sie sie durch."

Über seinem Sehnerv erschien das Echtzeitbild einer geräumigen Brücke und eines Mannes in der Uniform eines Kommodores, der in einem Kommandeurssessel saß. „Hier spricht Pearson von Bord des Monitors *Rhinoceros*. Admiral Strecher – Befreier – sind Sie das?"

Strecher stellte seine Verbindung so ein, dass sein Gesicht gezeigt wurde. „Ich bin es, Pearson. Entschuldigen Sie das Bild, aber ich stecke gerade im Mechanzug."

„Ich bin wirklich froh, Sie zu sehen, Admiral. Und Ihr Schiff ist ein bösartiges kleines Ding, aber ohne Hilfe halten wir hier nicht durch. Viel Hilfe."

„Kommodore Gray ist mit der größten Flotte unterwegs, die wir zusammenkratzen konnten, aber auch sie muss sich ihren Weg durch schwere Feindkräfte erkämpfen. Es bleibt uns nichts anderes übrig, als durchzuhalten, bis sie ankommt."

„Wir werden unser Bestes geben … aber, Admiral, wir haben die meisten unserer Sensoren und achtzig Prozent unserer Strahler verloren. Und die verdammten Biester landen schon auf unserem Rumpf und versuchen, Breschen zu schlagen. Es ist nur eine Frage der Zeit, bis sie sich durch die Panzerung bohren."

„Haben Sie Marineinfanteristen an Bord?"

„Nicht genug. Die wurden zumeist in andere Sektoren geschickt, als … entschuldigen Sie, Admiral … als wir gegen Sie kämpften."

„Verstanden. Haben Sie sonstige Eskortenschiffe?"

„Nein. Mein anderer Monitor *Hippopotamus* ist abgestürzt, und meine Kampfraumer haben nicht lange durchgehalten. Wir sind alles, was noch übrig ist. Sind wir geschlagen, dann fällt Beta-2 mit uns."

„Halten Sie durch, Pearson. Wir versuchen, die Dinger von Ihnen abzukratzen. Strecher, aus."

Unterhalb von Trinity und *Rhinoceros* befanden sich die massiven Werften, die der Monitor zu schützen versuchte. Bodengestützte Waffen in gepanzerten Geschütztürmen feuerten in den Schwarm hinauf, waren aber schlicht in der Unterzahl. Massive Strahlen mit ausreichend Stärke, um Schiffe zu zerschneiden, zerstörten einzelne Drohnen. Aber selbst auf dem niedrigsten Pegel und mit der geringsten Aufladezeit war das ein derart heftiger Overkill, als ob Fliegen mit einem Vorschlaghammer erschlagen würden. Zudem verschwendeten diese Strahlenangriffe Energie und Zeit.

Hin und wieder wurden Gruppen von Lenkwaffen von der Mondoberfläche gestartet, aber dann größtenteils abgeschossen, bevor sie ihre Ziele vernichteten. Railguns feuerten gelegentlich und mit einiger Wirkung, da die bodengestützten Einrichtungen offenbar über Streumunition verfügten. Deren Explosionswirkung erwischte Gruppen ausweichender Drohnen.

Aber wie Pearson gesagt hatte, rückte die aus Drohnen bestehende Wolke immer näher. Am Rand der felsigen Ebene, auf der sich die Werften befanden, schwebten die Opters bereits im extremen Tiefflug über den Horizont hinweg, um die Abwehr zu umgehen und Panzerfahrzeuge für den Angriff abzusetzen.

Panzerfahrzeuge … das war endlich etwas, das Strecher bekämpfen konnte.

„Trinity", sagte Strecher, „sobald Red und ich abgesprungen sind, fliegen Sie um *Rhinoceros* herum und säubern ihren Rumpf. Gehen Sie in den Subraum und verlassen Sie diesen dann wieder, wenn sie in Schwierigkeiten geraten. Versuchen Sie, das Monitorschiff funktionsfähig zu halten. Stirbt es, ist es auch mit den Werfen aus."

„Abgesprungen? Zur Oberfläche?", sagte Zaxby mit besorgter Stimme. „Seid ihr wahnsinnig geworden?"

„Wahrscheinlich. Nachricht an alle eigenen Einheiten: Bitte nicht auf die Typen in den Anzügen schießen, okay?" Strecher ließ die äußeren Türen öffnen. „Redwolf, sind Sie bereit?"

„Direkt hinter Ihrer total durchgeknallten Person."

„Los." Strecher warf sich durch die Öffnung und fiel in der niedrigen Schwerkraft langsam abwärts – zu langsam, was sich als Fehler erwies. Er richtete den Kopf nach unten und setzte seine Landedüsen ein, um den Fall zu beschleunigen – gerade noch rechtzeitig. Eine Gruppe von sechs Drohnen raste auf ihn zu und feuerte Laser ab.

Strecher führte mit den Düsen abrupte Ausweichmanöver durch und schoss mit seiner Energiekanone. Die Nadel des panzerbrechenden Plasmas zerfetzte eine der Drohnen. Er setzte auch seine Gatling ein, aber die anderen fünf Drohnen wichen dem Kugelstrom aus. In einer solchen Entfernung waren sie einfach zu schnell.

Aber das Abfeuern der Gatling hatte eine ungeahnte Wirkung. Da er Stützmasse nach oben schleuderte, fiel er schneller zu Boden. In seinem Head-Up-Display blinkten Aufprallwarnungen auf, und seine Sinneswahrnehmung und sein Instinkt als Mechgrenadier sagten ihm dasselbe. Er vollführte einen Salto, um seine Füße nach unten zu bringen und aktivierte seine Bremsdüsen kurz vor der harten Landung auf der steinigen, unebenen Oberfläche des fast luftlosen Monds.

Strahlentreffer bohrten Löcher in das Terrain, welches ihn umgab.

KAPITEL 3

Strecher auf der Oberfläche des Mondes Beta-2

STRECHER HIELT sich in seinem Mechanzug nah am Boden, Redwolf neben sich. Er rannte mit flachen Sprüngen, wobei das Stabilisierungssystem und seine Erfahrung verhinderten, dass er in eine nach oben führende Flugbahn geriet, die das Ausweichen verunmöglicht hätte.

Ein Mechanzug war kein Aerospace-Jäger, wenn auch von der Größe her vergleichbar. Er musste geduckt bleiben und das Terrain ausnutzen, die massiven Felsen und die Gruben, die nahe gelegenen Gebäude und Bergwerke. Hierbei besaß der kleinere Redwolf sogar einen Vorteil.

Er sprang in seinem Panzeranzug hinter Strecher her, und dieser fragte sich, was Redwolf in einem Kampf ausrichten konnte, in dem jedes feindliche Fahrzeug um das Zehnfache massiver war. Normalerweise operierte die schwere Infanterie in Trupps oder Zügen. Dadurch kompensierte ihre geringe Größe durch die Anzahl, ihre Koordination und die Fähigkeit, in Deckung zu gehen.

Allerdings hätte Strecher ihn kaum zurücklassen können. Er war sich auch nicht sicher, ob Redwolf einen derartigen Befehl überhaupt befolgt hätte.

Strecher erreichte eine Erzverarbeitungsanlage voller Röhren, Träger und Förderbänder, und begab sich dort in Deckung. Laser beharkten seine Umgebung und er erwiderte das Feuer konzentriert und präzise, wodurch er drei der sechs Angreifer eliminierte. Redwolf feuerte seinen eigenen Strahler nach oben hin ab, wobei die Auswirkung nicht abzuschätzen war.

Die feindlichen Salven trafen die Leitungen, so dass Gas ausströmte und eine Wolke bildete, welche ihn verbarg. Daraufhin brachen die drei verbleibenden Drohnen den Angriff ab und zogen sich zurück. Ein Schuss vom Boden her zerstörte eine von ihnen während des Steigflugs. Danach stellten sie für Strecher und seinen Begleiter keinerlei Gefahr mehr dar.

„Warum kommen sie nicht herunter und schwärmen an der Oberfläche aus?", fragte Redwolf.

„Das werden sie noch. Ich glaube, dass Trinity sie überrascht hat. Sie ist wie ein Großkampfschiff im Rumpf eines Zerstörers, zumindest was die Nahkampfwaffen betrifft. Ich vermute, dass sie sich auf sie und die *Rhino* konzentrieren werden, bevor sie dann in Scharen landen."

Redwolf deutete. „Ich war zu voreilig, glaube ich."

Strecher drehte sich um und blickte auf die von Redwolf identifizierte Stelle am Horizont. Dort erkannte er zahlreiche Fahrzeuge, die Staub aufwirbelnd auf die Werften zurollten – Hunderte, schätzte er. Der optische Zoom bestätigte, dass es sich um sechsrädrige Kampfwagen handelte, die von leichten Panzern unterstützt wurden. Knapp über und hinter ihnen schwebten Kampfdrohnen. „Sie sind jenseits des Horizonts gelandet, um einen Bodenangriff durchzuführen. Ich bezweifle, dass unsere Verteidiger auf diese Art von Schlacht vorbereitet sind. Sie verfügen nicht über die nötige Truppenstärke, und die meisten Geschütztürme sind für die Raumabwehr optimiert."

„Wenigstens ist das unsere Art von Schlacht, Admiral."

„Meine Art von Schlacht. Im Freien haben Sie gegen so viele Gegner keine Überlebenschance. Das ist mein Spezialbereich."

„Aber Sir –"

„Ich sehe da drüben einen Bunker", unterbrach ihn Strecher. „Laufen Sie dorthin und verteidigen Sie ihn. Tun Sie das, wofür die Infanterie ideal geeignet ist – die Stellung halten. Versuchen Sie, Kontakt mit Verbündeten herzustellen. Es muss hier einige Truppen geben, selbst wenn es sich nur um Wachpersonal handelt. Sie sollten diese besser unterstützen. Gehen Sie jetzt! Das ist ein Befehl."

„Aye, aye." Redwolf drehte sich und sprintete über das unebene, felsige Terrain hinweg.

Strecher verbannte Red aus seinen Gedanken und hastete nach rechts, auf das linke Ende der sich nähernden feindlichen Angriffslinie zu. Eine direkte Konfrontation mit einem derart massiven Feindaufgebot wäre blanker Wahnsinn gewesen. Er würde sie von der Flanke her angreifen und versuchen, jeweils einen oder zwei Gegner aufzurollen.

Die nächste feindliche Formation, die einem Bataillon von etwa siebzig Fahrzeugen entsprach, hatte ein relatives flaches Gelände gewählt. Durch dessen Zentrum verlief eine Straße, die den besten Zugangsweg über das unebene Terrain bot. Dennoch wurden die Gegner verlangsamt, da sie versuchten, die Formation zu halten.

Der felsige Boden bot Strecher einen Vorteil. Er bewegte sich geduckt vorwärts, bis er das Ende der feindlichen Linie erreichte, und ließ diese passieren.

Zuerst vernichtete er die Kampfdrohne, die ganz links die Formation absicherte, dann eine weitere, die abgedreht war, um ihn aufzuspüren. Er war sich nicht sicher, wie die Feinde reagieren würden, da jede Streitkraft einer eigenen Militärdoktrin folgte. Er hoffte, dass es die Reaktion eines von Natur aus flugfähigen Wesens sein würde – einer Hundebiene oder eines Wespenpiloten. In diesem Fall könnte er mit dem Einsatz von Aerospace-Einheiten rechnen.

Damit lag er richtig. Die verbliebenen zehn Erdkampfunterstützungs-Drohnen rasten auf ihn zu. Sie eröffneten das Unterstützungsfeuer mit Strahlenwaffen, die die ihn umgebenden Felsen trafen und aus dem zerstörten Gestein Staub- und Gaswolken aufsteigen ließen.

Genau, wie er es gehofft hatte. Dank seiner Multispektrum-Sensoren konnte er problemlos durch die Wolken hindurchblicken, während die Feinde durch diese behindert und ihre Strahlenattacken abgeschwächt wurden.

Er schoss drei weitere ab, bevor sie zurückwichen und die Panzerfahrzeuge umleiteten.

Fünf eliminiert, noch etwa sechzig übrig.

Zwei Gruppen von jeweils sechs Fahrzeugen – eine mit Spähwagen, die andere mit leichten Panzern – schwärmte aus und versuchte, seine Stellung zu umzingeln. Statt ihnen dies zu erlauben, eilte er nach rechts und setzte seine Gatling gegen die leichteren Feinde ein.

Die Wuchtgeschosse leuchteten an der Panzerung der Spähwagen auf und bohrten sich dann hindurch, als er einen Feuerstoß auf eine bestimmte Stelle konzentrierte. Das Fahrzeug kippte und überrollte sich, woraufhin Rauch aus dem brennenden Wrack quoll.

Das war die gute Nachricht. Es bedeutete, dass er zur Bekämpfung des Gegners zwei Waffen statt nur einer besaß.

Er gab einen Schuss mit der Energiekanone auf den

Panzer hinter dem brennenden Spähwagen ab. Auch dieses Fahrzeug geriet in Brand, und aus sämtlichen Rissen seiner geborstenen Panzerung schoss das Plasma. Schließlich war diese Waffe dafür konzipiert, wesentlich schwerere Panzer zu vernichten.

Strecher hastete durch die von ihm geschaffene Lücke und feuerte sowohl nach links als auch nach rechts. Das unebene Gelände ermöglichte es ihm, die schwache Bodenplatte eines Spähwagens mit der Gatling zu durchschießen und diesen mühelos zu vernichten. Ein Blitz aus der Energiekanone durchdrang die Seite eines Panzers so einfach, als wäre dieser aus Käsekuchen gebaut worden.

Diese Opters geben miese Bodentruppen ab, dachte er. Im Vergleich mit den Streitkräften der Menschen mangelte es ihnen an schweren Panzern, Raketenwerfern auf Selbstfahrlafetten und gepanzerter Infanterie. Vielleicht wiesen sie unterschiedliche Einheitsstrukturen auf, wenn sie Gebiete zu erobern und verteidigen planten. Eventuell bildete dieses Bataillon das Gegenstück zu einer Gruppe von Marineinfanteristen, das hastig zusammengezogen worden war, um Schwachpunkte in den Verteidigungsstellungen der Menschen zu identifizieren.

Und mit Mechgrenadieren hatten sie es noch nie zu tun gehabt.

Nun, er würde ihnen zeigen, wie ein solches Gefecht ablief.

Strecher rannte in einem Bogen und nutzte die Felsen und Gruben, um festen Boden zwischen sich und sämtliche Objekte zu bringen, die keine Ziele darstellten. Das war eine der bedeutendsten Stärken eines Mechgrenadiers – sein fast perfektes Lageverständnis auf dem Gefechtsfeld. Die Kombination aus menschlichem Bewusstsein, Neuralverbindung und gefechtsoptimierter HKI ließ seine Manöver so natürlich erscheinen wie die Bewegungen eines Fußballspielers auf dem Spielfeld, der in eine Schussposition gelangen will.

Dabei eliminierte er einen Feind nach dem anderen. In weniger als einer Minute hatte er beide Gruppen vernichtet.

Siebzehn Fahrzeuge zerstört, über fünfzig verblieben.

Strecher überlegte sich, was seine Feinde nun tun würden. Sie mussten überrascht und darüber besorgt sein, dass ein Gegner bereits so viele ihrer Kämpfer ausgelöscht hatte. An ihrer Stelle würde er kein Risiko eingehen. Er würde seine gesamte Streitmacht umlenken und versuchen, den Mechgrenadier zu umzingeln, bevor er weitere Stellungen angriff.

Strecher machte eine Kehrtwende und rannte den Weg zurück, den er gekommen war. Dadurch entkam er der Schlinge, die die Opters um ihn zuzuziehen versuchten. Dabei vernichtete er drei weitere Spähwagen und zwei Panzer und duckte sich wieder zwischen die Felsen.

Zweiundzwanzig erledigt.

Er bemerkte Aktivität über sich – Nahdistanz, nicht im Hauptgefechtsbereich gelegen, der mehrere Kilometer höher lag. Er gab einen Flugabwehr-Radarimpuls ab und identifizierte zwei Sechsergruppen der größten feindlichen Raumjäger, deren Masse fast an die Kampfraumer heranreichte. Im Gegensatz zu den kleineren Drohnen besaßen diese Waffen, die ihn mit einem Schuss schwer verletzen oder töten konnten.

Diese Schüsse prallten nun um ihn herum auf, schleuderten Gestein in die Höhe und ließen den Boden erzittern. Er arbeitete sich tiefer in eine schmale Schlucht vor und verringerte dadurch den Winkel, aus dem ihn der Feind beschießen konnte. Streifschüsse aus Strahlenwaffen erhitzten seine Haut, aber die Verstärkungsfelder und Schichten aus Supraleitern absorbierten die Wärme.

Zumindest momentan.

Okay, sie hatten also Luftunterstützung angefordert.

Nun, auch er hatte die Möglichkeit, seine eigene Luftunterstützung zu rufen.

„Strecher an Trinity", sagte er. „Sie müssen den Himmel über mir säubern. Können Sie hier auftauchen?"

„Aye, aye", sagte Zaxbys Stimme. Kurz darauf erschien Trinity explosionsartig aus dem Subraum und verblieb nur zwei Sekunden lang im Normalraum. Während dieser Zeit trafen zwölf kampfstarke Sekundärstrahler die zwölf Raumjäger, die ins Trudeln gerieten und auf die Oberfläche zustürzten.

Bevor der erste von ihnen aufprallte, war Trinity bereits wieder verschwunden. Strecher staunte darüber, wozu ein KI-kontrolliertes Kriegsschiff fähig war. Im Vergleich zum Dreifachgehirn schienen sich Strecher und sein Mechanzug im Schneckentempo zu bewegen. *Vielleicht war es ein Segen, dass alle KIs vor Indy wahnsinnig geworden sind.* Der Gedanke ließ ihn erschaudern. Ansonsten hätten diese Maschinenintelligenzen die Menschheit vielleicht auf eine Art und Weise verändert, die ihm bestimmt nicht gefallen hätte, oder sie sogar ersetzt.

Möglicherweise konnte es immer noch dazu kommen, falls Indy zuverlässig dupliziert würde.

Aber bis dahin gehörte das Universum dem organischen Leben – Lebewesen, die um Territorien kämpften. Was bedeutete, dass zumindest diese kleine Ecke der Galaxis für die Menschen begreifbar blieb.

Bevor der Staub der Abstürze sich gelegt hatte, raste Strecher auf seine Feinde zu und nutzte die Verwirrung, um deren Sensoren zu entgehen. Eine weitere spezielle Stärke der Mechgrenadiere lag darin, den Zusammenhalt feindlicher Einheiten zu schwächen – obwohl diese Taktik, wie er zugeben musste, bei diesen Opters nicht so optimal klappte wie bei menschlichen Gegnern. Mehr noch als die Hok blieben diese Insektenwesen gelassen und führten ihre Pläne ohne jegliche Furcht aus. Es war möglich, sie zu überraschen, dies schien ihre Kampfmoral jedoch nicht zu beeinträchtigen. Wahrscheinlich verfügten sie nur über einen schwach ausgeprägten Selbsterhaltungstrieb.

Zumindest traf dies auf die Dienerwesen der Königinnen zu. Ein Wesen von der Intelligenz einer Königin würde sich selbst vermutlich als unentbehrlich einschätzen. Er beschloss, diese Möglichkeit zu einem späteren Zeitpunkt zu bedenken.

Er wütete inmitten des Rauchs und des Staubes und tötete alles, worauf er zielte. Im Vergleich zu den relativ einfachen Kampffahrzeugen des Feindes besaß sein Mechanzug hochkomplexe Sensoren. Hätte es sich um ein Bataillon gepanzerter Hok gehandelt, hätte man ihn dauerhaft aufgrund seiner Multispektrum-Emissionen, seines Radars und Lidars lokalisiert. Diese Opters hingegen schienen keine hochwertigen Detektoren zu besitzen.

Momentan war er ein Wolf unter Schafen – nein, ein Tiger. Er zählte nicht bewusst mit, aber seine HKI vermeldete fünfundfünfzig Abschüsse, bevor der feindliche Widerstand brach.

Selbst dann noch kam es nicht zu einer unkontrollierten Flucht. Sie zogen sich lediglich so schnell wie möglich zu ihren Ausgangspositionen zurück, vermutlich den Landefrachtern, um einige Einheiten zu bewahren.

Strecher aktivierte seine Funkverbindung mit Redwolf. „LAGEBERICHT."

„Ich habe mich den Streitkräften angeschlossen. Ihre Situation ist ziemlich prekär, aber wir haben ein Bataillon dieser Panzerspähwagen und Panzer zurückgeschlagen und sehen keine weiteren."

„Ich glaube, ich habe ein weiteres Bataillon in die Flucht geschlagen", sagte Strecher.

„Ganz allein?"

„Sehen Sie hier irgendwo Loco?"

„Total irre, Admiral!"

„Danke. Trinity hat mitgeholfen ... außerdem sind diese Opters auf dem Boden nicht annähernd so tödlich wie die Hok. Gab es sonstige Angriffe auf die Front?"

Redwolf kommunizierte einen Moment lang mit jemandem außerhalb des Sichtbereichs. „Nein, Admiral, aber dem Monitorschiff über uns geht es schlecht. Kommodore Gray sollte besser schnell herkommen, sonst werden wir überrannt."

„Sagen Sie Ihren neuen Kameraden, dass Hilfe unterwegs ist."

„Ich habe ihnen bereits gesagt, dass sie da draußen den Feinden den Arsch aufreißen. Das hat der Kampfmoral echt gutgetan."

„Gut. Ich verfolge die sich zurückziehenden Bodentruppen. Vielleicht kann ich ihre Landefrachter eliminieren oder zumindest Aufklärungsdaten sammeln. Strecher, aus." Er eilte bereits in flachen Sprüngen über die Oberfläche und beobachtete dabei den Bereich über ihm, wobei die Flugabwehr-Laser aktiviert und aufgeladen wurden. Dies erforderte zusätzliche Energie, aber die Strahlen – die für einen Abschuss zu schwach waren, aber ausreichten, um Sensoren zu blenden – waren für sein Überleben unentbehrlich. Gelegentlich feuerten sie im Automatikmodus, wenn sich etwas von oben näherte, und manchmal entsandte er einen Blitz aus der Energiekanone in den Himmel.

Wäre er der Opter-Kommandeur vor Ort gewesen, hätte er eine überwältigende Streitmacht entsandt – etwa hundert Drohnen – um Strecher aus der Luft zu beschießen. Er vermutete aber, dass es bei den Opters anders als bei den Menschen keinen Kommandeur gab – niemanden, der mit Überraschungen umgehen und die Befehle entsprechend anpassen konnte. Die Opters schienen kein besonderes Improvisationstalent zu besitzen. Ihnen mangelte es sogar an der Fähigkeit, kriegsentscheidende Faktoren zu identifizieren, solange sich keine Königin in der Nähe aufhielt.

Im Gegensatz dazu hatten beide Imperien der Menschen versucht, eine äußerst kompetente Befehlshierarchie vom niedrigsten Mannschaftsdienstgrad bis hin zum höchsten Flaggoffizier einzurichten. Dadurch wäre im Notfall jeder in der Lage, eine Führungsposition zu übernehmen.

Natürlich waren sich die Opters wohl kaum bewusst, dass Dirk Strecher, der Befreier, in diesem lästigen Mechanzug steckte. Ansonsten hätten sie wohl alle Hebel in Bewegung gesetzt, um ihn zu erwischen. Das glaubte er nicht nur aus einem überbordenden Gefühl des Stolzes heraus. Er wusste, welchen Wert er für die Befreiungsbewegung hatte. Vor allem für deren Ideale und Ausrichtung.

Er hätte noch einige der sich zurückziehenden Feinde vernichten können, vor allem die offensichtlich Beschädigten, zog es jedoch vor, einen Beobachtungsposten einzunehmen. Er war sich nicht sicher, was seine Tarnung taugte. Er verspürte aber nicht den Wunsch, die Opters beim Aufspüren der eigenen Person zu unterstützen. Vor allem nicht für den Fall, dass deren Landefrachter über bessere Sensoren verfügten als das Kanonenfutter.

Er spähte zwischen zwei Felsen auf einem niedrigen Hügelzug hindurch und erkannte die Raumfahrzeuge, welche Bodentruppen an Bord nahmen. Allerdings handelte es sich nicht um die von ihm erwarteten plumpen Frachter, sondern um schwere Kampfdrohnen. Anscheinend trug jede Drohne ein Panzerfahrzeug in einem konturangeglichenen Gestell.

Was erklären würde, warum die Spähwagen und Panzer zum Kanonenfutter verkamen. Sie dienten eher als Zusatzgeräte und weniger als echte Bodentruppen. Diese Fahrzeuge wurden dazu eingesetzt, im Rahmen von Missionen bestimmte Ziele zu zerstören, wofür bei den Menschen Marineinfanteristen eingesetzt würden. Wahrscheinlich waren nur einige der schweren Raumjäger entsprechend ausgerüstet.

Strecher zeichnete alles auf, griff aber nicht an. Seine Energiekanone hätte die Panzerung dieser Raumjäger auf eine derartige Entfernung nicht durchschlagen. Im Gegensatz dazu wäre es für die gegnerischen Waffen ein Kinderspiel, ihn mit einem Glückstreffer zu eliminieren.

Er versuchte, eine Datenverbindung zu Trinity herzustellen. Der Vorgang dauerte eine halbe Minute, aber schließlich war er in der Lage, mit seinem Lesezugriff auf die Daten zuzugreifen.

Aus der Informationsflut schloss er, dass das KI-kontrollierte Raumschiff nicht nur Dutzende von Opters vernichtete, sondern die Gegner auch durch Hacking-Angriffe behinderte. Zweifellos würden sie ihre Gegenmaßnahmen später verbessern, aber momentan hatte die Trinity sich einen kugelförmigen Raum freigekämpft, in den die Opters anscheinend nicht eindringen konnten. Dieser Raum musste durch die Nanosekunden bei Lichtgeschwindigkeit definiert werden, in der die Hack-Angriffe der KI alle Abwehrversuche durchdringen konnte, wenn diese Wesen zu nahe kamen.

Strecher lachte. Kybernetisches Insektenspray. Genau das war es.

Das erklärte größtenteils, warum Trinity und *Rhinoceros* noch nicht überwältigt worden waren. Indem sie quasi Rücken an Rücken standen, hatten der dickhäutige, gepanzerte Raum-Dinosaurier und der scharfkrallige Raubvogel sämtliche Gegner abwehren können.

Das bedeutete aber nicht, dass sie unversehrt blieben. Trinitys Systemstatussymbole wurden mindestens zur Hälfte gelb oder rot angezeigt. Viele ihrer Waffen waren ausgefallen, und ihre Panzerung, die ja nie besonders dick gewesen war, war völlig durchlöchert.

Rhino schien in einem noch schlechteren Zustand zu sein. In Teilen des Monitors brannten hartnäckige Sauerstofffeuer und ein Großteil der Waffen war verschwunden. Wesen, die in Panzeranzügen steckenden Insekten glichen, krochen über die Oberfläche hinweg oder drangen in Risse in der Panzerung ein. Während Strecher das Geschehen beobachtete, schleuderte eine Explosion Plasma in den Weltraum. Vielleicht aufgrund einer Mine oder Bombe, die ein Soldat der Opters eingesetzt hatte.

Trinity umkreiste den Monitor weiterhin und fegte Angreifer soweit möglich von dessen Oberfläche. Aber sie war nur ein Schiff, und trotz ihrer tapferen Abwehr war sie langsam dabei, dieses Gefecht zu verlieren.

Strecher fluchte in Gedanken und überlegte, was er tun könne. Mit seinen Düsen könnte er ins Weltall aufsteigen, aber sein Mechanzug war beim besten Willen kein Raumjäger. Ohne Deckung oder Manövrierfähigkeit würde er im Nu zerschossen werden.

„Trinity, wie nahe sind Grays Schiffe?", fragte er, verzweifelt auf gute Nachrichten hoffend.

„Sie kommen bereits an, aber bisher sind nur die Korvetten in größerer Zahl eingetroffen. Es ist ihnen nicht gelungen, uns zu erreichen."

„Was ist mit den Fregatten und Zerstörern?"

„Sie werden in einigen Minuten in das Gefecht eingreifen. Aber selbst dann wird es eine Weile dauern, bis sie sich durchkämpfen können."

„Wenn Sie nur noch etwas durchhalten können –"

„Das weiß ich, Admiral Strecher. Aber Sie werden die

Lage weder durch Ermutigung noch durch Ihre Detailversessenheit ändern. Sie können nichts tun, um uns zu helfen."

„Von wegen, verdammt noch mal. Strecher, aus."

Aber Strecher hatte keine Ahnung, wie er sein Versprechen erfüllen konnte. Er wusste nur, dass er nicht einfach untätig herumsitzen würde.

Er wandte sich wieder den schweren Raumjägern der Opters zu, die ihre Bodenfahrzeuge abholten. Pro Panzer oder Spähwagen existierte jeweils einer, und sobald das jeweilige Fahrzeug daran befestigt war, leitete dieser den Start ein.

Ein leichter Panzer blieb aufgrund seiner beschädigten Raupenketten hinter den anderen zurück. Strecher kam eine Idee.

Er hastete an der Flanke entlang zu einer Stelle direkt hinter dem gelandeten Raumjäger, die wahrscheinlich nicht von den Sensoren abgedeckt wurde. Er schlich sich an, wobei er sich so tief wie möglich duckte und das felsige Terrain zur Deckung nutzte.

Als der beschädigte Panzer sich dem Raumjäger näherte und hin und her drehte, um sich auf das schmale Tragegestell hin auszurichten, stürmte Strecher vor. Unterwegs hob er einen fünf Tonnen schweren Felsbrocken auf und zerschmetterte damit den Turm des Panzers von hinten. Er rechnete damit, dass dessen Sensoren und Antennen dadurch zerstört und der Fahrer möglicherweise betäubt würde. Mit etwas Glück würde der Panzer aus der Perspektive des Raumjägerpiloten gesehen einfach verschwinden.

Er hatte keine Ahnung, ob der Raumjäger so nahe am Rumpf Sensoren besaß. Alles, was er bisher an diesen Opters gesehen hatte, wies auf eine robuste, einfache Bauweise mit minimalen Zusatzsystemen hin. Ihre Militärdoktrin schien alles davon als Kanonenfutter zu betrachten. Eine ausgesprochen effiziente Methode, insofern man die Leben der zahlreichen Truppen als gering wertete.

Biologisch gesehen war der Instinkt zur Wertschätzung des Individuums auf der kostspieligen Investition begründet, die jedes Individuum erforderte. Es dauerte etwa zwanzig Jahre, bis ein Mensch erwachsen wurde und für die Gesellschaft einen Nutzen erbrachte, und technische Berufe erforderten eine enorm lange Ausbildung. Der Entwicklungsprozess der Opter-Drohnenpiloten hingegen war vermutlich viel kürzer und er glaubte, dass sie gerade mal eine ausreichende Ausbildung erhielten, um für ihre Königinnen zu kämpfen und zu sterben.

Strecher zog den Panzer näher an den Raumjäger heran, damit es so wirkte, als ob das Fahrzeug immer noch an Bord kommen wollte. Als er nahe herankam, schob er das Fahrzeug in eine kleine Mulde und schaufelte dann Steine und Erde darauf, um das Fahrzeug unter einer dünnen Schicht Oberflächenmaterial zu begraben.

Dann trat er an dessen Stelle an Bord und stützte sich an den Seiten des Gestells ab.

Besaß der Pilot Sensoren in diesem Bereich? Oder zeigten die Systeme der Kreatur nur an, dass sich der Panzer an Bord befand? Oder gab es etwas Einfaches wie Druckdetektoren im Boden? Die Masse des Panzers schien in etwa derjenigen seines Mechanzugs zu entsprechen, ungefähr fünfzig Tonnen.

Und falls der Pilot sich nicht täuschen ließ, könnte Strecher zumindest den Raumjäger von innen heraus zerfetzen.

Er wartete einen Moment lang.

Und dann noch einen.

Schließlich vibrierte der Raumjäger sanft und hob dann ab.

Strecher sah, wie der Boden unter ihm zurückblieb. Er stützte sich an den Wänden ab und blickte nach außen wie ein

Fallschirmjäger, der an der Flugzeugluke auf den Sprungbefehl wartet. Die hellen Sterne des Weltraums wirbelten durch sein Blickfeld, wobei sie gelegentlich durch das Funkeln des Triebwerks und der Steuerdüsen sowie durch Waffenfeuer verdeckt wurden.

Wohin würde der Opter-Raumjäger fliegen? Würde er zum weit entfernten Nestschiff flüchten? Das glaubte er nicht – zumindest nicht, bis diese Wesen zur Überzeugung gelangten, dass die Schlacht für sie verloren war. Nein, es würde noch einige Minuten dauern, bis sich das Rinnsal der Republik-Schiffe zu einer Flut vermehrte. Die Opters hatten immer noch die Chance, das Monitorschiff und Trinity zu eliminieren und den Stützpunkt Beta-2 zu überwältigen.

Das Risiko hatte sich gelohnt. Wie er gehofft hatte, ging der Raumjäger nach einigen Sekunden in den Steigflug über und manövrierte, um sein Kampffahrzeug auf der Oberfläche von *Rhinoceros* abzusetzen. Allerdings handelte es sich bei diesem speziellen Kampffahrzeug um Strecher.

Nachdem er seine magnetisierten Füße auf den gepanzerten Rumpf des Monitors aufgesetzt hatte, feuerte er mit der Energiekanone auf die Stelle, an der er den Piloten vermutete. Der heiße Plasmastrahl bohrte sich tief ins Innere des Raumjägers und löste Brände aus.

Strecher drückte mit beiden Handschuhen gegen den schwer beschädigten Raumjäger. Er war erleichtert, als das anscheinend vernichtete Raumfahrzeug sich in Bewegung setzte und zu taumeln begann. „Danke fürs Mitnehmen, Insekten-Kumpel." Er kicherte.

Das Brennen eines Strahls auf seiner Haut erinnerte ihn aber daran, wie schutzlos er hier draußen auf dem Rumpf war. Es wäre ungemein dumm gewesen, auf der freien Ebene des runden Monitorschiffsrumpfes kämpfen zu wollen. Schließlich befand sich jeder einzelne der Raumjäger in seiner Sichtlinie – und er in ihrer.

Er hetzte zum nächsten Riss in der Panzerung und tauchte ins Innere des Schiffs. Nun war er in seinem Element.

Strecher begann damit, Opters zu töten.

Er jagte die Insekten fünf Stunden lang durch das Schiffsinnere. Es spielte keine Rolle, dass er Opters in Opter-Panzeranzügen bekämpfte. Panzeranzüge jeder Art hatten keine Chance gegen ihn. Er war ein Riese unter Pygmäen, ausgestattet mit Waffen, die mit einem einzigen Schuss in Gedankenschnelle töteten. Panzer konnten im Innern des Monitorschiffs nicht eingesetzt werden, ein Mechanzug hingegen schon.

Manchmal musste er sich ducken. Gelegentlich riss er Löcher in die Wände. Hin und wieder wünschte er sich auch, dass er halb so groß wäre – aber er schlachtete die Feinde ab, sobald er sie entdeckt hatte.

Er drang zu einer verstreuten und demoralisierten Gruppe von Marineinfanteristen vor und führte diese an. Sie sammelten sich um ihn wie verlorene Seelen um einen Heiland. Er war ein Engel, der einzige, der sie aus der Hölle führen konnte. Trotz ihrer Erschöpfung folgten sie ihm, unterstützen ihn und gaben ihm Rückendeckung.

Lange bevor das letzte Insekt eliminiert war, hatten Kommodore Grays große Schiffe das Blatt gewendet. Als die Niederlage offensichtlich war, wendeten sich die Drohnenflotten im perfekten Einklang ab, als ob sie ein gemeinsames Bewusstsein besäßen. Sie flohen, um möglichst viele Einheiten zu retten. Grays grimmige Krieger, wütend über die eigenen Verluste, setzten zur Verfolgung an und töteten alle Fliehenden, bis die Nestschiffe in den Lateralraum entschwanden.

Grays Flaggschiff, das für die Jagd auf die feindlichen Drohnen zu langsam war, lud seine Marineinfanteristen ab, damit diese an Bord der *Rhinoceros* gehen konnten. Sobald sein Schiff gesichert war, landete Kommodore Pearson seinen schwer beschädigten Monitor auf der Mondoberfläche, was dem Personal der Stützpunkte und den Reparaturfahrzeugen einen einfachen Zugang gewährte.

Strecher und die überlebenden Soldaten standen stolz auf der Oberseite des enormen Raumschiffs wie auf einem Hügel aus Metall und blickten auf das Schlachtfeld hinab. Die meisten der Geschütztürme, Bunker und Einrichtungen der Werften waren noch intakt. Die hartnäckige Abwehr der heroischen Crew des Monitors und Trinity hatten sie vor der Vernichtung bewahrt. Über ihnen kreuzten die Schiffe der Flotte in Formation, und die Mondoberfläche wimmelte vor Aktivität.

Weit entfernt am Horizont bemerkte er einen ähnlichen Metallhügel, zu dem eine Reihe von Fahrzeugen unterwegs war. Er erinnerte sich daran, dass es zwei Monitorschiffe gegeben hatte. Das musste die *Hippopotamus* sein, das zerstörte Schwesterschiff der *Rhino*. Einen Augenblick lang erwies er ihrem Rumpf einen stillen Salut und hoffte, dass es Überlebende gab.

Kommodore Gray sendete einen Funkspruch von ihrem Flaggschiff. „Herzlichen Glückwunsch, Befreier", sagte sie, wobei die sonst übliche Spur von Skepsis nicht mehr aus ihrer Stimme herauszuhören war. „Sie haben durchgehalten, Admiral."

„*Wir* haben durchgehalten", erwiderte er. „Danken Sie Trinity und Pearsons Leuten – und Ihren. Alle haben heute erbittert gekämpft. Leider mussten wir viele gute Männer und Frauen der Liste unserer gefallenen Helden hinzufügen."

„Das ist ein privater Kanal, Admiral. Es sind keine Reden nötig."

„Es ist das, was ich gerade fühle, Ellen. Falls das eine Rede ist, dann gebe ich es gerne zu. Warum haben Sie sich denn bei mir gemeldet?"

„Ich habe hier jemanden, den Sie kennenlernen sollten."

„Oh? Wen denn?"

Die Antwort kam völlig unerwartet. „Ein Überläufer der Opters."

KAPITEL 4

Strecher auf der Oberfläche des Mondes Beta-2

Über Funk setzte Kommodore Gray ihren überraschenden Bericht bezüglich des Opter-Überläufers fort. „Er sagte, dass er nur mit Ihnen reden will."

Strecher dachte kurz darüber nach. „Er, was? Ein männlicher Opter?"

„Zweifellos." Aus irgendeinem Grund schien Kommodore Gray belustigt zu sein.

„Schicken Sie ihn zu Trinity. Ich treffe ihn dann dort. Strecher, aus."

Danach bat er Trinity, ihn abzuholen.

Der Opter-Überläufer wurde an Bord gebracht, gefesselt mit eng anliegenden Duranium-Handschellen und mit Ketten verbundenen Fußfesseln. Ein schwerer Wartungsroboter auf Gleisketten hielt einen Teil der Fesseln in einer Metallklaue.

Strecher hatte ein Insektenwesen erwartet, aber das Wesen, welches in Trinitys Offiziersmesse stand, war ein gewöhnlicher Mann. Unaufdringlich und von durchschnittlicher Größe und Körperbau. Er hatte dunkelbraunes Haar und eine leicht goldfarbene Haut, eindeutig innerhalb der Norm für die vielen Typvarianten der Menschheit.

Nur sein Blick wirkte ungewöhnlich: ruhig und gelassen, aber dennoch scharf, als ob er alles in seiner Umgebung genau erfassen würde. Diese Augen blickten nacheinander alle im Raum an – Nolan, Zaxby, Redwolf und dann Strecher, der hier saß und einen hochwillkommenen Becher Kaffee in der Hand hielt.

„Setzen Sie sich", sagte Strecher mit einer Geste. „Wollen Sie etwas trinken?"

„Solange es Koffein enthält", sagte der Mann in einem normalen Ton. Er setzte sich hin und faltete die gefesselten Hände auf dem Tisch vor sich. Als er eine Tasse Kaffee erhielt, nippte er mit offensichtlichem Genuss daran.

Strecher überkam das seltsame Gefühl, dass dieser Mann sich selbst nicht als gefesselt betrachtete. Wie ein Gefangener benahm er sich definitiv nicht. Er war weder aufmüpfig noch unterwürfig. Er ... war einfach sich selbst.

„Ich bin Dirk Strecher", sagte Strecher. „Man nennt mich den Befreier. Wer sind Sie?"

„Meine Bezeichnung lautet Myrmidon. Sie können mich Don nennen, wenn Sie möchten." Die Stimme des Mannes klang ausgesprochen gewöhnlich, mit einem Erdischen Akzent behaftet, welcher schwierig zu definieren war.

„Sie behaupten, ein Opter zu sein, aber Sie sehen wie ein Mensch aus?"

„Sie ja auch, Befreier, obwohl sie fast so weit vom Standardmenschen entfernt sind wie ich. Anscheinend wurden Sie mit Opter-Biotechnologie behandelt."

Strecher lehnte sich mit einem Anflug von Verwirrung zurück. „Nicht direkt. Ich wurde mit HOK-Parasiten infiziert, habe aber das Gegenmittel eingenommen, bevor es zu den üblichen Auswirkungen kam."

„Und woher, glauben Sie, hat die Kollektivgemeinschaft die HOK-Parasiten?"

Strecher schossen unzählige Gedanken durch den Kopf. Zaxby, Nolan und Indy versuchten alle gleichzeitig zu sprechen, was bewies, dass sie nicht ganz so gut in ihre Dreieinigkeit integriert waren, wie Strecher geglaubt hatte. Zaxby zeigte sich überlegen, indem er sich in den Stuhl neben dem Gefangenen warf und aus einigen Zentimetern Entfernung mit ihm redete. „Ich hab's doch gewusst! Ich habe gewusst, dass die nachgewiesenen Fähigkeiten der Kollektivgemeinschaft nicht ausreichen würden, um etwas wie die Hok zu erschaffen. Ansonsten gäbe es nicht nur Hok, sondern auch alle möglichen anderen Biotech-Optionen für die Bürger – wie Verjüngung oder körperliche Veränderungen als Anpassung an ungewöhnliche Umgebungen, oder –"

Strecher unterbrach ihn laut und griff nach vorn, um Zaxby wegzuschieben. „Lassen Sie sich durch diesen nervigen, besserwisserischen Tintenfisch nicht stören, Myrmidon. Also wurden die Hok durch Opter-Biotechnologie erschaffen? Warum?"

„Nennen Sie mich bitte Don. Weil die Kollektivgemeinschaft damals gegen die Hundert Welten am Verlieren war. Die Sarmok-Gruppe hat ihr die Biotech-Daten überlassen, um das Kräfteverhältnis im Krieg auszugleichen. Das alles wurde als Entdeckung kaschiert, die angeblich auf einem neu erforschten Planeten gemacht worden war. Die Technologie konnte nicht mit den Opters in Verbindung gebracht werden. Natürlich akzeptieren die Oligarchen der Kollektivistenpartei alles, was ihnen mehr Macht über die Bevölkerung verleiht ... wie es jede Regierung tun würde."

„Ja ... für derartige Leute wäre das ein eindeutiger

Gewinn", sagte Strecher, den Blick ins Leere gerichtet. „Wenn ein Bürger nicht ‚umerzogen' werden kann, wird er zum Hok-Kampfsklaven gemacht." Er faltete seine Hände, legte die Ellbogen auf den Tisch und lehnte sich vor, um sich auf Myrmidon zu konzentrieren – oder Don, wie er genannt werden wollte. „Und die Opters haben das getan, um die Hunnen am Sieg zu hindern?"

„Genau."

Strecher dachte einen Moment darüber nach. „Wie lange haben sich die Opters schon in die Angelegenheiten der Menschheit eingemischt, um Kriege anzuheizen? Das Kräfteverhältnis im Krieg ausgeglichen, wie Sie es ausdrücken?" Er schnalzte mit den Fingern. „Und der Nektar. Ich gehe jede Wette ein, dass das einfach nur eine weitere Methode ist, uns zu manipulieren. Wie lange schon?"

„Seit Jahrhunderten."

„Warum?"

„Ich glaube, die Antwort darauf kennen Sie bereits."

„Ich habe eine Vermutung." Zaxby öffnete den Mund, aber Strecher nickte Nolan zu. Vielleicht konnte er Zaxbys üblichen Wortschwall abblocken, indem er die Frau für Trinity sprechen ließ. „Sie auch?"

Nolans hellgrüne Augen blinzelten. „Damit die Menschheit geschwächt und zerstritten bleibt." Sie wandte sich Don zu. „Aber es hat nicht funktioniert wie erwartet, oder?"

„Langfristig gesehen nicht. Jedes Geschenk an die eine oder andere Seite, jeder zweckmäßige und zeitlich passende Durchbruch – und davon gab es viele – stellte das Gleichgewicht aufs Neue her, aber die Spannung zwischen den beiden menschlichen Fraktionen sorgte dafür, dass die Militärtechnologie weiterentwickelt wurde. Ohne das Scheitern der vielversprechenden KI-Technologie wäre die Fortschrittskurve exponentiell angestiegen, wie man es vor Jahrhunderten erwartet hatte. Allerdings ist es nie zu dieser technologischen Singularität gekommen. Stattdessen vermehrten die Menschen sich und besiedelten eine Welt nach der anderen. Die Opters und anderen Gattungen konnten in dieser Hinsicht nicht mithalten. Es war ein Dilemma."

„Und was hat sich nach so langer Zeit geändert?", fragte Strecher. „Warum greifen sie uns jetzt an?"

Don starrte Strecher an und blinzelte. Er hob leicht die Augenbrauen.

Nach einer längeren Pause verstand Strecher. „Ich. Oder wenigstens die Befreiungsbewegung. Ich habe das Gleichgewicht gestört. Jetzt haben wir eine reale Chance, die Menschheit zu vereinen, diese Vorstellung könnt ihr Opters nicht ausstehen."

„Nicht alle Opters. Die Sarmok-Gruppe."

„Was ist diese Sarmok-Gruppe?"

„In unserer Gattung gibt es zwei Hauptgruppierungen. Die Sarmok dominieren, sind aber nicht allmächtig, wobei ungefähr fünf Sechstel unseres Volkes zu ihnen gehören. Sie leben in dem Bereich, der an die Siedlungsgebiete der Menschen angrenzt. Die andere Gruppe sind die Miskor. Sie befinden sich auf der anderen Seite des Opter-Territoriums."

„Und Sie sind einer der Miskors", sagte Nolan, näherte sich Myrmidon und legte eine Hand auf seine Schulter.

Der Mann – wenn er überhaupt einer war – schien die Berührung nicht zu bemerken und sprach weiter. „Ich bin ein Miskor. Ich habe mich jahrelang unter den Sarmok aufgehalten, um Informationen zu sammeln."

„Also sind Sie ein interner Spion", meinte Strecher. „Ein Agent."

„Das bin ich."

„Wie können wir Ihnen dann vertrauen?"

„Ich erwarte nicht, dass Sie das tun. Sie können ja alles

verifizieren, was ich sage. Aber ohne meine Informationen werden Sie wahrscheinlich schwere Fehler begehen. Ich glaube nicht, dass Sie einen allgemeinen Krieg mit den Opters riskieren wollen."

„Würden sie diese Schlacht nicht als den Beginn eines ernsthaften Kriegs bezeichnen?"

Auf Myrmidons Gesicht erschien ein flüchtiges Lächeln. „Das war ein unabhängiger Feldzug, der von den Sarmok stillschweigend geduldet und von einigen der aggressivsten Nester durchgeführt wurde. Sollte je eine Rechtfertigung vonnöten sein, wird man behaupten, dass diese Nester unabhängig gehandelt haben oder dass sie der rechtmäßigen Kollektivisten-Regierung gegen die Rebellen der Befreiungsbewegung geholfen haben."

„Falschmeldungen, Propaganda, Lügen und Politik", raunzte Strecher. „Ich hasse die Politik."

„Aber Sie sind ein Krieger, und der Krieg ist die Fortsetzung der Politik mit unterschiedlichen Mitteln. In der gesamten Galaxis besteht der primitivste Lebensimpuls darin, sich zu verbreiten, zu wachsen und seine Nachbarn rücksichtslos zu dominieren, um daraus einen Nutzen zu ziehen."

„Das klingt mir nach einer armseligen Weltanschauung."

„Das stimmt", sagte Don, „aber ich sagte ja, dass es der *primitivste* Lebensimpuls ist. Mit der Intelligenz geht die Moral einher, welche die Rücksichtslosigkeit des Dschungels reguliert. Eine ausreichend hochentwickelte Gattung wird versuchen, ehrlich zu denken und moralisch zu handeln."

„Das beschreibt aber nicht die meisten Gattungen, die ich kenne."

„Genau. Die Aufklärung ist zwar das Ziel, aber zugleich auch eine Reise."

Strecher schnaubte. „Jetzt reden sie das gleiche kryptische Kauderwelsch wie meine Kung-Jiu-Lehrer."

„Haben Sie Schreibmaterial?", fragte Don.

Zaxby griff in eine Schublade und holte ein Tablet und einen Stift heraus. Er aktivierte die analoge Grafikoberfläche, bevor er das Gerät vor Myrmidon platzierte. Der Opter-Mann kritzelte kurz mit dem Stift darauf herum. Dann drehte er das Tablet und zeigte Strecher eine Liste mathematischer Gleichungen.

„Ja und?"

„Für Sie ist das kryptisches Kauderwelsch. Aber für diesen Ruxin hier, der meiner Meinung nach ein Techniker oder Wissenschaftler sein dürfte, ist des –"

„– ein ziemlicher eleganter Beweis für Ridzos fünftes Theorem!", rief Zaxby, packte das Tablet mit drei Tentakeln und hielt es wie einen kostbaren Schatz vor sich. „Das ist nicht der erste Beweis, den ich gesehen habe, aber zweifellos der eleganteste! Ich muss das aufzeichnen und an das Netzwerk meiner Ruxin-Kollegen verteilen –"

Strecher verschränkte die Arme. „Gut, Sie haben uns gezeigt, was Sie meinen. Man muss bereits über etwas Wissen verfügen, um mehr erfahren zu können. Aber man muss auch seine obskuren höheren Prinzipien in Taten umsetzen, die den Leuten in der echten Welt nützen. Genau das tue ich. Ich befreie Menschen von der Unterdrückung. Ich kann ihnen aber nicht vorschreiben, wie sie danach ihr Leben führen. Und eigentlich will ich mich überhaupt nicht einmischen – es sei denn, sie fangen wieder mit der Unterdrückung und Unterwerfung an."

Don faltete seine Hände erneut. „Ein schönes Ziel. Aber selbst, wenn sie kurzfristige Erfolge erzielen, löschen Sie dadurch nur Brandherde."

„Dann werden die Brandherde eben gelöscht. Nennen Sie mich einen Feuerwehrmann. Ich kenne meine Stärken und Schwächen. Ich bin weder ein Erbauer noch ein Herrscher."

„Was wäre, wenn Sie mehr sein könnten, als Sie jetzt sind?"

Strecher zuckte mit den Achseln. „Was, wenn ich das nicht möchte?"

„Dann gibt es zu diesem Thema nichts mehr zu sagen."

„Na gut." Strecher stand auf. „Trinity, führen Sie eine umfangreiche Befragung durch. Verifizieren Sie seine Geschichte soweit möglich und übergeben Sie ihn dann an den Nachrichtendienst der Flotte, der weitere Vernehmungen durchführen soll."

Don erhob sich ebenfalls. „Ich gebe Ihnen alle Informationen, die ich habe. Es wäre aber eine Verschwendung meiner Fähigkeiten, mich in einem Thinktank verrotten zu lassen."

„Das beurteile ich." Strecher nickte Nolan zu, und die Frau folgte dem Roboter, der das angekettete Mann-Wesen aus dem Raum und zum winzigen Militärgefängnis des Schiffs begleitete.

Er wandte sich Zaxby zu. „Was denkst du?"

„Er scheint ein Mensch zu sein, genau wie du. Indy hat zahlreiche biometrische Sensoren auf ihn gerichtet und konnte keine Anzeichen für eine Täuschung erkennen. Allerdings wissen wir nicht, über welche Fähigkeiten er verfügt. Vielleicht ist er in der Lage zu lügen, ohne sich etwas anmerken zu lassen."

„Er scheint mir ehrlich zu sein – und was er über die Einmischung in die Angelegenheiten der Menschheit gesagt hat, klingt plausibel. Rückblickend gesehen ist es sogar recht offensichtlich."

Zaxby blinzelte abwechselnd mit allen vier Augen. „Das könnte auch erklären, wie die Menschen es geschafft haben, mein Volk zu unterwerfen."

„Ihr wurdet auch nicht stärker unterdrückt, als Menschen es durch andere Menschen erleben mussten."

„So kommt es dir vielleicht vor. Du hast es nie mit den Schikanen, der Beschimpfungen, den gemeinen Schmähungen der jungen Kadetten an der Akademie zu tun gehabt, die wussten, dass sie nie die gleiche Leistung erbringen würden wie du."

Strecher schnaubte. „Oh doch, ich bin definitiv schikaniert worden – und zwar oft. Die haben alle gewusst, dass ich zum Mechgrenadier der Spitzenklasse werden würde, was manchen gar nicht in den Kram gepasst hat. Ich wette aber, dass du die Mehrheit der Beschimpfungen durch deine überlegene und arrogante Einstellung herausgefordert hast."

„Ich bin überlegen."

„Und arrogant. Leute mögen es nicht, wenn man ihnen diese Tatsache unter die Nase reibt."

„Zum Glück habe ich keine Nase."

„Aber die schon. Warum denkst du nicht eine Weile mit deinem Trinity-Gehirn nach und versuchst, die Dinge aus einer anderen Perspektive zu sehen? Ich bin mir sicher, dass Frau Nolan sich gut mit Menschen auskennt."

„Das ist eine gute Idee. Es überrascht mich immer wieder aufs Neue, dass du gar nicht so dumm bist, Dirk Strecher-"

„Und ich bin andauernd überrascht, dass du es nicht einmal nach der Neuralverbindung mit einer KI und einem Menschen geschafft hast, deine Sozialkompetenz zu verbessern."

„Vielen Dank", sagte Zaxby steif.

„Das war kein Kompliment."

„Ich glaube schon. Es ist auch ironisch, dass so etwas ausgerechnet von dir kommt. Ich habe nie gehört, dass jemand *deine* Sozialkompetenz gelobt hätte."

Strecher seufzte. „Schluss damit. Ich bin echt müde und werde mich kurz hinlegen. Halte alle Funksprüche. Weck mich in drei Stunden auf, dann kann ich die Ergebnisse der Vernehmung nachlesen."

Später, ausgerüstet mit einer Tasse frischen Kaffee in der Hand, las sich Strecher die Zusammenfassung der Vernehmung des Überläufers durch, und dann las er sie erneut. Anscheinend war Myrmidons Geschichte stimmig, soweit Trinity feststellen konnte. Noch interessanter war aber, dass er eine enorme Menge an nützlichen Daten über das Territorium, die Technologie und die Waffen der Opters geliefert hatte.

Alles, was Strecher diesbezüglich sah, erhöhte seine Nervosität.

Er trug sein Tablet und seine Kaffeetasse zum Militärgefängnis. Die Tür öffnete sich, als er mit dem Ellbogen dagegen drückte. Was auch selbstverständlich war, immerhin kontrollierte Trinity alles, was sich in ihrem Körper befand. Beziehungsweise Indy. Egal. Ihm war nicht klar, wo die eine Identität endete und die andere begann.

Drinnen setzte er sich Don gegenüber, der seine Kette immer noch wie Schmuck anstelle von Fesseln trug. „Ich bin von all diesen unverhofften Informationen fasziniert", sagte Strecher und hob sein Tablet auf. „Was hat Sie dazu gebracht, Ihr Volk zu verraten?"

„Ich verrate mein Volk nicht. Ich versuche, die Dinge wieder ins Gleichgewicht zu bringen. Die Opters verehren das Gleichgewicht und weisen ihm eine spirituelle Bedeutung zu. Aber wie viele spirituell bedeutsame Dinge wird es oft von gierigen Individuen ignoriert."

„Sie handeln also für das Gemeinwohl. Das kann ich verstehen. Ich erwäge, etwas zu tun, das meine früheren Vorgesetzten in den Hundert Welten als Verrat betrachten würden. Ich hingegen sehe es als etwas, das dem Gemeinwohl dient.

Aber all diese Informationen, die Sie an uns weitergeleitet haben, könnten zum Tod unzähliger Opters führen ..."

Myrmidon zuckte mit den Achseln. „Die Opter-Nester weisen dem Leben einzelner Mitglieder keinen hohen Stellenwert zu. Krieger, Arbeiter oder Techniker zu verlieren wäre mit dem Verlust von Maschinerie für ein Unternehmen vergleichbar. Das Nest ist die wichtige Einheit, nicht das einzelne Mitglied."

„Das hatte ich bereits aus ihrer Taktik geschlossen. Der Ausbruch eines Krieges könnte aber zum Verlust ganzer Nester führen."

„Das wäre möglich."

Strecher warf das Tablet auf den Tisch, rieb sich das Kinn und dachte nach. „Aber da Sie ein Miskor sind, ein Mitglied der schwächeren Gruppe, macht es Ihnen nichts aus, wenn die Sarmok Verluste erleiden. All das wird Sie dem von Ihnen so geschätzten Gleichgewicht näher bringen."

„Sehr scharfsinnig. Das wäre ein wichtiges Argument."

„Und was weiter?"

„Wir glauben, dass die jetzigen Pläne der Sarmok unmoralisch sind. Sie haben vor, den Großteil Ihrer Gattung zu unterwerfen und nötigenfalls auszurotten."

„Wir, also die Miskor?"

„Ja."

Strecher seufzte. „Diese Geschichte, die Sie mir aufgetischt haben, kommt Ihnen ja sehr gelegen. Sie ist plausibel, sie ist schlüssig und für uns attraktiv. Ich will Ihnen glauben. Aber es könnte auch eine komplette Illusion sein. Ein raffinierter Betrug, der mich und die Neue Erdische Republik dazu bewegen würde, auf eine bestimmte Weise zu handeln."

Don breitete seine Hände fast so weit aus, wie seine Ketten es ihm erlaubten. „Das müssen Sie selbst entscheiden."

„Oh, das werde ich. Aber es stellt sich noch eine weitere

Frage. Warum sind Sie so aalglatt? Warum sind Sie nicht wie die anderen Außerirdischen? Selbst jemand wie Zaxby, der einen Großteil seines Lebens unter Menschen zugebracht hat, benimmt sich nicht wie einer von ihnen. Niemand würde je vermuten, dass Sie ein Opter sind."

Der Opter-Mensch atmete tief ein und seufzte. „Ich nehme an, dass es daran liegt, dass ich die Menschenwelten mein ganzes Leben lang studiert habe. Ich habe jahrelang immer wieder unter Menschen gelebt und mich in ihre Zivilisation vertieft. Die Kultur ist wichtiger als der Körper oder dessen Aussehen. Die Opters können mit Hilfe von Biotechnologie ihre Körper beliebig umformen – wodurch diese als Mittel zur Identifizierung relativ irrelevant werden. In jeder relevanten Hinsicht *bin* ich ein Mensch."

Strecher deutete mit dem Finger auf Don. „Genau das meine ich. Aalglatt. Sie haben auf alles eine Antwort, und das gefällt mir nicht. Der einzige Makel Ihrer perfekten Menschlichkeit besteht darin, dass sie zu perfekt, zu stereotypisch menschlich sind – denn echte Menschen wären niemals so souverän und vollkommen wie Sie. Schwindler hingegen schon."

Myrmidon zuckte mit den Achseln. „Es ist echt frustrierend. Mache ich Fehler, betrachten Sie diese als ein Anzeichen für Täuschung und Lügen. Begehe ich keine, betrachten Sie diese Tatsache als ein Anzeichen für Täuschung und Lügen. Ich kann einfach nicht gewinnen."

„Noch eine perfekte Antwort."

„So sehen Sie es eben. Ich *bin* nun einmal eine höher entwickelte Seele als Sie." Don sagte dies ohne jegliche Selbstgefälligkeit, als ob er nur Fakten darlegte.

Strechers Antwort triefte vor Sarkasmus. „Oh? Wirklich?"

„Ja. Genau so, wie Sie über einem Rekruten in der Grundausbildung stehen. Der Rekrut weiß nicht einmal, was er nicht weiß und muss erst von seiner grundlegenden Unwissenheit überzeugt werden."

„Die wahre Weisheit besteht darin, zu wissen, dass man nichts weiß." Strecher rieb sich am Auge und nippte an seinem abkühlenden Kaffee. „Sokrates."

„Unter anderem."

„Aber ich hatte immer angenommen, dass das Unsinn war. Ich weiß, was ich weiß, und das ist mehr als nichts."

„Aber Sie haben keine Ahnung, was Sie nicht wissen. Beispielsweise wussten Sie bis vor kurzem nicht, dass die Opters ein Feind waren oder überhaupt existieren – noch waren Sie sich bewusst, was für eine wichtige Rolle diese Tatsache spielt und wie die Opters Ihr gesamtes bisheriges Leben beeinflusst haben. Ein Schlüssel zum Erfolg besteht in der stetigen Erwartung, überrascht zu werden."

„Wenn man erwartet, überrascht zu werden, kann man nicht überrascht werden. Okay, na schön. Aber wie hilft uns das im Moment? Wie kann ich Ihren Worten Glauben schenken?"

„Trauen Sie Ihren eigenen Augen."

„Was soll das bedeuten?"

„Ich kann Sie ins Gebiet der Opters bringen. Sie können sich so frei unter uns bewegen, wie ich es tue."

Strecher blickte den Mann erstaunt an. „Was, die würden einen Menschen einfach so herumlaufen lassen?"

„Sie fassen es immer noch falsch auf. Nein, sie werden keinen *Menschen* herumlaufen lassen, aber durchaus einen Opter. Ich bin ein Opter. Die zweibeinige Menschenform, die ich verwende, ist von geringer Bedeutung. Während der letzten Jahrhunderte sind Zweibeiner in die Nester und Schwärme integriert worden, genau wie die Arbeiter und Krieger und spezialisierten Facettenwesen in den Jahrtausenden zuvor." Myrmidon lächelte. „Wenn wir es fertigbringen, Menschen innerhalb von Tagen in Hok zu verwandeln, können wir sie sicher auch zu Opters machen. Und unsere eigenen erzeugen."

Strecher erschauderte unwillkürlich, als er sich die schreckliche Biotechnologie vorstellte, die die Menschen ihrer Menschlichkeit beraubte. Mittlerweile hatte er sich an die Idee der Hok gewöhnt, aber nur, indem er deren tiefere Auswirkungen ignoriert hatte.

Mit diesen Auswirkungen würde er sich nun auseinandersetzen müssen. Diese Opters drohten nicht nur, die Menschheit zu erobern. Sie hatten auch die Fähigkeit, genau das zu verändern und verfälschen, was die Menschlichkeit der Leute ausmachte.

Was *seine* Menschlichkeit ausmachte.

Was Strecher seine Identität verlieh.

Aber war das nicht dasselbe?

„Trinity, hören Sie zu?", fragte Strecher.

„Das tue ich."

„Senden Sie eine Nachricht an Ihr Eierkopf-Netzwerk, sämtliche Labors und Biologen und so weiter. Beginnen Sie mit der Arbeit an einem Impfstoff, der die Leute vor Hok- und Opter-Biotechnologie schützen soll. Falls wir bereits einen solchen haben, stellen Sie sicher, dass er verteilt und der gesamten Bevölkerung verabreicht wird."

„Das wäre ein enormes, Tausende von Systemen umfassendes Projekt – und würde jahrelang andauern."

„Dann sollten wir so früh wie möglich beginnen."

„Ich werde die Nachricht weiterleiten." In Trinitys Stimme schwang Skepsis mit, was Strecher aber gleichgültig war. Es war seine Aufgabe, die Leute dazu zu bewegen, dass sie das Notwendige taten. Allerdings musste er ihnen nicht sagen, wie genau sie seine Pläne durchzuführen hatten.

„Das ist eine weise Vorsichtsmaßnahme, aber die Sarmok

können dauernd neue Varianten entwickeln, die jeden Impfstoff überwältigen", sagte Myrmidon.

„Zug und Gegenzug. Es wird ein biologischer Krieg sein. Vergessen Sie nicht, dass wir Menschen einige ziemlich grauenhafte Krankheiten erschaffen haben. Auf unseren Planeten haben wir ganze Gattungen von Insekten ausgelöscht."

Myrmidon hob eine Handfläche ein Stück weit an. „Sie müssen mich nicht überzeugen. Ich strebe Frieden und Gleichgewicht an."

„Leider muss man dazu im Vorfeld meistens einen Krieg führen."

„Sie geben Binsenweisheiten über den Frieden von sich, Befreier, aber Sie lieben den Krieg."

Strecher kniff die Augen zusammen, dachte aber nach, bevor er antwortete. „Auf einen Teil von mir trifft das wohl zu. Ich wurde als Waffe entwickelt und genetisch für diesen Zweck optimiert. Wenn man etwas wirklich beherrscht, erfüllt man diese Aufgabe gern. Ich wette, dass Sie von dem ganzen Spionagezeug absolut *fasziniert* sind, auch wenn Sie angeblich wünschen, dass sie es nicht tun müssten. Aber wir sind beide intelligent genug, um unsere eigenen Wünsche und Vorlieben außer Acht zu lassen und uns auf das Wohl der Gemeinschaft zu konzentrieren – oder?"

„Natürlich."

„Dann mal los."

Myrmidon hob seine Augenbrauen. „Los?"

„Zu Ihrem Volk. Ich muss das mit eigenen Augen sehen, wie Sie ja selbst gesagt haben."

„Ich habe zwischen den Asteroiden ein Opter-Schiff versteckt. Es verfügt über eine gute Tarnung und ist lateralraumfähig."

„Hat Ihr Schiff Platz für zwei Personen?", fragte Strecher.

„Es ist ausreichend Platz vorhanden."

„Wie lange dauert die Reise?"

„Mindestens je zwölf Tage für Hin- und Rückflug, und für die Observierung sollten Sie einige Wochen einplanen."

„Also mindestens zwei Monate, würde ich sagen." Strecher stand auf. „Spielt es eine Rolle, was ich mitnehme?"

„Nein. Ich kann Ihnen alles liefern, was Sie brauchen."

„Dann treffe ich Sie in einer Stunde an der Luftschleuse."

KAPITEL 5

Engels, drei Tage später, Neu-Erde

KOMMODORE KARLA ENGELS saß an der Stirnseite des Tischs im Hauptkonferenzraum der *Indomitable*. Um sie herum befanden sich ihre Offizierskameraden – Kapitäne, Geschwaderkommandeure, Assistenten und sogar Admirale der ehemaligen Raumflotte der Kollektivgemeinschaft, die nun der Neuen Erdischen Republik angehörte.

Dennoch kam sie sich allein vor.

Allerdings mit Ausnahme ihrer Assistenten. Diese Assistenten – mehrheitlich Ruxins und Menschen, aber auch zwei Huphlor mit Elefantenrüsseln, ein eidechsenähnlicher Suslon und sogar ein Thorian in seinem Strahlungsanzug – waren allesamt körperlich anwesend. Bei den anderen Anwesenden handelte es sich um Hologramme, was sich aber nur durch ihren Mangel an Substanz bemerkbar machte. Ihre Holovids und die Audioqualität sorgten für einen nahezu perfekten Eindruck.

Da Engels eingesehen hatte, dass die *Indomitable* sich

nicht rechtzeitig vereinen und in die Schlacht um die inneren Murmorsk-Welten M-3 und M-4 eingreifen würde, hatte sie beschlossen, die Sektionen des Schlachtschiffs getrennt und transitbereit zu belassen. Es war ihr nicht gelungen, Strecher das unglaublich gefährliche Vorhaben auszureden, persönlich ins Reich der Opters zu reisen. Aber wann war es ihr je gelungen, ihm etwas auszureden? Daher befahl sie Kommodore Gray und der Flotte die Rückkehr zu Neu-Erde, dem ehemaligen Unison.

Nun hing die *Indomitable* in einer Umlaufbahn über der Hauptstadt von Neu-Erde, und der Rest der Flotte befand sich nahe genug, um problemlos per Funk erreichbar zu sein. Nach einem kurzen Gespräch mit Benota, Admiral a.D. und dem jetzigen Kriegsminister hatte sie befohlen, dieses Treffen einzuberufen.

Ja, befohlen – auch wenn ihr dafür eigentlich die Befugnis fehlte. Sie war ja nur eine emporgekommene Kapitänin, und letztlich sprachen nur ihr Status als die Ehefrau, rechte Hand und Raumtaktikerin des Befreiers für sie.

Aber was das anging, hatten sie und Benota einen Plan geschmiedet ... und wenn dieser Strecher nicht gefiel, konnte er sie mal. Da er sich nun zwei oder drei Monate lang vom Acker machte, hatte er vorerst nichts mehr zu sagen.

Engels klopfte mit einem Hammer auf den Tisch. Das holographische Konferenzsystem übertrug diese Handlung nahtlos an sämtliche Stellen im sicheren Netzwerk, an welchen die Anwesenden saßen. „Ich rufe diesen Kriegsrat zur Ordnung", sagte sie, nachdem das Stimmengewirr verklungen war. „Ich übergebe das Wort an Minister Benota."

„Danke, Kommodore. Unser erster Tagesordnungspunkt betrifft die Kommandostruktur." Der großgewachsene Mann mit dem rötlichen Gesicht trug nun einen schlichten zivilen Anzug. Er blickte eine Reihe von über dreißig Admiralen und

Generalen an, die früher der Kollektivgemeinschaft gedient hatten. Alle von ihnen hatten bereits viele Tage Zeit gehabt, um über ihren neuen Status nachzusinnen. Ihr Dienstgrad war durch die Umorganisierungserlasse des neuen Senats eingefroren worden, und nun fragten sie sich, welche Rolle sie im neuen Regime spielen würden. Sollte es Widerstand geben, würde sich dieser nun zeigen.

Benota fuhr fort: „Momentan besitzen Sie Flaggoffiziere aufgrund der Erlasse immer noch Ihre Stellen, Ihre Stäbe, Ihre Privilegien – und Ihre Pensionsansprüche. Aber bevor wir fortfahren, wollte ich fragen, ob jemand auf der Grundlage des jetzigen Dienstgrads und der Besoldungsgruppe in den Ruhestand treten möchte? Falls ja, weisen Sie uns einfach darauf hin und verlassen Sie dieses Treffen. In wenigen Wochen werden sie dann ein Zivilist sein. Nein? Letzte Chance, meine Damen und Herren."

Niemand regte sich.

„Na schön, dann sind Sie voll und ganz selbst dafür verantwortlich." Benota hob eine Aktenmappe auf. „Ich habe hier die neue Organisationtabelle für Flaggoffiziere, die vom Senat bestätigt wurde. Alle mit Ausnahme der folgenden drei Personen werden zwangsweise in den Ruhestand versetzt, und zwar im Dienstgrad eines Flottillenadmirals: Devereux, Kapuchin, Lubang. Die übrigen werden mit sofortiger Wirkung außer Dienst gestellt."

Benota wartete ab, bis die darauf folgenden Rufe der Empörung verstummt waren. „In Ihrer Kopie des Dokuments ist ersichtlich, dass Sie auf die übliche Weise gegen diese Entscheidung Einspruch erheben können. Vielen Dank und leben Sie wohl." Bis auf die drei genannten Flaggoffiziere verschwanden nun alle, da ihr Hololink unterbrochen wurde.

„Fort mit Schaden", murmelte Benota.

„Werden sie Ärger machen?", fragte Kommodore Gray, die rechts von Engels saß.

„Ich war mir bewusst, dass sie nicht freiwillig in den Ruhestand eintreten würden. Daher habe ich die Hok in ihren Büros ausdrücklich angewiesen, meine schriftlichen Befehle sofort an das Personal zu verteilen. Sie werden die Flaggoffiziere aus den Gebäuden eskortieren und ihre Sicherheitseinstufungen und Zugangsberechtigungen aufheben." Auf seinem Gesicht erschien ein eiskaltes Lächeln. „Sollen sie ruhig mal versuchen, uns Ärger zu machen."

„Das kommt mir etwas selbstherrlich vor", erwiderte Gray.

Benota winkte mit einer herablassenden Geste ab. „Ich bin nur ein demütiger Diener des demokratisch gewählten Senats und führe dessen Befehle aus. Keine Sorge, Kommodore – oder sollte ich sagen, Admiral – Gray. Das alles ist völlig legal."

Gray hob eine dunkle Augenbraue. „Admiral?"

„Ja, und Befehlshaberin der neuen Heimatflotte. Würde Ihnen das gefallen?"

Gray blickte Engels an, die nur grinste. „Ich habe dich nominiert. Kriegst du das hin?"

„Ich werde es schaffen."

„Gut."

„Aber was ist mit dir ... Kommodore?", fragte Gray.

Engels wandte sich Benota zu. „Ja, Wen, was ist mit mir?"

Benota tat so, als ob er die Aktenmappe durchblättern würde. „Ach ja, hier ist es. Da Sie die Ehefrau des Befreiers sind, konnten wir ja nicht –"

„Schluss mit dem Blödsinn, Minister", raunzte Engels, die nun ebenfalls mitmischte. „Ich habe mir meine Position selber verdient. Meine Beziehung zu Dirk ist eine separate Angelegenheit. Was hat der Senat entschieden?" Sie hielt den Atem an und wartete ab, ob Benota wahrmachen würde, worauf sie sich geeinigt hatten – beziehungsweise ob der Senat es gestattete.

„Wie hört sich Flottenadmiral an?", sagte Benota.

Sie lächelte mit einem Ausdruck echter Überraschung. „Was bedeutet das?"

„Es bedeutet, dass Sie in der Republik den Rang des höchsten Flottenoffiziers im Einsatz innehaben. Sie sind die Rudelführerin."

„Wuff." Engels zwang sich, nicht mit offenem Mund dazustehen. Sie hatte eine deutliche Beförderung erwartet, aber das Kommando über die gesamte Flotte zu erhalten … Sie befreite sich aus ihrer momentanen Trance und richtete sich auf. „Okay, ich … ich akzeptiere. Aber werden die anderen Offiziere dasselbe tun?"

„Momentan folgen die Hok den von mir weitergereichten Befehlen des Senats. Wir befinden uns im Krieg, unter Kriegsrecht, und ich bin der Kriegsminister."

Engels kniff die Augen voller Skepsis zusammen. War ihre Beförderung eine Art Bestechung dafür, damit sie mitmachte? *„Quis custodiet ipsos custodes?"*

„Latein? Wer …?"

„Wer aber soll die Wächter selbst bewachen?", sagte sie. „Was hindert Sie daran, zum Diktator zu werden?"

Benota breitete die Hände aus. „Dasselbe, was auch die Kollektivgemeinschaft erobert hat. Sie, die *Indomitable* und der Rest Ihrer Streitkräfte. Fregattenkapitän Paloco und die Brecher befinden sich hier in der Hauptstadt, ganz zu schweigen von Ihren Marineinfanteristen und Ihren Schiffen in der Umlaufbahn. Die Hok folgen meinen Befehlen, aber es gibt bei weitem nicht genug von ihnen, um meinen Willen auf mehr als diesem einen Planeten durchzusetzen. Der Rest unserer schönen neuen Republik muss ja den Glauben teilen, dass die Regierung legitim ist. Falls Sie nicht mit diesem

Schlachtschiff von einem Planeten zum nächsten springen und allen drohen wollen, sie wieder zurück in die Steinzeit zu bombardieren, vertrauen Sie mir besser, dass ich alle fest an die Kandare nehme. In der Zwischenzeit können Sie sich über unser nächstes großes Problem den Kopf zerbrechen."

„Und das wäre?"

„Die Hundert Welten. Die schlucken unsere Systeme, so schnell sie es können, während wir kaum in der Lage sind, unsere Komiteewelten – unsere Zentralwelten, meine ich – vor der neuen Bedrohung durch die Opters zu schützen. Wir müssen sofort neue Einheiten aufstellen und nötigenfalls für einen Zweifrontenkrieg planen." Benota verzog das Gesicht. „Die Befreiungsbewegung wird nicht viel bedeuten, wenn Strecher den Hunnen und den Insekten lediglich den Weg zu unserer Eroberung geebnet hat."

„Die Hunnen haben also nicht auf unsere Anfrage bezüglich Friedensgesprächen reagiert?"

„Sie halten uns hin, während sie sich zusätzliches Territorium unter den Nagel reißen. Und ehrlich gesagt kämpfen unsere örtlichen Streitkräfte nicht besonders hartnäckig. Der Sieg der Befreiungsbewegung hat sie durcheinander gebracht und sie fühlen sich niedergeschlagen. Da wirken die Hunnen nicht mehr so schlimm."

Engels verzog das Gesicht und fletschte die Zähne. „Ich hätte erwartet, dass sie sich freuen würden, die Inquisitoren los zu sein und ihre neue Freiheit verteidigen wollen."

„Die Grenzwelten sind so hart umkämpft worden, dass die Bevölkerung mittlerweile kriegsmüde ist. Da die Furcht vor der Unterdrückung verschwunden ist, wünschen sich viele von ihnen die Ankunft der Hunnen mit ihrem vielen Geld und den Unterhaltungsangeboten – oder hoffen zumindest darauf. Sie sehen sich die Propagandasendungen an, in denen die Hundert Welten als Konsumentenparadies dargestellt werden." Benota seufzte. „Das ist immer schon das Dilemma der Kollektivgemeinschaft gewesen – der Patriotismus ist kein Ausgleich für ein Leben in andauernder Not und Furcht. Der Enthusiasmus der Bürger liegt in Scherben. Ich fürchte, dass unsere brandneue Republik ebenfalls zusammenbrechen könnte – vor allem jetzt, wenn der Befreier auf seiner ... Aufklärungsmission ist."

Engels unterdrückte eine bissige Bemerkung. Benota hatte recht, verdammt noch mal, und zwar in jeglicher Hinsicht.

Der einzige Hoffnungsschimmer lag in der Tatsache, dass diese neue Republik derart gigantische Ausmaße hatte. Selbst wenn die Hundert Welten hundert weitere Systeme eroberten, konnte die frühere Kollektivgemeinschaft die Ressourcen von Tausend einsetzen. Sie erkannte allmählich, warum sich der Krieg so lange hingezogen hatte.

„Wir können nicht beeinflussen, wohin Strecher geht und für wie lange. Also sollten wir diese Angelegenheit hinter uns lassen und das Notwendige tun", sagte sie. „Verteilen Sie bitte den Rest dieser Reorganisationsplans, Minister. Wir treffen uns in einer Stunde wieder, um die Einsätze zu besprechen."

„Einsätze?"

„Wie Sie gesagt haben, müssen wir die Hundert Welten bekämpfen. Da Strecher nicht hier ist, bin ich der Oberkommandierende im Feld. Ich beabsichtigte, den Hunnen eine gehörige Abreibung versetzten, damit sie wieder zur Vernunft kommen."

„Zeigen Sie das Calypso-System an und zoomen Sie an C1 heran, den ersten Planeten", sagte Admiral Engels während der Fortsetzung der Holo-Konferenz.

Über dem Tisch leuchtete die detaillierte Darstellung

eines ungewöhnlichen Sonnensystems auf. Ein mehrere Millionen Kilometer langer, bogenförmiger Strom aus dichtem Gas quoll aus der Primärmasse einer kleinen orangefarbigen Sonne hervor. Am Ende verdichtete sich das Gas zu einer Kugel.

In deren Kern lag ein supermassiver Gasriese, der langsam das Plasma verschlang, welches der Stern ihm lieferte. Irgendwann während der letzten Jahrmillionen war der Planet zu nahe am Stern vorbeigerast. Seine Schwerkraft hatte an dessen Korona gezupft, in etwa wie ein Kind, das eine Strähne Zuckerwatte aufrollt. Bald – vielleicht schon in einigen hunderttausend Jahren – würde der Gasfresser über eine ausreichende Masse verfügen, um sich selbst zu einem Stern zu entzünden.

Innerhalb des Nimbus aus wirbelnden, den Planeten umgebenden Gasen schwebte eine riesige orbitale Treibstoffraffinerie. Diese war die größte ihrer Art, die je gebaut worden war, und erstreckte sich über einen eingefangenen Asteroiden-Kleinmond mit einem Durchmesser von hunderten von Kilometern.

„Felicity Station", sagte Engels. „Keine andere Raffinerie ist so groß oder so effizient, da wir nirgends sonst im Weltraum eine so dichte Gaskonzentration finden. Diese bietet den Zugriff auf unterschiedliche Wasserstoffisotope und Nebenprodukte. Die Raffinerie versorgt die Hälfte der Streitkräfte der Republik mit hochwertigem Treibstoff. Zudem verarbeitet sie den dicksten überhaupt bekannten Strom an Antimaterie. Jährlich werden dort über zehn Kilo eingesammelt, Atom um Atom."

Admiral Gray gab ein Pfeifen von sich. „Damit könnte man eine unglaubliche Bombe herstellen."

„Was eine komplette Verschwendung wäre", sagte Zaxby, der den Holo-Tisch bediente. „Antimaterie hat zahlreiche

Eigenschaften, die für die Forschung und Technik von Nutzen sind. Es wäre unsinnig, sie zwecks Auslösung einer Explosion, die man auch mit einem Fusionssprengkopf erreichen könnte, zu vernichten."

„Als ob man Diamanten als Geschosse verwenden würde", stimmte Engels zu. „Allerdings geht es darum, dass dies eine sehr wertvolle Einrichtung ist und die Hunnen in diese Richtung vorrücken. Bisher haben sie ihre Systeme ausgesprochen methodisch absorbiert. Sie gehen auf Nummer sicher, indem sie diese nacheinander erobern und sichern, statt tief in unser Territorium vorzustoßen. Daher kann ich ganz gut einschätzen, wann sie uns erreichen werden, plus oder minus einige Tage."

Kapitän Scholin, der nun das Super-Großkampfschiff *Stuttgart* befehligte, meldete sich zu Wort. „Also wollen wir sie dort bekämpfen und ihren Vormarsch stoppen – zumindest entlang dieser Achse. Aber ich habe die Berichte des Nachrichtendiensts gelesen. Es gibt neunzehn separate Hunnen-Flotten, die jeweils alle paar Tage oder Wochen ein System erobern. Das Problem wird nicht dadurch gelöst, dass wir sie an einer Stelle zurückwerfen."

„Ich habe nicht vor, sie zurückzuwerfen, Kapitän Scholin." Engels schlug mit einer Faust gegen ihre Handfläche. „Ich werde sie vernichten. Ich habe mich nicht mein ganzes Leben lang auf den Krieg vorbereitet, um Interstellar-Schach mit Flotten zu spielen – ein Spiel, das wir verlieren werden."

Admiral Gray hob die Augenbrauen. „Jetzt klingst du fast wie Strecher."

„Ich habe aus seinen Siegen gelernt – und aus seinen Fehlern auch. Das hier ist nicht mehr die Befreiungsbewegung aus der Zeit, als wir die Leute zur Rebellion aufgerufen haben, um sie auf unsere Seite zu ziehen. Das ist ein echter Krieg, und werden unsere wenigen Vorteile voll ausnutzen müssen."

„Welche Vorteile?"

„Zum einen die *Indomitable*. Zweitens die Gewissheit, dass die Feinde Felicity Station im Calypso-System angreifen werden. Drittens die Zeit, die uns für die Vorbereitung verbleibt. Das ist unser Territorium, und die Feinde werden am Ende einer langen Nachschublinie operieren." Engels seufzte. „Früher habe ich immer geglaubt, dass die Hundert Welten der heilige Verteidiger waren und Frieden schließen würden, sobald sich die Gelegenheit dazu ergibt. Aber unser neuer Senat hat ihrem Parlament ein Dutzend offizielle Nachrichten zukommen lassen, und die einzige Reaktion darauf ist eine kontinuierliche Aggression gewesen."

„Es ist schwierig, Gegner an den Verhandlungstisch zu bringen, solange sie überzeugt davon sind, auf dem Schlachtfeld siegen zu können", sagte Benota.

Der Ruxin-Manneskrieger Dexon bewegte seine Tentakel. „Krieg ist die Fortsetzung der Politik mit anderen Mitteln, wie der Mensch Carl von Clausewitz sagte. Er sagte auch, dass es das Ziel unserer Bemühungen sein muss, den feindlichen Kampfeswillen zu brechen. Deshalb ist die Befreiungsbewegung erfolgreich gewesen. Wir haben den Willen der Kollektivgemeinschaft gebrochen, obwohl tausend Welten militärisch unberührt geblieben sind."

„Das stimmt, Kommodore Dexon", antwortete Engels. „Und ich beabsichtigte, gewalttätige ‚Politik' einzusetzen, um den Kampfeswillen der Hunnen zu brechen. Meine Damen und Herren, alle mit Ausnahme der Flaggoffiziere verlassen nun bitte den Raum."

Zaxby stand auf, als ob er gehen wollte, aber Engels winkte ihn zurück. „Du nicht."

„Bin ich also ein Flaggoffizier?"

Pfff. Engels drückte ihre Skepsis hörbar aus. „Trinity ist einzigartig. Nennen wir euch mal einen Sonderberater des Flottenadmirals – wenn ihr die Position haben wollt."

„Es wäre uns eine Ehre. Na ja", sagte er eilig, „nicht für *mich*, aber für Marisa. Indy scheint beeindruckt zu sein, aber sie ist ja noch jung. Ich hingegen habe schon mit vielen Admiralen gearbeitet und lasse mich von Rang und Status nicht so leicht blenden. Ich –"

„Na so was, und ich habe mir schon Sorgen gemacht, dass deine nervige Persönlichkeit im Gruppenbewusstsein untergegangen ist", witzelte Engels. „Zaxby, könntest du bitte die Simulation meines Plans wiedergeben?"

NACHDEM ENGELS ihren Plan vorgestellt hatte, schwiegen die Anwesenden. Die leitenden Offiziere wirkten nachdenklich.

Oder vielleicht, dachte sich Engels, waren sie schockiert.

Das bestätigten ihre plötzlich ausbrechenden Proteste. Selbst der sonst so phlegmatische Benota ließ den Mund aufklappen, obwohl er diesen dann wieder schloss und vor sich hin grinste, während die anderen weiterplapperten. Engels stand da und signalisierte, dass sie ruhig sein sollten. „Und sagen Sie mir bloß nicht, es sei unmöglich. Benennen Sie die Probleme und sagen Sie mir dann, wie wir diese lösen. Wer ist zuerst dran?"

Diese Worte nahmen ihnen den Wind aus den Segeln. Alle blickten sich gegenseitig an, als wollten sie feststellen, wer der Neinsager sein würde. Zaxbys Tentakel schienen zu zucken, beruhigten sich aber dann. Engels fragte sich, ob die anderen Teile seines neuen Bewusstseins seine angeborene Redseligkeit unterdrückten. „Zaxby, möchtest du etwas sagen? Trinity?"

„Wir haben eine detaillierte Plananalyse durchgeführt, Admiral Engels, und können diese nun vorstellen."

„Die Details könnt ihr später noch mit dem Stab durchgehen. Was wäre momentan das größte Problem – und seine Lösung?"

„Offensichtlich die Schiffe, vor allem Eskorten – Zerstörer, Fregatten und Korvetten. Auch wenn die Schlacht gegen die Opters zu einer Art Sieg geführt hat, ist sie kostspielig gewesen. Über hundert Eskortenschiffe sind zerstört und zweihundert weitere beschädigt worden. Über neuntausend ausgebildete Crewmitglieder sind gefallen."

„Aber wir haben keine Großkampfschiffe verloren."

„Das war ein Glücksfall – der aber das Machtgefälle im Vergleich zu den vernachlässigten und überlasteten Eskortenklassen noch vergrößert hat." Zaxby blickte Marisa Nolan an, die von ihrem Sitz in dem Bereich aufstand, wo zuvor die nun abwesenden Adjutanten gesessen waren. „Doktor?"

Die schlanke, fast schon ätherisch blasse Frau trat vor. „Die Kampfmoral auf unseren Eskortschiffen steht am Rand des Zusammenbruchs. Die Kollektivgemeinschaft hat diese Besatzungen schlecht behandelt, problematisches Personal dorthin abgeschoben und den Schiffen sämtliche schmutzigen Aufgaben zugewiesen, etwa die militärische Unterdrückung von Aufständen. Wenn man dann noch die Arbeitsüberlastung und die mangelhafte Wartung berücksichtigt, könnte man sagen, dass diese Schiffe nicht mehr als gefechtsbereit betrachtet werden sollten. Im Kampf gegen die Opters haben sie alles gegeben – aber jetzt ist für sie keine Hilfe in Sicht."

„Wir sollten Personal von den großen Schiffen und den Reserven dorthin versetzen", sagte Admiral Gray. „Außerdem müssen wir die Rekrutierung und Ausbildung intensivieren. Sold und Bonuszahlungen erhöhen."

„Das wäre kostspielig", sagte Minister Benota trocken.

„Unser neuer Senat hat bereits vor, die Steuern zu senken und lästige Vorschriften im Namen der Befreiung zu streichen. Anscheinend wünscht sich die Bevölkerung die von Strecher versprochene Freiheit – möchte aber nicht den Preis dafür bezahlen."

„Das ist nicht mein Problem", raunzte Engels. „Der Senat muss das Geld irgendwie beschaffen – es sei denn, er will, dass die Hunnen alles schlucken."

„Das ist *unser* Problem, Admiral", erwiderte Nolan. „Ich lebe bereits mehr als achtzig Jahre lang unter Bürokraten. Zaxby ist fast zweihundert Jahre alt, und Indy verarbeitet Gedanken schneller als wir beide zusammen. Gemeinsam sind wir als Trinity zu dem Ergebnis gekommen, dass unsere Kriegsbemühungen bald scheitern werden – nicht durch einen Mangel an taktischer Führung oder gar militärischer Strategie, sondern aus wirtschaftlichen und politischen Gründen. Dabei befinden sich die Hundert Welten stets im Vorteil. Die Republik hat ein kollektivistisches System geerbt, das kaum funktionstüchtig ist. Es wird Jahre, vielleicht Jahrzehnte dauern, bis wir Reformen durchgeführt haben. Ansonsten benötigen wir eine Regierung, die es versteht, aus dieser total veralteten Bürokratie das Optimum herauszuholen."

„Fantastisch", antwortete Engels. „Das ist das Problem. Was wäre die Lösung?" Sie sah sich um. „Irgendjemand?"

Benota räusperte sich und stand auf. „Ich möchte ja nicht erwähnen, dass ich das schon gesagt habe – aber das habe ich. Die Befreiung ist schön und gut, aber momentan brauchen wir eine starke Hand zur Leitung der Wirtschaft, bis der Krieg vorbei ist und wir zu einem weniger regulierten Modell übergehen können."

„Sie wollen nicht nur der Kriegsminister, sondern auch der Leiter der gesamten Wirtschaft sein?"

„Ich nicht, nein."

„Wer dann?"

„Wir haben bereits einen Direktor, obwohl Strecher seine Autorität stark eingeschränkt hat. Ich würde ihn vorschlagen."

„DeChang?" Engels klang skeptisch. „Er ist gefährlich. Zu ehrgeizig."

Admiral Gray hüstelte demonstrativ. „Ich kenne Emilio schon eine ganze Weile. Er ist eitel und arrogant, hat aber Weitblick und Kompetenz. Aufgrund seines visionären Plans für ein kriegsentscheidendes Schlachtschiff wurde er aus dem Komitee geworfen, aber eigentlich war er nur seiner Zeit voraus. Wir sollten nicht vergessen, dass die Befreiungsbewegung ohne die *Indomitable* gescheitert wäre. Ja, er möchte wieder der große Boss sein, aber die Kollektivgemeinschaft war nicht einmal während der schlimmsten Zeit eine Diktatur. Wenn unsere neue Republik den Ehrgeiz eines einzelnen Mannes nicht in die richtigen Bahnen lenken kann, dann ist sie es nicht wert, gerettet zu werden."

„Und wie *können* wir seinen Ehrgeiz in die richtigen Bahnen lenken?", fragte Engels.

Benota sagte: „Bevor der Senat sich zu sehr an die Abwesenheit des Befreiers gewöhnt und bemerkt, dass er eigentlich die Macht hat, werde ich mit DeChang zusammenarbeiten und eine Erweiterung seiner Autoritäten zur Erhebung von Steuern und Kontrolle des Haushalts durchboxen. Dies gilt natürlich nur für die Dauer des Krieges."

„Na gut", antwortete Engels. „Aber wie beschafft uns das die Streitkräfte, die wir für diese Schlacht brauchen werden – und dann die nächste und übernächste? Und dabei reden wir noch nicht einmal von den Opters."

Benota schlug mit seiner fleischigen Faust auf den Tisch. Die VR-Simulation war so gut, dass Engels kaum bemerkte, dass sich der Mann nicht tatsächlich im selben Raum befand. „Wir besorgen Ihnen die Streitkräfte für die Schlacht um

Calypso. Eventuell werden wir die rückwärtigen Zonen völlig entleeren und Geld herbeizaubern müssen, welches wir nicht haben. Versprechen abgeben, die wir nicht halten können – aber Sie bekommen Ihre Schiffe. Aber wehe, Sie verlieren den Krieg. Das würde die Republik nicht überstehen."

Engels richtete sich auf. „Ich werde nicht verlieren. Wir werden nicht verlieren. Wenn alle hier ihre Pflicht tun – und der Plan nicht durchsickert – werden wir die Hunnen so schwer schlagen, dass sie gar keine andere Wahl haben, als mit uns zu verhandeln."

KAPITEL 6

Strecher im Opter-Gebiet

NACH ZWÖLF TAGEN der Reise durch den Lateralraum näherten sich Strecher und Myrmidon ihrem Ziel, welches tief im Opter-Gebiet lag. Er ärgerte sich immer noch über Karlas wütende Worte, als sie ihm vorgeworfen hatte, dass sein Alleingang seine Dummheit und Dickköpfigkeit bewiese.

„Unsere neuen Feinde wollen dich umbringen und die Kollektivgemeinschaft zurück an die Macht bringen, und du gehst einfach zu ihnen und begibst dich in ihre Gewalt, ohne zumindest Loco als Rückendeckung mitzunehmen!" hatte sie ihn über Funk angeschrien.

„Kannst du dir Loco auf einer geheimen Spionagemission vorstellen?"

Diese Bemerkung hatte sie ignoriert. „Und was noch schlimmer ist, du bist damit nicht einmal zu mir gekommen."

„Nicht genug Zeit, Schatz", sagte er. „Jede Verzögerung bietet den Opters zusätzliche Möglichkeiten, uns anzugreifen, und gleichzeitig stoßen die Hundert Welten tiefer in unser

Gebiet vor. Du und Gray und Benota, ihr kümmert euch um die Hunnen und den Flottenkrieg. Dabei spiele ich keine wichtige Rolle. Aber nur ich kann mit den Opters verhandeln, was bedeutet, dass ich sie verstehen und die Wahrheit herausfinden muss."

Engels hatte geschimpft wie ein Rohrspatz, trotzdem hatte er nicht nachgegeben. Nun waren er und Myrmidon mit dem schnellen Kurierschiff des Agenten im Alka-System eingetroffen, welches tief im Oper-Territorium lag. Das Schiff hatte eine enorme Reisegeschwindigkeit. Ein großes Raumschiff hätte für die Reise über sechs Wochen benötigt und dabei seinen gesamten Treibstoff aufgebraucht.

Trotz des hohen Tempos war Strecher froh darüber, das winzige, beengte Kurierschiff wieder verlassen zu dürfen.

Während der letzten Tage hatte er die Möglichkeit gehabt, ausführliche Gespräche mit Myrmidon – oder Don, wie er sich nannte – zu führen. „Don ist ein Phonem, das im Erdischen und in den meisten alterdischen Sprachen angemessen gebräuchlich war. Dadurch fällt es auf Menschenwelten kaum auf", hatte er erklärt.

Strecher hatte vergeblich versucht, Dons lange Geschichten auf Schwachstellen hin zu überprüfen. Der Opter lieferte für alles eine simple Erklärung – wie seine Ansichten über Opters und Menschen und die Außerirdischen, die deren Grenzgebiete besiedelt hatten. Dabei erfuhr Strecher vieles, aber immer noch nagte das Gefühl an ihm, dass er von Don auf subtile Weise manipuliert wurde.

Strecher hoffte darauf, diese Reise zu überleben. So tief im Feindesland lauerten überall Risiken.

Und bisher hatte der Opter-Mensch noch keinerlei Beweise für seine Behauptungen geliefert.

Was sich offenbar bald ändern würde, da zahlreiche Opter-Schiffe zwischen den Planeten, Monden und Raumstationen des Alka-Systems unterwegs waren. Die meisten davon waren kleiner als entsprechende Menschenschiffe – oder zumindest galt dies für den Besatzungsbereich. Beispielsweise schienen einige der Frachter eher kleine, leistungsstarke Schleppboote mit daran befestigten Frachtmodulen zu sein als die bei den Menschen üblichen geschlossenen, mit Innenräumen ausgestatteten Raumschiffe. Vermutlich benötigten die Opters weniger Komfort, als es bei Menschen der Fall war.

Don brachte sein Kurierschiff zu einem planetaren Andockring, einer massiven, fantastischen Struktur, welche in einem perfekten geosynchronen Orbit über dem Äquator des Planeten schwebte. Der Ring wies einen Umfang von über fünfundzwanzigtausend Kilometern auf und war über Dutzende von Weltraumaufzügen, die den Speichen eines Rads glichen, mit der Welt verbunden.

„Das ist ein viel effizienteres System, um in den Weltraum zu gelangen, als individuelle Flüge von mit Fusionstriebwerken ausgestatteten Schiffen. Es verbraucht weniger Energie, benötigt weniger Schwerkraftkompensation und stellt eine bessere Plattform für die Orbitalindustrie dar, als geparkte Asteroiden es täten", sagte Don.

„Es ist auch extrem fragil und durch Angriffe oder Sabotage verwundbar", sagte Strecher. „Wen man einen Asteroiden mit einer Bombe oder einer Rakete trifft, wird dadurch nur die jeweilige Einrichtung beschädigt. Aber dieses Ding hier ... wenn man die Struktur knacken könnte, würde all das hier sich auflösen, einknicken und zerbrechen."

„Es wäre nicht so dramatisch, wie du glaubst. Die verwendeten Werkstoffe sind stärker als Duranium und basieren auf genetisch optimierter Spinnenseide, die mit Graphenoid-Molekülen vermischt wurde. Und die Opter-Gesellschaft ist weniger stark durch Unterwanderung gefährdet als diejenige der Menschen. Im Notfall würde jeder einzelne Opter sein Nest und seinen Schwarm mit einer Waffe verteidigen."

„Glaubst du etwa, dass ihr uns überlegen seid?"

„In mancher Hinsicht sind wir das. Vielleicht, was die offensichtlichsten Punkte angeht. Auf andere Aspekte trifft dies nicht zu. Mittlerweile respektiere ich die Menschheit als Ganzes, auch wenn die Individuen sehr unterschiedlich sind und ihr in Sachen Zusammenarbeit komplett versagt." Don bemerkte, dass Strechers Blick auf ihm ruhte. „Mir ist auch klar geworden, dass es keine eindeutige Definition der Überlegenheit gibt. Die Definition der Menschen vergleicht generell Symmetrien und erklärt dann, dass eine Sache einer anderen überlegen sei. Das ist leicht, wenn Streitkräfte direkt gegeneinander kämpfen. Aber beispielsweise ist es nicht ganz so einfach festzustellen, welche Überlebensstrategie die Bessere ist. Die Alte Erde wurde von Dinosauriern beherrscht – bis ein Asteroid ihre Umwelt radikal abkühlte. Ihre Größe, Wildheit und angebliche Überlegenheit wurden plötzlich irrelevant, nachdem ihre Nahrungsquellen verschwunden waren. Kleinere, robustere Wesen überlebten, während die Riesen zugrunde gingen. Und ‚Dinosaurier' wurde sogar zur Metapher für etwas, das vom Aussterben bedroht ist."

Strecher grunzte. „Anpassen oder sterben. Das weiß ich."

Don wandte sich von ihm ab. „Eine gute Zusammenfassung. Aber hast du wirklich verstanden, worum es geht?"

Darauf hatte Strecher keine Antwort, also wechselte er das Thema. „Ich nehme an, dass das eine Miskor-Welt ist, oder?"

„Oh nein, Dirk. Es ist ein Sarmok-Schwarmsystem, in dem es nur Sarmok-Nester gibt." Don erhob sich aus seinem Pilotensitz und griff sich einen zuvor vorbereiteten Seesack. Dann gab er Strecher mit einer Geste zu verstehen, seinen eigenen aufzuheben. Schließlich machte er einige Schritte in Richtung

Ausgang des Raumschiffs und drückte die Handfläche gegen die dafür vorgesehene Sensorfläche.

Das Tor öffnete sich und machte den Weg in ein enormes Flugdeck für kleine Schiffe frei. Wesen jeglicher Art huschten mit beeindruckender Geschäftigkeit umher. Manche ihrer Aktivitäten erschienen rätselhaft, andere waren offensichtlich – Ladearbeiter, welche Fracht herumschoben, Kreaturen mit Seesäcken, die Strechers ähnelten. Mechaniker mit Werkzeugen. Arbeiter mit Tanks und Schläuchen.

Strecher war überrascht, wie viele Menschen – na gut, Zweibeiner – er sehen konnte. Es waren nur wenige Hundebienen zu sehen, einige bewaffnete Kriegerwespen und eine relativ hohe Anzahl an Arbeiterameisen, die vielleicht ein Drittel der hier vorhandenen Wesen darstellten.

Die übrigen besaßen zwei Arme und Beine, und viele waren nicht von Menschen zu unterscheiden. Einige besaßen eine seltsame Färbung – grün, lila, knallrot. Andere hatten eine abnormale Hautstruktur, schuppig oder chitinartig oder feucht glänzend. Aber ungefähr die Hälfte von ihnen wären auf Menschenwelten überhaupt nicht aufgefallen.

„Willkommen auf Terra Nova", sagte Don.

„Was?" fauchte Strecher. „Das bedeutet doch ‚Neue Erde', oder? Ziemlich arrogant, dass deine Opters diesen Planeten nach der Heimat der Menschheit benennen."

„Du hast doch gesagt, dass du noch nie auf der Alten Erde gewesen bist."

„Das ist doch egal."

„Und falls die Sarmok sich durchsetzen, wird das hier zur Brutstätte einer neuen Menschheit werden."

„Was soll das bedeuten?"

„Das wirst du schon noch sehen."

Don machte einen Schritt vorwärts, aber Strecher packte ihn am Arm. „Und wie passe ich mich hier an? Werden die mich nicht erkennen oder riechen, dass ich anders bin, und mich verhaften?"

„Ich habe mir erlaubt, geringfügige Veränderungen deiner Biochemie vorzunehmen."

Strecher packte den zierlichen Mann und schüttelte ihn kräftig durch. „Was hast du getan?"

Don sah auf Strechers Hand hinab und blickte ihm dann wieder in die Augen. „Sei kein Schlappschwanz, Dirk. Deine Hok-Biotechnologie hat dich zu neunzig Prozent zum Opter gemacht, soweit das durchschnittliche Facettenwesen, dem du begegnen wirst, es feststellen kann. Ich habe lediglich deinen Körpergeruch modifiziert, indem ich wie bei mir selbst Sarmok-Pheromone hinzugefügt habe. Erst eine umfangreichere Bioanalyse würde zeigen, dass du nicht in einem Schwarm aufgewachsen bist."

„Ich traue dir nicht, verdammt noch mal."

Don zog Strechers Daumen und Finger von seinem Arm weg. „Benimm dich nicht wie ein Idiot. Du hast beschlossen, mit mir zu kommen. Dein Schicksal liegt in meinen Händen. Du musst eine Entscheidung treffen und dich daran halten. Ansonsten kann ich dich ja gleich jetzt zurückbringen."

„Okay, dann gehen wir zurück."

Myrmidon atmete tief ein, seufzte, schüttelte den Kopf und kehrte zu seinem Kurierschiff zurück. „Toll. Noch zwölf Tage in einem winzigen Schiff, ohne Dusche – und mit dir."

„Warte."

„Was?"

„Wir bleiben hier. Das war nur ein Test."

Auf Dons Gesicht erschien ein Lächeln, als er Strecher von der Seite her anblickte. „Ich weiß."

„Du hast es gewusst?"

„Es ist mein Fachgebiet, vergiss das nicht."

„Was, Täuschung?"

„Spionage. Psychologische Konflikte. Manipulation. Du kannst mich nicht auf meinem eigenen Schlachtfeld schlagen, Dirk. Du musst dich entschließen, mir zu vertrauen. Du bist in meiner Gewalt. So, wie ich mich in deine Gewalt begeben habe, als ich zu dir gekommen bin."

Strecher rieb sich den Nacken. „Aber wenn du wie die übrigen Opter-Kreaturen bist – die du als *Facettenwesen* bezeichnest – dann bist du darauf programmiert, dich selbst als Kanonenfutter zu betrachten. Also wäre es dir gleichgültig, ob du lebst oder stirbst. Es könnte sogar tausend Myrmidons geben, Klone mit der Absicht, uns zu unterwandern. Die einheitlich aussehen und handeln."

„Eine sehr scharfsichtige Bemerkung. Tatsächlich leben viele unserer Spione in eurer Gesellschaft – manche sogar in sehr hohen Positionen. Und wie bereits gesagt habe ich jahrelang unter euch gelebt. Was aber die Klone betrifft ... jedes Wesen mit einem freiem Willen wird schnell einmal zum Individuum, wenn es unter euch lebt. Dafür sorgen eure Unberechenbarkeit und der Mangel an Organisation. Und wenn wir uns erst einmal an die menschliche Kultur angepasst haben, können wir überlaufen und unsere eigenen Ziele, Moralvorstellungen und Ansichten entwickeln, was Gut und Böse betrifft. Verhielten wir uns wie Opters, könnten wir uns niemals integrieren. Eine perfekte Fälschung, eine wirklich perfekte, ist keine Fälschung mehr. Sie wird echt."

Strecher lachte laut auf. „All diese Philosophie ist doch totaler Quatsch. Du präsentierst uns all diese toll klingenden Theorien. Aber letztlich kannst du uns so gut täuschen, dass wir das die Täuschung nicht mehr erkennen können – zumindest nicht ohne Tests, wie du gesagt hast. Also ..."

„Also?",

„Also hast du recht. Ich muss so handeln, als ob ich dir vertraue, auch dann, wenn ich es nicht wirklich tue. Die

Würfel sind gefallen." Strecher drückte einen Finger gegen Dons Brustkorb. „Aber ich behalte dich im Auge."

„Na gut." Don drehte sich um und bewegte sich auf ein entferntes Tor zu. „Gehen wir besser, bevor wir Aufmerksamkeit erregen. Menschen-Opters haben viel Freiraum, aber die insektenartigen Facettenwesen betrachten uns immer noch als gefährlich instabil. Es hat Fälle gegeben, in denen Krieger uns wegen eines Missverständnisses getötet haben, das Menschen als völlig normal betrachten würden."

Strecher ging neben Don her. „Zum Beispiel?"

„Sich betrinken und eine Schlägerei anfangen. Insektoide nehmen dann an, dass ein Facettenwesen wahnsinnig geworden ist."

„Okay, keine Kneipenschlägereien."

„Das sehen wir dann noch."

„Was soll das bedeuten?"

„Das bedeutet, dass andere Regeln gelten werden, sobald wir auf der Oberfläche sind. Es gibt Bereiche, in denen man menschlichen Facettenwesen freien Lauf gibt, unabhängig davon, was dort passiert."

„Ganz gleich, was passiert?"

„Das habe ich doch gesagt."

„Also mischen sie sich nicht ein."

„Nicht, sobald wir uns auf der Oberfläche aufhalten. Aber wir müssen weiterhin unsere Rollen spielen. Ich bin ein Agent. Du bist mein Trainee. Benimm dich entsprechend."

Myrmidon beantwortete keine weiteren Fragen darüber, was er damit meinte, also trabte Strecher einfach neben ihm her. Nach einer minimalen Überprüfung, die aus einem kurzen Scan seines Körpers und seines Gepäcks bestand, betraten sie einen Zug, der das nächste Kabel entlang nach unten fahren würde.

Aber Kabel war ein schwacher, unpassender Ausdruck für

die Verbindung, an der sich ihr Fahrzeug entlangbewegte. Deren Durchmesser betrug mindestens einhundert Meter, und die künstliche Schwerkraft des Zugs war so eingestellt, dass Strecher den Eindruck gewann, sich entlang einer langen und sehr schmalen Brücke zu bewegen, die sie vom nun hinter ihnen gelegenen Ring zur vertikalen Wand des blauen Planeten vor ihnen brachte. Die Decken und Seitenwände der Wagen bestanden aus durchsichtigem Kristall. Anscheinend verspürten sogar die Opters den Wunsch, während der Reise die tolle Aussicht zu genießen.

Sämtliche Mitreisende waren humanoid. Die meisten Exoten – so bezeichnete Don diejenigen, die nicht das Aussehen normaler Menschen hatten – unterhielten sich in einer Art Opter-Klicksprache. Die Normalmenschen verwendeten generell Erdisch mit unterschiedlichen, aber scheinbar ganz gewöhnlichen Akzenten. Zwei unterhielten sich allerdings in einer Sprache, die Strecher für Chinesisch hielt.

„Das ist bizarr", sagte Strecher. „Es kommt mit so vor, als ob wir uns einem beliebigen, von Menschen bevölkerten Planeten nähern würden."

„Dann haben *wir unsere* Aufgabe gut erfüllt", erwiderte Don.

Strecher wurde klar, dass er mit „wir" die Opters meinte – oder vielleicht nur die Sarmok – da andere, die sich in der Nähe aufhielten, sie belauschen könnten. „Ja, das haben *wir*", sagte Strecher und machte eine mentale Notiz, von nun an vorsichtiger zu sein.

Beim Beobachten der falschen Menschen war sein primärer Eindruck von diesen, dass sie eine kindliche Fröhlichkeit ausstrahlten. Im Gegensatz zu Myrmidon hätten sie wohl nicht in die menschliche Gesellschaft hineingepasst – oder zumindest hätten echte Menschen sie als seltsam empfunden. Er versuchte festzustellen, woran das lag.

Dann bemerkte er, dass sie sich wie Kinder verhielten, die in den Körpern von Erwachsenen steckten. Normale Zivilistenkinder, die noch keine Not erlebt hatten. So wie er selbst, bevor die Hok seine Familie getötet hatten. Anders als die Kadetten der Akademie, deren Persönlichkeit vorzeitig zu altern schien, während sie sich auf den Krieg vorbereiteten. Dennoch sahen diese Opters wie Erwachsene aus.

Aber eine Frau stach aus der Menge heraus. Ihr bedächtiger Blick wirkte anders, direkt und zuversichtlich, und sie sah von der anderen Seite des Wagens her etwas zu oft in ihre Richtung.

Strecher schubste Don. „Wir werden beobachtet."

„Ich weiß", murmelte Don. „Aber jetzt weiß sie, dass du es weißt. Und nachdem du mich darauf hingewiesen hast, weiß sie, dass ich ebenfalls eingeweiht wurde. Du wärst ein lausiger Spion, Dirk."

„Wer ist sie?"

„Eine neue Agentin, die ihre Fähigkeiten in einer geschlossenen Umgebung testet." Don griff in seine Jacke und holte eine kleine Lederbrieftasche hervor, die er in Richtung der Frau aufklappte und dann wieder zuschnappen ließ. Sie nickte und verließ den Wagen. „Sie wird uns nicht mehr stören."

„Bist du dir sicher, dass uns niemand sonst beobachtet?"

„Falls ja, dann mit technischen Methoden und nicht mit ihren eigenen Augen. Da du mein *Trainee* bist, erwarten die Beobachter von dir, dass du Fehler machst. Machst du aber zu viele davon, muss ich dich eventuell in die Larventanks zurückschicken. Kapiert?"

Strecher dachte über diese seltsame Erklärung nach. Er rief sich ins Gedächtnis, dass Don ja für die Mithörer sprach. „Klar, Don. Ich werde mich mehr anstrengen. Manchmal versuche ich zu sehr, mich wie einer dieser verrückten, seltsamen Menschen zu verhalten."

„Ja, und das tust du jetzt gerade."

„Tut mir leid. Ich übe nur." Strecher schwieg eine Weile lang, bis das Fahrzeug sich der Oberfläche näherte. Als sie sich etwa zwanzig Kilometer über der Oberfläche befanden – die Strecher immer noch wie eine Wand vorkam – erkannte er die Größe der unter ihm sichtbaren Bauwerke und die Dimensionen der Stadt.

„Wie viele Menschen leben hier auf Terra Nova?", fragte Strecher.

„Ich weiß nicht."

„Schätzungsweise?"

Don blickte Strecher ausdruckslos an. „Eine Billion? Zwei?"

Strecher musste leer schlucken. „Tausend Milliarden …? Das erscheint mir unmöglich. Das wäre die Bevölkerung von hundert Planeten auf einer einzigen Welt. Wie stellt man genug Nahrung für alle bereit?"

„Mit der entsprechenden Technologie und ausreichend Energie ist alles möglich. Die Umwelt wurde durch Geoengineering komplett umgestaltet. Städte erstrecken sich vielerorts über tausend Meter tief in den Untergrund, und es gibt eine Vielzahl hydroponischer Farmen. Du solltest dir Terra Nova weniger als einen Planeten vorstellen und eher als ein gigantisches Habitat, das groß genug ist, um eine Atmosphäre zu unterstützen."

„Das ist wie ein verdammter *Bienenstock*."

„So langsam verstehst du es."

Nachdem der Zug die Oberfläche von Terra Nova erreicht hatte, folgte er einer bogenförmigen Bahn, welche sämtliche Wagen auf den ebenen Boden beförderte. Die beiden Männer betraten einen Bahnhof, der sich auf jedem beliebigen Menschenplaneten hätte befinden können. Hinweisschilder führten die Reisenden zu anderen Bahnsteigen, von denen aus weitere Züge sie zu Orten mit halb vertrauten Namen wie Caledonia, Hongkong und Shepparton bringen würden. Cafés und Restaurants boten der Bevölkerung Essen und Trinken, und es ertönte Musik, da eine Frau neben einem Brunnen Klavier spielte.

„Das ist eine der seltsamsten Situationen, die ich je erlebt habe", murmelte Strecher.

„Ganz im Gegenteil, Dirk. Das ist einer der gewöhnlichsten Situationen, die du je erlebt hast. Sie kommt dir nur so eigenartig vor, weil du weißt, dass alles davon künstlich und vorgetäuscht ist."

„Wie ein Vergnügungspark, in dem die Fassaden wie Häuser und Hotels aussehen, aber Fahrgeschäfte verbergen."

Don nickte. „Der Widerspruch zwischen dem Anschein und der dahinter liegenden Wahrheit macht dir zu schaffen. Genau so fühlen sich neue Agenten bei ihrem ersten Einsatz auf einer Menschenwelt – allerdings müssen sie akzeptieren, dass diese echt und das Training abgeschlossen ist. Wer erwischt wird, kehrt möglicherweise nie wieder zurück."

„Und werden sie erwischt?"

„Natürlich. Die menschlichen Geheimdienste verhaften unsere Agenten ausgesprochen oft."

„Also wissen sie, dass die Opt– ich meine, dass *wir* bei ihnen spionieren?"

„Manche Nachrichtendienste wissen oder vermuten es, aber in biologischer Hinsicht sind unsere Agenten perfekt getarnt. Werden sie verhaftet, nimmt man meistens an, dass sie von feindlichen Menschenplaneten oder von unabhängigen Welten stammen." Myrmidon setzte sich in Bewegung, und Strecher folgte ihm. „Los geht's."

„Wohin?", fragte Strecher.

„Baltimore."

„Das ist ein Ort, oder?"

„Ja. Nach einer Stadt der Alten Erde benannt."

Myrmidon kaufte mit einem gewöhnlichen Credit-Stick Fahrkarten. Eine Magnetschwebebahn beförderte sie Hunderte von Kilometern weit durch eine luftleere Röhre, welche dem Fahrzeug viel höhere Geschwindigkeiten ermöglichte, als die Reise innerhalb einer Atmosphäre es getan hätte. Zwanzig Minuten später betraten sie die Straßen von Baltimore.

Strecher blieb abrupt stehen. Er war schockiert von dem, was er zu sehen bekam, als die Kristallstahltore des Bahnhofs hinter ihnen zuschlugen. Zerlumpte, schmutzige Leute starrten ihn an. Einige tranken aus Schnapsflaschen, rauchten diverse Substanzen oder spritzten sich gar Drogen in die Venen. Sie saßen oder lagen auf müllübersäten Straßen herum oder lehnten sich gegen von Graffiti bedeckte Gebäude. Die zerbrochenen Fenster wirkten wie die Mäuler von Betonmonstern, und der Luft haftete ein Gestank an.

„Was zum Teufel?", sagte er.

„Ja, willkommen in der Hölle", antwortete Don. Er schubste einen Bettler weg, der eine Hand vor sein Gesicht hielt und etwas Unverständliches murmelte. „Wir gehen besser. Denk daran, das hier ist ein Diss."

„Diss?"

„So nennen wir diese Enklaven, Orte wie Baltimore."

„Warum Diss?"

„Ein Name der Alten Erde, der eine künstliche Umgebung bezeichnet. Ich glaube, damals hat das Dissy-Land geheißen." Er trat in die leere Straße hinaus und ging in der Mitte, so weit wie möglich von den Bewohnern dieses Stadtgebiets entfernt. Strecher blieb ihm dicht auf den Fersen und versuchte, alles im Auge zu behalten.

Beim Umrunden einer Ecke wären sie fast in einen massiven Krawall geraten. Dutzende von uniformierten Polizisten prügelten mit Schlagstöcken auf Zivilisten ein, während andere Zivilisten sie mit Steinen und Flaschen bewarfen. Chemischer Rauch ließ Strechers Augen tränen. Ein Offizier zog seine Pistole – eine Feuerwaffe, keine Lähmwaffe! – und feuerte diese ab, wobei er eine Steinewerferin am Hals traf. Diese ging heftig blutend zu Boden.

„Was zum Teufel ist das hier?", fragte Strecher, als Myrmidon ihn in eine Gasse zerrte, damit sie nicht gesehen wurden. „Warum randalieren sie?"

„Wer weiß? Nahrungsknappheit, polizeiliche Übergriffe, weil ihr Sportverein verloren oder gewonnen hat, ist doch egal. All unsere menschlichen Facettenwesen müssen Baltimore passieren."

„Ach ja ... wie einen Vergnügungspark, ja? Ein Diss", lachte Strecher, der nun verstanden hatte. „Es ist eine Übung. Tricks, falsches Blut ..."

Don schüttelte den Kopf. „Nein, das hier ist keine Übung. Jedenfalls nicht so, wie du es dir vorstellst. Es ist künstlich, aber keinesfalls vorgetäuscht."

Strecher trat vor und richtete seine Aufmerksamkeit wieder die auf der Straße liegende Frau. Auf dem Asphalt breitete sich eine rote Lache aus. „Du meinst also, dass sie wirklich erschossen wurde?"

„Ja."

„Scheiße." Strecher rannte zu ihr und warf sich auf den Boden. Die Frau blickte mit glasigen Augen zu ihm hoch und röchelte. „Du schaffst das schon", sagte er. Er griff unter seine Jacke, riss einen Teil seines Unterhemds weg und versuchte, damit die Blutung zu stillen.

Er wurde von einem Schlag gegen den Hinterkopf überrascht, und seine Kampfreflexe wurden aktiv. Er rollte sich auf die Füße und sah sich einem Polizisten mit einem Schlagstock gegenüber.

„Weg mit dir, du Drecksack", rief der Bulle. „Du behinderst die Polizei."

Strecher riss dem Polizisten den Schlagstock aus der Hand und schleuderte die Waffe weg. Der Mann griff verzweifelt nach seinem Holster, aber Strecher entriss ihm auch diese Waffe. „Was ist mit Ihnen los?", fragte er. „Rufen Sie einen Rettungswagen! Sie sind ein Polizist. Erfüllen Sie gefälligst Ihre Aufgabe!"

Der Mann wich zurück und eilte zu zwei seiner Kollegen hinüber, wobei er Strecher pausenlos im Auge behielt. Don packte Strecher am Ellbogen und zog an ihm. „Schluss damit, Dirk. Du störst das Diss." Er zerrte Strecher am Arm von der Frau weg. „Wir müssen gehen."

„Aber die Frau *stirbt*!"

„Das ist eine angemessene Reaktion, *Trainee*", sagte Don laut, „aber du bist hier, um dich an die barbarische Kaltschnäuzigkeit und Brutalität der Menschen zu gewöhnen, die du bei Einsätzen erleben wirst." Er schubste Strecher weg. „Du kannst nichts mehr für sie tun. Willst du zum Recycling in die Larventanks zurückgeschickt werden? Du musst diese Moralvorstellungen von dir stoßen. Vergiss nicht, dass du Baltimore eigentlich schon durchlaufen haben solltest."

Strecher war drauf und dran, Don beiseite zu schieben und zur Frau zurückzukehren, als er sah, dass kein arterielles Blut mehr aus ihren Wunden spritzte und ihre Augen in die Leere starrten. Fünf Polizisten näherten sich mit den Pistolen im Anschlag, und ein weiterer trug ein schweres Lähmgewehr. Strecher hastete widerwillig mit Don um die Ecke und erinnerte sich daran, dass er sich tief im Feindesland befand.

Drei Abzweigungen später führte Don sie in eine Sackgasse, an deren Ende sich eine mit einem abstrakten Symbol markierte Tür befand. Vielleicht handelte es sich dabei um ein außerirdisches Schriftzeichen. Don legte seine Hand auf ein

Sensorfeld und die Tür öffnete sich. Sie bewegten sich durch einen eintönigen Korridor.

„Die Frau ist wirklich gestorben", sagte Strecher.

„Das *Facettenwesen* ist gestorben, ja." Don blickte Strecher emotionslos an. „Sie war sowieso eine Schnecke."

„Schnecke?"

„Ein neues humanoides Facettenwesen, kaum erwachsen. Gerade gut genug ausgebildet, um in ein Diss wie das hier zu passen. Wahrscheinlich war sie etwa zwei Jahre alt. Ihre Gesamtlebenszeit hätte sechs Jahre oder weniger betragen, um sicherzustellen, dass sie sich nicht über ihre zugewiesenen Grenzwerte hinaus entwickelt."

Strecher blickte Myrmidon voller Abscheu an. „Sie züchten intelligente Wesen, nur um sie zu töten? Das ist einfach nur *böse*."

Don zuckte mit den Schultern. „Willkommen im Diss."

KAPITEL 7

Zwei Wochen nach Admiral Engels' Kriegsrat, Calypso-System

ADMIRAL ENGELS BRÜTETE auf der arenaförmigen Brücke der *Indomitable* vor sich hin. Ein geschickter Einsatz der künstlichen Schwerkraft ermöglichte es, sich mühelos entlang der Innenseite der Schüssel zu bewegen. Dabei erlaubte jeder der Bereiche einen ungestörten Blick auf die jeweils anderen. Das im Zentrum schwebende Hologramm, welches die taktische und strategische Situation der Umgebung anzeigte, stellte das einzige Hindernis dar.

Momentan ließ Engels dort das gesamte Calypso-System bis zum Flachraum darstellen, wobei sich der Stern und Felicity Station in der Mitte befanden. Während der letzten drei Tage hatten das Schlachtschiff mit einer Streitmacht aus jedem der großen Schiffe, die man auf dieser Seite der Republik hatte zusammenkratzen können, tief verborgen im glühenden Gasnebel, der den als C1 bezeichneten Planeten umgab, gewartet.

Hier war es möglich, selbst ein Schiff mit den Ausmaßen der *Indomitable* mühelos zu verbergen. Aus einer Entfernung von mehr als hundert Kilometern war das Gas für Sensoren undurchdringlich. Selbst aus einer so geringen Entfernung erschwerten die dichten Wirbel, die mit Tausenden von Felsen und eingefangenen Asteroiden durchmischt waren, die Entdeckung und Zielerfassung.

Es war perfekte Ort für einen Hinterhalt.

Die für die strategische Übersicht benötigten Daten erreichten sie über Hunderte von verschlüsselten Relaisdrohnen, welche die von getarnten passiven Sensoren gesammelten Daten übertrugen. Diese Drohnen flogen in stellaren Orbits durch das gesamte System. Anders gesagt konnte Engels aus dem Gasnebel hinausblicken, die Flotte der Hundert Welten aber nicht zu ihr hineinsehen.

Vorausgesetzt, die Flotte tauchte tatsächlich auf.

Aufgrund seiner wertvollen Raffinerie stellte Calypso offensichtlich das nächste Angriffsziel der Hunnen dar. Das Sonnensystem befand sich nun an der Frontlinie der methodischen feindlichen Offensive. Engels hatte sich sehr bemüht, die Aufklärungsdrohnen eliminieren zu lassen, die der Gegner zweifellos hierher entsenden würde. Zudem hatte sie für die im Hinterhalt lauernde Streitmacht eine völlige Funkstille angeordnet, EMCON genannt. Dabei verwendeten die Schiffe nur rückstoßfreie Antriebe, um sämtliche Energiesignaturen zu eliminieren.

All das Warten machte Engels nervös. Sie ging auf und ab und setzte sich dann hin. Sie inspizierte die Sektionen des Schlachtschiffs. Sie besprach den Plan mit ihren Kapitänen.

Diesen hatte sie bereits ausführlich mit Kommodore Dexon diskutiert, der die Kampfgruppe im äußeren System befehligte. Diese Gruppe würde die Rolle der Treiber spielen, welche die Beute zur wartenden Gruppe der Jäger hin scheuchte. Dexons Flotte schneller Schiffe lauerte weit draußen im Flachraum innerhalb von Calypsos Kometenwolke, jenen Millionen von Eisklumpen, die den Stern langsam umkreisten.

Eine dritte Gruppe, die aus zwölf relativ langsamen, aber robusten schweren Kreuzern sowie Kapitän Scholins Super-Großkampfschiff *Stuttgart* bestand, schwebte unübersehbar in der Nähe von C1 im Raum. Den Ankerpunkt dieser Gruppe bildete das örtliche Monitorschiff, das die Kreuzer im Vergleich wie neben einem Wal schwimmende Delfine wirken ließ.

Leider wurde C1 nicht von Orbitalfestungen umkreist. Da es diesen an Mobilität mangelte und die Gaswolke ihnen die Sicht versperrte, wäre es sinnlos gewesen, welche zu bauen. Deshalb war es nie dazu gekommen.

„Sprung ins System entdeckt", sagte Leutnant Tixban, ihr Offizier an der Sensorenstation. Der Ruxin gab die Daten ins Hologramm ein und ein neues Symbol blinkte auf. „Weit vom optimalen Auftauchpunkt aus dem Lateralraum entfernt."

„Sie sind sehr vorsichtig", murmelte Engels und erhob sich, um sich dem Holo zu nähern. „Aber das spielt keine Rolle. Wie viele Kontakte?"

„Bisher neun, aber es erscheinen immer noch mehr." Tixban drehte ein Auge zu ihr hin. „Es wird etwa eine halbe Stunde dauern, bis ich genauere Daten habe."

„Ich weiß, ich weiß. Verwenden Sie bis dahin einen Schätzwert und starten Sie die Gefechtssimulation von der tatsächlichen Position aus."

Die halbe Stunde verging, während Engels die Computerprognose der kommenden Schlacht studierte – oder zumindest der ersten Hälfte davon. Keine Maschinenintelligenz, nicht einmal Trinitys, konnte vorhersehen, was innerhalb der Gaswolke bei C1 und Felicity Station passieren würde. Es existierten viel zu viele Variablen – und zu viele Möglichkeiten, dass etwas schiefging.

„Also?", fragte Engels Tixban nach Ablauf der halben Stunde.

„Es ist, wie wir erwartet haben. Es handelt sich um die Zehnte Flotte der Hunnen unter dem Kommando von Admiral Braga."

„Admiral Braga?" Engels blickte zwischen dem Hologramm und Tixban hin und her. „Lucas Braga?"

„Korrekt."

„Dann hat er die Schlacht um Corinth überlebt. Ich sollte mich darüber freuen ... aber ich bin nicht gerade glücklich darüber, dass wir es mit ihm zu tun haben."

„Er war Ihr kommandierender Offizier?"

„Das war er. Und ein guter Mann. Das ..."

Tixbans Tentakel drückten Verunsicherung aus. „Ist beschissen? Verwende ich den korrekten Ausdruck?"

Engels schüttelte wehmütig den Kopf. „Genau. Es ist beschissen. Was aber nichts an der Tatsache ändert."

„Stört es Sie nicht, dass Sie zum ersten Mal gegen frühere Kameraden aus den Hundert Welten kämpfen werden?"

„Natürlich stört es mich, aber es herrscht Krieg. Wir haben versucht, mit ihnen zu reden. Heute wird das Militär der Hundert Welten dafür bezahlen, dass seine Politiker so gierig darauf sind, ihr Territorium zu vergrößern. Der Gegner war uns gegenüber erbarmungslos, also können wir uns keine Zurückhaltung leisten." Sie atmete tief durch und versuchte, sich die stoische Zuversicht aufzuzwingen, die sie in ihre Stimme gelegt hatte. In Wirklichkeit kam es ihr so vor, als ob ein Dolch in ihren Bauch gestoßen worden wäre. Admiral Braga ... fast wäre es ihm gelungen, Corinth zu halten, wo sie in Gefangenschaft geraten war und ihr Leben sich so drastisch verändert hatte. Sie wünschte, sie hätte es mit dieser idiotischen Frau Admiral Downey zu tun, deren Unfähigkeit Bragas Niederlage besiegelt hatte.

„Das ändert nichts", wiederholte sie lauter. „Wir halten uns an den Plan."

„Aye, aye", sagte die Brückencrew im Chor.

„Zusammensetzung der Flotte?"

Tixban zoomte an den Feind heran. „Acht Super-Großkampfschiffe, acht Großkampfschiffe, sechzehn Schlachtkreuzer, sechzehn schwere Kreuzer, sechsunddreißig leichte, sechsundfünfzig Eskorten verschiedener Klassen … und zwei Raumträger."

„Träger?" Engels beugte sich vor. „Sie werfen alles in die Schlacht." Raumträger wurden generell als veraltet betrachtet. Sie waren zu langsam, um mit den Eskorten oder ihren eigenen Angriffsstaffeln mitzuhalten. Zu leicht gepanzert für einen direkten Kampf, und ihre gesamte Struktur war zu kostspielig und zu komplex. Meistens wurden sie als Hilfseinheiten und Mutterschiffe verwendet, die Kampfraumer und Landungsschiffe von einem System zum anderen verfrachteten. Dies geschah meistens erst, nachdem ein Gebiet gesichert worden war, und nicht als Teil der Kampfhandlungen.

„Die Entfernung ist zu groß, als dass wir uns sicher sein könnten", sagte Tixban. „Ich vermute aber, dass sie als Nachschubschiffe eingesetzt werden. Dadurch kann ihre Flotte länger von den Stützpunkten entfernt operieren und auch Garnisonstruppen mitführen, die nach der Eroberung zum Einsatz kommen."

„Ich werde es mir merken. Die Raumträger wären uns ausgesprochen nützlich, wenn wir sie erbeuten statt zerstören können."

Vier Stunden später, nach ausführlicher Erkundung der Umgebung und diversen Manövern, drehte sich Bragas Zehnte Flotte nach innen. Auf diesem Kurs würde sie den Rand des gekrümmten Raums erreichen, der den Stern Calypso umgab. Von nun an hatten sie nicht mehr die Möglichkeit, in den Lateralraum zu fliehen – es sei denn, sie überquerten diese Grenze erneut.

Acht Stunden später war Engels nach einer Mahlzeit, einer Dusche und einem Nickerchen zur Brücke zurückgekehrt. Inzwischen führten Kommodore Dexons Schiffe einen kurzen Lateralraumsprung von der Kometenwolke zu einer direkt hinter dem Feind liegenden Position durch. Sie waren sogar annähernd an die Stelle gesprungen, wo Braga selbst angekommen war. Nun wendeten sie gemeinsam und verfolgten die Schiffe der Hunnen mit Vollschub.

Engels konnte sich Bragas Bestürzung vorstellen, die er bei der Erkenntnis verspüren würde, dass er sich nicht auf dem gleichen Weg zurückziehen konnte. Er würde annehmen, dass Dexons Flotte eine Streitmacht war, die eben erst nach einer Reise von mehreren Tagen im Lateralraum eingetroffen war, um die Systemverteidigung zu unterstützen. Er würde keine im Hinterhalt liegende Flotte erwarten.

Allerdings dürfte Braga sich nicht allzu große Sorgen machen – noch nicht. Der Weg zu seinem Ziel – Felicity Station, die C1 innerhalb der Gaswolke umkreiste – schien mit Ausnahme von Scholins unterlegener Flotte frei zu sein. Diese bestand aus dem Monitor *Triceratops*, dem Super-Großkampfschiff *Stuttgart* und einem Dutzend schwerer Kreuzer.

Da Bragas Flotte den anscheinend einzigen Verteidigern von C1 von den Waffen her mindestens um das Zehnfache überlegen war, würde seine logische Reaktion darin bestehen ...

„Na also", sagte Engels, als Tixban meldete, dass die Zehnte Flotte in Richtung auf ihr Ziel hin beschleunigte. Statt langsam zu kreuzen würden Bragas Schiffe nun heranstürmen, zum Abbremsen wenden und dann langsamer in die Gaswolke fliegen, damit sie erkennen konnten, was vor ihnen lag. Danach würden sie ausschwärmen und nach Felicity Station suchen, da Engels sichergestellt hatte, dass die Raffinerie EMCON einhielt.

Danach würde Braga planen, zur anderen Seite des Systems zu fliegen, da seine Mission erfüllt war. Oder vielleicht erwartete er, zu wenden und sich zum Kampf zu stellen, sobald er entdeckt hatte, dass es sich bei Dexons „großen Schiffen" in Wirklichkeit um leichte Kreuzer handelte. Trinity hatte Täuschsignatursender für diese Schiffe entwickelt, damit sie den Feind besser in Engels' Falle treiben konnten.

Engels fletschte die Zähne, als sie daran dachte, der Zehnten Flotte beide Optionen zu verweigern.

Zwei Stunden später vollführte Bragas mächtige Flotte eine Wende, um das Bremsmanöver einzuleiten. Dexons Schiffe eilten weiter aufs Zentrum des Systems zu und schienen mit der Höchstgeschwindigkeit zu fliegen, die Großkampfschiffe erreichen konnten. In Wirklichkeit bewegten sich diese schnellen Eskorten eher gemächlich und nicht unter Vollschub, wobei die Täuschsender mit voller Leistung sendeten.

Engels war erleichtert darüber, dass Benota so viele leichte Einheiten aus benachbarten Systemen zusammengekratzt hatte. Noch mehr freute sie sich darüber, dass sie diesen Schiffen keine Mission an der Front zumuten musste. Unter diesen Umständen würde ein müheloser Sieg die Kampfmoral der Eskortenschiffe enorm verbessern.

Engels ging auf und ab, überprüfte erneut alle Daten und Systeme und kaute auf ihren Nägeln herum, während der Feind sich der riesigen Gaswolke näherte. Der leuchtende Strom, der in einer enormen Kurve über Millionen von Kilometer weit zum Stern zurück reichte, war ein fantastischer Anblick. Sie hoffte, dass Braga sich davon einlullen ließe. Vielleicht würden die Überraschung und der Schock die Verluste auf beiden Seiten reduzieren.

Scholins Kampfgruppe feuerte nun Railguns aus extremer Entfernung ab. Da der Feind ihnen das Heck präsentierte, würde ein Glückstreffer möglicherweise direkt in die ungeschützte Düse eines Fusionstriebwerks fliegen und dort verheerenden Schaden anrichten. Allerdings war die Chance dafür wirklich gering. Sie verringerte sich weiter, als Bragas Schiffe ihre Ausrichtung minimal veränderten und die Formation verbreiterten.

Ein Schlachtkreuzer erlitt einen Zufallstreffer, woraufhin sein Triebwerk zu stottern begann und dann ausfiel. Dies würde aber die einzige Trefferwirkung bleiben – bis die Schiffe die effektive Strahlenreichweite erreichten.

Zunächst blitzte der Partikelbeschleuniger an der Mittellinie des Monitors *Triceratops* auf. Braga besaß nichts, was dieser Waffe gleichwertig gewesen wäre, hatte aber den Angriff bereits antizipiert und Lenkwaffen abgefeuert. Als Beginn des Schlagabtauschs detonierten zwischen den beiden Flotten spezialisierte Gefechtsköpfe, um das Kampfgebiet mit Gas, Staub und Kristallsand zu füllen. Gleichzeitig erhöhten seine Schiffe ihre Ausweichmanöver, während sie weiterhin abbremsten.

Engels murmelte vor sich hin. „Macht schon, macht schon." Sie konnte den Impuls einfach nicht unterdrücken. Obwohl diese Phase relativ unwichtig war – lediglich eine Ablenkung, die Braga den Widerstand zeigen sollte, den er erwartete – hoffte sie, dass Scholin erfolgreich war. Jedes Schiff, das er während des Anflugs beschädigte war eines weniger, das sie aus dem Hinterhalt bekämpfen mussten.

Aber Bragas Gegenmaßnahmen erfüllten ihren Zweck. Der Partikelstrahl touchierte zweifellos einige Ziele, aber keines der Triebwerke wurde vernichtet. Angesichts der

Verwendung zahlreicher Spezialgefechtsköpfe durch die Hunnen erzielte auch das Feuer der *Stuttgart* und der Kreuzer keine Ergebnisse. Engels beneidete sie um ihre Ressourcen. Die Gegner glaubten zweifellos, dass sie ihr gesamtes Waffenarsenal einsetzen und dann Nachschub von den Trägern erhalten könnten.

Nun rasten über tausend Schiffkiller-Lenkwaffen als gemeinsamer Flottenangriff von Scholins Kampfgruppe aus los. Dies war eine Taktik, bei der es um alles oder nichts ging. Nachdem die ersten Waffen ausgestoßen worden waren, holten die später abgefeuerten diese ein, so dass alle von ihnen eine einzige, kontrollierte Angriffswelle bildeten. Da Braga keine komplexen Manöver durchführen konnte – jede Minute der Verzögerung würde die Dexons „Großkampfschiffe" näher heranbringen – musste er sich mit seiner Flotte einfach durchkämpfen.

Braga ließ eine Mischung aus Abwehrlenkwaffen und Schiffkillern abfeuern, um Gefechtskopf gegen Gefechtskopf auszutauschen und den Flottenangriff dadurch auszudünnen. Natürlich gelang es nur einigen von ihnen, die anfliegenden Lenkwaffen abfangen, da diese in Zufallsmustern herumwirbelten und der Verteidigung auswichen. Vereinzelte EloKa-Drohnen bestrahlten den Bereich mit verwirrenden Signalen, um den Angreifern eine Gelegenheit zum Durchschlüpfen zu bieten. Gleichzeitig feuerte Scholin weiterhin seine Strahlenwaffen ab, was das Gefechtsfeld zwischen den sich rasch annähernden Flotten noch chaotischer machte.

Im letztmöglichen Moment vor dem Eintreffen der Lenkwaffen wendeten alle von Bragas Schiffe gemeinsam. Dieses perfekt ausgeführte Manöver richtete jeweils den gepanzerten Bug nach vorn und brachte die volle Bewaffnung ins Spiel. Strahler blitzten, Railguns sprühten Projektile, und die angreifenden Lenkwaffen wurden zerfetzt. Die Zahl der Schiffe und

Nahverteidigungswaffen war schlicht zu groß, als dass die Lenkwaffen der Republik es zu den Großkampfschiffen geschafft hätten. Einige der als Abschirmung dienenden Eskortenschiffe wurden durch Sprengköpfe mit Annäherungszündern oder nuklear gepumpte Laser-Gefechtsköpfe schwer beschädigt, aber angesichts der Vielzahl eingesetzter Lenkwaffen war dies ein eher enttäuschendes Ergebnis.

Zumindest dem Anschein nach, aber dieses gesamte Manöver diente lediglich dazu, Braga ein übermäßiges Selbstvertrauen einzuimpfen.

Jetzt zog sich Scholins Flotte mittels ihrer rückstoßfreien Antriebe zurück, als hätte ihr Kommandeur die vernünftige Entscheidung getroffen, seine Streitkräfte nicht zu opfern. Engels hoffte, dass sich Braga sich nicht zu sehr darüber wunderte, dass die Verteidiger nicht den *noch* vernünftigeren Weg wählten, sich in die Gaswolke zurückzuziehen und von dort aus weiterzukämpfen. Theoretisch gesehen hätte diese Kampfweise die Verteidiger begünstigt, da es den Angreifern schwer fallen würde, das Feuer zu koordinieren.

Aber Braga würde wohl annehmen, dass der Kommandeur der Abwehrstreitkräfte einer derart überwältigenden Armada schlicht keinen ernsthaften Widerstand leisten wollte. Zudem würde Braga nach dem Verlassen der Gaswolke einen Hinterhalt erwarten. Und zwar dann, wenn seine Schiffe kurzzeitig dem konzentrierten Feuer der Kampfgruppe ausgesetzt wären.

Wie sie gehofft hatte, stieß Braga voller Zuversicht in seine Kampfkraft direkt in den seltsamen Nebel vor, da die vor ihm liegenden Feindschiffe ihm nicht mehr den Weg versperrten und die verfolgenden „Großkampfschiffe" Druck aus ihn ausübten.

„Ansicht erweitern", sagte Engels, und Tixban veränderte den Maßstab. Nun füllte die Gaswolke das über der Brücke schwebende Hologramm aus und verschwand dann, da die

Software das irrelevante Plasma ausfilterte. Ein Netzwerk aus getarnten Sensordrohnen sorgte dafür, dass Engels jedes feindliche Schiff bestens erkennen konnte.

Bragas Flotte verbreiterte ihre Formation und entsandte die eigenen Sonden. Die Eskortenschiffe bildeten eine Hülle mit einer locker gestreuten Anordnung, um ein möglichst großes Gebiet zu erkunden. Allerdings zogen sie sich sofort zurück, als sie auf ein dichtes Minenfeld stießen.

Aber es war nicht zu dicht. Engels hätte hier von den Feinden einen höheren Blutzoll fordern können, wollte aber nicht deren Rückzug riskieren. Wären die Hunnen mit einer kleineren Kampfgruppe erschienen, hätte dies möglicherweise ein Problem dargestellt.

So aber formierten sich die Eskortenschiffe im Minenräummodus, feuerten spezialisierte Sonden ab und brachten sämtliche von ihnen entdeckte Minen zur Detonation. Sie beseitigten diese effizient, wobei nur einige wenige Schiffe leichte Schäden erlitten. Danach stieß die Zehnte Flotte auf den Planeten C1 vor.

Natürlich hatten Bragas Einheiten Felicity Station immer noch nicht lokalisiert. Sie wussten lediglich, dass die Station den Planeten irgendwo umkreiste.

Aber Engels und ihre Streitmacht wussten, wo die Station sich befand. Indem sie die Zehnte Flotte mithilfe von Dexons und Scholins Schiffen in die entsprechende Richtung trieb, stellte sie sicher, dass sich die Station auf der dem Feind entgegengesetzten Seite des Gasriesen befand – und momentan setzte sie sogar ihre minimalen Manövrierdüsen dazu ein, um auf möglichst weiter Distanz zu bleiben.

„Rudergänger, mit rückstoßfreien Antrieben manövrieren", sagte Engels. „Bringen Sie uns in Position. Befehlen Sie unseren beiden Halbkugelformationen, den Feind langsam zu umzingeln."

Sie sah im Hologramm, wie die beiden Hälften ihres Hinterhalts außerhalb der Sichtweite des Feindes manövrierten, immer noch im EMCOM-Modus befindlich. Das war nur möglich dank der Tatsache, dass sie vollständige Daten über die Hunnen besaß, diese hingegen keine über sie. Ihre Schiffe bewegten sich so unauffällig wie möglich und bildeten bald schon eine locker gestreute Kugel, welche den Feind umschloss.

Und die *Indomitable* befand sich direkt auf dem Suchpfad der Hunnen.

„Attrappe 14 aktivieren", befahl sie.

Einer der zahlreichen Kleinmonde, auf denen in den vergangenen drei Tagen Sender platziert worden waren, aktivierte nach und nach eine gemischte Gruppe elektromagnetischer Signalquellen. Da sie sich nicht sicher gewesen war, aus welcher Richtung der Feind in die Gaswolke eintreten würde, hatte sie Trinity angewiesen, mehr als zwanzig Attrappen einzurichten. Nun gab die Nummer 14 vor, Felicity Station zu sein – und zwar unmittelbar vor der *Indomitable*.

Gemäß Plan würde Scholin seine äußere Kampfgruppe so platzieren, dass sie alle Schiffe erwischte, die dem Hinterhalt entkamen. Dexon würde mit der wahren Geschwindigkeit leichter Kreuzer vorstoßen, einer Geschwindigkeit, welche Bragas Erwartungen bei weitem übertreffen würde. Die Zeit, die ihm seiner Einschätzung nach zur Flucht verblieb, verrann nun wie der Sand in einer Sanduhr.

KAPITEL 8

Strecher und Don auf Terra Nova

„Also jagen sie niemanden außerhalb der Grenzen des Diss?", fragte Strecher Myrmidon, während sie dem Weg folgten, welcher hinter dem seltsamen Opter-Diss Baltimore entlang führte. Gelegentlich marschierten menschliche Facettenwesen in schlichten Uniformen an ihnen vorbei. Diese waren offensichtlich beschäftigt und würdigten die beiden Männer keines Blickes. „Man kann einfach weglaufen und seine Freiheit zurückgewinnen?"

„Die Barrieren erkennen meinen Biocode. Normale Facettenwesen werden aber dort festgehalten, bis sie die Parameter erreichen, die ihnen den Zugang zu einem anderen Diss ermöglichen."

„Und was für Parameter wären das?"

„Das wissen die Teilnehmer nicht, zumindest nicht von Anfang an. Nur die Kontrolleure kennen die entsprechenden Werte. In manchen Diss-Bezirken geht dieser Prozess sehr schnell vonstatten. In anderen hingegen wird er nur von einigen wenigen Auserwählten abgeschlossen. Fast wie im wahren Leben – niemand kennt die Regeln, und man sollte keine Fairness erwarten."

„Aber eventuell kommt man raus."

„Ich schaffe das."

Strecher sprach leiser. „Können wir uns hier unterhalten?"

„Ja. Agenten und ihre Trainees genießen eine Menge Spielraum. Daher dürfen sie während des Rollenspiels alles Mögliche von sich geben."

„Also bist du unter den Spionen ein großer Boss?"

„Groß genug, um mich frei bewegen zu können. Unbedeutend genug, dass sich niemand fragt, warum ich mich überhaupt hier aufhalte."

„Wie die Lazarus-Inquisitoren."

„So ähnlich."

Strecher ließ sich Myrmidons Worte durch den Kopf gehen. „Ich wette, dass du ein Klon bist."

„Alle von uns sind Klons, die in Larventanks erzeugt und in Kinderkrippen aufgezogen werden – genau wie unsere insektenähnlichen Facettenwesen."

„Alle außer mir."

Don zuckte mit den Schultern. Das schien er ziemlich oft zu tun. Vor allem dann, wenn er einem Argument nicht unbedingt zustimmte, aber auch keinen Streit suchte.

„Willst du damit andeuten, ich wäre ebenfalls ein Klon?"

„Klon, genetisch optimiert. Ein Krieger, der für einen bestimmten Zweck entwickelt und erzeugt wurde und in einer Gebärmutter statt in einem Tank heranwuchs ... besteht da wirklich ein Unterschied?"

Nun lag es an Strecher, mit den Schultern zu zucken und kurz nachdenken. „Habt ihr der Kollektivgemeinschaft die für das Klonen erforderliche Biotechnologie überlassen?"

„Natürlich haben wir das."

„Verdammt. So, wie du es darstellst, sind Menschen nicht in der Lage, irgendetwas selbst zu erfinden."

„Das können sie schon. Wenn sie aber etwas umsonst erhalten – und die Mitglieder der Elite sich bewusst sind, dass diese Geschenke von den Opters stammen – werden menschliche Gesellschaften selbstgefällig. Genau das ist auch unsere Absicht. Warum sollte man sich mit Forschungsprojekten abmühen, wenn man weiß, dass die Außerirdischen einem derart weit voraus sind?"

„Weil sie gefährlich sind?"

„Bis jetzt hatten wir uns wirklich bemüht, keine militärische Bedrohung darzustellen." Don öffnete eine Tür und trat hindurch. Nachdem Strecher ihm gefolgt war, schloss er diese wieder. „Dieses Diss heißt Cupertino."

Im Gegensatz zu Baltimore war die Straße, die sie soeben betreten hatten, eintönig statt schmutzig und von Müll übersät. Auf den Gehsteigen waren Leute in abgetragener Kleidung zu sehen. Alle von ihnen trugen verspiegelte Schutzbrillen, welche die Augen vollständig bedeckten und auch die Ohren umschlossen.

Zudem unterhielten sich diese Personen mit sich selbst – oder vermutlich über Funk mit anderen. Ihre Wahrnehmung musste von einem virtuellen Overlay oder zumindest von optischen und akustischen Daten erfüllt sein. Manche machten Bewegungen in der Luft, um virtuelle Objekte oder Steuerelemente zu manipulieren.

Don führte Strecher die Straße entlang zu einem Café, wo jeder der Gäste in seiner eigenen winzigen Sitznische saß. Roboter servierten langweilig aussehendes Essen, während diese Personen weiterhin redeten und in der Luft gestikulierten.

„Ist das auch ein Diss?", sagte Strecher. „So schlimm scheint es hier nicht zu sein. Wahrscheinlich sehen und hören sie eine Welt, die viel schöner ist als die reale."

„Sie ist nicht so schlecht, zumindest nicht zu Beginn. Allerdings ist die Selbstmordquote hier höher als im Diss, das wir eben verlassen haben."

„Ihr lasst zu, dass die Leute sich umbringen?"

„Du stellst die falschen Fragen, Dirk. Du musst dein Bauchgefühl ignorieren, wenn du so etwas siehst."

„Wie lautet die richtige Frage?"

„Wenn es um intelligente Wesen geht, gibt es nur eine richtige Frage, Dirk."

Strecher blickte sich um. Er versuchte, sich an die Wissensfragmente aus Philosophie, Religion und Psychologie zu erinnern, die er sich im Lauf seines Lebens angeeignet hatte. „Okay. Warum?"

Don nickte. „Genau. Warum tun Leute etwas? Findet man den Grund heraus, lassen sie sich beeinflussen. Kommt dann noch Macht hinzu, kann man sie kontrollieren – und sich selbst auch."

„Warum verhalten sie sich dann so? Sie leben in einer virtuellen Welt und scheinen von der Realität völlig abgeschottet zu sein."

„Du hast selbst Erfahrungen mit der Virtualität gesammelt. Sag du es mir doch."

Strecher dachte an Shangri-La und daran, wie er sich dort gefühlt hatte. „Es ist verführerisch. Es ist ein Lebens-Porno, pures Vergnügen und keine Schmerzen. Aber das ist nicht das echte Leben."

„Wie viele Menschen wollen wirklich ein echtes Leben führen? Wie viele würden sich ohne zu zögern für eine bequeme Existenz entscheiden, wenn sie die Wahl hätten? Unsere Tests haben ergeben, dass das auf fast alle zutrifft."

„Wenn das stimmen würde, würde die Gesellschaft der Menschen komplett virtuell werden und dann zusammenbrechen. Aber nur ein geringer Prozentsatz von Individuen wird VR-süchtig."

Don lachte. „Hat man dir das so gesagt? In Wirklichkeit wird die Virtualität zur Norm, wenn alle sich darin aufhalten, wenn man dadurch seinen Lebensunterhalt verdienen und sämtliche Aufgaben dort erledigen muss. Die einzigen Faktoren, die eine Massenabwanderung in die virtuelle Realität verhindern, sind wirtschaftliche Gründe und Vorschriften – anders gesagt wollen die Mitglieder der Elite, dass der Zugang begrenzt und kontrolliert bleibt."

„Warum?"

„Weil sie wissen, dass es keinen Spaß macht, über Drohnen zu herrschen, die keinen Kontakt zur Realität mehr haben. Zudem nimmt die Produktivität der Menschen am Ende ab statt zu."

Strecher sah sich um. „Aber warum würden sie das hier tun? Welchen Zweck erfüllt *dieses* Diss? Wozu sind die eigentlich alle da?"

„Alle Diss-Bezirke sollen Facettenwesen in Menschen verwandeln oder jene aussondern, die sich nicht anpassen können."

„Warum?"

„Das kannst du mir sagen."

Strecher dachte nach. „Aus irgendeinem Grund willst du – wollen wir – nicht einfach nur Schwarmwesen in Menschengestalt. Wir brauchen Leute, die echte menschliche Gesellschaften unterwandern können. Daher benötigen sie reale Erfahrungen. Ich verstehe nur nicht, wie man das hier als real bezeichnen könnte."

Don zuckte mit den Schultern. „Sie bleiben nicht für immer im selben Diss. Sie durchlaufen diese."

„Ach ja ... Also sind das lediglich aufeinander folgende Trainingseinheiten."

„Natürlich. Wir sollten uns auf den Weg machen. Dieses Diss heißt Campus."

Sie traten durch eine weitere Tür, die in ein Gebiet führte, welches einem weitläufigen Schulgelände ähnelte. Hübsch anzuschauende, aber nicht sonderlich interessante Gebäude standen zwischen nicht sehr gut gepflegten Pfaden. Gruppen von Personen saßen herum oder spazierten über das Gelände – stets in Gruppen. Die Anwesenden stellten eine Mischung der verschiedenen körperlichen Charakteristika der Menschheit dar. Der einzige Unterschied bestand im Kleidungsstil. Jede Gruppe trug Kleidung einer bestimmten Farbe – grün, blau, rot und so weiter.

Zwei Gruppen, die jeweils etwa fünfzehn Personen umfassten, näherten sich einander an – Rote und Grüne. Kleinere Gruppen von Blauen und Gelben sahen ihnen dabei zu.

Sie trafen an einer Engstelle des Gehwegs aufeinander. Strecher hatte erwartet, dass die beiden Gruppierungen weitergehen oder seitlich ausweichen würden. Aber stattdessen blockierten sie den Weg der anderen Gruppe und begannen, miteinander zu streiten.

„Warum gehen sie nicht einfach weiter?", fragte Strecher.

„Sie tragen unterschiedliche Farben."

„Wieso soll das relevant sein?"

Die Streitereien eskalierten zu Geschrei und Drohungen. „Sie hassen einander."

„Warum?"

„Unterschiedliche Farben."

„Es muss Konfliktstoff zwischen ihnen geben, oder?"

„Anfangs nicht."

Strecher sah, dass diese Leute eine Prügelei begannen – sich dabei aber so unbeholfen wie Kinder anstellten. Sie rangelten, zogen sich an den Haaren und schlugen wirkungslos zu. „Das hier ist alles inszeniert, oder? Ein weiteres Szenario?"

„Natürlich."

„Also wurden sie zum Kampf gezwungen?"

Don zuckte mit den Schultern. „Die Diss-Kontrolleure zwingen niemanden dazu, etwas zu tun. Sie legen lediglich die Bedingungen fest, und dann nimmt die menschliche Natur ihren Lauf. In diesem Fall erhalten eben in der Diss angekommene Facettenwesen farbige Kleidung."

„Und was sagt man ihnen?"

„Nichts."

„Totaler Blödsinn. Man hat ihnen wohl gesagt, dass die anderen Farben die Bösen sind oder etwas in der Art."

„Nein. Es gibt sogar Faktoren, die dem entgegenwirken. Beispielsweise erhalten Individuen, die in anderen Diss-Bezirken Beziehungen entwickelt haben, hier immer unterschiedliche Farben."

„Also bleiben sie weiterhin befreundet."

„Das sollte man meinen."

Strecher blickte von der Prügelei zu Don und wieder zurück. „Du willst andeuten, dass sie keine Freunde bleiben."

„Freundschaften überstehen diesen Prozess sehr selten. Die neuen Facettenwesen passen sich innerhalb weniger Tage fast ausnahmslos an die Einstellung ihrer jeweiligen Farbe an – welche anderen Farben ihre Feinde sind, welche Verbündete oder Neutrale, die angeblichen Gründe für den Streit."

„Also *gibt* es Gründe."

Auf Dons Gesicht erschien ein flüchtiges Lächeln. „Natürlich. Die Grünen haben vor neun Jahren einen Schlafsaal der Roten besetzt. Die Blauen haben im vergangenen Monat einen Gelben verprügelt. Die Lilas werden dieses Semester von den Dozenten bevorzugt, und die in Orange haben das Personal bestochen. Gestern haben die Roten keinen Nachtisch bekommen, weil die Blauen alles aufgegessen haben. Die Grünen glauben, dass sie in den Verwaltungsgremien unterrepräsentiert sind – und so weiter, und so weiter."

„Das sind bescheuerte Gründe für einen Konflikt. Und sind sie überhaupt wahr?"

Don zuckte mit den Schultern. „Ist das wichtig?"

„Natürlich ist es das! Es kommt immer auf die Wahrheit an!"

„Das sollte es. Aber ist es wirklich so? Oder geht es nur darum, was man glaubt?"

„Man macht etwas nicht dadurch wahr, dass man daran glaubt!"

„Aber was wäre, wenn man glaubt, dass man es kann?"

„Das ist verrückt!"

Don zuckte mit den Schultern.

„Ihr pervertiert diese Leute total."

„Indem wir ihnen farbige Kleidung geben?"

„Indem ihr Kinder nehmt – selbst, wenn sie wie Erwachsene aussehen, sind sie ja nur einige Jahre alt – und sie vom rechten Weg wegführt."

„Wir führen lediglich ein Facettenwesen in ein Diss mit bestimmten Umweltbedingungen ein und beobachten, was passiert. Wir sagen diesen Wesen nicht, was sie tun sollen. Sobald die Facettenwesen alle Erfahrungen gemacht haben, die sie für ihre Entwicklung benötigen, werden sie in einen anderen Diss-Bezirk gebracht, wo sie dann andere Lektionen absolvieren. Schließlich entwickeln einige kritische Denkfähigkeiten."

„Und die übrigen?"

„Die stecken fest. Oder werden in eine andere Diss-Laufbahn versetzt. Selbst ich kenne nicht alle Details. Die hängen von den Kontrolleuren ab."

„Oder sie sterben, wie die Frau vorhin."

„So ungefähr. Komm schon."

Don führte sie zu einem weiteren Diss, das aus grandiosen, wunderschön dekorierten Innenräumen bestand. Fenster existierten hier keine, aber die warme künstliche Beleuchtung ließ alles gemütlich erscheinen. Die Leute saßen an Reihen von mit Bildschirmen ausgestatteten Maschinen und führten rätselhafte Tätigkeiten durch. Roboter rollten zwischen ihnen herum und verteilten Essen und Getränke, damit diese Personen ihre Workstations nicht verlassen mussten. Gelegentlich stand jemand auf, anscheinend um auf die Toilette zu gehen.

Manche der Leute waren übergewichtig, andere abgemagert, aber alle schienen bei schlechter Gesundheit zu sein. Viele hatten während der Arbeit Rauchstäbe oder Dampfstäbe im Mund. Alle schienen ganz in ihre Tätigkeit vertieft zu sein und kommunizierten selten mit anderen, obwohl sie dicht gedrängt beieinander saßen – Schulter an Schulter.

Der seltsame Aspekt dieses Orts waren die Geräusche, die aus den Workstations erklangen. Die Geräte piepsten, klingelten und spielten andauernd Musik. Hin und wieder hob jemand die Hand oder sprang sogar triumphierend in die Höhe, während die Maschine laute, ebenso triumphale Geräusche von sich gab. Aber dann setzte sich der Arbeiter schon bald wieder hin und drückte weiterhin Tasten oder berührte Bildschirme, um dieselben obskuren Aufgaben zu erfüllen.

„Was machen die eigentlich?", fragte Strecher, als die beiden zwischen den Arbeitern umherschlenderten. „Die Anzeigen auf den Bildschirmen – das sieht mehr nach Unterhaltung als nach Arbeit aus, aber die Leute wirken nicht glücklich. Nur einige von ihnen scheinen sich ab und zu mal zu freuen."

„Gut beobachtet. Man nennt das *Spielarbeit* – also Aufgaben, die auf spielerische Weise erledigt werden. Die Arbeiter erhalten Punkte, wenn sie Aufgaben erfüllen, und diese lassen sich für Sonderaufgaben ausgeben, die wiederum höhere Belohnungen bieten."

„Und was passiert, wenn sie genug Punkte verdient haben?" Strecher nahm an, dass sie Häuser oder Fahrzeuge kaufen oder auf Urlaubsreisen gehen würden. Vielleicht gingen sie in Restaurants, feierten, investierten das gewonnene Punktevermögen in Unternehmen oder kauften Kunstwerke ... was *machten* Leute überhaupt mit Geld? Im Verlauf seines Lebens hatte er dafür so wenig Zeit und Gelegenheit gehabt, dass er es sich kaum vorstellen konnte. Er dachte daran, dass er auf seinem Soldkonto in den Hundert Welten wohl eine Menge Geld angesammelt hatte – obwohl er natürlich nie würde darauf zugreifen können.

„Sie können damit Dinge kaufen", antwortete Don, „aber das tun sie selten."

„Wirklich? Warum nicht? Was machen sie dann mit ihrem Guthaben?"

„Sie steigen auf immer höhere Belohnungsstufen auf, und dann müssen sie ihre Punkte riskieren, um vielleicht noch mehr zu gewinnen."

„Riskieren? Gewinnen? Das hört sich eher wie Glücksspiel als Arbeit an." Mit dem Glücksspiel kannte Strecher sich aus, dank Shangri-La oder den üblichen Soldatenwetten um Drinks oder Luxusgegenstände oder Geld, wenn sie welches hatten. Er war nie sonderlich an derartigen Spielchen interessiert gewesen. Diese Abneigung hatte ihn noch mehr zum Außenseiter gemacht, bis er befördert worden war und man so etwas nicht mehr von ihm erwartete.

„Es *ist* ein Glücksspiel, wird aber nie als solches bezeichnet."

„Was passiert, wenn sie viel gewinnen? Wenn sie reich werden?"

Don lächelte humorlos. „Was würden Wohlhabende deiner Meinung nach tun?"

Strecher musste raten, da er mit reichen Zivilisten nicht besonders gut vertraut war. „Sie werden Unternehmer oder Geschäftsleute? Oder Promis. Stars im Unterhaltungsbusiness? Reisen sie von Planet zu Planet und trinken dabei edle Weine? Oder kandidieren sie für politische Ämter, um Macht zu gewinnen?"

„Das sollte man meinen, aber mit wenigen Ausnahmen tun sie nichts davon."

„Was tun sie dann?"

„Sie spielen um höhere und höhere Einsätze. Bis sie dann alles verlieren und wieder auf das Niveau der Arbeiter zurücksinken, auf sowohl die Belohnungen als auch die Risiken gering sind. Dann müssen sie nur noch rechtzeitig bei der Arbeit erscheinen, das Gehirn auf Automatik schalten und sich abrackern."

Strecher blieb stehen und blickte Don an. „Willst du damit etwas über mich andeuten? Dass ich ein Glücksspieler bin, der immer mehr einsetzt, bis er am Ende verliert?"

„Siehst du dich selber so?"

„Manchmal sagen die Menschen in meiner Umgebung so etwas über mich. Meine Partnerin – meine Frau Karla, meine ich – gelegentlich auch. Dass ich das Glücksspiel nicht lassen kann. Aber ich gehe keine Risiken ein, um einen Urlaub oder mehr Guthabenpunkte zu gewinnen."

Don öffnete eine Hand und vollführte eine Na-Also-Geste, während er auf die Leute in der Umgebung deutete. „Das wollen die hier auch nicht. Wenn sie wirklich den Urlaub oder das Guthaben möchten, um etwas damit aufzubauen, würden sie ihre Gewinne kassieren und mit dem Glücksspiel aufhören. Aber das tun sie nicht. Denn es geht ihnen um das Spiel, nicht um den Gewinn."

„Und du denkst, dass es bei mir auch so ist."

„Das kann ich nicht beantworten."

Strecher wandte sich ab, saugte Luft durch die Zähne ein und dachte nach. „Der Unterschied besteht darin, dass ich ein Ziel habe. Ich will die Menschheit befreien. Du hast mich hier an einen Ort gebracht, in dem ein anderer Teil der Menschheit auf bizarre Weise versklavt wird, aber letztlich hat sich der ganze Scheiß nicht geändert. Die zufriedenen Sklaven merken nicht einmal, dass sie kontrolliert und manipuliert werden, aber es ist immer noch Sklaverei."

„Genau wie bei dir."

„Wie bei mir?"

„Als du ein Mechgrenadier gewesen bist."

„Ich war glücklich ... wirklich! Ich hatte ein Ziel, ein edles Ziel ... das dachte ich zumindest." Strecher fuhr Don wütend an. „Na gut, du hast mich mit deinen Wortspielerein erwischt. Vielleicht bin ich damals manipuliert worden. Mir war nicht bewusst, was da gespielt wurde. Aber ich habe das alles hinter mir gelassen. Habe meinen Weg gefunden und wirklich etwas erreicht. Ich habe mehr als die Hälfte der Menschheit aus den Klauen eines tyrannischen Regimes befreit und plane, den Rest auch noch zu befreien."

„Den Rest?"

„Die Hundert Welten."

„Hmm." Don kniff die Augen zusammen. „Für einen Trainee war das eine tolle Rede. Ich bin froh, dass du dir das Rollenspiel gefällt."

Strecher nickte, da ihm klar wurde, dass er beinahe seine Meinung innerhalb des Diss zu offenherzig kundgetan hätte. Wäre er belauscht worden, würden vielleicht Fragen bezüglich seiner Einstellung auftauchen. Daher schlüpfte Strecher in seine Rolle zurück. „Ich tue, was ich kann, Boss. Ich muss lernen, mich wie ein Mensch zu verhalten."

„Du machst eindeutig Fortschritte." Don drehte sich um und Strecher folgte ihm. All die Dinge, die der Opter-Mensch ihm erzählt hatte, gingen ihm durch den Kopf.

Don führte sie zu einem weiteren Diss namens Milgram. Dieser bestand aus Räumen, welche hinter Einwegspiegeln lagen. Jeder Raum bestand aus zwei Teilen, was Strecher an die Kammer erinnerte, in der der Kort darauf gewartet hatte, eine nackte Karla Engels zu fressen. Don gab Strecher mit einer Geste zu verstehen, stehenzubleiben und einige der Räume zu beobachten.

Auf der einen Seite öffnete ein Forscher im weißen Laborkittel, der ein Tablet mit sich führte, eine Tür und ließ eine junge Frau in gewöhnlicher Kleidung herein. „Setzen Sie sich", sagte der Mann. Die Frau setzte sich auf einen Stuhl vor einem Tisch mit zwei großen Tasten – rot und grün – und einem standardmäßigen Monitor.

Im anderen Raum war ein junger Mann – ein Facettenwesen, erinnerte sich Strecher – an einen Tisch geschnallt und mit Kabeln an Maschinerie angeschlossen.

„Was ist los?", fragte die Frau.

„Lesen Sie einfach das, was auf dem Monitor erscheint, ins Mikrofon vor", antwortete der Forscher.

„Was ist sechs mal fünf?" sprach die Frau ins Mikrofon.

Offensichtlich wurde ihre Stimme in den Raum des hilflosen Gefangenen übertragen, denn der Mann auf dem Tisch antwortete: „Dreißig."

„Und jetzt?", fragte sie.

„Drücken Sie eine Taste", antwortete der Forscher.

Die Frau griff zögernd nach der grünen Taste und drückte diese mit ihrer Handfläche.

Sofort begann der Gefangene, zu stöhnen und sich zu winden. Strecher dachte zunächst, dass der Mann Schmerzen erlitt, aber bald wurde klar, dass dieser Vergnügen spürte.

Strecher blickte wieder die Zivilistin an. Sie lächelte, und ihre Augen funkelten. Nachdem sie weitere Fragen erhalten und der Mann diese richtig beantwortet hatte, drückte sie wiederum die große grüne Taste, und er stöhnte vor Lust.

Nun leckte die Frau sich die Lippen, ihr Gesicht errötete und sie atmete tief ein. Offensichtlich gefiel es ihr, Vergnügen zu verteilen.

Der Forscher tippte sein Tablet an. Auf dem Bildschirm erschien ein neuer Text. Die Zivilistin las die Worte ab. „Was ist zehn plus zwei?"

„Zwölf", sagte der Gefangene.

Die Zivilistin lehnte sich vor und schlug mit der Hand auf die grüne Taste. Ihre Miene drückte nun entspannte Faszination aus.

Der Forscher tippte sein Tablet wieder an, und auf dem Bildschirm erschien eine neue Frage. „Was ist die Quadratwurzel von dreißig, bis auf sechs Dezimalstellen genau?"

Der Gefangene blickte wild um sich. „Ich ... ich ... ich weiß nicht!"

Die Frau lehnte sich vor und schlug nach kurzem Zögern mit der Hand triumphierend auf die rote Taste. Der Mann krümmte sich erneut – aber diesmal eindeutig vor Schmerz. Er rief: „Aufhören! Bitte aufhören!"

„Schluss damit!", knurrte Strecher und suchte nach einer in den Forschungsbereich führenden Tür, konnte aber keine entdecken. „Genau wegen dieser brutalen Gehirnwäschen habe ich ja die Kollektivgemeinschaft befreit!"

Myrmidon regte sich nicht. „Du kannst das nicht aufhalten. Es gehört zum Diss-Verfahren."

„Verdammt, und ob ich das kann. Du hast doch gesagt, dass Diss-Bezirke nicht überwacht werden, oder? Was auch immer passiert, passiert eben?"

„Das stimmt – was gewöhnliche Facettenwesen betrifft.

Du aber bist als Agent in der Ausbildung markiert. Dein Eingreifen würde als Einmischung betrachtet werden."

Strecher ballte die Fäuste und zwang sich dazu, weiter zuzusehen. Die Frau schien durch die Schmerzen des Mannes genau so erregt zu sein wie kurz zuvor noch durch seine Lust. Und als das System keinen Schmerz mehr austeilte, hämmerte sie wiederholt auf die rote Taste, selbst dann noch, als diese nichts mehr bewirkte. Sie machte ein Geräusch, das ihren Frust ausdrückte.

„Nächste Frage", sagte sie und wandte sich dem Forscher zu. „Nächste Frage!"

„Ihr macht die Leute zu Sadisten", sagte Strecher. „Wenn man ihnen eine Autoritätsperson vorsetzt, dazu Anweisungen, Macht und Belohnungen, dann tun die Leute das, was man ihnen sagt."

Don schüttelte den Kopf. „Hast du gehört, dass der Forscher ihr Anweisungen bezüglich der Taste gegeben hat, welche sie drücken sollte?"

Strecher dachte nach. „Anscheinend nicht. Also hätte sie eine beliebige Taste drücken können?"

„Natürlich."

„Aber die Frau hatte einen Hinweis darauf, was Schmerz und was Lust war – Rot und Grün. Vorausgesetzt, dass diese Facettenwesen Grün mit positiv und Rot mit negativ assoziieren, wie es bei standardmäßigen Displays oder Ampeln der Fall ist."

„Sie hatte die Wahl. Aber wie den meisten jungen menschlichen Facettenwesen ist es auch ihr gleichgültig, ob sie Schmerz oder Vergnügen austeilt. Beides erregt sie. Kombiniert man diese Tatsache mit ihren unbestätigten Annahmen – etwa, dass Belohnungen für korrekte und Strafen für falsche Antworten verteilt werden – könnte sie diesen Mann sogar zu Tode foltern."

„Das würdet ihr zulassen?"

„Das sind nur Facettenwesen. Die Kontrolleure tun alles, was zur Erreichung der Hauptziele nötig ist ... genau wie wir."

„Bei so etwas mache ich nicht mit!"

Myrmidon blickte Strecher direkt in die Augen. „Ach wirklich? Mit deinen Kampffähigkeiten und der Biotech hättest du die Polizisten in Baltimore entwaffnen können. Du hättest die Schlägerei auf dem Campus unterbinden können. Du könntest versuchen, das Glas zu zerbrechen und den armen Kerl auf dem Tisch zu retten. Warum tust du nichts davon?"

„Weil du mir gesagt hast ..." Strecher kam die Erkenntnis, was seine Worte bedeuteten. „Weil du meine Autoritätsperson bist. Mit Angst hat das nichts zu tun!"

„Hatte ich Angst erwähnt? Ist es wichtig, dass man dich als tapfer betrachtet?"

Strecher ballte die Hände zu Fäusten. „Ich – hier erwischt zu werden, würde keinen Sinn ergeben. Ich könnte ein oder zwei Menschen retten, aber nicht die Tausenden –"

„Milliarden."

„-okay, Milliarden von Facettenwesen, die ihr in diesen Diss-Bezirken vernichtet."

„Also tust du, was zur Erreichung deiner Hauptziele nötig ist. Du ignorierst aus praktischen Gründen deine moralischen Prinzipien."

Der Mann auf dem Tisch schrie erneut.

„Schluss mit dem Scheiß!"

„Warum? Damit du es nicht ertragen musst?"

Strecher versetzte Myrmidon einen Schlag gegen das Kinn. Der Opter-Mensch – letztlich nur ein Facettenwesen – sank bewusstlos zu Boden.

Als Myrmidon wieder zu sich kam, hatte Strecher sich beruhigt. Außerdem war er anscheinend nicht in der Lage, die

Tür des Raums zu öffnen, unabhängig davon, wie energisch er dagegen trat oder an ihr rüttelte. Auch das transparente Fenster hatte sich als unzerbrechlich erwiesen.

Er hatte die Tatsache akzeptiert, dass er die arme, am Tisch festgeschnallte Seele nicht retten konnte. Es war ihm gelungen, die Schreie und das Stöhnen zu ignorieren. Er hatte sich eingeredet, dass der Gefangene wahrscheinlich nicht sterben würde – dass diese Folter schmerzhaft, aber wohl kaum tödlich war. Er hatte sogar verstanden, was Myrmidon im Schilde führte – vielleicht.

Als Don sich aufrichtete und wehmütig das Kinn rieb, ging Strecher neben ihm in die Hocke. „Tut mir leid."

„Ich hatte sogar damit gerechnet, aber du bist so verdammt schnell."

„Sei froh, dass ich nicht mit voller Kraft zugeschlagen habe."

„Na, danke vielmals."

„Ich weiß, was du vorhast."

„Schläge einzustecken?"

Strecher lachte. „Dein Gesamtziel. Das Warum. Das hier ist nicht bloß ein Diss-Bezirk für diese Facettenwesen. Es ist für mich gedacht."

Don hob eine Augenbraue. „Warum würde ich so etwas tun?"

„Du willst nicht nur diese Leute auf die Probe stellen und korrumpieren. Du willst mich auf die Probe stellen und korrumpieren."

„Leute korrumpieren sich selbst, Dirk. Das kann ihnen kein anderer antun, wenn sie wirklich Widerstand leisten. Dich auf die Probe stellen? Natürlich. Vor allem lernst du dabei etwas." Don erhob sich und klopfte seine Kleidung ab. „Es gibt nicht nur viele verschiedene Diss-Bezirke, sondern auch Meta-Disse. Wir alle durchlaufen diese. Man beobachtet uns, dann beobachten wir, und dann beobachten wir die Beobachter. Manchmal beobachten wir sogar diejenigen, die die Beobachter beobachten."

Strecher stand auf und fragte sich, wer ihnen jetzt gerade zuschaute. „Nennen die Menschen, äh, *uns*, deshalb Opter? Hat das etwas mit Optik, Augen und Beobachtung zu tun?"

Don lachte. „Eine scharfsinnige Vermutung, aber nein, das ist reiner Zufall. Die Bezeichnung ‚Opter' stammt von den ersten Menschen, die auf insektenartige Facettenwesen getroffen sind. *Hymenoptera* ist die Bezeichnung der Menschen für eine Ordnung der Insekten, die Wespen, Bienen und Ameisen umfasst."

„Ich nehme an, dass ‚Hymens' als Name seltsam geklungen hätte."

„Auf jeden Fall."

„Habe ich deinen Test in dem Fall bestanden?"

„Das letzte Wort ist noch nicht gesprochen, aber du machst dich ganz gut."

Strecher rieb sich mit der Handfläche übers Gesicht, als ob er Schmutz abwischen wollte. „Warum zeigst du mir das alles? Was passiert, wenn ich die Prüfung bestehe?"

„Du fängst endlich an, die richtigen Fragen zu stellen. Leider liegen die Antworten weit außerhalb meines Kompetenzbereichs."

„Du könntest raten", sagte Strecher.

„Vielleicht werden meine Vorgesetzten stärkere Maßnahmen zu deinem Nutzen durchführen."

Die Miskor, wollte er damit sagen, obwohl Myrmidon es nicht laut aussprechen konnte. Vertrauenswürdige Agenten wie Don genossen beim Training ihrer Schützlinge viel Freiraum, wie er gesagt hatte. Aber Strecher wollte den potenziellen Zuschauern keinen Grund liefern, um argwöhnisch zu sein. Bisher hatte sie wohl die Tatsache geschützt, dass der

Einsatz eines menschlichen Agenten auf Terra Nova derart unwahrscheinlich war. Zudem verhielt sich jedes System generell nachlässig, solange es das zu sehen bekam, was es zu sehen erwartete.

Strecher war auf und ab gegangen und hatte nachgedacht, während er darauf wartete, dass Don wieder zu sich kam. Jetzt setzte er seinen Denkprozess fort. „Ich glaube, dass dahinter noch mehr steckt, als du mir gesagt hast. Immer, wenn ich glaube, deine Handlungen zu verstehen, gibt es eine weitere Schicht, eine weitere Wendung ... und du hast gesagt, dass ich dich in deinem Spiel der Geheimnisse unmöglich schlagen kann."

„Das stimmt."

„Aber du *hoffst*, dass ich diese Spiel gewinne, weil du dann ebenfalls gewinnst. Du willst, dass ich die Antworten selbst herausfinde, statt mir einen Hinweis nach dem anderen zu liefern. Das verstehe ich. Man schätzt Dinge nicht, für die man sich nicht anstrengen muss. Daher zwingst du mich dazu, mir diese Lektionen selber zu erarbeiten."

„Klingt plausibel."

„Ich habe gehört, dass unsere persönliche Erfahrung alles, was wir tun, zutiefst beeinflusst. Wir glauben, dass wir objektiv sind. Aber wir besitzen eine Menge verborgener Vorurteile. Die Königinnen zum Beispiel sind immer von Drohnensklaven umgeben. Sie sind die einzigen, die dort über freien Willen verfügen, mit Ausnahme anderer Königinnen und Außerirdischer. Abgesehen von ..." Strecher schnippte mit den Fingern, als wolle er einen flüchtigen Gedanken ergreifen. „Abgesehen von uns. Uns menschlichen Facettenwesen. Sobald wir alle Diss-Bezirke, Experimente und Spiele geschafft haben – sobald wir schlau genug sind, um uns unentdeckt unter Menschen zu mischen, haben wir einen freien

Willen und Individualität entwickelt. Dann sind wir eigentlich keine Facettenwesen mehr."

„Eine interessante Beobachtung." Myrmidons Augen wirkten ausdruckslos, schienen Strecher aber genau zu beobachten.

„Also haben wir eine ganze Welt voller potenzieller Individuen – und erziehen sie so, dass sie einen freien Willen entwickeln und eigene Entscheidungen treffen können. Sogar schlechte Entscheidungen. Manche schaffen es, andere nicht, das ist alles sehr darwinistisch – aber die am besten Angepassten überleben. Manche sind gut, manche böse. Aber alle von ihnen sind selbständige Königinnen und Individuen. Wie du gesagt hast, vollkommene Kopien unvollkommener Menschen."

„Du scheinst eine folgerichtige Theorie zu entwickeln."

„Deiner Logik zufolge bist du – sind wir beide – menschlich."

„So ist es."

Strecher blieb stehen und starrte vor sich hin, während der Forscher, der sich auf der anderen Seite des Spiegels befand, die protestierende Frau wegführte. Anscheinend hatte sie noch nicht genug davon, Tasten zu drücken. Im anderen Raum kümmerten sich Sanitäter um den gefolterten Mann.

„Rein hypothetisch betrachtet ...", sagte Strecher und achtete darauf, ob Don ihm signalisieren würde, das Thema zu beenden. „Rein hypothetisch gesehen würden wir doch versuchen, diese Leute zu retten, wenn wir echte Menschen wären. Und wir würden die Königinnen hassen."

„Nehmen wir das mal an."

„Und wenn ich dieser Befreier wäre, würde ich glauben, dass der ganze Planet kurz vor einer Revolte steht."

„Wärst du der Befreier, würdest du das selbstverständlich annehmen."

„Aber da ich es nicht bin und wir Sarmok die Menschen aus unserem Gebiet fernhalten wollen, müssen wir sicherstellen, dass der Befreier nie von diesem Planeten erfährt."

Don winkte abfällig mit der Hand. „Er ist weit vom menschlichen Siedlungsgebiet entfernt."

„Dann brauchen wir uns keine Sorgen zu machen."

„Genau."

„Okay." Strecher klatschte zufrieden in die Hände. Er gewann den Eindruck, dass er Myrmidon allmählich verstand. „Ich bin hungrig."

„Dann gehen wir zur Kantine."

„Gehört die zum Diss? Werden die komische Nahrungsmittel an uns testen?"

Don überlegte. „Ich bin mir nicht ganz sicher."

Ohne jegliche Vorwarnung wurde die Tür des Zimmers aufgerissen. Strecher reagierte sofort und vollführte eine Ausweichbewegung, als die Lähmgewehre abgefeuert wurden. Myrmidon sackte zu Boden. Männer strömten in den Raum.

Strecher konnte weder fliehen noch sich verstecken. Er packte einen seiner Angreifer, aber die wiederholten Lähmimpulse ließen seine Muskeln erstarren und seine Nerven schienen vor Schmerz in Flammen zu stehen.

Die Gegner schlugen ihn bewusstlos.

KAPITEL 9

Admiral Lucas Braga, Calypso-System

WÄHREND SEINE ZEHNTE Flotte bei C-1 in den planetaren Nebel von Calypso eindrang, saß Admiral Lucas Braga aufrecht in seinem Kommandeurssessel, die Hände fest auf den Armlehnen und die Füße flach auf dem Boden. Sein Auftreten spielte eine wichtige Rolle, und er versuchte stets ein Image als der Kommandeur zu präsentieren, der sich an die Vorschriften hielt.

Allerdings war er kein reiner Paragraphenreiter, denn er hatte Kapitän Lydia Verdura den Befehl über sein Flaggschiff HWS *Luxemburg* anvertraut. Zum Glück hatte auch sie die Schlacht um Corinth überlebt. Zudem hatte der Untersuchungsausschuss sie beide von jeglicher Schuld an dem Debakel freigesprochen, das sich dort abgespielt hatte. Er war sogar befördert worden und befehligte nun die Flotte während der momentanen Offensive gegen die Hok.

Admiral Danica Downey hingegen war posthum von einem Kriegsgericht der Dienstpflichtverletzung schuldig gesprochen worden. Braga spürte ein gewisses Maß an Genugtuung darüber. Diese verblasste allerdings angesichts der Wut über den Verlust an Schiffen und Personal, die diese idiotische Frau mit ihren guten politischen Beziehungen verursacht hatte.

Er unterdrückte diese unschönen Erinnerungen und konzentrierte sich auf die aktuellen Aufgaben. Sein Holotank – ein für die Brücke eines Flaggschiffs angemessenes Gerät – zeigte an, dass seine Flotte ein Suchmuster mit der maximalen Streuweite bildete, welches immer noch die Vernetzung der Schiffe mit ihren Spähdrohnen erlaubte.

„Die feindlichen Verteidigungskräfte eliminieren die von uns abgesetzten Sonden", sagte sein Sensorenoffizier, Leutnant Lexin. Wie bei der Mehrheit seiner besten Techniker handelte es sich auch bei ihm um einen Ruxin.

Dies erinnerte Braga an den nervtötenden, aber auch äußerst einfallsreichen Ruxin, der während der Schlacht um Corinth mit seinem Tarnminen-Trick beinahe – beinahe! – die drohende Niederlage in einen Sieg verwandelt hätte. Wie hatte er noch geheißen? Zaxdy? Zaxty? *Zaxby* ... ja, das war es. Schade, dass er die Schlacht nicht überlebt hatte.

„Heben Sie die Sonden für später auf", sagte Braga. „Wir werden sie noch brauchen, um nach der Vernichtung von Felicity Station unseren Abflugkurs zu identifizieren."

„Sir, warum verwenden die Hok manchmal auf menschlichen Sprachen basierende Namen für ihre Stützpunkte?", fragte Lexin.

Die anderen Mitglieder seiner Flaggschiffcrew schienen hellhörig zu werden. In letzter Zeit gingen Gerüchte um, dass die Hok Probleme mit einem emporgekommenen Kriegsherrn hatten, der sich „Befreier" oder so etwas in der Art nannte. Der Nachrichtendienst der Flotte hatte einige weit hergeholte Spekulationen entwickelt, die Bragas Meinung zufolge die Mannschaftsdienstgrade nur noch mehr verwirrten.

Der Parlaments-Geheimdienst hatte separate, ausschließlich für die höheren Offiziere bestimmte Berichte verfasst. Diese bewiesen, was das Offizierskorps schon längst vermutet hatte: die außerirdischen Hok hatten sich mit menschlichen Verrätern verbündet, von denen eine viel größere Zahl existierte, als er für möglich gehalten hätte. Im Hok-Imperium schienen sogar ganze Planeten voller derartiger Verräter zu florieren. Was auch die gelegentlichen menschlichen Überläufer und Kriegsgefangenen erklärte.

Braga wünschte sich, dass der Parlaments-Geheimdienst einfach die Wahrheit enthüllte, anstatt weiterhin zu versuchen, diese zu verschleiern. Aus seinen eigenen Gefühlen bezüglich dieser Tatsache schloss er, dass das durchschnittliche Crewmitglied der Flotte noch entschlossener kämpfen würde, wenn man ihm von diesen Verrätern berichtete. So aber musste er auf Lexins Frage eine Antwort finden – oder vom Thema ablenken, ohne irgendwelche Geheimnisse preiszugeben.

„Das kann ich Ihnen nicht sagen", antwortete Braga, was technisch gesehen korrekt, aber auch irreführend war. „Vielleicht verwendet der Geheimdienst eine erdische Übersetzung der Hok-Bezeichnung. Oder er weist dem Ort einfach einen Namen zu." Dieses semantische Versteckspiel gefiel ihm nicht. Ohne dieses hätte er aber zugeben müssen, dass die Antwort der Geheimhaltung unterlag. Was wiederum zu viel enthüllt hätte.

„Aber ..."

„Kümmern Sie sich um Ihre Aufgaben, Leutnant", raunzte Braga. „Ich weiß, dass Sie glauben, Ihre Aufmerksamkeit aufteilen zu können. Ich aber bin mir diesbezüglich nicht ganz so sicher."

„Aye, aye." Lexin konzentrierte seine Augen und Tentakel wieder auf seine Konsolen. Einen Augenblick später identifizierte der Holotank einen neuen Kontakt. „Stützpunkt direkt vor uns. Die Emissionen passen zu Felicity Station, sind aber schwach."

„Wahrscheinlich haben sie so viele Systeme deaktiviert, wie es ihnen möglich war", überlegte Verdura.

Lexin meldete sich zu Wort: „Ich mache entlang unserer Peripherie gelegentliche Kontakte aus, die mich beunruhigen."

„Was für eine Art von Kontakten?"

„Es könnten Schiffe sein. Sie befinden sich am Rande des Erfassungsbereichs, aber gelegentlich erlaubt die unterschiedliche Gasverteilung eine größere Sensorenreichweite, und dann entdeckt einer unserer Aufklärer oder eine Drohne etwas. Wir haben auch ungewöhnlich viele Sonden verloren, selbst dann, wenn man die feindlichen Minen in Betracht zieht. Verborgene Feindschiffe würden beides erklären."

„Was für Schiffe?"

Lexin modifizierte den Holotank. „Die vorläufigen Identifizierungen reichen von Kreuzern bis hin zu Super-Großkampfschiffen."

Braga packte die Armlehnen seines Sessels fester. „Ist das möglich? Schwere Schiffseinheiten, hier bei uns im Nebel?"

„Das ist ganz offensichtlich möglich", sagte Lexin mit einer Andeutung der herablassenden Verstimmtheit, die für seine Gattung typisch war. „Die durchschnittliche Sensorreichweite beträgt kaum hundert Kilometer, und der Nebel hat einen Durchmesser von über einer Million Kilometern. Allerdings kann ich die Wahrscheinlichkeit nicht abschätzen, dass sich große feindliche Schiffe hier aufhalten. Dabei handelt es sich um eine strategische Frage, die meine momentane Kompetenz übersteigt."

Braga dachte konzentriert nach. Plante der Feind, ihn in

eine Falle locken? Er rief sich die Entscheidungen ins Gedächtnis, die er seit seiner Ankunft im Calypso-System getroffen hatte und kam widerwillig zum Ergebnis, dass die Möglichkeit bestand.

Glücklicherweise war seine Flotte widerstandsfähig und angemessen mit Nachschub versorgt. „An alle Schiffe, jeweils auf Signal zwei aktive Sonden abfeuern. Wählen Sie einen Zeitpunkt, der einen koordinierten Start ermöglicht. Gleichzeitig lassen Sie unsere Aufklärer weitere hundert Kilometer vorstoßen."

„Aye, aye", antwortete die Leiterin der Funkstation und überließ es ihren Untergebenen, die Befehle zu erteilen.

Als das Signal kam, erweiterte sich die Holotank-Anzeige abrupt wie ein sich aufblasender Ballon und zeigte–

„Wir sind von unbekannten Kontakten umzingelt, Sir", meldete Lexin. „Über hundert schwere Einheiten. Sie begeben sich momentan noch zu ihren Positionen."

„Scheiße", sagte Kapitän Verdura und drehte ihren Sessel zu Braga hin. „Uns bleiben noch etwa fünf Minuten." Offensichtlich musste sie sich davon abhalten, Befehle zu brüllen. Wie ein Jagdhund, der vor Erregung zitternd darauf wartete, einen Fuchs verfolgen zu dürfen, erwartete auch sie Bragas Befehle.

Braga ignorierte sie und starrte den Holotank an, was eine ganze Minute der verbleibenden fünf kostete. Die für ihn sichtbaren Feindschiffe waren seinen eigenen anscheinend zwei zu eins überlegen, was die schiere Masse anging. Selbst unter Berücksichtigung des üblichen Zehn-Prozent-Vorteils für die überlegene Schiffstechnologie der Hundert Welten war er plötzlich verwundbar geworden und befand sich in einer äußerst unbequemen Lage. Zudem war er sich schmerzhaft bewusst, wie wenig er erkennen konnte. Zweifellos verfügte der Feind über bessere Aufklärungsdaten.

Aber direkt vor ihm wirkte die Front dünner. Was eine Falle oder aber seine Rettung sein könnte. Vielleicht hatte er immer noch eine Chance, diese Kastanien aus dem Feuer holen und sein Einsatzziel zu erreichen.

Braga erteilte hektisch Befehle. „Leichte Einheiten nach vorn, maximaler Minenräum- und Aufklärungsmodus. Flotte langsam voraus. Schwere Kreuzer unterstützen die leichten und greifen Felicity Station an, sobald das Ziel in Reichweite gelangt. Raumträger, sämtliche Kampfraumer und Drohnen starten, um unseren Abwehrkreis zu verstärken. Alle anderen Einheiten bleiben extrem wachsam. Wir greifen durch diesen Hinterhalt hindurch an und werden uns sofort nach der Vernichtung der Raffinerie auf der anderen Seite durchkämpfen."

Sein Stab beeilte sich, die Befehle über das Netzwerk weiterzuleiten. Kampfraumer und ferngelenkte Drohnen strömten aus den Starthangars der Raumträger und breiteten sich aus. Asteroiden und Monde schienen auf die Flotte zuzuspringen, während seine Schiffe so stark beschleunigten, wie sie es wagten. Nahverteidigungswaffen feuerten pausenlos, um herumfliegende Trümmer und feindliche Minen zu beseitigen. Schiffe erbebten unter der Wucht der Explosionen und Kollisionen, da diese Bemühungen gelegentlich scheiterten.

Die Direktfeuerwaffen von Bragas schweren Kreuzern kamen in Reichweite des Kleinmonds Felicity Station, eines unregelmäßig geformten Klumpens aus Fels und Staub, der einen Durchmesser von hundert Kilometern aufwies. Sie eröffneten das Feuer. Lenkwaffen und Railguns schleuderten des Ziels in den Weltraum, und die durch ihre elektromagnetischen Emissionen identifizierten Raffinerieanlagen wurden ausgelöscht. Aber selbst ein derart intensiver Angriff würde bis zur Vernichtung dieser gewaltigen Installation einige Zeit in Anspruch nehmen.

Braga beobachtete aufmerksam, wie die Umhüllung durch den Feind sich zunehmend verengte.

Eine derartige Formation bot zwei Vorteile. Erstens ermöglichte sie den Angreifern, ihre größten Waffen und den gepanzerten Bug nach innen auf die umzingelten Einheiten zu richten. Diese wiederum wurden dadurch gezwungen, zu fliehen und ihr verwundbares Heck einem Enfilierfeuer auszusetzen, oder aber eine kugelförmige Igelstellung zu bilden und dieser die eigene Mobilität zu opfern.

Zweitens saßen bei dieser dreidimensionalen Umhüllung sämtliche Gegner in der Falle und würden keinen Fluchtweg finden.

Die der standardmäßigen Militärdoktrin entsprechende Option für den Verteidiger lag darin, vorzustoßen, das Feuer zu konzentrieren und sich so aus der Falle freizukämpfen. Manche Schiffe würden vernichtet werden, viele andere aber entkommen, während der Zusammenhalt der Flotte gewahrt bliebe.

Und Braga war sicherlich ein Mann, der sich an die Militärdoktrin hielt. Die Anlehnung an altbewährte Gefechtsprinzipien hatte ihm oft den Sieg eingebracht. Trotzdem hatte die Mission stets die höchste Priorität. Er würde unerwartet hohe Verluste erleiden, aber langfristig gesehen rettete die Zerstörung der Hok-Raffinerie Leben.

Deshalb gab er den Befehl: „Schwere Kreuzer, Bombardement so lange wie möglich aufrecht erhalten. Der Rest der Flotte bleibt in Formation, stößt an den Kreuzern vorbei und feuert auf Ziele, sobald diese sichtbar werden. Leichte Einheiten, näher an größere Schiffe heranrücken, sobald der Feind ins Gefecht eintritt, und dann unsere Nachhut bilden."

Seine hervorragenden Schiffe mit ihren erfahrenen Crews führten seine Befehle präzise aus. Die schweren Kreuzer pulverisierten den Mond und dadurch wohl auch die darauf befindlichen Stützpunkte, obwohl diese vom durch die Treffer und Explosionen aufgewirbelten Staub und die Trümmer verborgen wurden. Seine gepanzerte Faust, seine Phalanx von Super-Großkampfschiffen und Großkampfschiffen floss in einer ringförmigen Formation um die Kreuzer herum, gefolgt von den Schlachtkreuzern. Alles, was sich ihnen in den Weg stellte, würde restlos zerschmettert werden.

Aber dann erschien etwas Unfassbares.

Aus dem Gas vor ihnen sprang ein Objekt, das einem winzigen Schiff glich. Dieses näherte sich ihnen mit einer enormen Geschwindigkeit, weit schneller, als er es innerhalb des Nebels für möglich gehalten hätte. Es traf den gepanzerten Bug des Super-Großkampfschiffs *Bruxelles* und richtete enormen Schaden an. Die *Bruxelles* verfügte weiterhin über ihre Triebwerke und Nahverteidigungswaffen, aber durch die Zerstörung ihrer Primärwaffe an der Mittellinie und der Bugpanzerung war ihre Bedeutung für die Flotte auf Null gesunken.

„Was zum Teufel war das? Eine Art Selbstmordraumschiff?", kläffte Braga.

„Nein, Admiral", antwortete Lexin. „Meinen Sensoren zufolge war es ein massives Kristallstahlprojektil mit einer Masse von etwa neunhundert Tonnen – von einer Railgun abgefeuert."

„Woher–?"

Bevor er die nächste Frage stellen konnte, zeigte ihm der Holotank eine weitere Katastrophe. Die HWS *Antwerp* meldete katastrophale, durch einen massiven Partikelstrahltreffer verursachte Schäden.

„An alle Schiffe, maximale Ausweihmanöver!", raunzte Braga. „Vor uns muss sich eine Festung befinden. Lokalisieren und Gegenfeuer eröffnen!"

„Die Ursprungsquelle des Strahls ist für alle Schiffe sichtbar, Sir", sagte Lexin. „Sie eröffnen jetzt das Feuer."

Hunderte von Lenkwaffen rasten von seinen Schiffen weg – selbst von den zwei schwer beschädigten Super-Großkampfschiffen, deren seitlich montierte Startrohre noch funktionsfähig waren. Gleichzeitig strömte ein Feuerhagel aus Railguns und Strahlern in die Richtung, aus der die feindlichen Schüsse gekommen waren. Nicht einmal ein Monitorschiff verfügte über ein derart überdimensioniertes Waffenarsenal. Daher wusste Braga, dass sich an der entsprechenden Stelle eine nicht manövrierfähige Festung befinden musste. Der Überraschungsangriff des Feindes war kostspielig gewesen, würde diesem aber letztlich keinen Nutzen bringen.

Plötzlich traf ein weiteres monströses Railgun-Projektil das Super-Großkampfschiff *Rotterdam*, diesmal aus einem anderen Winkel. Das Projektil traf die *Rotterdam* hinter der Mitte, riss ihr schwächer gepanzertes Heck ab und ließ sie als taumelndes Wrack zurück.

„Zwei Festungen!", rief Kapitän Verdura. „Vielleicht mehr. Admiral, der uns umzingelnde Feind treibt uns in eine Todeszone. Einem derartigen Feuer können wir nicht widerstehen."

Bevor sie den Satz beenden konnte, traf ein weiterer Partikelstrahl die HWS *Friesland*, schlitzte diese wie eine Blechdose auf und ließ entlang ihrer Flanke eine Reihe von Plasmafeuern aufleuchten. Innerhalb von nur zwei Minuten hatten sich vier der stolzesten und besten Schiffe Bragas in Wracks verwandelt, und er konnte seine Angreifer nicht einmal sehen!

Trotz des Schocks lief Bragas Gehirn auf Hochtouren. Seine Neuralchips und seine Erfahrung ermöglichten es ihm, die Anzeige des Holotanks zu analysieren und die voraussichtlichen Ergebnisse selbst angesichts von Hunderten von Schiffen und Variablen zu extrapolieren. Die Absicht des

Feindes wurde ihm klar. Die Hok und mit ihnen verbündeten menschlichen Verräter hatten ihm eine gigantische Falle gestellt. Sie waren sich darüber im Klaren gewesen, dass die Hundert Welten das verlockende Ziel Felicity Station angreifen würden. Die schwache Abwehr hatte ihn weitergelockt, die von außen kommende Flotte hatte ihn vorwärts gedrängt, und die umzingelnden Schiffe hatten ihn zu diesen massiven Belagerungsgeschützen getrieben, gegen die er keine Chance hatte.

Sein turbogeladenes Gehirn suchte nach Lösungen. Wenden und fliehen? Dafür war die Vorwärtsgeschwindigkeit seiner Flotte zu hoch. Blindwütig weiterstürmen und die Festungen beschießen, sobald diese sichtbar wurden? Dabei für den Durchbruch Kollisionen mit Asteroiden und Monden riskieren? Wenn es sein musste, dann ja.

Aber eine dritte Option bot noch eine weitere, wenn auch begrenzte Chance. „An alle Schiffe, Kursänderung. Winkel fünfundvierzig Grad zum Planeten hin, dreißig Grad backbord, volle Beschleunigung. Schiffe haben Feuer frei mit maximalen Verteidigungsprotokollen. Wir fliegen durch die oberen Schichten von C1s Atmosphäre und führen ein Schleudermanöver um den Planeten durch. Dadurch weichen wir diesen Festungen aus und erschweren ihnen die Zielerfassung."

„Rudergänger, ausführen", sagte Verdura zu ihrem Steuermann. „Alle Waffenleitoffiziere, Feuer frei, Verteidigungsprotokolle."

Nun raste Bragas Flotte gemeinsam abwärts und nach Backbord. Er hoffte, dadurch den Feind zu überraschen. Dieser erwartete vermutlich von ihm, dass er sofort den Ausbruch aus dem Nebel versuchte. Stattdessen brachte dieser Kurs den Kern seiner immer noch mächtigen Kampfgruppe zwischen die riesigen, vor ihm liegenden Geschütze und die ihn umzingelnde Flotte.

Leider bedeutete dies auch, dass seine schwächsten und am schwersten beschädigten Schiffe im Alleingang zurechtkommen mussten. Vor allem die Raumträger würden den Durchbruch auf keinen Fall schaffen. Die Vorstellung, dass diese Crews und Vorräte in Feindeshände fallen würden, schmerzte ihn. Trotzdem musste er die maximal mögliche Menge an Ressourcen retten, um statt einer potenziellen Katastrophe lediglich einen Rückschlag zu erleiden. Es war besser, mit der Hälfte einer ramponierten Flotte nach Hause zu humpeln, als sinnlos zu kämpfen und zu sterben – vor allem jetzt, da er Felicity Station ja bereits vernichtet hatte.

Die plötzliche Kursänderung brachte mehrere Feindschiffe direkt in den primären Feuerbereich seiner Flotte. Trotz der gültigen Verteidigungsprotokolle befahlen die meisten seiner Kapitäne ihren Schiffen, die stärksten Waffen auf diese Feinde abzufeuern. Die feindlichen Schiffe versuchten, den Schüssen auszuweichen und sich zu ihren Kameraden zurückzuziehen, wurden jedoch hinweggefegt, was in der Umzingelung eine Lücke erzeugte.

Braga konnte es seinen Besatzungen nicht verübeln, dass sie den Wunsch verspürten, zurückzuschlagen. Zudem war es nachvollziehbar, dass sie diejenigen Ziele vernichteten, die vor ihnen auftauchten. Er hoffte nur, dass der Treibstoff und die Munition ohne den Nachschub durch die Träger lange genug ausreichen würden, um damit nach Hause zu gelangen.

Über sechzig seiner Schiffe brachen aus der Falle aus, indem sie mit Hilfe der Schwerkraft des Planeten weiter beschleunigten. Die übrigen waren schwer beschädigt, zerstört oder umzingelt worden, so dass sie kapitulieren mussten. Braga knirschte mit den Zähnen, konzentrierte sich aber darauf, die noch verbleibende Flotte zu retten.

Die leichtesten und schnellsten Einheiten der feindlichen Umzingelungsflotte strömten in einer chaotischen Hetzjagd hinter ihnen her und feuerten auf die Heckpartien der Schiffe der Hundert Welten. Bragas Schiffe führten maximale Ausweichmanöver durch, variierten ihre Kurse und schlugen abrupte Haken, während sie weiterhin eine lockere Formation beibehielten.

Ausgewählte Schiffe – seine schnellsten Kreuzer – deaktivierten ihre Triebwerke und drehten sich kurz zur Breitseite hin, um ihre Nahverteidigungssysteme gegen die verfolgenden Lenkwaffen einzusetzen. Danach wendeten sie mithilfe der rückstoßfreien Antriebe und setzten ihre Flucht fort. Zudem legten sie hinter sich Minen ab, so dass die Verfolger entweder das Tempo reduzieren mussten oder die Kollision mit einem Atomsprengkopf riskierten.

Aufgrund dieser und anderer Taktiken sowie dem eigenen Vorteil bezüglich Geschwindigkeit und der Waffentechnologie verspürte Braga Hoffnung. Seine bedrängte Flotte raste knapp oberhalb der wirbelnden Atmosphäre des Gasriesen C1 dahin und gewann dabei an Tempo. Die Schiffe prallten im Orbit gegen Hunderte von Felsbrocken und er verlor einen seiner Schlachtkreuzer, als dieser direkt mit einem Kleinmond kollidierte, der zu abrupt aus dem Gasnebel aufgetaucht und zu massiv war, als dass man ihn vernichten oder ihm ausweichen könnte. Braga biss die Zähne zusammen und zischte frustriert. Diese Risiken hatte er in Kauf genommen, als er sich zur Flucht entschied.

„Auf mein Signal neuen Kurs einschlagen", sagte er, sobald die Mehrheit der Verfolger hinter ihnen zurückgefallen war. „Stellarer Absolutwert, Azimut null. Wir tauchen auf den Stern zu, verlieren uns in seiner Korona und führen ein weiteres Schleudermanöver durch."

„Befehle weitergeleitet", meldete die Leiterin der Funkstation. „Alle Schiffe sind bereit."

„Jetzt."

Nun drehte sich seine Flotte nach außen in Richtung von Calypsos kleinem orangefarbenen Stern. Bei dieser halsbrecherischen Geschwindigkeit durchflogen die Schiffe die den Planeten umgebende Gaswolke innerhalb weniger Minuten und erreichten den offenen Weltraum.

Bragas Optimismus starb einen brutalen Tod, als sich der Holotank aktualisierte. Direkt vor ihm lauerten fast zweihundert feindliche Schiffe, mit dem verdammten Monitor in der Mitte.

Sie eröffneten das Feuer.

KAPITEL 10

Strecher auf Terra Nova

Als die Lähmwirkung nachließ, erwachte Strecher angeschnallt an einen Labortisch. Über ihm hingen mechanische Arme herab, die sich jedoch nicht bewegten. Hin und wieder summten und piepsten Maschinen, und komplexe holographische Anzeigen stellten biologische Konstrukte dar.

Er stemmte sich gegen die Gurte und drückte dagegen, wurde aber festgehalten. Selbst seine außergewöhnliche Stärke konnte die Fesseln kaum dehnen.

Eine Frau im Laborkittel betrat den Raum. Auf ihrem Namensschild stand „Smith" und sie schien etwa zwanzig zu sein, eine attraktive Rothaarige mit einem kurzem Rock und einem großzügigen Dekolleté. Sie erinnerte Strecher an eine jüngere Version Tachinas.

Sie trat an die Konsole heran und gab dort Befehle ein.

„Was ist hier los?" fragte Strecher, der seine Wut und Besorgnis unterdrückte. Nur hier hatte er die Möglichkeit herauszufinden, warum er sich als ein von Myrmidon ausgebildeter Agent ausgab.

„Ich führe weitere Tests an Ihnen durch", antwortete Smith.

„Wofür?"

„Abweichung von genetischen Normen."

„Warum?"

„Ich habe keine Ahnung." Die Frau tippte noch etwas ein. Dann bewegte sie ihren Drehstuhl zu ihm hin und blickte ihn an, wobei sie leicht breitbeinig dasaß. Unter ihrem Rock konnte er das Dreieck eines rosa Slips ausmachen, so deutlich, als ob ihr das Gespür für sittsames Verhalten komplett abhanden gekommen wäre. Oder vielleicht entsprach das ihrer Absicht. Andererseits verhielt sie sich ihm gegenüber nicht kokett oder sexy.

„Ich bin nur eine Laborassistentin", sagte sie. „Halten Sie jetzt still, während die Maschine die Proben entnimmt. Ansonsten muss ich Sie lähmen."

Die Arme über ihm wurden aktiv und versetzten ihm plötzlich Nadelstiche an mehreren Stellen. Der Schmerz war nicht sonderlich dramatisch, daher hielt sich Strecher still. Eine Lähmung wollte er auf keinen Fall riskieren.

Er fragte sich, wie erwachsen Miss Smith wirklich war – wie weit ihr Programm der Vermenschlichung vorangeschritten war. War sie naiv oder zynisch? Hatte sie je einen Liebhaber gehabt, oder waren romantische Gefühle und Sex für sie Fremdworte?

Einen Versuch wäre wert, dachte sich Strecher. Als die mechanischen Arme sich zurückgezogen und die Proben an andere Maschinen weitergereicht hatten, begann er mit seiner Charmeoffensive. „Hey, wie heißt du mit Vornamen?"

„Doris."

„Du siehst umwerfend aus, Doris. Hat dir das schon mal jemand gesagt?"

Doris errötete und hielt sich eine Hand vor den Mund. „Ich? Nein, das hat mir noch nie jemand gesagt."

„Aber es stimmt. Komm hierher, damit ich dich besser sehen kann."

Doris erhob sich und wäre bis auf Armeslänge herangetreten – wenn seine Arme nicht festgeschnallt gewesen wären. Sie starrte ihn direkt an, anscheinend ohne jegliche Heimtücke. „Du schaust auch umwerfend aus. Wie heißt du?"

„Dirk."

„Dirk und was noch?"

„Nur Dirk. Man hat mir noch keinen anderen Namen zugewiesen. Ich befinde mich noch in der Ausbildung."

„Wofür?"

Strecher zwinkerte. „Das ist geheim."

Doris errötete erneut. „Dann wäre es unzulässig, mir etwas zu verraten."

„Das wäre es ... aber ich sage es dir trotzdem, wenn du möchtest."

„Ich bin mir nicht ganz sicher." Doris schien die Idee, etwas Unzulässiges zu tun, gleichermaßen abzustoßen und zu faszinieren.

„Du musst mir aber versprechen, dass du es sonst niemandem erzählst. Dann bleibt es ein Geheimnis, und das geht in Ordnung."

„Ich ... ich nehme an, dass das vorschriftsgemäß wäre."

„Natürlich ist es das. Komm näher heran, damit ich es dir zuflüstern kann."

Doris neigte ihr Gesicht zu Dirks hin. Er roch ihren Atem, süß und unschuldig. Fast hätte er ein schlechtes Gewissen gehabt, weil er sie derart manipulierte, andererseits musste er diesen Fesseln entkommen. Danach musste er einen Fluchtweg von diesem bizarren Diss-Planeten finden.

„Ich werde zum Spion ausgebildet – um mich unter die Menschen zu mischen. Ganz schön aufregend, was?"

„Oh, das ist viel aufregender als mein Job." Doris hielt ihr Gesicht nahe an seins und starrte ihm in die Augen. „Du gefällst mir."

„Du gefällst mir auch. Hast du schon einmal jemanden geküsst?"

„Was bedeutet das?"

Anscheinend war diese junge Frau – eigentlich dieses junge Facettenwesen – nur für die Arbeit ausgebildet worden, nicht aber für gesellschaftliche Interaktionen. Und wie bei den insektenartigen Opters hatten ihre Meister angenommen, dass sie ihre Aufgabe einfach wie ein biologischer Roboter erfüllen würde. Wenn Strechers Vermutungen zutrafen, besaß sie all die üblichen körperlichen Instinkte, aber keine Filter und keinerlei Erfahrung.

„Küssen ... küssen bedeutet, dass du deine Lippen gegen meine drückst. Das ist angenehm. Möchtest du es einmal versuchen?"

Doris lehnte sich vor und drückte unbeholfen ihren Mund gegen seinen. Strecher bemühte sich, den Kuss lebhafter, aber doch zärtlich zu gestalten. Im Verlauf der folgenden Sekunden verschmolzen ihre Lippen immer intensiver miteinander.

Plötzlich setzte sich Doris auf Strecher, nahm seinen Kopf in beide Hände und küsste ihn, als ob sie seinen Mund und seine Zunge verschlingen wolle. „Oh, das ... das ist wundervoll!", keuchte sie.

„Befreie mich von diesen Gurten, dann können wir mehr tun, Doris."

Doris gab den Code für den Tisch ein und seine Fesseln fielen von ihm ab. Er umarmte sie und küsste sie einen

Moment lang, um sicherzustellen, dass das Erlebnis sie völlig in seinen Bann zog, während seine Augen sich im Raum umblickten. Es gab nur einen Ausgang, und die Tür wies ein Schloss mit Tastaturfeld auf.

Und seine nicht autorisierte Freiheit könnte jederzeit bemerkt werden. Irgendjemand musste sie beobachten, oder würde es bald tun.

Er überlegte kurz, ob das alles Teil des Diss war, ein Experiment. Ein Szenario innerhalb des Szenarios. Spielte es eine Rolle? Unabhängig davon würde sich seine Handlungsweise nicht verändern. Und dem zufolge, was Myrmidon gesagt hatte, würde ihn niemand retten oder im Ernstfall verschonen. Vielleicht würden sie ihn sogar töten.

Aber es war besser, in Freiheit zu sterben als in einem Käfig zu leben.

„Wir sollten woanders hingehen", sagte Strecher zwischen den Küssen. „Dein Zimmer?"

„Ja, ja, ja, Dirk, mein Zimmer. Ich möchte ewig so weitermachen." Doris zog ihn an der Hand zur Tür, tippte eilig den Code ein und schleppte ihn dann in einen weiteren Raum. Hier gab es noch mehr Laborausrüstung sowie zwei Türen. Sie führte ihn zu einer davon. „Die andere Tür wird bewacht. Das hier ist der Notausgang."

„Aber wird dann nicht ein Alarm ausgelöst?"

„Ist mir egal." Bevor er sie davon abhalten konnte, drückte sie die Tür auf und trat hindurch, wobei sie Strechers Hand weiterhin festhielt.

Aus den Lautsprechern ertönte ein lautes Piepsen und sie hetzten an anderen Türen vorbei einen Korridor entlang. Kurz darauf öffneten sich diese Türen und andere rannten ebenfalls durch den Gang, ohne den beiden jegliche Aufmerksamkeit zu schenken.

Na klar! dachte Strecher. Sie waren lediglich zwei weitere

Personen innerhalb einer Menge, die das Laborgebäude zwecks Evakuierung verließen, vermutlich aufgrund eines Feuers oder eines anderen Notfalls. Rein zufällig hatte Doris ihre Flucht ermöglicht.

Sie traten auf einen Parkplatz hinaus. Immer noch strömten Leute durch die Türen. „Wird man dich vermissen, wenn du jetzt gehst?", fragte Strecher.

„Ich werde mich melden", antwortete sie und führte ihn zu einem hohen Kasten, der zwischen den geparkten Fahrzeugen stand. Dort standen die Leute Schlange, um ihre Gesichter von den Sensoren scannen zu lassen. Anscheinend um anzugeben, wo sie sich nach dem Notfall aufhielten. Doris reihte sich ein und hatte bald schon Meldung erstattet, dass sie sicher entkommen war. „Jetzt können wir gehen. Ich werde mich vom Kommunikator in meinem Wohngebäude aus krankmelden."

„Nehmen wir einen Wagen?", fragte Strecher.

„Nein, ich habe in der Hierarchie noch keinen ausreichenden Rang, um einen zu kriegen", sagte sie. „Schon gut. Meine Wohnung ist leicht zu Fuß erreichbar." Sie zerrte ihn besitzergreifend in diese Richtung.

Strecher drehte sich um, da er hinter ihnen Lärm vernahm. Ein Trupp uniformierter Männer und Frauen hatte die Arbeiter auf dem Parkplatz erreicht. „Sie suchen mich", sagte Strecher und blickte Doris an.

„Warum?"

„Es ist eine Agentenübung. Ich soll üben, wie man entkommt, ohne erwischt zu werden, und sie versuchen, mich zu fangen. Ich muss diesen Level bestehen, um in den nächsten aufzusteigen."

„Ich helfe dir bei der Flucht!", quietschte Doris. „Ich will nicht, dass sie dich erwischen."

„Ich hatte gehofft, dass du das sagen würdest."

Er ließ sich von Doris zu einem grauen, eintönigen Wohnblock führen. Wenn es kein heiterer, sonniger Tag gewesen wäre, hätte die Stadt ausgesprochen trostlos gewirkt. Sie erinnerte ihn an einige der Städte der Kollektivgemeinschaft, die er gesehen hatte. Orte ohne jegliche Schönheit oder Ästhetik. Alles hier schien aus Beton, Metall oder Kunststoff zu bestehen. Alles besaß eine spezifische Funktion. Die wenigen Pflanzen und Bäume wirkten halbtot.

„Ist das ein Diss?", fragte er, als Doris ihre Tür öffnete, indem sie ihre Hand auf einen Scanner legte.

„Was bedeutet das?"

„Schon gut." Er sah sich in dem winzigen Raum um. Er erinnerte ihn an ein billiges Hotelzimmer, ohne jede Spur von Persönlichkeit. „Wie lange wohnst du schon hier?"

„Nur einen Monat, seit ich meine Ausbildung zur Laborassistentin abgeschlossen habe." Doris schloss die Tür und begann sofort damit, ihn erneut zu küssen.

„Moment mal, Schätzchen. Immer mit der Ruhe."

„Warum?" Sie schüttelte ihre Jacke ab und ließ sie zu Boden fallen. Strecher fragte sich, ob sie noch mehr ausziehen würde, aber das tat sie nicht. Allerdings packte sie sein Gesicht und übersäte es mit Küssen.

„Ich muss über meine Flucht nachdenken, weißt du das noch?"

„Ach ja, stimmt." Sie wich etwas zurück und ergriff dann erneut seine Hand. „Setzen wir uns." Sie setzte sich aufs Bett – es gab nur einen Stuhl – und versuchte, ihn ebenfalls dorthin zu zerren.

Strecher ließ sich von ihr ziehen. „Aber erst einmal brauche ich Informationen. Danach können wir uns wieder küssen."

„Okay."

„Wie heißt diese Stadt?"

„Glasgow."

„Was passiert hier?"

Doris zuckte mit den Schultern. „Ich weiß nicht. Hier wohnen Leute. Es gibt Geschäfte und Industrie. Alles ist normal."

„Woher weißt du, was normal ist?"

Sie zuckte erneut mit den Schultern. „Es kommt mir normal vor. Ich habe immer hier gelebt."

Strecher wechselte das Thema. „Wie alt bist du?"

„Zweiundzwanzig."

„Erzähl mir etwas über dein bisheriges Leben."

„Ich–", sagte sie, verstummte und zitierte dann aus ihrem Lebenslauf: „Ich wurde in der Sandstone-Kita geboren. Dann wurde ich im Kollektivinternat aufgezogen, bis ich zwanzig war. Danach ging ich einen Monat lang in die Schule für Laborassistenten und habe letzten Monat meinen Abschluss gemacht. Und jetzt bin ich hier."

„Warte, warte ..." Hier stimmte etwas nicht. Die Zahlen ... „Du hast gesagt, dass du mit zwanzig mit dem Internat fertig warst und dann einen Monat lang zur Schule gegangen bist, aber du bist erst seit einem Monat hier. Was ist mit dem Rest der zwei Jahre zwischen zwanzig und dem jetzigen Moment passiert?"

Die Frage schien Doris zu verwirren. „Ein Jahr hat zwölf Monate."

„Das stimmt, jedenfalls an den meisten Orten."

„Das bedeutet, dass zwei Jahre vierundzwanzig Monate sind. Ich bin erst zweiundzwanzig."

Strecher packte Doris an den Schultern und hielt sie auf Armeslänge von sich. „Du bist zweiundzwanzig *Monate* alt?"

„Ja."

„Oh." Er hatte ein Baby geküsst, obwohl sie den attraktiven Körper und das Gesicht einer Frau besaß – und anscheinend die emotionale Entwicklungsstufe einer Zwölf- bis Vierzehnjährigen. Und sie war zweifellos noch Jungfrau. Selbst, wenn er nicht Karlas Partner gewesen wäre, hätte er es unmöglich hier mit Doris treiben können. Dieses Erlebnis hätte das junge Facettenwesen, das sich offenbar in ihn verknallt hatte, nur verwirrt. Irgendwann würde er Doris zurücklassen müssen, und Strecher war nicht der Typ, der sich nach einer Liebesnacht davonmachte. Dieses Verhalten passte eher zu Loco.

Dann fragte er sich, warum er sich darüber den Kopf zerbrach. Doris war eine Kreatur, kaum als Person zu bezeichnen. Von den Opters mittels Massenproduktion hergestellt, um als biologische Maschine ihre Aufgabe zu erfüllen. Eine Schnecke, wie Don diesen Typ abschätzig genannt hatte, obwohl ihre Ausbildung vielleicht etwas besser gewesen war.

Vielleicht war *das* der Grund, dass Strecher sich Gedanken über sie machte – die Unschuld dieser Facettenwesen wie Doris, die Hilflosigkeit, die Hoffnungslosigkeit. Welche Erfüllung, welche Erfolgserlebnisse konnte ihr ein derartiges Leben bringen?

Dann fragte er sich, wie lange Doris wohl leben würde.

„Stimmt etwas nicht?"

Strecher versuchte, sich seine Traurigkeit nicht anmerken zu lassen. „Viele Dinge, Schätzchen, aber mit dir ist alles in Ordnung. Du bist perfekt."

„Oh, du auch!", quietschte sie und begann wieder mit dem Küssen.

„Hey", sagte er während des Schmusens, „wie lange leben die Leute hier üblicherweise?"

„Das ist eine echt komische Frage."

„Wirklich? Für eine Laborassistentin?"

Doris verzog das Gesicht. „Ich bin keine Spezialistin für Geriatrie."

„Aber wie lange? So ungefähr müsstest du es wissen."

„Ich bin mir nicht sicher. Vielleicht tausend?"

Strecher rechnete tausend Monate in Jahre um. Dreiundachtzig und ein paar Zerquetschte. Also eine ungefähr normale menschliche Lebensdauer. Die Opters hatten einfach vierundzwanzig Jahre menschlicher Entwicklung auf zwei komprimiert, und Facettenwesen existierten über einen längeren Zeitraum im Erwachsenenalter.

Aber etwas stimmte nicht, zumindest was Doris betraf. „Bist du je anderswo gewesen?"

„Woanders als in Glasgow? Nein. Ich weiß, dass es andere Ort gibt, aber die meisten Leute dürfen erst dann reisen, wenn sie mindestens fünfzig sind oder ausgewählt werden."

„Ausgewählt? Was ist das?"

Doris zitterte und schien zum ersten Mal wirkliche Angst zu empfinden. „Man sagt, dass es etwas Gutes ist. Aber die Leute, die abgeholt werden, kommen nie mehr zurück. Es fühlt sich nicht gut an, wenn sie jemanden abholen."

Bei den Ausgewählten musste es sich um diejenigen Opters handeln, die gezwungen waren, die Diss-Bezirke zu durchlaufen. Dadurch wurden aus den Facettenwesen Personen, welche in der menschlichen Gesellschaft funktionsfähig waren – eine zwanghafte und grausame Einführung in die schlimmsten Facetten der realen Welt.

Aber war es schlimmer als das, was er selbst durchgemacht hatte oder was Kinder in dysfunktionalen Familien und schlechten Schulen erlebten? Selbst in Strechers Eliteschule hatte es Probleme mit Quälgeistern, Cliquen und kindischer Grausamkeit gegeben. Die passiv-aggressiven Lehrer freuten sich manchmal insgeheim über das Scheitern der hochtalentierten Kinder, und das verunsicherte Personal setzte stur die Regeln durch. Er hatte von anderen Schulen gehört, in denen die Erwachsenen die ihnen unterstellten Jugendlichen sogar sexuell missbrauchten.

Seltsamerweise hatte er schon lange nicht mehr an diese Tage vor der Akademie zurückgedacht. Das brachte Erinnerungen an seine Familie zurück – seinen ruhigen, liebevollen Vater, seine ihn umsorgende, aber stets nervöse Mutter. Seine Schwester. Die Familienmitglieder, die von den Angreifern der Kollektivgemeinschaft, die es eigentlich auf Dirk Strecher abgesehen hatten, abgeschlachtet worden waren.

Er fragte sich nicht zum ersten Mal, wie die Feinde wissen konnten, welche Häuser sie ins Visier nehmen sollten, weil dort die Kinder mit Sondertalenten wohnten. Er hatte stets angenommen, dass Spione der Kollektivgemeinschaft dahinter steckten. Jetzt aber verstand er, welche Tricks die Opters einsetzten – okay, eigentlich die Sarmok, wenn er Don Glauben schenken wollte. Er fragte sich, ob die Spione in Wirklichkeit wie Myrmidon selbst optimierte Facettenwesen waren. Falls die Sarmok Ärger verursachten und den Krieg zu verlängern suchten, hätten sie der Kollektivgemeinschaft Informationen liefern können, die zum Angriff auf Seaburn City geführt hatten.

Gewissermaßen wären die Sarmok in diesem Fall für den Tod seiner Familie verantwortlich.

„Dirk?"

„Tut mir leid. Ich habe nachgedacht. Weißt du, du hast recht, was die Ausgewählten betrifft. Es *ist* übel. Wenn die Regierung Leute abholt, nur weil sie es kann und diese dann dazu zwingt, zu etwas zu werden, das ihnen nicht gefällt, ist das echt schlimm."

„Das hört sich nicht gut an ... aber was passiert dann mit den Ausgewählten?"

„Sie werden gequält. Viele von ihnen sterben. Einige sind danach dauerhaft verändert und werden an einen anderen Ort geschickt, weit weg von Freunden und ihrer Familie."

„Was ist ... Familie?"

„Du weißt nicht ... natürlich nicht." Strecher nahm Doris' Gesicht zwischen seine Hände. Wenn er ihr vor seinem Aufeinandertreffen mit Karla begegnet wäre, hätte er sich möglicherweise in sie verliebt. Nun aber küsste er sie auf die Stirn. Jegliche Begierde, die er zuvor vielleicht für sie empfunden hatte, war nun abgekühlt. Jetzt erschien sie ihm statt als begehrenswerte Frau eher wie eine Tochter. „Schätzchen, eine Familie ... das sind die Leute, die du liebst und die dich ebenfalls lieben. Die Leute, die dich erziehen, zu denen du Verbindung hast ... die du verteidigen und für die du sterben würdest."

„Ich würde für dich sterben, Dirk", erklärte sie leidenschaftlich.

Strecher seufzte. „Natürlich glaubst du das." Wie konnte er ihr erklären, dass er ihre Gefühle verstand? So hatte er sich auch gefühlt, als er sich in Karla verliebte. Doch jetzt war er so viel älter, so viel weiter als Doris, dass er nie das würde sein können, was sich ihre pubertierenden Hormone von ihm erhofften.

Er umarmte Doris und danach kuschelte er sich keusch auf ihrem schmalen Bett an sie, bis sie zufrieden einschlief. Zweifellos war sie zum ersten Mal total verliebt. Während ihre Atemzüge tiefer wurden, dachte er nach.

Er musste Doris zurücklassen, was ihr das Herz brechen und ihr Leben für immer verändern würde. Er fragte sich, ob die Facettenwesen in Glasgow Pärchen bilden, sexuelle Beziehungen und Babys haben durften, obwohl sie keine Familien gründen oder eigene Kinder aufziehen durften.

Wahrscheinlich nicht. Don hatte von Larventanks gesprochen.

Das kam ihm wie der schreckliche Beginn einer einsamen Existenz vor.

Diese Welt, dieser gesamte Planet war abscheulich. Es war

schlimm genug, wenn die Regierungen oder Konzerne, Nationen und Kollektive die Menschen in Herrscher und Beherrschte aufteilten. Reiche und Habenichtse, Sklavenhalter und Sklaven. Aber diese Orte, diese Planeten ließen sich verändern. Ihre Regimes konnten gestürzt und die Menschen befreit werden – sie *waren* befreit worden, von Strecher und der Befreiungsbewegung – um danach ihren eigenen Weg zu gehen und selbst über ihr Schicksal zu entscheiden. Er wusste, dass die neue Erdische Republik nicht perfekt war. Trotzdem war sie viel besser als die ehemalige Kollektivgemeinschaft. Es würde immer Personen geben, die andere beherrschen wollten. Die ihre Mitmenschen aus reiner Machtgier niederdrückten, ihre Körper misshandelten und ihr schwer verdientes Eigentum plünderten.

An diesem Ort aber erreichte das Böse eine ganz andere Ebene. Die Herrscher von Terra Nova – diesen so ironischen Namen würde er abschaffen, falls er es konnte – waren nicht einmal Menschen und betrachteten jedes Lebewesen lediglich als Rädchen innerhalb einer enormen Maschinerie. Die Opter-Königinnen herrschten über die Leben von Sklaven, die sie als wertlos betrachteten – einschließlich dieser seltsamen Menschen-Opters, die in Tanks und Becken herangezüchtet wurden.

Dieser seltsamen *Menschen*, erinnerte er sich. Wenn sie wie Menschen aussahen, so dachten, so lebten und starben – und wenn sie wie Menschen lieben wollten, auch wenn sie das noch nicht verstanden – dann waren sie Menschen. Auf jeden Fall menschlicher als die Ruxins oder die insektenartigen Opters.

KAPITEL 11

Engels, an Bord der *Indomitable*, planetarer Nebel, Calypso-System

Admiral Engels bewunderte Braga selbst dann, als sie den Befehl erteilte, die Falle um seine Flotte herum zuschnappen zu lassen und ihn zu vernichten. Sie hätte sich niemand anderen vorstellen können, der angesichts der schwierigen Lage bessere Entscheidungen getroffen hätte.
„Funkstation, senden Sie erneut unsere Aufforderung zur Kapitulation."
„Es kommt keine Antwort, Admiral."
„Lassen Sie sie jede Minute wiederholen." Sie hatte auf eine Reaktion gehofft, eine solche aber nicht wirklich erwartet.
Zumindest noch nicht. Braga war ein Kämpfer.
Die *Indomitable* hatte im Alleingang vier Super-Großkampfschiffe eliminiert. Dabei hatte sie das Feuer von außerhalb der Sichtweite eröffnet und Zieldaten verwendet, die von ihrem getarnten Drohnennetzwerk stammten. Braga würde zweifellos annehmen, dass er es mit mindestens zwei

Festungen zu tun hatte. Es sei denn, er besaß über das Schlachtschiff genauere Daten, als sie erwartete. Zudem konnte er nicht wissen, durch wie viele Schiffe diese „Festungen" unterstützt wurden. Daher würde er mit an Sicherheit grenzender Wahrscheinlichkeit fliehen, da er glaubte, Felicity Station bereits zerstört zu haben.

Engels hatte absichtlich befohlen, die Zielerfassung und Leistung der *Indomitable* unter das Maximum zu reduzieren. Über die jetzige Entfernung von zweihundert Kilometern hinweg hätten ihre Waffen die vier Super-Großkampfschiffe völlig vernichten können, so dass nur noch Wrackteile und keine Überlebenden übrig geblieben wären.

Das wäre aber in zweierlei Hinsicht ein Fehler gewesen. Dieses Vorgehen hätte nicht nur unnötige Verluste an Menschenleben nach sich gezogen. Sie hatte auch bedacht, dass beschädigte Schiffe repariert, umgebaut oder zumindest Rohstoffe liefern konnten – und die Republik benötigte sämtliche verfügbaren Kriegsschiffe. Sie verfügte über mehr als ausreichende Streitkräfte, um den Feind zur Kapitulation zu zwingen. Die Beute der heutigen Schlacht würde den Flotten der Republik eine dringend benötige Verstärkung bieten, falls ihnen genügend Zeit blieb, diese Einheiten zu absorbieren.

Die *Indomitable* eliminierte weiterhin die großen Schiffe mit ihrer primären Partikelwaffe. Die massive Railgun wurde fast komplett nutzlos, als sich Bragas Flotte plötzlich nicht mehr im direkten Anflug befand, sondern Kurs auf den Planeten nahm.

Engels erkannte sofort, was Braga vorhatte: Er wollte einen Keil zwischen das Schlachtschiff und den Rest der ihn umzingelnden Flotte treiben und durch ein um C1 vollführtes Gravitationsmanöver mit möglichst vielen Schiffen entkommen.

„Rudergänger, Kurs wechseln, um Feinde abzufangen", befahl sie.

„Dieses Schiff ist extrem schwerfällig, Admiral. Wir werden ihnen immer noch hinterherjagen."

„Geben Sie Ihr Bestes. Waffenstation, weiterhin maximale Kadenz. Vor allem auf die noch nicht beschädigten großen Schiffseinheiten."

„Aye, aye."

Die Trägheitskompensatoren und die künstliche Schwerkraft hielten Engels und die Crew an Ort und Stelle, während die *Indomitable* einen scharfen Halbkreis flog und ihren Bug vor Bragas schnellere Schiffe richtete. Ihr massiver Partikelstrahl schoss noch zweimal hervor und beschädigte Super-Großkampfschiffe, bevor sich das Gas zu sehr verdichtete, um es noch zu durchdringen.

Engels kaute auf einem Fingernagel herum, während die *Indomitable* sich hinter die Feinde schob und diese gleich einem Büffel jagte, der verzweifelt schnellen Wölfen folgte. Was würde sie an Bragas Stelle tun? An welcher Position würde er aus C_1s Schwerkraft entkommen? Welche Richtung würde er wählen?

Auf der Grundlage seines jetzigen Kurses und seiner Handlungsweise identifizierte sie eine bestimmte Option als die sinnvollste. Sie umkreiste mithilfe des Cursors einen Bereich im Hologramm der *Indomitable*. „Befehl an Scholin und Dexon: Kurs auf diese Zone nehmen, in Sternenrichtung von C_1. Dort eine dichte halbkugelförmige Abfangstellung bilden. Rudergänger, bringen Sie uns mit Höchstgeschwindigkeit dorthin."

Das Kommunikationsteam leitete ihre Befehle durchs System weiter. Die durch das Netzwerk gelieferten Daten aktualisierten das Hologramm in Echtzeit. Dadurch konnte sie erkennen, wie Scholin seine örtliche Kampfgruppe direkt zwischen C_1 und dessen Stern platzierte.

Wäre Braga wirklich klug gewesen, dachte sie sich, wäre er

der sich von Calypso bis zum Planeten erstreckenden gebogenen Gaswolke gefolgt. Dort gab es keine ihrer getarnten Sensoren. „Scholin soll seine Position verändern, um Braga zu erschweren, ein Wendemanöver zu fliegen und wieder in die Wolke einzutauchen", befahl sie. „Dexon kann mit seinen leichten Einheiten den anderen Winkel abdecken."

Scholins Monitorschiff bewegte sich nicht, aber er versetzte seine restlichen Schiffe seitlich zu dessen Flanke hin. Dadurch würde sich jeder Vorstoß der Hunnen in den Gasstreifen äußerst kostspielig gestalten.

Dexons leichte Flotte bremste weiterhin stark ab. Der Computer berechnete, dass sie neben und hinter Scholins Schiffen ankommen würden, um diese dadurch abzusichern. Die leichten Einheiten strahlten weiterhin ihre gefälschten Signaturen, die sie wie Großkampfschiffe erscheinen ließen, ab. Bis Braga klare Sicht hatte, würde er glauben, es mit einer überwältigenden Streitkraft zu tun zu haben.

Nun folgte der frustrierende Aspekt des Admiralsrangs, als Engels ihren Einheiten beim Befolgen ihrer Befehle zusah, während sich ihr eigenes Schiff noch außerhalb der Gefechtsreichweite befand. Am liebsten hätte sie ins Hologramm gegriffen und die Schiffspositionen verändert, um eine optimale Flottenformation zu erreichen. Allerdings hätte eine derartige Detailversessenheit eher geschadet. Sie vertraute dem älteren, bewährten Dexon. Scholin hingegen hatte sie wegen seiner Verlässlichkeit und nicht wegen seiner taktischen Brillanz zum Geschwaderkommandeur erhoben. Vor weniger als einem Jahr war er noch der Kapitän einer Fregatte gewesen.

Andererseits, sagte sie sich, war sie selbst auch nur eine aufgemotzte Landefrachterpilotin.

Sie wünschte, sie hätte Ellen Gray bei sich. Andererseits benötigte sie für die Heimatflotte eine erfahrene Befehlshaberin – und eine Person, welche verhinderte, dass die ehemaligen Politiker und Bürokraten der Kollektivgemeinschaft die Befreiungsbewegung in ihre Gewalt brachten.

Wünschen kann man sich generell viel.

Der Augenblick der Wahrheit rückte näher. Das Hologramm zeigte, wie Bragas Kernflotte den riesigen Gasplaneten im niedrigen Flug umrundete und den Kurs dabei stetig anpasste. In einigen Minuten würde sie erfahren, ob sie richtig geraten hatte.

Wenn nicht, dann hatte sie eine lange, zermürbende Jagd vor sich. Zwar würde sie diese gewinnen – gesiegt hatte sie ja schon – aber der erhoffte überwältigende Sieg wäre dann dahin.

Dort! Bragas Flotte begann mit dem Versuch, aus ihrem niedrigen Teilorbit auszubrechen. Die Triebwerke leuchteten mit Vollschub auf und alle seiner Schiffe vollführten eine geschmeidige Kurve, die sie zu einem Ausgangspunkt in unmittelbarer Nähe des Sterns führen würde.

Genau an die von ihr erhoffte Stelle.

Während Braga aus dem Nebel ausbrach und Scholins Gruppe im Hinterhalt wartete, atmete Engels erleichtert aus. Sie richtete sich auf und strich die Jacke ihrer Ausgehuniform glatt, die sie sich in Erwartung dieses Augenblicks angezogen hatte. „Funkstation, neue Nachricht aufzeichnen. Videoverbindung, sobald Sie bereit sind."

„Aufzeichnung läuft."

„Admiral Lucas Braga, hier spricht Admiral Karla Engels."

ALS BRAGA das Hok-Monitorschiff vor sich entdeckte, wurde ihm klar, dass es ihm nicht gelungen war, den Feind zu überraschen. Er sah voller Schrecken zu, wie das riesige Schiff seine primäre Lasergruppe abfeuerte und das letzte seiner Großkampfschiffe – sein Flaggschiff ausgenommen – aus nächster Nähe zerfetzte. Verschonten die Feinde sein Flaggschiff, weil sie wussten, dass er von hier aus kommandierte, oder handelte es sich um einen reinen Glücksfall?

Er war so vollständig ausmanövriert worden, dass es kein Zufall sein konnte.

Er musste nicht einmal den Befehl erteilen, das Feuer zu erwidern. Seine Schiffe hatten die Erlaubnis, den Feind zu bekämpfen. Daher setzten sie einen Sturm aus Railgun-Projektilen, Lenkwaffen und Strahlenwaffen ein – Laser, Maser, Partikelstrahlen. Sämtliche Formen roher, vernichtender Energie, die sich bündeln und auf den Gegner abfeuern ließen. Die neun nächsten schweren Kreuzer gaben schnell auf, zerstört oder zurückgetrieben. Das ihm gegenüberstehende Super-Großkampfschiff bewegte sich näher an den Monitor heran, so dass sie sich gegenseitig unterstützen konnten, wobei es enorme Schläge austeilte und einsteckte.

Ein entsetzlicher Feuersturm raste auf ihn zu, und im Holotank verfärbten sich seine Schiffe allmählich gelb und rot. Der Feind eliminierte methodisch ihre Fähigkeiten – allerdings weniger vollständig als von ihm erwartet. Viele der großen Schiffseinheiten, die den feindlichen Monitor unterstützen – jene, die hinter Braga ins System gesprungen waren – schienen sich sogar zurückzuhalten und setzten nur leichtere Waffen ein.

Dennoch war Braga hinsichtlich Taktik, Waffen und Tonnage hoffnungslos unterlegen.

Obwohl er auf den unerschütterlichen Kampfeswillen seiner Schiffe stolz war, musste er sie in erster Linie aus dieser neuen Falle befreien. „Hart nach Steuerbord, dreißig Grad Winkel zur Gaswolke", raunzte er. „Zwingen sie die Gegner zu einem größeren Vorhaltwinkel und bringen Sie uns wieder in Deckung. Die können doch nicht überall Sensoren haben!"

Aber die Hok-Flotten setzten sich in Bewegung, um ihm den Weg abzuschneiden und an ihm dranzubleiben. Es eröffnete sich einfach kein Ausweg. Und obwohl sich Bragas Flotte schnell bewegte, fehlte ihr das notwendige Tempo, um den Feind zu überholen und diesen hinter sich zu lassen.

„Admiral", sagte Lexin, „ich glaube zu wissen, warum das Feuer der feindlichen Unterstützungsflotte so schwach ist. Anscheinend besitzt sie kein Schiff, das größer als ein leichter Kreuzer wäre."

„Aber auf dem Display –"

„Erscheinen Großkampfschiffe, ich weiß. Offensichtlich verwendet sie Täuschsender, die komplexer als alle Geräte sind, die ich je gesehen habe. Möglicherweise außerirdische Technologie. Im leeren Raum aber zeigen unsere optischen Scanner eindeutig an, dass es sich um Schiffe der Eskortenklasse handelt."

„Diese Bastarde ... Diese verdammt schlauen Bastarde." Braga richtete sich auf. „Entschuldigung."

Lexin lachte, wie auch einige weitere Crewmitglieder, die sich in Hörweite aufhielten. „Ich glaube, dass Todesdrohungen gelegentliche Kraftausdrücke rechtfertigen. Allerdings verstehe ich nicht, warum sie glauben, dass die Feinde unehelich geboren wurden."

„Darüber besitze ich geheime Informationen", witzelte Braga. Er seufzte und rieb sich die Schläfen. „Kommen wir hier raus?"

„Meiner Analyse zufolge werden es einige von uns schaffen", antwortete Lexin. In diesem Augenblick erbebte *Luxemburg* und die Stromversorgung fiel teilweise aus. „Der Monitor zielt auf uns."

„Volle Verstärkung!", rief Kapitän Verdura.

„Verstärkung auf Maximum", erwiderte der Offizier für Abwehrmaßnahmen.

„Ich erhalte zu wenig Energie für Ausweichmanöver", beschwerte sich der Rudergänger.

„Reaktoren auf Risikostufe hochfahren. Energie von der Lebenserhaltung abzweigen. Nötigenfalls Raumanzüge schließen."

Braga suchte hektisch nach einem Ausweg. Es schien keinen zu geben. Ja, aufgrund der feindlichen List mit den leichten Einheiten würde eine höhere Zahl der Schiffe seiner Flotte am Monitor vorbeikommen und in die Gaswolke abtauchen, aber die Hok-Schiffe würden sofort wenden und sie von hinten unter Beschuss nehmen. Dann würden diese zweihundert leichten Schiffe ihn bis nach Calypso und um den Stern herum jagen – bis er sich irgendwann nicht mehr im Plasma verstecken konnte.

Mit viel Glück würden zehn seiner Schiffe den Flachraum erreichen und aus dem System springen – und es gab keine Garantie dafür, dass sein Flaggschiff dazu gehörte.

„Admiral, Funkspruch vom Feind. Vollständiges Video mit Bitte um Videoverbindung."

„Spielen Sie es ab", befahl Braga. „Aber setzen Sie den Einsatz fort."

Der Holotank verschob sein Display weit genug, so dass Braga den linken der drei primären Holobildschirme problemlos sehen konnte. Dort erschien eine junge, ihm irgendwie bekannt vorkommende Frau mit den Rangabzeichen eines Admirals, die in einem Kommandeurssessel saß.

„Admiral Lucas Braga, hier spricht Admiral Karla Engels. Ich zeichne diese Nachricht auf, weil ich hoffe, dass sie einen Waffenstillstand akzeptieren und mit mir über eine ehrenvolle Kapitulation verhandeln werden. Ansonsten muss ich ihre Flotte Schiff um Schiff zerbrechen, bis jedes einzelne davon kapituliert hat oder komplett kampfunfähig ist. Das möchte ich nicht, und Sie vermutlich auch nicht. Bitt akzeptieren Sie die

Videoverbindung. Sobald Sie das tun, befehle ich meiner Flotte, das Feuer einzustellen. Ich erwarte von Ihnen, dass Sie dasselbe tun. Wenn Ihnen mein Angebot missfällt, dann ..." Die streng wirkende junge Frau lehnte sich vor und verschränkte die Hände hinter dem Rücken, „... dann muss ich leider den Befehl zu Ihrer Vernichtung erteilen."

Zehn Sekunden vergingen, dann zwanzig, während die Brückencrew in einer Atmosphäre der kontrollierten Verwirrung Befehle und Meldungen weiterleitete. Braga sah, wie sich die Anzeige für zwei weitere seiner Schiffe rot verfärbte und diese den Kampf einstellten. Das traf auch auf eines der Feindschiffe zu, aber es blieb ihm nichts anderes übrig, als Engels' Einschätzung der Lage zustimmen.

Braga atmete tief durch. „Akzeptieren Sie die Videoverbindung. Alle Schiffe stellen das offensive Feuer ein. Weiterhin Nahverteidigungsfeuer, maximale Ausweichmanöver und maximale Verstärkung der Panzerung einsetzen." In der verfügbaren Zeit führte er mit Hilfe seines Neuralchips eine Suche nach dem Namen „Karla Engels" durch. Die Militärdienstdatei erschien.

Militärdienst in den Hundert Welten.

Als zunächst das Feuer seiner Flotte verstummte und das feindliche dann ebenfalls, zitterte das auf dem Bildschirm angezeigte Bild und veränderte sich leicht. Nun zeigte es Admiral Engels in Echtzeit. Sie hörte auf, hinter ihrem Sessel auf und ab zu gehen, legte ihre Hände auf die hohe Rückenlehne und blickte in die Videokamera. „Seien Sie gegrüßt, Admiral Braga."

„Ich kann nicht gerade behaupten, dass ich mich über dieses Treffen freuen würde, Miss Engels."

„*Admiral* Engels."

„Ich habe gewusst, dass mir Ihr Name bekannt vorgekommen ist. Sie haben bei Corinth unter mir gedient – und dort gerieten Sie, wie wir annehmen, in die Gefangenschaft der Hok. Ich kann es Ihnen kaum anrechnen, dass Sie in weniger als zwei Jahren zum Admiral aufgestiegen sind. Nicht einmal, wenn ich Ihr Verräterregime als legitim betrachten würde."

Engels hob eine Augenbraue. „Ihre Leute sterben und Sie machen sich Gedanken über meinen Dienstgrad? Sie sind schon immer ein Wichtigtuer gewesen, wie Zaxby mir einmal gesagt hat."

„Zaxby?" Kapitän Verdura trat ins Blickfeld der Kamera. „Zaxby der Ruxin?"

„Natürlich. Er ist mit uns gekommen, als Dirk Strecher und ich aus einem Gefängnis der Kollektivgemeinschaft ausgebrochen sind und die Befreiungsbewegung starteten. Sie würden das als Hok-Gefängnis bezeichnen."

„Ich möchte Zaxby gerne treffen", sagte Verdura.

„Das kann warten", raunzte Braga.

„Sir", sagte Verdura, die sich vom Videomonitor abwandte und dem Kommunikationstechniker mit einer Handbewegung quer über den Hals signalisierte, die Verbindung zu unterbrechen. „Ich kenne Engels nicht, aber Zaxby hat fast drei Jahre lang unter mir gedient. Wenn sie ihn uns präsentieren könnten – wenn wir ihn leibhaftig vor uns sehen – dann wäre das ein Nicht-Hok und ein Nicht-Mensch, den ich persönlich kenne. Dann könnten wir die Gesamtsituation eventuell besser beurteilen."

Braga strich sich über die Wange. „Irgendwas stimmt hier einfach nicht. Wo sind zum Beispiel die Hok? Engels' gesamte Brückencrew scheint aus Menschen oder Ruxins zu bestehen."

„Es könnte ein Holo-Trick sein – oder sie haben es absichtlich so eingerichtet. Vor allem aber brauchen wir Informationen, und zwar aus einer Quelle, mit der der Gegner vermutlich nicht rechnet. Wie Zaxby."

Braga nickte Verdura zu und signalisierte, die Videoverbindung wieder herzustellen. „Wir wollen Zaxby persönlich sehen. Zudem müssen meine Raumschiffe, die noch nicht kapituliert haben, sich meinem Flaggschiff anschließen dürfen."

„Selbstverständlich, *Admiral*." Engels drehte sich zu ihrem Personal hin und erteilte Befehle. „Und ich werde von meinem eigenen Flaggschiff aus mit Ihnen reden. Verfügen Sie über ein holographisches Konferenzsystem?"

„Natürlich."

„Dann würde ich vorschlagen, dass sie ein Treffen im Konferenzraum Ihres Flaggschiffs einrichten, und zwar unverschlüsselt. Die leitenden Mitglieder meines Stabs und ich werden über Hololink teilnehmen, und Zaxby wird wie gewünscht persönlich anwesend sein."

„Was ist mit den Hok?", raunzte Verdura.

Engels wirkte vorübergehend verblüfft. „Was ist mit ihnen? Oh ja. Sie glauben immer noch, dass die uns kontrollieren, so wie ich es früher auch gedacht habe. Und ich wette, Sie halten die Hok auch immer noch für Außerirdische." Sie lachte. „Das wird ein interessantes Treffen werden. Engels aus."

„Was zum Teufel wollte sie uns damit sagen?", fragte Verdura.

„Das finden wir wohl bald heraus", antwortete Braga.

„Ein Zerstörer nähert sich mit hoher Geschwindigkeit von achtern", sagte Lexin. „Das Schiff identifiziert sich als die *Trinity* der Neuen Erdischen Republik und bittet um Andockgenehmigung, damit Zaxby an Bord kommen kann."

„Aktivieren Sie die Zielerfassung. Es könnte ein Selbstmordangriff sein", sagte Verdura. „Keine Genehmigung zum Andocken. Sie soll fünf Kilometer Abstand halten und eine Raumfähre schicken."

„Schiff wird langsamer ...", sagte Lexin. „Ich noch nie einen so schnellen Zerstörer gesehen. Das Ding manövriert wie eine Korvette. Schiff kommt relativ zu uns zur Ruhe ... Abstand 5000,003 Meter. Der Pilot ist unglaublich präzise. Er muss ein Ruxin sein."

Während sich diese Szene abspielte, erreichten Bragas eigene Nachzügler seine Kampfgruppe. Die Feindflotte schwebte ebenfalls näher heran und richtete aus unregelmäßigen Formationen ihre Waffen aus. Braga betrachtete diesen Mangel an militärischer Disziplin mit Verachtung – was aber angesichts der zahlenmäßigen Überlegenheit der Feinde keine Rolle spielte. Würde der Kampf fortgesetzt, könnte Engels ihre Drohungen zweifellos verwirklichen.

Braga verfolgte das Symbol einer Fähre, die sich vom Zerstörer löste und zum Andockport der *Luxemburg* flog. „Schicken Sie eine Gruppe von Marineinfanteristen zur Fähre, die Zaxby – und wer immer auch sonst aussteigen mag – abholen und zum Konferenzraum bringen. Lassen Sie einen gründlichen Ganzkörperscan durchführen." Er nickte Verdura zu, und die beiden begaben sich zum Konferenzraum, während ihr Erster Offizier das Kommando übernahm.

Dort mussten Braga und sein Stab nicht lange warten. Die Marineinfanteristen eskortierten einen Ruxin in den Raum, und der diensthabende Major legte ein zierliches Headset vor dem Admiral auf den Tisch. „Mit Ausnahme seines Wasseranzugs war das alles, was er mit sich führte, Sir."

Braga hob das Ding auf. Dabei handelte es sich um ein hochkomplizierten Funkgerät, das offensichtlich direkt mit Zaxbys Neuralchips verbunden war – ungewöhnlich, aber die Technologie war durchaus bekannt. Dann wandte er sich dem Ruxin zu.

Verdura war bereits an Zaxby herangetreten, um ihn aus der Nähe zu untersuchen. „Irgendwie sehen Sie anders aus."

Sie drehte sich zu dem Ruxin-Techniker hin, der im Konferenzraum die Videokonferenz mit dem Feind vorbereitete. „Sie da, wie heißen Sie?"

„Leitender Techniker Bexol, Kapitän."

„Rufen Sie die Aufzeichnungen über Zaxby auf und vergleichen Sie die Daten mit diesem Ruxin hier. Sagen Sie mir, was Ihre Ruxinaugen sehen."

Der Techniker durchsuchte hastig Zaxbys Dienstakten, während der Gefangene – oder Abgesandte, wie sie annahm – geduldig wartete.

„Auf den ersten Blick scheint es sich um Zaxby zu handeln", sagte Bexol. „Meiner Ansicht nach ist diese Person hier aber zu jung."

Verdura raunzte den Betrüger an: „Wer zum Teufel sind Sie, und was haben Sie vor?"

„Ich *bin* Zaxby, Kapitän Verdura, allerdings habe ich mit einer Verjüngung begonnen. Ich verstehe Ihre Skepsis. Wären wir momentan keine Gegner, würde ich mich dadurch allerdings gekränkt fühlen. Schließlich habe ich über zwei Jahre lang unter Ihnen gedient."

„Er hört sich wirklich wie Zaxby an", sagte Braga und verzog das Gesicht. „Ich weiß aber, dass Ruxins ihre Hautfarbe ändern können. Außerdem sind sie gerissen."

„Ich lasse mich gerne einem genetischen Test unterziehen. Ich bin mir sicher, dass Sie mein Profil in Ihren Daten haben."

„Schicken Sie einen medizinischen Assistenten mit einem Scanner", sagte Braga. „In der Zwischenzeit sollten wir mit der Konferenz beginnen."

Bexol passte noch die Einstellungen an, dann flackerten die Hologramme auf – Engels, ein dunkelhaariger Mann in Kapitänsuniform und ein überraschend großer Ruxin.

Nun meldete sich Engels zu Wort und deutete erst auf das Oktopuswesen, dann auf den Menschen. „Das hier ist

Kommodore Dexon, Befehlshaber meiner leichten Einheiten. Und hier steht Kapitän Scholin, der für das Monitor-und Verteidigungsgeschwader verantwortlich ist."

„Admiral", sagte Bexol, der plötzlich nervös wirkte. „Entschuldigen Sie die Unterbrechung. Das ist ein Manneskrieger."

„Was zum Teufel ist ein Manneskrieger?", fragte Verdura.

„Ein biologisch spezialisierter männlicher Vertreter meiner Gattung, der hormonell an die Rolle eines Kriegers und Kommandeurs angepasst wurde. So einen habe ich noch nie gesehen."

„Noch ein eigenartiger Faktor von vielen, aber dadurch sollten wir uns nicht ablenken lassen", sagte Braga. „Na schön, ich sehe zwei Menschen und einen Ruxin. Wo ist der befehlshabende Hok?"

Engels knurrte und schien ein Augenrollen zu unterdrücken. „Admiral. Auch wenn Sie es vielleicht nur schwer akzeptieren können, gibt es hier keinen befehlshabenden Hok. Es hat nie einen, oder mehrere, oder was auch immer gegeben." Sie machte eine Geste, woraufhin jemand in den Bereich der Holo-Videoverbindung trat und im vollen VR-Modus erschien.

Ein Hok.

Das Wesen erinnerte Braga an eine menschenähnliche Eidechse mit rauer Haut. Er starrte unwillkürlich die virtuelle Bedrohung an, bevor sein Bewusstsein den Impuls unterdrückte und er sich entspannte. „Habe ich es doch gewusst."

„Das ist Unteroffizier Green-53", saget Engels. „Unteroffizier, sagen Sie Hallo zum Admiral."

„Hallo, Admiral."

„Machen Sie einen Handstand."

Der Hok vollführte augenblicklich einen perfekten Handstand und verblieb dann in dieser Position.

Engels lächelte. „Sieht dieser Hok so aus, als ob er hier das Sagen hätte?"

„Das könnte ein Trick sein", fauchte Verdura.

„Ja, Kapitän Verdura, das könnte es", sagte Zaxby plötzlich. „Ist es aber nicht." Der Ruxin deutete auf den medizinischen Assistenten, der mit einem Scanner in der Hand den Raum betreten hatte.

Alle sahen zu, während der Scan ausgeführt wurde. Der Assistent überreichte den Scanner an Braga, damit dieser das Display lesen konnte. „Alles stimmt überein", murmelte der Admiral. „Das ist wirklich Zaxby."

„Höchstpersönlich", sagte Zaxby. „Und die Hok sind nicht die Befehlshaber. Sondern wir. Menschen, Ruxins und weitere Gattungen, die in der Republik leben."

„Man hat Sie einer Gehirnwäsche unterzogen", warf Verdura ein.

„Ich kann Ihnen versichern, dass das nicht der Fall war. Ganz im Gegenteil."

„Hören Sie mal", sagte Engels, „wir könnten Sie täuschen, aber was hätten wir davon?"

„Sie würden uns zur Kapitulation bewegen", meinte Braga. „Ich wette, dass Sie unsere Schiffe gerne im intakten Zustand erbeuten würden."

„Das würde ich ganz bestimmt", sagte Engels mit einem schiefen Lächeln. „Aber ich muss es nicht."

„Admiral", sagte Lexins Stimme von seiner Brückenstation her, als ein Bildschirm aufleuchtete, „verzeihen Sie die Unterbrechung, aber ... aber ... da ist ein Schiff. Ein Schiff ist aus dem Nebel aufgetaucht. Groß ... größer ..." Dem Sensorenoffizier schienen die Worte zu fehlen.

Engels machte einen Schritt auf Braga zu, um dessen Aufmerksamkeit auf sich zu ziehen. „Anscheinend haben Sie die *Indomitable* entdeckt. Lassen Sie sich Zeit. Sie sollten verstehen, womit Sie es zu tun haben."

Lexin erläuterte, was Braga auf dem Bildschirm entdeckt hatte. „Sir, das feindliche Schiff ist … unmöglich. Es ist viermal so groß wie ein Monitor, hat die sechzehnfache Größe des massivsten Super-Großkampfschiffs und besitzt eine entsprechende Bewaffnung entlang der Mittellinie. Eine mobile Festung. Dieses Schiff muss unsere Super-Großkampfschiffe vernichtet haben – und wir waren von einer Festung ausgegangen. Festungen. Ich –"

„Na und?", raunzte Braga, der seine Bestürzung zu verbergen suchte. „Sie haben ein großes Schiff. Ich weiß, dass wir in Ihrer Falle sitzen. Allerdings haben sie dafür sicherlich zweihundert Planeten entlang der Front ihrer Militäreinheiten beraubt. Was bedeutet, dass die Hundert Welten überall sonst ohne jegliche Gegenwehr vorstoßen können. Ich bin ein Soldat, Engels. Ich bin bereit, den Preis für das Kriegsglück zu zahlen."

Engels presste die Lippen zusammen. „Harte und durchaus bewundernswerte Worte – aber sind sie auch dafür bereit, alle Ihrer Untergebenen denselben sinnlosen Preis bezahlen zu lassen?"

„Er war nicht sinnlos", sagte Braga. „Wir haben die Raffinerie vernichtet. Die Mission war erfolgreich."

Engels schüttelte den Kopf. „Tut mir leid, Lucas, aber Sie haben lediglich eine Gruppe von Sendern auf einem großen Asteroiden zerstört. Felicity Station bleibt weiterhin unbeschädigt. Hier sehen Sie eine Aufnahme in Echtzeit." Einer der Bildschirme im Konferenzraum leuchtete auf und zeigte die anscheinend unbeschädigte Raffinerie an, wobei auf der Videoverbindung die aktuelle Zeitmarke erschien.

„Ich habe Ihr Flaggschiff noch nicht zerstört", fuhr sie fort, „weil ich sicherstellen wollte, dass ich mich mit einem

Kommandeur unterhalten kann. Wenn Sie dafür aber zu dickköpfig sind, kann ich die *Luxemburg* immer noch mit einem Befehl verschrotten lassen. Dann verhandle ich eben mit der nächsten Person in Ihrer Befehlshierarchie. Inwiefern hilft das Ihren Leuten?"

Braga seufzte niedergeschlagen. „Geben Sie mir ein paar Minuten, um mich mit anderen zu besprechen." Er gab das Signal, die Videoverbindung zu pausieren und drehte sich zu Verdura um. „Nun?"

Verdura schlug mit der Hand gegen den Tisch. „Mein Bauchgefühl sagt mir, dass wir kämpfen sollten, aber ..."

„Ja, *aber*. Offenbar ist es uns nicht gelungen, die Raffinerie zu zerstören. Und die Schlacht haben wir ebenfalls verloren. Jetzt würden wir lediglich unsere Leben opfern, damit der Feind unsere Schiffe nicht erbeutet. Ein solches Opfer kann ich von meinen Crews nicht verlangen. Nach jahrhundertelangen Kämpfen gewinnen wir endlich den Krieg, wenn wir auch diese Schlacht verloren haben. Wenn diese Leute auch nur das geringste Ehrgefühl besitzen, werden sie uns internieren und später in die Heimat entlassen."

Verdura blickte sich im Raum um, um die Stimmung einzuschätzen, was Braga ebenfalls tat. Er sah, dass Besatzungsmitglieder besonnen nickten und den Blick senkten, vernahm aber keinen Widerspruch.

Als die Videoverbindung fortgesetzt wurde, meldete sich Braga zu Wort. „Na gut, Admiral Engels. Ich stimme einem Waffenstillstand zu. Falls Sie Beweise für Ihre Behauptungen haben, kapitulieren meine Einheiten. Das ist voll und ganz meine Entscheidung. Falls Sie mich getäuscht haben und das ein Trick der Hok ist, werde ich nicht ruhen, bis Sie bestraft werden. Das schwöre ich."

Engels zuckte mit den Schultern. „Wenn ich Sie getäuscht hätte, dann wäre das eine Kriegslist gewesen, Admiral – aber

Sie werden schon bald alle Beweise zu Gesicht bekommen. Ihre Regierung – die Regierung, der auch ich gedient habe – hat Sie angelogen, Lucas. Sie konnte die Wahrheit nicht einmal den Flaggoffizieren gegenüber zugeben. Nur Ihre leitenden Politiker und die Chefs der Geheimdienste kennen sie. Sie haben nicht jahrhundertelang Außerirdische bekämpft. Sie haben Krieg gegen Menschen geführt." Sie rieb sich die Augen und wandte den Blick ab, als ob sie in Trauer wäre. „Das alles war nichts als ein massiver Bürgerkrieg. Und wenn sich mein Verdacht bestätigt, dann haben wir die ganze Zeit nach der Pfeife der Außerirdischen getanzt."

KAPITEL 12

Strecher, auf Terra Nova

STRECHER SCHLÜPFTE VORSICHTIG AUS DORIS' Bett und ließ sie schlafen. Unabhängig davon, welche Sicherheitsdienste auf Terra Nova existierten, würden diese bald ihre Schlüsse ziehen und diese Wohnung aufsuchen. Daher musste er von hier verschwinden.

Er sah sich nach etwas um, das sich als nützlich erweisen könnte. Schließlich nahm er sich eine kleine Taschenlampe, ein Küchenmesser und ein Metallbein, welches er von ihrem einzigen Stuhl löste. Bei der Durchsuchung seiner Taschen konnte er dort nichts mehr entdecken. Anscheinend hatte man ihm sämtliche Habseligkeiten abgenommen, nachdem er gelähmt worden war.

Nach einem letzten Blick auf Doris, bei dem er sich wünschte, dass die Dinge anders wären, verließ er lautlos ihr Zimmer. Im Korridor beäugte ihn eine Frau ohne allzu großes Interesse, während Strecher an ihr vorbei und dann die Treppe hinunter ging. Als er sich der Gebäudetür näherte, sah er mehrere Wagen heranrasen, deren Lichter in der zunehmenden Dämmerung rot blinkten.

Verdammt. Es muss noch einen Hinterausgang geben. Er wirbelte herum, rannte zur Rückseite des Gebäudes und betrat einen Hof. Nachdem er diesen durchquert hatte, sprang er über eine schulterhohe Mauer hinweg und fand sich auf einem Parkplatz wieder. Er vernahm Stiefelschritte hinter sich, als das Sicherheitspersonal Doris' Gebäude umzingelte. Er duckte sich und blickte nicht zurück.

Wohin? fragte er sich, als er mit schnellen Schritten das nächste Gebäude umrundete und schließlich außer Sicht war. Obwohl ihm dieser Ort wie jede beliebige Menschenstadt erschien, wusste er nichts darüber. Er hatte weder Geld, noch Credit-Sticks, noch einen Ausweis bei sich. Er war auf der Flucht und musste entsprechend denken.

Dabei war er sich nicht einmal sicher, ob es sich bei Glasgow um einen Diss-Bezirk handelte oder nicht. Und was war mit Don geschehen? Wurde er verhört? Oder hatte man ihn freigelassen, sobald er seinen Dienstausweis vorzeigte? War er in diesem Fall nicht in der Lage gewesen, Strecher zu befreien, oder beobachtete er nun, was sein „Schützling" tat?

Egal. Strecher würde fliehen, sich verstecken und einen Weg finden, um entweder wieder zu Don oder in das von Menschen besiedelte Weltall zu gelangen. Seine modifizierte Biologie dürfte es ihm ermöglichen, routinemäßige Scans zu bestehen – und dann hatte er immer noch die Möglichkeit, zu stehlen oder Gewalt einzusetzen. Obwohl ob Don behauptete, dass die Opters nicht mit der Menschheit im Konflikt standen, führte Strecher wohl seinen eigenen Krieg gegen die Sarmok-Königinnen. Was bedeutete, dass ihm sämtliche Optionen offen standen.

Da er keine Ahnung hatte, wohin er gehen sollte, wählte er einfach zufällig eine Richtung aus und machte sich auf den

Weg. Wenigstens folgten die Straßen einem simplen Schachbrettmuster. Fahrzeuge sausten an ihm vorbei, aber es herrschte nur wenig Verkehr.

Dann hatte er Glück und entdeckte einen Abstellplatz mit mehreren Fahrrädern. Diese waren nicht abgeschlossen, also war Diebstahl hier entweder undenkbar oder die Räder dienten der Allgemeinheit. Bald schon radelte er mit dreißig bis vierzig Stundenkilometern. Bei dieser Geschwindigkeit dürfte er bald irgendwo ankommen.

Eine halbe Stunde später erreichte er eine Barriere im Stil der anderen, die er zuvor gesehen hatte. Eine hundert Meter hohe Mauer, die die Diss-Bezirke voneinander oder von der echten Bevölkerung trennte. Wenn sie mit den anderen identisch war, dann dürfte diese Mauer dick genug sein, um Räume, Korridore und Büros für die Kontrolleure zu enthalten. Mit Ausnahme eines Zug- oder Autotunnels oder vielleicht eines Flugwagens stellten die Türen in diesen Wänden die einzige Möglichkeit dar, von einem Bezirk in den nächsten zu gelangen.

Die Opter-Schriftzeichen auf der Tür waren für ihn unleserlich, aber daneben lockte ihn ein Sensorfeld. Sollte er es wagen, seine Handfläche dagegen zu drücken, um zu sehen, ob Don ihm Zugangsrechte gewährt hatte?

Allerdings würde jeder Sicherheitsdienst, der sein Geld wert war, das System so programmieren, dass es Strecher aussperrte und gleichzeitig einen Alarm auslöste. Er lehnte sein Fahrrad gegen die Wand des nächsten Hochhauses und starrte nach oben.

Das Wohngebäude schien in etwa so hoch zu sein wie die Mauer. Wahrscheinlich wollten die Kontrolleure des Systems verhindern, dass Leute aus den Fenstern in den nächsten Bezirk blicken und sich unbefugt Informationen verschaffen oder verfrüht Dinge erfuhren.

Der Abstand zwischen der Mauerkrone und dem Gebäudedach schien etwa zwanzig Meter zu betragen. Das würde einen ziemlichen Sprung erfordern. Selbst dann, wenn er auf dem Dach Anlauf nahm und zuversichtlich war, die Mauerkrone zu erreichen. Könnte es S-Draht oder andere Sprunghindernisse geben?

Es gab nur eine Möglichkeit, die Antwort herauszufinden. Strecher ging zum Eingang des Wohngebäudes.

Plötzlich kam ihm eine Idee und er kehrte hastig zurück, um das Fahrrad zu holen. Dann wartete er, bis ein Bewohner die Tür mit seiner Handfläche öffnete und lief diesem hinterher, bevor sich die Tür wieder schloss. Er nickte dem weiblichen Facettenwesen zu, dessen unschuldiges Auftreten an Doris erinnerte. Dann hievte er das Rad auf seine Schulter und trug es eilig die Treppe hoch. Er hoffte, dass niemand diesen Vorfall melden würde oder man ihn zumindest nicht mit seiner Flucht in Verbindung brachte.

Dreißig Stockwerke später erreichte er das obere Ende der Treppe. Dank seiner hervorragenden Kondition war er kaum außer Atem.

Er wurde mit einer Tür konfrontiert, auf der weitere Schriftzeichen und ein roter Querbalken zu sehen war. Offensichtlich war dies der Zugang zum Dach.

Er kickte die Tür auf.

Es ertönte keine Sirene, obwohl möglicherweise ein stiller Alarm ausgelöst wurde. Oder vielleicht waren Regelverstöße hier so ungewöhnlich, dass man sich nicht die Mühe gemacht hatte, ein Alarmsystem einzurichten.

Strecher sprang schnell hindurch, schloss die Tür und hastete dann zwei weitere Stockwerke nach oben, bis er das Dach erreichte.

Von dort war der Ausblick fantastisch, eine nächtliche Skyline wie in anderen Städten auch. Die Lichter zeigten die

Umrisse der Gebäude und die Straßen, und er konnte Antennen und Türme sehen. Beleuchtete Helidrohnen und Flugwagen ließen die Stadt wie ein Märchenland erscheinen, das mehr versprach, als es erfüllen konnte.

Blinkende rote Bodenlichter in einer Entfernung von etwa einem Kilometer erinnerten ihn daran, dass er immer noch gejagt wurde. Wenn sie ihn hier aufspürten, dann würden sie zweifellos Flugzeuge und Hubschrauber schicken.

Er überquerte das quadratische Dach im Eiltempo.

Die blanke Mauer erstreckte sich nach links und rechts. Dahinter konnte er keine Strukturen ausmachen, nicht einmal die Lichter anderer Hochhäuser – keine Antennen, keine Türme, keine Luftfahrzeuge. Was auch immer da drüben war, es stellte keine Stadt wie diese dar. Vielleicht handelte es sich um Ackerland, einen Park oder sogar einen See.

Er verengte die Augen und versuchte, die Mauerkrone zu überblicken. Dort gab es weder Lampen noch Leuchtstreifen. Er konnte kaum die Mauerkante vom sich verdunkelnden Nachthimmel unterscheiden. Dann erinnerte er sich an die Taschenlampe. Er schaltete diese ein und leuchtete damit über die Lücke hinweg.

Das obere Ende der Mauer schien frei von Hindernissen zu sein. Sie war circa zehn Meter breit und völlig flach. Solange es blanker Beton und dieser nicht mit beispielsweise einer glatten Farbschicht bedeckt war, müsste es für ihn machbar sein, sich nach dem Sprung festzuhalten.

Wie aber würde er diese Distanz überwinden? Er trat an die niedrige Brüstung heran und versuchte, ein Gefühl dafür zu entwickeln. Wenn er losrannte und die Stufe zum Absprung nutzte ...

Er malte sich seinen Sprung und seine Flugbahn in Gedanken aus und kam zum Schluss, dass die Erfolgswahrscheinlichkeit äußerst gering war. Selbst, wenn er einen perfekten Absprung machte und danach versuchte, die Mauerkante mit den Händen zu packen, würde er es wohl nicht schaffen. Weiter unten gab es nichts, an dem er sich festhalten könnte – keine Leiter, keine Vorsprünge. Nichts als eine kahle Betonmauer.

Wenn er Kletterklauen oder ein Seil mit einem Enterhaken hätte, würde sich seine Chance verbessern, aber wo könnte er derartige Ausrüstung auftreiben? Auch wenn er in Wohnungen einbrach und deren Bewohner bestahl, würden die dort wohl kaum derartige Dinge aufbewahren, oder?

Nein.

Strecher lief von einer Dachseite zur anderen und sah sich die benachbarten Gebäude an. Er wollte sehen, ob sie höher waren oder sich näher an der Mauer befanden. Ob es dort eventuell etwas gab, das ihm beim Überwinden der Mauer helfen könnte. Etwas mit einem Turm oder einer Antenne, vielleicht weiter oben gelegen und mit Halteseilen, die er nutzen konnte. Oder etwas, das sich zwecks Brückenbildung umstürzen ließ, was perfekt wäre.

Allerdings wiesen die naheliegenden Gebäude keine derartigen Strukturen auf, was möglicherweise Absicht war. Alles an dieser Abgrenzung schien sicherzustellen, dass niemand ohne Genehmigung einen anderen Diss-Bereich betrat.

Also musste er auf seine vorherige, riskante Idee zurückgreifen.

Das Fahrrad.

Es war eine verzweifelte, verrückte Vorstellung. Er zog sie nur in Erwägung, weil er seine Fähigkeiten, seine Stärke, sein Tempo und seinen Gleichgewichtssinn kannte. Wenn er es schaffte, eine an der Wand befestigte Struktur mit nur einer Hand zu ergreifen, könnte er sich hochziehen. Mit dem Rad würde er eine höhere Geschwindigkeit erreichen als zu Fuß und sich so über eine Lücke hinwegwerfen, die er nicht überspringen konnte.

Der schwierigste Teil an diesem Plan wäre seine Flugbahn. Er müsste im richtigen Winkel auf der Mauerkrone aufkommen, statt zu kurz oder zu weit zu springen. Nach einem Sturz aus hundert Metern Höhe würde er schwer verwundet am Boden liegen, falls er diesen überhaupt überlebte.

Als er sich umdrehte und das Dach mit seiner üblichen Sammlung von Entlüftungsöffnungen, Klimaanlagen und anderen unbekannten Geräten betrachtete, entdeckte er drei Luftfahrzeuge in Formation, die sich über die Stadt hinwegfliegend näherten. Wären sie nicht gemeinsam und in symmetrischer Anordnung durch die Luft geglitten, hätte er sie vielleicht nicht bemerkt.

Er rannte zur Dachkante und fluchte, als er hinunterblickte. Wagen des Sicherheitsdiensts näherten sich mit drehenden und blinkenden Leuchten seinem Gebäude. Keine Zeit. Keine Zeit!

Er hatte nur eine Chance. Strecher rannte zu dem Häuschen, das Zugang zum Dach bot und hebelte die Metalltür aus den Angeln, wobei er sowohl das Küchenmesser als auch das Stuhlbein verwendete, die er aus Doris' Wohnung mitgebracht hatte. Dann trug er das flache Rechteck der Tür zur Dachkante und legte es an einer Ecke auf die Brüstung, so dass es eine Rampe bildete.

Er hatte diese Ecke gewählt, da er zwecks besserer Landung auf der Mauerkrone einen 45-Grad-Winkel benötigte. Bei einem schnurgeraden Sprung hätte er weniger Spielraum für mögliche Fehler gehabt.

Strecher eilte zum Fahrrad und trug dieses an eine Stelle, die einen direkten Weg zur Rampe bot. Die Luftfahrzeuge befanden sich bereits in der Nähe, und er vernahm die Rufe der Truppen unten am Boden, die nun ihre Fahrzeuge verließen.

Jetzt oder nie, Stoßtruppführer Strecher, dachte er, als er aufs Fahrrad sprang und beschleunigte. In seinem Mechanzug hatte er noch viel tödlichere und gefährlichere Dinge getan. Nun aber fühlte er sich nackt, da nichts zwischen ihm und dem Aufprall, einem Absturz und der Gefangennahme stand.

Das Heulen von Turbinen bewies ihm, dass die Flugwagen nahe herangekommen waren und Tempo wegnahmen, um an der Stelle zu schweben oder auf dem Dach zu landen. Er hoffte, dass ihnen ein Überfliegen der Mauer untersagt war. Andernfalls gab es vielleicht auf der anderen Seite ein Gelände mit Versteckmöglichkeiten.

Die Rampe, die Rampe–

Seine Reifen prallten darauf und er schoss in die Höhe. Der Flug erinnerte ihn an den Absprung in eine Kampfzone. Seine Gedanken wirbelten herum und die Welt schien sich in Zeitlupe zu bewegen, als er über die Lücke hinwegsetzte.

Bei seiner Landung prallten Querschläger von der Mauer ab – wenn man seinen unbeholfenen Fall überhaupt als Landung bezeichnen konnte. Sein Vorderreifen kam auf festem Untergrund auf, aber nicht der hintere, und das Fahrrad schleuderte ihn über den Lenker hinweg nach vorn.

Aus reiner Verzweiflung warf er sich dem Boden entgegen und griff nach dem Beton, wobei er hoffte, dass dieser nicht von einer jahrelangen Anhäufung von Vogelkot und Dreck bedeckt war. Machte sich irgendjemand die Mühe, die Mauerkrone zu reinigen?

Während seines Abrutschens wurde seine Haut von den Handflächen und den Unterarmen abgeschürft. Er sprang wieder auf die Beine und fand die Mauerkrone sauber genug vor, um sicheren Halt zu finden. Nahe bei ihm prallten weitere Kugeln auf, und das Fahrrad stürzte auf der Seite von Glasgow nach unten. Es gab keine Deckung, und er konnte sich nur in eine Richtung bewegen.

Strecher sprang zur entgegengesetzten Mauerkante und rutschte über diese hinweg. Er hielt sich mit den Fingern seiner rechten Hand und den Zehen des rechten Fußes fest, um möglichst wenig Angriffsfläche zu bieten. Auf der anderen Seite erkannte er unter sich vage eine Waldlandschaft, aber keine Lichter. Da diese Welt keinen Mond besaß, wurde seine Sicht nicht einmal durch reflektierendes Licht unterstützt. Er hatte den Eindruck, dass sich direkt unter ihm Bäume befanden.

Die Schüsse versuchten, seine über der Kante sichtbare Hand oder den Fuß zu treffen, und an der Mauerkante spritzten Betonsplitter auf. Er hatte keine Wahl. Er drehte sich herum und stützte sich ab. Dann ließ er los und schob sich von der Mauer weg, um sicherzustellen, dass er auf die Bäume fiel. Falls diese hoch genug und mit zahlreichen Ästen ausgestattet waren, könnte er die Landung ohne Knochenbrüche überleben.

Ansonsten bliebe er vielleicht am Leben, aber als Krüppel.

Er zog seine Arme nahe an den Oberkörper und drehte sich in der Luft, um mit dem Rücken voran in die Äste zu fallen. Genauso, wie er es beim Fallschirmspringen gelernt hatte. Dadurch hielt er die verwundbarsten Körperteile – die Kehle, seine Achselhöhlen und die Innenseite der Oberschenkel, wo sich große Arterien befanden – von spitzen Objekten fern. Er schloss die Augen, bedeckte das Gesicht mit den Händen und versuchte, sich zu entspannen. Eine versteifte Körperhaltung hätte alles nur noch verschlimmert.

Er brach durch zunehmend dickere Äste, wodurch seine Kleidung und die Haut an seinem Rücken aufgerissen wurden, bis er schließlich auf einen Ast traf, der nicht nachgab. Dieser prallte gegen seine Beine, so dass er gegen den nächsten und übernächsten geschleudert wurde. Er schlug um sich, um seinen Fall unter Kontrolle zu bringen. Er wurde mit dem Gesicht nach vorn von einem dicken Ast weggeschleudert und spürte seine Rippen brechen, bevor er nach unten abrutschte.

Strecher prallte noch von zwei weiteren Ästen ab, bevor er so heftig auf den Boden knallte, dass ihm die Luft wegblieb. Er konnte kaum atmen, da sein Zwerchfell sich verkrampfte und seine gebrochenen Rippen sich schmerzhaft bemerkbar machten.

Er starrte nach oben durchs Geäst und versuchte zu erkennen, ob die Flugwagen die Mauer überquert hatten, sah aber keine Lichter und vernahm auch keine Turbinen nach ihm suchender Luftfahrzeuge.

Trotz der erlittenen Schmerzen betrachtete er seine momentane Lage als einen Sieg. Wenn die Truppen des Sicherheitsdiensts auf Glasgow beschränkt waren oder dieser Diss-Bezirk vor Einmischungen geschützt würde, würde ihm zumindest die Flucht gelingen. Strecher war sich immer noch nicht im Klaren bezüglich der unberechenbaren Regeln der Kontrolleure, aber selbst eine geringe Chance war besser als gar keine.

Sobald er wieder atmen konnte, rollte er sich auf die Knie und rappelte sich mühsam auf. Er hatte immer noch die Taschenlampe bei sich, hielt es aber für besser, wenn sich seine Augen an die Dunkelheit gewöhnten. Eine Lampe hätte seinen Verfolgern oder etwaigen feindseligen Einheimischen seine Position verraten.

Wenn es andererseits Raubtiere gab, würden ihn diese auch im Dunkeln aufspüren und töten.

Er bewegte sich langsam von der über ihm aufragenden Mauer weg. Er wollte nicht das Risiko von Sensoren oder Türen eingehen, aus denen trotz aller Regeln seine Verfolger auftauchen und ihn einfangen könnten. Hätte er selbst die Polizisten dieser Welt kontrolliert, hätte er sich dabei nicht immer an die Vorschriften gehalten, vor allem nicht dann, wenn es um etwas Wichtiges ging.

Natürlich hatte er keine Ahnung, wofür ihn seine Verfolger hielten – ein übergeschnapptes Facettenwesen, einen Miskor-Agenten unter den Sarmok oder einen Spion der echten Menschen? Oder vielleicht folgten sie einfach den Anweisungen für die Fälle, in denen es eine Abweichung von ihren eigenartigen programmierten Szenarien gab.

Nachdem er langsam und vorsichtig mehrere hundert Meter zurückgelegt hatte, trat Strecher aus dem Wald heraus und erkannte vor sich eine kleine Lichtung. Zumindest war dies seine Einschätzung, bis er plötzlich knöcheltief im Wasser stand und bemerkte, dass es sich nicht um eine baumfreie Ebene, sondern einen großen Teich handelte.

Plötzlich überkam ihn der Durst und der Wunsch, seine blutenden Wunden zu waschen. Nachdem er nach möglichen Gefahren Ausschau gehalten hatte, ging er auf die Knie und beschnüffelte das Wasser. Es schien Süßwasser zu sein. Zudem dürften seine Biotech-Verbesserungen und sein genetisch optimiertes Immunsystem ihn vor allen gewöhnlichen Krankheiten schützen.

Er trank und wusch sich auf dem kleinen Sandstrand. Das kalte Wasser linderte den Schmerz seiner Schürfwunden. Er zerriss seine zerfetzte Jacke und die Hosenbeine, um den Stoff als improvisierten Verband um Arme und Hände zu wickeln. Danach besaß er nur noch grobe Shorts und seine Stiefel. Er verwendete weitere Stoffstreifen, um seine Rippen zu bandagieren, damit das Atmen ihm weniger Schmerzen bereitete.

Dann nahm er das Stuhlbein als Knüppel in die Hand und ging um den Teich herum.

Vor ihm befand sich ein kaum erkennbarer Pfad, eine

Lücke in der Vegetation. Gerade noch erkennbar, als seine Augen sich an die Dunkelheit angepasst hatten. Er folgte diesem vorsichtig mehrere Kilometer weit. Um ihn raschelten die nachtaktiven Tiere im Dickicht, und er hörte Vogelrufe. Auch andere Geräusche, die er nicht identifizieren konnte, bewegten sich an ihm vorbei. Er war kein Naturmensch, und sein Überlebenstraining lag schon lange zurück.

Dann hörte er ein unverkennbares Geräusch.

Einen Schrei.

Den Schrei einer Frau.

Strecher beschleunigte seinen Schritt und sah vor sich einen Lichtschein. Der Schrei ertönte erneut. Als er aus dem Wald herausrannte, sah er vor sich eine schreckliche Szene.

Vier riesige blutrote Männer standen neben einem Lagerfeuer. Dessen Feuerschein enthüllte auch die Gestalt einer verhältnismäßig großgewachsenen Frau, deren Hände über dem Kopf an einen Ast gefesselt waren, so dass ihre Füße kaum den Boden berührten. Einer der Männer lachte und berührte die Frau mit einer brennenden Fackel. Diese schrie erneut auf und kickte voller Angst und Wut um sich.

Strecher griff an.

KAPITEL 13

Engels, an Bord der *Indomitable*, Calypso-System

„Ich warte immer noch darauf, dass etwas passiert", sagte Admiral Braga zu Admiral Engels, während die beiden in der Flaggoffiziersmesse der *Indomitable* von edlem Porzellan speisten.

Die zwei Admirale saßen sich an den beiden Enden eines langen Tischs gegenüber. Die anderen Plätze wurden von Verdura und Scholin, Dexon und Zaxby und mehreren anderen höheren Offizieren beider Seiten belegt.

Dieses formelle Essen war gleichzeitig ein Treffen von enormer Bedeutung. Seit drei Tagen schwebte Bragas umzingelte Flotte im Weltraum und erwartete ihre Vernichtung. Die Zeit war abgelaufen. Er musste eine Entscheidung treffen: kämpfen, kapitulieren – oder zum Feind überlaufen.

Braga fuhr fort: „Sie haben mir drei Tage lang Ihre Flotte gezeigt, und alle Indizien unterstützen Ihre Behauptungen, aber..."

Engels lächelte ihren sturen ehemaligen Kommandeur an.

„Aber man kann nur schwerlich akzeptieren, dass etwas falsch sein sollte, was einem sein Leben lang richtig erschienen ist. Es liegt in der menschlichen Natur, sich an vorgefasste Ideen zu klammern. Das tut man sogar dann, wenn es klare Beweise für das Gegenteil gibt, weil man die eigene Weltanschauung nicht aufgeben möchte. Wenigstens wurden sie nicht in ein Straflager geschickt und fast zu Tode geprügelt."

„Wenn Sie nicht in einer Admiralsuniform vor mir säßen und offensichtlich die Befehlshaberin wären, würde ich mich fragen, ob man Ihr Gehirn manipuliert und Sie umprogrammiert hat. Durch ein Hacken der Neuralchips wäre das nicht so schwierig zu bewerkstelligen. Aber diese ganze Flotte, die Gesamtsituation, all das kann kein Schauspiel sein – und ich habe all die üblichen Tests durchgeführt, um sicherzustellen, dass ich mich nicht in einer VR-Simulation befinde. Also muss ich Ihnen glauben."

„Aber Sie wollen es nicht."

„Ich wollte es nicht ... wenn ich aber Ihre bizarre Geschichte akzeptiere, dann möchte ich alles davon glauben."

Engels nippte an ihrem Kaffee. „Was hält Sie davon ab?"

„Loyalität gegenüber den Hundert Welten, würde ich sagen. Ich habe einen Eid geschworen."

„Auf was?"

„Wie bitte?"

„Auf was haben Sie diesen Eid geschworen?"

Braga runzelte die Stirn und richtete sein Besteck neben der halb gegessenen Mahlzeit gerade aus, ohne ihr in die Augen zu blicken. „Ich verstehe, was Sie damit sagen wollen, junge Dame. Ich habe einen Eid auf die Verfassung, die Bürger und die gewählten und ernannten Amtspersonen der Hundert Welten geleistet, in dieser Reihenfolge. Sie werden wohl sagen, dass mein Eid auf die Verfassung bedeutet, dass ich eine höhere Verpflichtung habe. Diese wäre gegenüber der Wahrheit, dem offensichtlich auf vielen Ebenen missachteten Recht und den langfristigen Interessen der Bürger."

„Anscheinend formulieren Sie soeben Ihr eigenes Argument."

„Aber wenn das so einfach wäre, würden Militärangehörige in jedem Fall die Seite wechseln, wenn ihre Regierung Grenzen überschreitet. Wir können das Parlament und die Befehlshierarchie nicht einfach ignorieren, wenn uns ihre Entscheidungen nicht gefallen. Ich muss mit Sicherheit wissen, dass es so extreme und unwiderrufliche Verstöße gegen die Verfassung gegeben hat, dass die Frage des Verrats irrelevant wird."

„Ich habe die Verfassung der Hundert Welten studiert", sagte Engels in einem ernsten Ton. „In Abschnitt 1 heißt es ‚Die Regierung wird in allen Belangen ehrlich und aufrichtig handeln', mit den üblichen Ausnahmen für militärische Notwendigkeit und Geheiminformationen. Glauben Sie, dass die Regierung ehrlich und aufrichtig gewesen ist?"

„Man könnte argumentieren, dass –"

„Also wirklich, Lucas! Sie wissen, wie die Antwort lautet. Sie müssen einfach nur entscheiden, ob all die Lügen der Regierung einer widerrechtlichen Außerkraftsetzung der Verfassung gleichkommen. In diesem Fall wären die Politiker die Verräter, nicht Sie – und Sie wären nicht mehr an Ihren Eid gebunden. Einer Lüge kann man nicht treu sein."

„Ich kann dem Geist der Wahrheit treu sein." Braga faltete die Hände und blickte Engels an. „Deshalb habe ich mich zur Kapitulation entschieden."

„Statt zu uns überzulaufen?"

„Sie werden unsere Schiffe bekommen. Sie haben uns ganz schön in die Falle gelockt. Ich habe den Befehl erteilt, keine Sabotageakte durchzuführen. Das ist der Preis, den ich für das Leben meiner Leute bezahle. Aber ich kann mich nicht einfach umdrehen und die Hundert Welten bekämpfen. Das ist eine persönliche Entscheidung, und sie ist endgültig."

Engels seufzte. „Das tut mir leid, aber ich habe Verständnis."

„Da es meine persönliche Entscheidung war", fuhr Braga fort, „werde ich sie meinen Kapitänen und den Crew mitteilen, so dass sie sich selbst entscheiden können. Dann werden sie entweder wie ich interniert oder können sich Ihrer Republik anschließen. Ich habe genehmigt, dass sie Zugriff auf alles relevante Beweismaterial erhalten."

„Das ist sehr fair von Ihnen – obwohl Sie die Crews kaum daran hindern könnten, zu uns überzulaufen."

„Aber so haben sie die Option, es mit reinem Gewissen zu tun."

„Und wünschen Sie uns tief in Ihrem Herzen den Sieg?"

Braga saß steif da und senkte den Blick erneut. „Das habe ich nicht gesagt."

Engels nickte kurz. „Natürlich nicht."

„Ich bleibe bei Ihnen", sagte Kapitän Verdura und legte eine Hand auf Bragas Arm.

„Danke, Lydia, aber das ist nicht nötig."

„Ich glaube schon. Sie lassen doch alle, die unter Ihrem Kommando stehen, ihre eigenen Entscheidungen treffen. Oder?"

„Ja, das tue ich." Braga konzentrierte sich auf das Beenden seiner Mahlzeit und schwieg.

Später, als er sich im ihm zugewiesenen, erstaunlich geräumigen Quartier an Bord der *Indomitable* befand, hielt er seine Dienstwaffe in der Hand und starrte diese minutenlang an. Er war überrascht darüber, dass Engels ihm die vollständig geladene Waffe gelassen hatte, obwohl eine Ehrengarde von vier Marineinfanteristen ihm überallhin folgte. Anscheinend hegte sie die Hoffnung, dass er es sich anders überlegen würde und behandelte ihn daher als Gast statt als einen Gefangenen.

Aber hier gab es keine Aufpasser, nur ihn und seine Waffe. Sie wog weniger als ein Kilo und hatte das Potenzial, sein Leben – und seine Schande – zu beenden, indem er einfach den Abzug drückte.

War es also so weit gekommen? Dreiunddreißig Jahre hervorragender Leistungen und dann ein militärisches Desaster, während dessen ihm sogar der Mumm gefehlt hatte, seine Leute zum gemeinsamen Heldentod aufzufordern.

Aber er konnte es einfach nicht tun. Wenn er geglaubt hätte, dass ein letztes Gefecht den Ausgang des Krieges verändern und die rechtmäßige Seite zum Sieg anspornen würde, hätte er es getan. Aber ein Kampf bis zum bitteren Ende, nur damit Admiral Lucas Braga keine weitere persönliche Niederlage einstecken musste ... das wäre die Entscheidung eines Feiglings gewesen.

Und er war sich nicht sicher, welche Seite im Recht war. Früher hatte er diesbezüglich niemals Zweifel gehegt. Jetzt aber war ihm klar, dass die Elite der Hundert Welten sie alle getäuscht hatte. Sie hatte die Feinde nicht nur im übertragenen Sinn als Dämonen dargestellt – was historisch gesehen als Aspekt der Kriegspropaganda nicht unüblich war – sondern die Fehlinformation ganz direkt verbreitet. Aufgrund ihrer Verdrehung der Wahrheit hatten alle geglaubt, dass die Hok-Stoßtruppen dämonische außerirdische Invasoren waren und keine Dissidenten und Verbrecher, die in seelenlose Kampfsklaven verwandelt worden waren.

Warum? Gingen seine Vorgesetzten davon aus, dass ihr Volk sich im Kampf gegen andere Menschen weniger anstrengen würden? Oder ging es lediglich darum, Kontrolle auszuüben oder Begeisterung für den Krieg und einen blinden Hass zu schüren?

Aber die außerirdischen Invasoren existierten *wirklich*. Die Opters.

Ein Dutzend außerirdische Rassen lebten in einer relativ friedlichen Koexistenz mit der Menschheit. Einige davon, wie etwa die Ruxins, integrierten sich sogar in die Streitkräfte beider Seiten. Diese Insektenwesen aber ... falls Zaxbys Berichte korrekt waren, dann hatten sie die Geschichte der Menschheit über Jahrhunderte hinweg gezielt manipuliert.

Sie waren die Wesen, die den Zorn der Menschheit verdient hatten. Auch wenn es einige gute Opters geben mochte, hatte ihr Regime die Menschen grundlos angegriffen und Millionen von ihnen ermordet. Noch schwerer wog die Tatsache, dass sie einen Bürgerkrieg verlängerten, der Milliarden das Leben kostete und die Menschheit schwächte und zersplitterte.

Und letztlich war genau das der Grund dafür, dass Braga sich nicht den Lauf seiner Waffe in den Mund steckte und sein Gehirn mittels eines Strahls aus kohärentem Licht verdampfte. Er brachte es nicht über sich, andere in den Krieg gegen die Hundert Welten zu führen. Wenn es aber je zum Kampf gegen die Opters kam, würde man ihn vielleicht brauchen.

ADMIRAL ENGELS WAR mit den zahlreichen Details der Reorganisation ihrer Flotte beschäftigt. Sie hatte ihre Flotte aufgeteilt. Die schwer beschädigten Schiffe mit weiterhin funktionsfähigen Lateralraumtriebwerken wurden direkt zur Reparatur und Generalüberholung nach Murmorsk geschickt.

Vor deren Abflug wurden die gesamten Vorräte ausgeladen und die Kriegsgefangenen, die nicht zur Republik überlaufen wollten, an Bord gebracht. Dazu zählten Braga, Verdura und sämtliche Schiffskapitäne der Hunnen. Letztere waren wahrscheinlich Bragas Vorbild gefolgt, aber das kümmerte sie nicht. Sie hätte ohnehin keinem von denen ein Schiff anvertraut.

Das Verhältnis von Überläufern zu Internierten lag bei etwa fünfzig zu fünfzig, nachdem die registrierten Kriegsgefangenen niedrigeren Dienstgrads vor die Wahl gestellt worden waren. Dadurch erhielt sie Tausende ausgebildeter und erfahrener Raumsoldaten, die auf ihre Flotte umverteilt werden konnten.

Ihre beiden neuen Raumträger ließ sie bis zum Rand mit zusätzlichen Vorräten aller Art füllen und wies ihnen die Rolle von Hilfsschiffen zu. Sie befahl jedem ihrer Schiffe, ein oder zwei kleine Raumfahrzeuge aufzugeben und diese auf die Raumträger verfrachten zu lassen.

Dadurch hatte sie ein wahres Expeditionskorps geschaffen, eine Präsenzflotte, die ihren Feinden Sorgen bereiten dürfte. Die Aufklärungsdrohen der Hunnen bohrten sich zweifellos bereits durch den Lateralraum, um vom Verlust von Bragas Zehnter Flotte zu berichten. Aber sie hatte darauf geachtet, die vereinte *Indomitable* in der Gaswolke zu verbergen. Wenn das Schlachtschiff auftauchte, würde man es als sechzehn einzelne, seltsam geformte Super-Großkampfschiffe interpretieren. Zudem hatte Engels Maßnahmen ergriffen, um zu verschleiern, wie viele von Bragas Schiffen sie intakt erbeutet hatte.

Insgesamt besaß sie mehr als dreihundert Kriegsschiffe mit über hundert schweren Einheiten – eine der gewaltigsten je versammelten Armadas. Die *Indomitable* selbst wog etwa fünfzig weitere Schiffe auf, wenn sie den Gefechtsschauplatz erreichen konnte.

Bereits das Vorhandensein der Flotte würde die Hunnen zu einer Anpassung ihrer Strategie zwingen. Sie müssten ihre

Kampfgruppen zu größeren Flotten zusammenfassen und ihren hektischen Vorstoß zur Eroberung von Republik-Territorium verlangsamen. Sie würden zusätzliche Aufklärer entsenden und sicherstellen wollen, dass sie nicht erneut in eine Falle tappten. Und sie würden versuchen, den Gegner mit vereinten Kräften zur Schlacht zu zwingen.

Davon war Engels so überzeugt, wie ein Kommandeur es nur sein konnte. Die Hunnen hatten ein überraschendes taktisches Debakel erlitten, aber keine vernichtende strategische Niederlage.

Sie ließ Benota einen umfangreichen Bericht via Nachrichtendrohne zukommen und bat darum, die Lage im nächsten Kommuniqué zu erwähnen, das ans Parlament der Hundert Welten ging. Vielleicht würde dieses sie zur Aufnahme von Gesprächen bewegen.

Allerdings musste Engels für den schlimmsten Fall planen. Sie musste davon ausgehen, dass es nicht ausreiche, dem Feind eine blutige Nase zu verpassen. Das bedeutete, dass sie einen weiteren Sieg benötigte, um der Moral und dem Kampfeswillen ihrer Gegner einen wirklich schweren Schlag zu versetzen.

Nach der Schlacht von Calypso würden sich die Hunnen nicht noch einmal täuschen lassen. Außerdem gab es keinen anderen Ort, der für eine Täuschung so gut geeignet war wie dieser hier. Es war ausgesprochen schwierig, einer Kampfgruppe im Weltraum einen Hinterhalt zu legen.

Stattdessen müsste sie eine konventionellere Strategie einsetzen und den Feind zum Schutz einer wertvollen Ressource zwingen. Was die frisch eroberten Systeme ausschloss.

Nein, sie musste sich am Modell der Schlacht orientieren, in der alles begonnen hatte. In der Braga eine Niederlage erlitt und sie selbst in Gefangenschaft geriet: Corinth.

Dort war die Kollektivgemeinschaft tief ins Territorium der Hunnen vorgestoßen und hatte eine hoch industrialisierte Welt geplündert. Sie hatte ihre wahre Kampfkraft verschleiert und darauf gewartet, dass die Entsatzstreitkräfte wie erhofft eilig heranstürmten.

Dann schlugen sie Braga und die Marine der Hundert Welten schwer.

Es hatte einmal funktioniert, warum also sollte es nicht erneut klappen? Allerdings würden ihre umfangreichen Vorräte es ihr diesmal erlauben, ein feindliches System jenseits ihrer vermuteten Reichweite zu wählen. Die Frage war, welches das sein sollte.

Sie führte eine Analyse der gesamten Front und der dahinter liegenden feindlichen Welten durch, wobei Trinity per Funkverbindung den Holotisch des Konferenzraums kontrollierte. Dank der überragenden Effizienz des Dreifachwesens wurde ihr ebenfalls anwesender Stab kaum benötigt.

Es gab viele gute Optionen, aber sie kehrte immer wieder zu einer bestimmten zurück.

Sparta.

Auch wenn es sich nicht um das am schwersten industrialisierte oder am dichtesten bevölkerte System handelte, enthielt es doch einen einzigartigen Preis: umfangreiche Werke der Carstairs Corporation. Dort wurde die Mechanzug-Technologie erforscht und entwickelt, und über neunzig Prozent der Mechanzüge der Hunnen wurden hier produziert. Eine Eroberung und Demontage der Fabriken und Labors würde den Feind um Jahre zurückwerfen. Danach wären die Bodentruppen der Republik den feindlichen fast gleichwertig.

Zudem war Sparta ein Sprungbrett im Hinblick auf das politische Zentrum der Hunnen, das Hauptsystem Atlantis. Seine Eroberung würde die in die Republik vorstoßendem Flotten zur Umkehr und Abwehr dieser Bedrohung zwingen.

Und wie kürzlich bei Calypso würde sie ihre wahre Stärke verbergen, bis es für den Feind zu spät war. Wenn sie die erste Schlacht für sich entschied und den Gegenangriff stoppte, wäre es sogar möglich, das System monatelang zu halten. Dadurch müssten die Hundert Welten den Rückzug und eine Umgruppierung entlang der gesamten Front hinnehmen. In diesem Fall müsste ihr Parlament einen Waffenstillstand schließen, was den ersten Schritt zu einem Frieden darstellte. Nach der Beendigung des Bürgerkriegs könnte man sich dann um die Bedrohung durch die Opters kümmern.

Ließ sie sich zu etwas verlocken, was dem gesunden Menschenverstand widersprach? Im Lauf der Geschichte hatten viele Kommandeure am Ende zu viel riskiert. Aber allen Analysen zufolge hatte sie eine gute Chance, während jeder Phase ihres Plans zu siegen.

Die erste Schlacht, der Angriff, wäre eine simple Angelegenheit, da ihre gesamte Flotte so tief im Feindgebiet aus dem Lateralraum erscheinen würde. Simulationen der zweiten Schlacht und des feindlichen Gegenangriffs zeigten, dass ihre Erfolgschance 75 Prozent betrug, und zwar auch dann, wenn sie die maximale Einschätzung der Kampfstärke der Hundert Welten mit einberechnete.

Sieg in drei von vier Fällen. Reichte das aus?

Für ein einfaches Gefecht um ein Sonnensystem vielleicht nicht. Vor allem aus dem Grund, dass die Auswirkungen einer Niederlage derart tief im Feindesland für sie dramatischer wären als für die Hunnen. In Wirklichkeit aber drehte sich diese Schlacht eventuell um das Schicksal der Menschheit. Daher schien sie das Risiko wert zu sein.

Karla sehnte sich Dirk herbei. Seine geschätzte Abwesenheit von zwei bis drei Monaten war ein zweischneidiges Schwert. Einerseits bot es ihr Zeit für die Vorbereitung ihres

Feldzugs, bedeutete aber andererseits auch, dass er im entscheidenden Moment nicht bei ihr sein würde.

Bezüglich ihrer taktischen Fähigkeiten hatte sie keine Zweifel, und nach diesem überragenden Sieg würden ihre Kapitäne und Crews Hervorragendes leisten. Aber die Anwesenheit des Befreiers stärkte die Kampfmoral und wäre allein schon aus diesem Grund mindestens ein Geschwader wert. Und sie war aufrichtig genug, um zuzugeben, dass Dirk die Dinge aus einer frischen Perspektive betrachtete und manchmal einen besseren Weg zum Sieg fand ... ganz abgesehen davon, dass sie ihn bereits vermisste. In der Stille ihres überdimensionierten Admiralsquartiers, in der Leere ihres Betts schlichen sich wieder die Dämonen des Zweifels ein. Würde er zurückkehren? War er überhaupt noch am Leben?

Wenn überhaupt jemand diese Mission erfüllen konnte, die er begonnen hatte, dann war es Dirk Strecher. Trotzdem schaffte sie es gelegentlich kaum, ihre Wut darüber zu unterdrücken, dass er einfach gegangen war. Er hätte an ihrer Seite stehen sollen und umgekehrt, statt den Spion unter Außerirdischen zu spielen.

Sie entschied sich also für Sparta und befahl ihrer als Erstes Expeditionskorps bezeichneten Flotte die Entwicklung eines detaillierten Plans. Ihre Nachrichtendrohnen forderten in erster Linie zusätzliche Bodentruppen an, was auch immer Benota erübrigen konnte.

Sechs Tage später kehrten einige Kurierdrohnen zurück. Diese meldeten, dass die Hunnen immer noch nicht zu Gesprächen bereit waren – obwohl es diplomatische Anfragen gab, welche das Debakel bei Calypso, die Verhandlungsbereitschaft der Republik und die Bedrohung durch die Opters betonten.

„Ich vermute allmählich, dass der Einfluss der Opters viel tiefer reicht, als wir befürchtet hatten", sagte Benota in einer aufgezeichneten Videobotschaft, die nur für sie bestimmt war. „Wir haben einen Test für die Genetik und Biotechnologie der Opters entwickelt. Auch wenn dieser alles andere als perfekt ist, hat er bereits Tausende möglicher Agenten identifiziert, die auf sämtlichen Ebenen unter uns arbeiten. Die Sicherheits- und Nachrichtendienste arbeiten unermüdlich daran, Beweise bezüglich dieser Verdächtigen zu sammeln. In der Zwischenzeit stehen sie unter Observation und werden in weniger sicherheitsrelevanten Aufgabenbereichen eingesetzt."

Das Video wurde fortgesetzt. „Daher ist es für mich angesichts Ihres beeindruckenden Siegs noch schmerzlicher, Ihre Bitte um weitere Bodentruppen abzulehnen. Ich versuche ja stets, den Erfolg zu verstärken und nicht das Versagen. Allerdings bedeuten diese unter uns lebenden Spione und die Unruhen in verängstigten Bevölkerung, dass wir jeden Hok, jeden Marineinfanteristen, jeden Brecher und jeden verlässlichen Soldaten oder Polizisten benötigen. Es kam sogar der Vorschlag, zwei Fliegen mit einer Klappe zu schlagen, indem wir unsere Gefängnisinsassen in Hok verwandeln, wie die Kollektivgemeinschaft es früher getan hat. Ich glaube, dass wir diese Idee für den Augenblick abgeschmettert haben, aber sie stellt weiterhin eine verführerische Option dar. Und wenn wir gegen die Hunnen nicht zumindest ein Patt erreichen – wenn es aussieht, als ob wir den Krieg verlieren würden und unsere Zentralwelten bedroht werden – wäre die Erzeugung neuer Hok die am wenigsten drastische Maßnahme, die wir zur Rettung der Republik akzeptieren müssten."

Benota schüttelte den Kopf. „Natürlich existiert stets eine letzte Option zur Vereinigung der Menschheit: Wir kapitulieren und die Hunnen übernehmen alles. Ich weiß, dass Sie daran gedacht haben. Vielleicht wäre das gar nicht so schlimm. Wenn die Hundert Welten sich eine um das Zehnfache größere Bevölkerungszahl einverleiben, werden sie letztlich selbst absorbiert. So, wie es mit allen geschehen ist, die auf der Alten Erde die Han-Chinesen erobert haben." Er seufzte. „Das ist nur für Sie bestimmt, da eine Kapitulation den Instinkten eines jeden guten Offiziers widerspricht – aber denken Sie daran. Viel Glück. Benota, aus."

Sich den Hunnen ergeben? Nein, diese Möglichkeit hatte sie nie erwogen. Aber Benotas Worte erweckten die Notwendigkeit, darüber nachzudenken. Sie verstand sein Argument. Wenn man ihr früher, als sie noch Oberleutnant Engels war, von ihren zukünftigen Taten erzählt hätte, wäre es ihr wahrscheinlich logisch erschienen, zunächst die Kollektivgemeinschaft zu stürzen und diese dann den Hundert Welten zu übergeben.

Jetzt aber war sie Flottenadmiral Engels und kämpfte für eine junge konstitutionelle Republik, die eines Tages besser als die korrupten und degenerierten Hundert Welten sein würde. Daher sah sie diese Option als allerletzten Ausweg. Kaum besser als ein Patt nach einem Zermürbungskrieg, welches die Menschheit den Opters unterwerfen würde.

Anders gesagt wäre dies nie mehr als das kleinere Übel.

Das ließ sich nicht ändern. Kommandeure erhielten nie alle der Ressourcen, die sie anforderten.

Fürs Erste konzentrierte sie sich wieder auf die Vorbereitung ihrer Kampagne.

TEIL 2: HELD

KAPITEL 14

Atlantis: Hauptstadt der Hundert Welten
   Hauptquartier des Carstairs-Konzerns

Diesmal war Billingsworth M. Carstairs VIs verärgerter Gesichtsausdruck nicht gespielt und veränderte sich auch nicht, als dieser den Konferenzraum betrat. Die Außenwand des Raums bestand aus reinem ballistischen Kristall, so dass die Illusion entstand, er könne den Luftraum über Atlantis City betreten.

Momentan ignorierte er die Aussicht und konzentrierte sich auf seinen Aufsichtsrat. „Ich komme gerade von einem Treffen mit dem Verteidigungsminister", sagte er. „Man hat uns befohlen – dabei knirschte er mit den Zähnen – „*befohlen*, das erste Schiff der Victory-Klasse innerhalb von zehn Tagen in Dienst zu stellen."

„Unmöglich!", sagte Romy Gardel, sein CEO, worauf sie abrupt einen zerknirschten Ton annahm. „Ich meine ja nur, Sir, wir benötigen noch mindestens drei Monate, um das Programm wie geplant abzuschließen. Und das ist schon stressig genug. Für die Erfüllung dieses Befehls müssten wir etwas zusammenpfuschen. Danach würden wir eventuell als inkompetent betrachtet und von unseren Zulieferern, Subunternehmern und anderen Megakonzernen verklagt."

Carstairs legte einen dicken Stapel offizieller Dokumente auf den Tisch. „Das ist eine Anordnung des Premierministers, die uns vor jeglicher strafrechtlicher Haftung schützt. Für diesen Auftrag werden wir so viel verdienen, dass wir sämtliche Zivilklagen regeln und dabei immer noch einen Gewinn erzielen können. Wir werden die *Victory* rechtzeitig in Dienst stellen. Unsere besten Techniker bleiben an Bord, um die Funktionsfähigkeit der KI sicherzustellen, bevor wir das Schiff dem Militär übergeben. Danach haben wir damit nichts mehr zu tun. Wir kassieren unseren Bonus, unser Aktienkurs steigt und wir werden wohlhabender als je zuvor."

„Selbstverständlich, Sir. Aber warum drängt uns die Regierung so?", fragte Gardel.

„Weil dieser Idiot Lucas Braga eine noch bedeutendere Schlacht verloren hat, diesmal in einem feindlichen System namens Calypso. Vermutlich ist er dabei mit einem Großteil seines Stabs umgekommen. Ich habe keine Ahnung, warum zum Teufel man ihm nach Corinth nochmals eine Flotte überlassen hat."

„Haben Sie nicht – schon gut", sagte Mike Rollins hastig.

Carstairs starrte den Justitiar an. Er war sich durchaus bewusst, dass er selbst auf eine zweite Chance für Braga gedrängt hatte, nachdem die Familie des Admirals ihre Beziehungen spielen ließ. Dadurch verschlimmerte sich dieser ganze Schlamassel noch. „Ja, ja, ich erinnere mich", murmelte er.

Er wandte sich der Leiterin der PR-Abteilung zu. „Cyndi, bereiten Sie Ihr Team darauf vor, unser Unternehmen von Braga zu distanzieren. Unsere Verbindungen waren reine

Routine, wir haben von nichts gewusst, wir erinnern uns an nichts, wir besitzen keine Unterlagen et cetera. Generieren Sie das übliche Material, um das Netz mit Ablenkungen zu überfluten – Sex- und Drogenskandale von Prominenten, sentimentale Videos. Fälle, bei denen unsere Konkurrenten die Flagge und unsere Soldaten verächtlich behandeln – das übliche Gießkannenprinzip."

„Jawohl."

„Vom jetzigen Zeitpunkt bis zum Start will ich tägliche Berichte sehen. Teilen Sie Ihren Leuten mit, dass sie die Stim-Röhrchen rausholen sollen. Es ist so langsam an der Zeit, dass sie sich ihren Bonus auch verdienen. Wenn ihre Abteilung das nicht schafft – was bedeutet, dass *Sie* es nicht schaffen, und *ich* auch nicht –"

Er fuhr sich mit dem Finger quer über die Kehle.

Terra Nova

Die großgewachsenen Männer am Lagerfeuer wurden durch dessen Licht geblendet und entdeckten Strecher erst, als er sich bereits auf sie stürzte. Er schlug nach dem Mann mit der Fackel, welcher die gefesselte Frau misshandelt hatte. Dabei versetzte er ihm einen schrecklichen Schlag gegen den Körper unter Einsatz seiner gesamten Stärke und Geschwindigkeit. Er spürte, wie die Rippen seines Feindes eingedellt wurden.

Die anderen griffen nach ihren Waffen. Zwei weitere Männer fielen Strechers wildem Überraschungsangriff zum Opfer. Der letzte Gegner drehte sich mit einem Schwert in der Hand zu ihm hin.

Ein Schwert? Für Strecher eine gute Nachricht, auf jeden Fall einer Pistole vorzuziehen.

Der Mann stach und hieb mit den schnellen und sicheren Bewegungen eines Experten um sich. Strecher wich aus und parierte mit dem Metallstab. Obwohl Strecher seinem Gegner in Sachen Geschwindigkeit und hoffentlich auch Stärke von Natur aus überlegen war, wurde er durch seine Verletzungen benachteiligt. Im Gegenzug war ihm der Mann in puncto Reichweite und Fähigkeit überlegen und besaß zudem ein besseres Tötungswerkzeug.

Strecher wich zurück und umkreiste das Lagerfeuer, wobei er die schweren Hiebe seines Gegners nur mit Mühe parierte. Während der nächsten Minute würde der Mann ihn vermutlich töten … oder zur Flucht zwingen.

Zufälligerweise geriet sein Kontrahent in die Nähe der gefesselten Frau. Sie hob ihre Beine an, so dass sie an den um ihre Handgelenke gewickelten Seilen baumelte, und trat mit voller Wucht nach dem Mann. Dieser stolperte ins Feuer.

Strecher sprang vorwärts, schlug das Schwert des Mannes beiseite und traf ihn am Knie. Der Feind brüllte auf, sackte zu Boden und kroch aus dem Feuer heraus. Nun befand sich sein Kopf in Strechers Reichweite.

Strecher brach ihm mit dem Metallstab den Schädel.

Obwohl jeder Atemzug schmerzvoll war, hob Strecher das Schwert auf und wirbelte herum. Er wollte sicherstellen, dass keiner der drei anderen Männer sich weit genug erholt hatte, um eine Bedrohung darzustellen. Nur der erste Mann war noch bei Bewusstsein, stöhnte aber und presste die Hand gegen seine zerquetschte Seite.

Strecher näherte sich vorsichtig der Frau, die ihn misstrauisch beobachtete. Sie war größer als er, nur mit einem kurzen Rock bekleidet und im Feuerschein erschien ihre Haut dunkel und schuppig. Darin unterschied sie sich von den Männern, deren Haut glatt wie Leder und blutrot war. Anstelle von Haaren war ihr Kopf von federähnlichen Strukturen bedeckt, und ihre Gesichtszüge wirkten hart und kantig. Ohne ihre nackten, eindeutig säugetierartigen Brüste und die breiten Hüften wäre er sich bezüglich ihres Geschlechts im Unklaren gewesen.

Strecher näherte das Schwert langsam ihren Fesseln an und beobachtete ihre Mimik, um zu sehen, ob sie seine Absicht verstand. Die Frau hob das Kinn und blickte nach oben, während er die Klinge vorstreckte und vorsichtig das um den Ast gewickelte Seil durchsägte. Als dieses nachgab und sie nicht mehr auf Zehenspitzen stehen musste, streckte sie die Hände aus, damit er die verbleibenden Fesseln durchschneiden konnte.

Sobald sie frei war, rannte sie zu einem am Boden liegenden Schwert, hob es auf und schlug mit brutaler Effizienz auf den einen Mann ein, der noch bei Bewusstsein war. Strecher griff ein, allerdings erst nach dem dritten Hieb.

„Aufhören, aufhören!", sagte er und hielt sie von weiteren Angriffen ab. „Sie sind besiegt."

„Sie haben Tod verdient", sagte die Frau in passablem Erdisch, das jedoch einen starken Akzent aufwies. Strecher hatte den Eindruck, dass dies nicht ihre Muttersprache war.

„Vielleicht. Aber ich ermorde keine verwundeten Feinde."

Sie spuckte den nächsten Mann an. „Feinde sollten sterben. Das ist wahr."

Strecher gab nicht nach. „Nein. Wir sollten von hier verschwinden und uns einen sicheren Ort suchen."

Die Frau starrte ihn an, legte das Schwert weg und nahm dann dem Mann, den sie angegriffen hatte, den Schwertgurt ab. Für ihre schlanke Taille war dieser zu groß, daher schlang sie ihn sich über eine Schulter und quer über die Brust. Danach wischte sie die Klinge ab und schob sie in die Scheide.

„Wir brauchen Essen und Wasser." Sie deutete auf die Lagervorräte.

Strecher nickte, nahm sich einen Schwertgurt und steckte sein Schwert weg, während die Frau die auf dem Boden liegenden Gegenstände durchsuchte. Sie fand Räucherfleisch sowie aus Holz und Leder gefertigte Feldflaschen.

„Iss. Trink." Sie hockte sich mit dem Rücken zum Feuer hin und riss große Fleischstücke ab, anscheinend heißhungrig. Er konnte sehen, dass ihre Zähne so lang und scharf wie diejenigen eines Raubtiers waren.

Strecher setzte sich dankbar hin, um zu essen und zu trinken, wobei sein Rücken ebenfalls dem Lagerfeuer zugewandt war. Danach betrachtete er die am Boden liegenden Männer. Die beiden Überlebenden fesselte er. Obwohl er nicht den Wunsch verspürte, ihre Leben zu beenden, machte es ihm nichts aus, sie ihrem Schicksal zu überlassen. Jeder einigermaßen kompetente Krieger wäre in der Lage, sich bis zum Morgen aus seinen Fesseln befreien.

Sobald die Frau mit dem Essen fertig war, hob sie mehrere Gegenstände auf und stopfte diese in einen Beutel. Dann vollführte sie eine abrupte Geste, als ob ihre Hand eine Klinge wäre. „Wir müssen gehen, dorthin."

Strecher nickte. Es wäre sinnlos gewesen, nach dem Wohin zu fragen. Die Frau wirkte kompetent und schien sich hier auszukennen.

„Warte", sagte er. „Wie heißt du?"

„Roslyn. Und du?"

„Strecher."

„Strä-chärr. Das ist guter Name. Starker Name für kleinen Mann." Sie streckte die Hand aus, um seinen Arm zu berühren und seinen Bizeps zu befühlen. „Starken Mann", sagte sie dann, als sie die harten Muskeln ertastete.

Strecher ließ seine Muskeln spielen und lächelte. Er ergriff ihre Hand, spürte dort klauenartige scharfe Nägel und drückte zu, bis ihre Augen sich weiteten und sie leicht zusammenzuckte. In einer Kriegerkultur würde Stärke sehr geschätzt werden. Also schien es am besten, die eigene Kraft von Anfang an zu demonstrieren. „Ros-lyn", sagte er. „Starker Name für eine starke Frau."

Roslyn grinste mit einem Lächeln, welches zu einem Tiger gepasst hätte. „Du sagst Wahrheit."

„Anscheinend schon. Gehen wir?"

„Wir werden gehen." Sie drehte sich um und bewegte sich in die Richtung, aus der Strecher gekommen war – zur Mauer hin.

„Warte, warte", sagte er. „Nicht dorthin."

„Hier entlang."

„Nein, ich komme von dort."

„Wir gehen zur Mauer."

„Warum?"

Roslyn griff in ihre Tasche und zog eine Seilrolle halb heraus.

„Hochklettern", sagte sie und starrte ihn an.

Strecher seufzte. „Hör mal, ich komme von der anderen Seite." Er gestikulierte, um seine Aussage zu unterstreichen. „Über die Mauer. Deshalb habe ich das hier." Er zeigte ihr seine Schürfwunden und die bandagierten Rippen. „Ich bin von oben runtergefallen." Er ahmte eine Fallbewegung nach.

„Du ... bist von der anderen Seite der Mauer gefallen?"

„Genau."

„Du bist großer Krieger."

„Äh, ja. Das bin ich, aber vielleicht nicht so, wie du denkst." Was dachte *er* selbst überhaupt? Krieg war Krieg, und das Kriegshandwerk unterschied sich unabhängig von den verwendeten Werkzeugen kaum.

Ihr Gesicht drückte eine plötzliche Überraschung aus. „Gorben hatte recht."

„Gorben?"

Roslyns Nasenflügel zitterten. „Später. Wir müssen gehen. Es ist ein Rardel in der Nähe."

„Ein Rardel?"

„Eine riesige, hungrige Bestie." Sie drehte sich. „Da!"

Als Strecher sich ebenfalls umdrehte, sah er ein gigantisches Wesen, welches in den Feuerschein watschelte. Es war so groß wie ein Fünftonner, besaß einen schildkrötenartigen Panzer und einen Eidechsenkopf am Ende eines langen Halses. Roslyn zog Strecher langsam zurück, als seine Hand seinen Schwertgriff berührte.

Das Monster blickte genau in ihre Richtung, und Roslyn erstarrte. Nach einem langen Moment drehte sich das Ding um und beschnüffelte den blutüberströmten toten Mann, auf den Roslyn eingeschlagen hatte. Es packte einen Fuß der Leiche und zerrte diese dann weg vom Feuer, das ihm offensichtlich nicht besonders gut gefiel. Kurz darauf war es zwischen den Bäumen verschwunden. Dann vernahm Strecher Fressgeräusche.

„Gut. Jetzt werden alle diese Bortoks sterben. Komm."

Also hießen die besiegten Männer Bortoks …

Roslyn führte Strecher durch den Wald, wobei sie einen weiten Bogen um die knirschenden, reißenden Geräusche vollführten. Sie bewegte sich viel sicherer als er und zischte ihn mehrmals an, leiser zu sein. Schließlich verlangsamte sie ihren Schritt und unterstützte ihn. Dabei sagte sie ihm gelegentlich, wo er die Füße aufsetzen sollte oder dass er bestimmten Pflanzen ausweichen musste, die er in der Dunkelheit kaum erkennen konnte. Ihre Nachtsicht war offensichtlich hervorragend und seiner eigenen um ein Vielfaches überlegen.

Roslyn schien Pfade zu vermeiden. Ihr Weg schlängelte sich leicht aufwärts zwischen die niedrigen Hügel.

Vier Stunden und mindestens zwanzig Kilometer später hielt Roslyn an einem Bach an, um zu trinken. Sie füllten ihre Feldflaschen wieder auf. Dann führte Roslyn sie zu einer Hügelkuppe, aus der sie in die Richtung zurückblicken konnten, aus der sie gekommen waren.

In großer Entfernung sah er die Lichter von Glasgow, welches wie ein ferner Traum wirkte. Dahinter ragten die Umrisse des Weltrings und der Jakobsleiter empor, die dessen Verbindung zum Planeten darstellte.

Nur von dieser Position aus war es möglich, nun endlich über die hundert Meter hohe Mauer zu blicken. Die ortsansässigen Menschen, die offensichtlich über keine fortgeschrittene Technologie verfügten, ahnten wohl kaum, was diese Skyline repräsentierte. Hielten sie diese Stadt für ein Paradies, den Himmel, in den sie nach dem Tod gelangten?

„Das ist Glasgow", sagte er und deutete.

„Hier ist Urquala."

„Dieser Ort? Hier?" Strecher deutete auf seine Umgebung.

„Ja. Urquala. Mein Land."

„Und was ist das dort drüben?" Er deutete auf die weit entfernte Lichterkette.

„Rennerog."

„Erzähl mir von diesem Ort."

Roslyn trat näher an ihn heran, und Strecher spürte die Wärme ihres Körpers, als ihr Arm gegen seinen streifte. Er hatte erwartet, dass ihre Haut rau wäre. In Wirklichkeit aber war sie so glatt wie die der hellgelben gezähmten Schlange, die er einmal in den Händen gehalten hatte. „Magier sagen, es ist schlimmer Ort voller Dämonen. Gorben sagt, es ist nur anderer Ort mit guten und bösen Menschen, wie hier. Was ist es?"

„Du fragst mich?"

„Ich frage."

Strecher saugte die saubere, kalte Luft tief in sich hinein. „Gorben hat recht."

„Keine Dämonen?"

Er lächelte. „Ein paar."

„Feinde?"

„Davon noch ein paar mehr."

„Freunde?"

„Vielleicht einer."

Roslyn hakte sich bei ihm ein. „Jetzt zwei."

„Okay ...", sagte Strecher.

„Was bedeutet das?", fragte sie.

„Was bedeutet was?"

„Was bedeutet *okay*?"

„Okay ... das bedeutet *ja, gut, ich stimme zu*."

„Okay, okay. Du sprichst seltsam."

„Du aber auch, Mädchen."

Roslyn umarmte ihn. Es fühlte sich komisch an, von einer Frau in die Arme genommen zu werden, die sogar ihn überragte. „Ich will dich."

„Äh ..."

„Als Partner. Für ein Jahr und einen Tag."

„Äh ..." Verdammt. Das wurde so langsam ziemlich peinlich, aber seine einzige Verbündete in Urquala konnte er unmöglich verärgern. „Ich bin bereits verheiratet."

„Verheiratet?"

„Ich habe eine Partnerin. Ich habe eine Frau."

„In Rennerog?"

„Ja, so ähnlich. Es ist kompliziert."

„Was ist das? Kompli ..."

„Es bedeutet, dass es schwer zu erklären ist."

„Hat denn andere Frau Anrecht auf dich?", fragte sie.

„Äh, ja."

Roslyn grinste. „Ich kämpfe gegen sie, um dich zu gewinnen."

„Du ..."

„Ich nehme dich in fairem Kampf von ihr."

„Du kannst es versuchen." Strecher lachte, als er sich vorstellte, wie diese enorme Schlacht aussehen würde.

„Ich spüre keinen Zorn. Ich werde sie nicht töten."

„Freut mich, das zu hören." Strecher befreite sich sanft aus ihrer Umarmung. „Weißt du was? Lass uns später darüber reden, wenn wir in Sicherheit sind. Wenn wir wieder bei deinem Volk sind. Du hast doch ein Volk? Einen Stamm, ein Dorf ... so etwas?" Abgesehen davon, was er gelegentlich in Dokumentarvideos gesehen hatte, wusste er nur wenig über Gesellschaften mit einem niedrigen technologischen Standard.

„Mein Volk, ja. Unsere Festung."

„Festung?", fragte er.

„Ein großer Platz, sehr geräumig. Hohe Mauern. Calaria."

„Calaria? Dorthin gehen wir?"

„Ja."

Strecher warf noch einen letzten Blick auf Glasgow. Er fragte sich, was aus Myrmidon geworden war, dachte an die Zukunft und daran, wie er wieder heimkehren könnte. Er gestand sich ein, dass er sich diesmal vielleicht übernommen hatte. Zumindest war er zu nachlässig gewesen und nach seinen wiederholten Siegen und Erfolgen allzu optimistisch geworden. Nun steckte er in einer primitiven Enklave auf einer feindlichen Welt fest und hatte keine Ahnung, wie er den Weg zurück nach Hause finden sollte.

Hatte er sich wie ein Idiot verhalten? Der potenzielle Gewinn – zusätzliche Informationen über die Opters und ein mögliches Bündnis – war verführerisch gewesen und hatte ihn hierher gelockt. Jetzt aber fehlte der Befreier seiner Befreiungsbewegung. Wäre es überheblich gewesen anzunehmen, dass man ihn brauchte? In dem Fall wäre sein Abgang verantwortungslos.

Vielleicht aber würden seine Freunde und Verbündeten seine Aufgaben während seiner Abwesenheit übernehmen und seine Ziele weiter verfolgen. Er dachte an Karla. War sie in der Lage dazu? Würde sie es tun?

Sie war seine Stütze, seine Partnerin, seine andere Hälfte. Seine Frau.

Und eine Kämpferin. Sicherlich nicht wie Roslyn, aber dennoch eine Kriegerin. Sie war bereit, zu kämpfen und das Notwendige zu tun. Da war er sich ganz sicher.

An dieser Überzeugung hielt er sich fest und unterdrückte seine Zweifel. „Okay. Gehen wir."

Roslyn wandte sich vom fernen Glasgow ab – das sie als Rennerog bezeichnete – und bewegte sich auf die Hügel zu.

Strecher blickte sich ein letztes Mal um und folgte ihr dann.

Im Zwielicht lag das Land noch ausgesprochen dunkel da. Roslyn ging nun langsamer und führte Strecher vorsichtig über einen Hügelkamm hinweg. Von dort aus konnten sie im Tal unter sich eine Vielzahl von Lagerfeuern ausmachen. Auf der anderen Seite erschien eine massive Burg, die bedrohlich am Rand einer Klippe aufragte. Sie zeigte darauf. „Calaria."

„Beim Unerkennbaren Schöpfer, das ist eine Riesenburg! Ich dachte ..."

„Du gedacht, dass ich lüge?"

„Nein, natürlich nicht." Allerdings hatte er angenommen, dass ihre Idee einer „Festung" etwas weniger Beeindruckendes bezeichnete. Er war froh darüber, sich geirrt zu haben.

Na gut, vorausgesetzt, dass sie Roslyns Heimat überhaupt erreichten. Die Lagerfeuer bereiteten ihm Sorgen.

„Wer ist dort?", fragte er und deutete.

„Bortoks. Eine Armee Menschen wie die, die du getötet hast. Sie greifen uns immer in unseren Bergen an. Sie beneiden uns um unsere Reichtümer und unsere Weisheit."

„Sie belagern eure Burg?"

Roslyn wiederholte sein Wort. „Ja. Be-lagern. Umzingeln. Sie werfen große Steine, um unsere Mauern zu brechen. Wir werfen zurück. Das ist Krieg, in der Jahreszeit des Krieges."

„Wie nennt sich dein Volk?"

„Menschen."

„Gibt es keine Volksbezeichnung?"

Sie wirkte nachdenklich. „Calaria. Das ist fast richtig."

Strecher zuckte mit den Achseln. „Okay, Calaria der Ort und Calaria das Volk. Und wer gewinnt nun?"

Roslyn spuckte auf den Boden. „Bortoks. Sie treiben uns Calaria immer weiter zurück. Das ist der letzte Ort vor ... vor ..." Sie suchte nach den korrekten erdischen Worten. „Vor dem Land, Oberfläche von Tisch, dahinter." Sie gestikulierte, aber in der fast vollständigen Dunkelheit konnte er diese Bewegungen nicht gut genug sehen, um sie zu verstehen.

„Schon gut. Du kannst es mir später zeigen. Wie kommen wir da hoch?"

„Auf Geheimweg." Sie nahm ihr Schwert in eine Hand und ein Messer in die andere. „Mach bereit. Die Bortoks haben Wachen aufgestellt. Ich kann für dich sehen."

„In Ordnung." Strecher packte sein Schwert mit der rechten Hand, aber statt eines Messers hielt er seine Taschenlampe in der linken. Er fragte sich, was diese primitiven Wesen davon halten würden. Wahrscheinlich würden sie es für reine Magie halten. Und für sie erschien es ja fast so.

Sie schlichen gemeinsam weiter. Dabei folgte Strecher

einem Weg, den sie ihm zeigte und versuchte, die Füße leicht und mit den Zehen voran aufzusetzen, wobei er trockenen Blättern und Stöcken auswich. Roslyns nackte Füße mit ihren klauenartigen Zehen waren dafür viel besser geeignet als seine Stiefel. Im Vergleich zu ihrem lautlosen Dahingleiten fühlte er sich unbeholfen und laut.

„Dort", murmelte sie. Vor sich erkannte er undeutlich eine steinerne Struktur, die wie ein in den Hang gegrabener Bergwerkseingang aussah. In seiner Nähe flackerte ein schwaches Feuer, kaum mehr als eine rauchende Glut. Daneben lagen mindestens zwei Gestalten auf dem Felsen.

„Bleib hier", sagte sie. „Komm erst, wenn ich fertig bin." Sie kroch vorwärts.

Er blieb zurück. Sie war viel leiser, als er es sein könnte und er ahnte, was nun geschehen würde. Das Töten von Wachen hatte im Krieg eine lange Tradition und war eine hässliche, brutale Angelegenheit. Da er nun erfahren hatte, dass ihr Volk von diesen großen Menschen, den Bortoks, bekämpft und belagert wurde, machte es ihm nichts aus, die Gegner im Schlaf zu töten.

Er sah, wie sie zweimal schnell zustieß und dann zwei leichtere Schnitte machte. Die beiden Gestalten rührten sich nicht. Dummköpfe. Das Einschlafen während der Wache wurde in manchen Armeen mit dem Tode bestraft. Heute hatte Roslyn dieses Urteil vollstreckt.

Sie winkte ihn vorwärts und führte ihn in den dunklen Tunnel hinein. Als das Licht ganz schwand, ging sie etwas langsamer. „Berühr die Wand."

„Brauchst du Licht?", fragte Strecher.

„Du hast Licht?"

„Ja."

Wahrscheinlich dachte sie, dass er einen Feuerstein und einen Zündstahl hatte oder Streichhölzer, falls sie so etwas kannte. Er erinnerte sich aber daran, dass ein Volk, welches eine Burg aus behauenen Steinen errichtete und Belagerungen mittels „geschleuderten Steinen" – wahrscheinlich Katapulten – abwehrte, einen höheres technologisches Niveau beherrschte als von ihm angenommen. Ihr brüchiges Erdisch hatte ihn glauben machen, sie wäre eine aus einer steinzeitlichen Zivilisation stammende Frau. Offensichtlich verfügten aber beide Seiten über Technologien, die in etwa dem Standard des Mittelalters entsprachen.

„Noch nicht", sagte er. „Draußen könnte es jemand sehen."

„Natürlich."

Nach drei weiteren Tunnelbiegungen packte Roslyn ihn am Arm. „Jetzt, das Licht."

Strecher richtete seine Taschenlampe von ihr weg, stellte die geringste Leuchtkraft ein und drückte die Taste. Roslyn keuchte vor Überraschung und beugte sich dann näher heran, um den Lichtschein zu untersuchen. „Wie Tag! Und kein Feuer!"

„So etwas siehst du in Glasgow. In Rennerog. Viele, viele Lichter wie das hier."

„Du bist wirklich der, von dem Gorben gesprochen."

„Was soll das heißen?"

„Der Azaltar. Unser Helfer."

Strecher leuchtete den Tunnel mit der Taschenlampe aus. „Ich werde es versuchen ... ich bin mir aber nicht sicher, dass ich gegen eine komplette Armee viel ausrichten werde. Nicht ohne Waffen."

„Wir haben Waffen."

„Nicht die Art von Waffen, die ich bevorzuge." Er drehte sich um und ging tiefer in den Hügel hinein, wobei der Lichtstrahl ihm den Weg wies. „Wieso haben die Bortoks diesen

Weg nicht besser bewacht? Oder versucht, sich über ihn in die Burg einzuschleichen?"

„Ist nicht so einfach. Du siehst gleich."

Zwanzig Minuten später hörte Strecher das Rauschen schnell fließenden Wassers. Weitere zehn Minuten danach betraten sie eine Höhle, die von einem wirbelnden Fluss durchquert wurde, der etwa fünf Meter breit und ebenso tief war. Mehrere Wege zweigten von hier ab. Er zählte mindestens neun davon, falls alle der erkennbaren Felsspalten zu Tunneln führten.

„Wohin?", fragte er.

Roslyn lächelte. „Jetzt verstehst du. Verzweigungen führen zu mehr Verzweigungen, und noch mehr. Nur Weise finden den Weg."

„Und du bist weise?"

Sie hob ihr Kinn. „Das bin ich."

„Dann geh voran. Hier, nimm das." Strecher hielt ihr die Taschenlampe hin.

Sie ergriff diese vorsichtig, fast schon ehrfürchtig, als fürchte sie, das Gerät zu zerbrechen. Dann steckte sie ihr Schwert weg und ergriff seine Hand. „Geh, wo ich gehe, sonst fällst du."

Sie suchte sich ihren Weg durch den Fluss, wobei sie die Füße in spezifischen Abständen aufsetzte. Er blieb einen halben Schritt hinter ihr. Ihr starker, gleichmäßiger Griff sorgte dafür, dass er nicht vom Weg abkam.

Bei jedem Senken seines Fußes fand er darunter einen Stein vor, der gerade breit genug war, um darauf zu stehen. Ein Fehltritt hätte dazu geführt, dass sie beide tief in den Berg geschwemmt würden. Er erkannte, warum die Bortoks davon abgeschreckt waren.

Auf der anderen Seite führte Roslyn ihn in einen Tunnel, der sich scheinbar nicht von den anderen unterschied. Dank der Lampe ging sie mit sicherem Schritt weiter, und er folgte ihr.

Sie passierten zahlreiche Kreuzungen, von denen jeweils mehrere Tunnel abzweigten. Strecher hätte sich komplett verirrt, aber Roslyn schien genau zu wissen, wo sie sich befand und wählte ihren Weg stets ohne jegliches Zögern.

Strechers Einschätzung zufolge waren drei Stunden vergangen, als sie ihm die Taschenlampe zurückgab. „Mach das Licht aus", sagte sie und beobachtete interessiert, wie er die dafür vorgesehene Taste drückte. Er wollte soeben nach dem Grund dafür fragen, als er vor sich einen orangefarbigen, flackernden Lichtschein entdeckte.

„Keine Angst", sagte sie. „Aber rede erst, wenn ich dich es dir sage."

„Ich rede, wenn es mir passt", erwiderte er amüsiert.

„Dann musst du bereit zum Verteidigen sein. Meine jungen Krieger gieren nach Kampf. Meine alten Krieger sind stur."

Strecher packte ihren Arm. „Ich werde eine Weile lang schweigen, aber ich bin ebenfalls ein Krieger. Du hast gesehen, wie ich mit diesen Bortoks umgegangen bin. Ich fürchte keinen Kampf."

Roslyn hielt Strechers Gesicht zwischen ihren Händen. „Ich weiß, dass du dich nicht fürchtest, starker Mann. Ich will nur nicht, dass du Mitglieder meines Volkes tötest. Meine Calaria. Ich benötige jeden Krieger." Dann presste sie ihre Lippen gegen seine.

Er leistete keinen Widerstand. Das wäre schließlich unhöflich gewesen. Zum Glück war der Kuss kurz und enthielt nur eine Andeutung von Leidenschaft.

Verdammt. Das könnte kompliziert werden.

KAPITEL 15

Strecher in Calaria

STRECHER UND ROSLYN befanden sich am Ende des letzten Höhlentunnels und blickten durch ein Eisengitter in einen Raum, der von flackernden, an Wandhaken befestigten Öllampen beleuchtet wurde. Ein primitives Schloss sicherte einen schweren Türriegel. Zwei Männer aus Roslyns Volk in Rüstungen erhoben sich plötzlich von Stühlen an einem Tisch, auf dem Würfel und Münzstapel lagen.

Sie zogen ihre Schwerter und sagten etwas in ihrer Klicksprache. Einer zog an einem Seil, das durch ein Loch im Fels nach oben führte und wahrscheinlich einen Alarm auslöste.

„Ich bin's, Roslyn", sagte sie und drückte ihr Gesicht gegen das Gitter. „Sprecht die Niedersprache, damit mein Freund euch versteht."

„Sessa! Du bist zurückgekehrt! Ist er ...?"

„Er ist."

Der Wächter eilte herbei, um die Tür zu öffnen. Der

andere Mann ließ das Seil los. „Sessa, die Bortoks haben den Südturm geschwächt, aber wir halten sie noch zurück."

Roslyn klopfte dem Mann auf die Schulter. „Keine Angst, Powl. Ich habe einen Mann gebracht, der von hinter der Rennerog-Mauer kommt."

„Hinter der Mauer ...?" Der Wächter Powl starrte Strecher an, als dieser durch die Tür trat. „Dieser verkümmerte Kerl?"

Roslyn grinste, so dass ihre Zähne sichtbar wurden. „Er ist Strecher. Er ist der Azaltar. Nimm seine Hand und spüre seine Stärke."

Powl schnaubte voller Skepsis, streckte aber die Hand aus. Strecher ergriff sie und drückte zu, bis sich das Gesicht des Mannes vor Schmerzen verzerrte. „Er ist ein Dämon!"

Strecher fand es ironisch, dass dieser schuppenhäutige Mann, der auf dem Kopf einen eidechsenähnlichen Kamm hatte, *ihn* als Dämon bezeichnete. „Nur ein Mann", sagte er. „Weder Calaria noch Bortok."

„Was für ein Mann?"

Über diese Frage hatte Strecher nachgedacht. Wie sollte er sein eigenes Volk bezeichnen, wenn er sich nicht einmal sicher war, ob es sich bei den Bortoks und Calaria um Rassen, Gattungen, Stämme, Nationen oder etwas völlig Unterschiedliches handelte?

Er entschied sich für „Erdisch."

„Örr-disch ... Ördisch."

„So ungefähr."

Roslyn sagte: „Er ist wie der orangefarbige Mann der Bäume – klein, aber enorm stark."

„Ja, Sessa."

„Warum nennen sie dich Sessa?", fragte Strecher.

„Weil ich Sessa bin. Es bedeutet ..." Sie blickte nachdenklich nach oben. „Tochter von König."

„Prinzessin?"

„Ja, Prinzessin. Sessa."

Strecher lachte laut, und ihm schossen Tränen in die Augen. „Ich habe eine Prinzessin gerettet, die ein Schwert trägt, in einer Burg wohnt und wie ein Drache aussieht."

Die anderen blickten ihn an, als ob er total übergeschnappt wäre. Powl, der geistig am hellsten wirkte, meldete sich zu Wort. „Du hast Sessa Roslyn gerettet?"

„Ja", sagte Roslyn. „Vier Bortok hatten mich gefangen, aber Strecher hat sie getötet, nur mit Metallstange." Sie zwinkerte Strecher seitlich zu.

Strecher spielte mit. Seiner geringen Größe zum Trotz musste er sich den Ruf eines mächtigen Kriegers aneignen, da er sich ansonsten immer wieder aufs Neue beweisen müsste. „Das stimmt." Er hob seinen improvisierten Knüppel, an dem das Blut der Bortok immer noch für alle sichtbar klebte. „Und jetzt habe ich euch eure Prinzessin zurückgebracht."

„Wenn er kein Dämon ist, dann ist er ein Gott", meinte Powl.

„Vielleicht ein Gott-Sohn", sagte Roslyn. „Gorben hat sein Erscheinen prophezeit. Er ist der Azaltar."

„Und wir haben gelacht!" Powl senkte verlegen den Kopf, und der andere Krieger tat es ihm nach. „Vergib mir, Sessa."

„Das werde ich. Sage es allen anderen Kriegern, es macht ihnen Mut. Jetzt muss ich zu meinem Vater gehen."

„Natürlich." Powl beeilte sich, die hintere Tür für seine Prinzessin zu öffnen.

Roslyn führte sie ein Dutzend Stockwerke weit nach oben, über eine schmale Wendeltreppe, die für eine Person gerade eben breit genug war. Dadurch wären weiter oben positionierte Verteidiger eindeutig im Vorteil. Strecher nickte zustimmend. Die Bortoks hätten sich hier niemals durchkämpfen können, nicht einmal dann, wenn sie den richtigen Weg fanden.

„Was ist der Azaltar, als den du mich bezeichnest?", fragte Strecher, während er hinter Roslyn nach oben schritt.

„Er ist der Siegesbringer. Der Held."

„Eine Art Retter?"

„Calaria muss nicht gerettet werden. Wir sterben gern für unsere Freiheit. Wir wollen den Sieg, und den Tod der Bortoks." Roslyn drehte sich um, setzte sich auf eine der Stufen und blickte den unter ihr stehenden Strecher an. „Du bist der Azaltar, Strecher. Wie Gorben es vorhergesagt hat. Der Held."

„Und wenn ich das nicht wäre?"

Roslyn presste ihre dünnen Lippen zusammen und zische ihn durch ihre Zähne hindurch an. „Dann sterben wir. Oder ..."

„Oder?"

„Oder du wirst zu ihm."

Strecher grinste. „Okay. Dann bin ich wohl der Azaltar. Jetzt besuchen wir deinen Vater."

„Oh-kay." Sie drehte sich um und bewegte sich weiter nach oben. „Und ich sehe *nicht* wie ein Drache aus."

„Ein bisschen schon."

Sie sagte etwas in der klickenden Hochsprache. Vermutlich eine vulgäre Bemerkung.

„Weißt du, eure Hochsprache klingt ein bisschen wie die Opter-Sprache. Ich werde ein paar Worte davon erlernen müssen."

„Op-ter?"

„Wenn eure Götter und Dämonen echt sind, dann sind sie Opters. Die sehen aus wie riesige Insekten und verfügen über beträchtliche Macht. Und sie kümmern sich einen Scheißdreck um Menschen wie dich und mich."

Roslyn drehte sich um und blickte ihn an. „Warum kümmern sie sich um Scheißdreck?"

„Ich meine nur ... sie sind nicht unsere Freunde. Überhaupt nicht."

„Ich merke mir das." Sie wandte sich wieder den Stufen zu und folgte weiter der langen, aus der Erde herausführenden Wendeltreppe nach oben. „Ich lerne dir die Hochsprache, aber sie ist nicht einfach, wenn man nicht von Geburt lernt."

„Selbst einige Worte könnten nützlich sein."

„Jede Weisheit ist nützlich für Weise, nutzlos für Narren. Damit unterscheidet man sie."

„Da hast du recht."

Als sie den Speisesaal des Königs betraten, folgten ihnen bereits zahlreiche Calaria – Ritter, Gesinde und Hofdamen. Alle Frauen waren barbusig, wobei ihre bunte, schuppenartige Haut diese Tatsache etwas entschärfte. Unterwegs unterbrach Roslyn sämtliche an sie gerichtete Fragen mit einer strengen Geste und einem grimmigen Blick, bevor sie den anderen die Tür vor der Nase zuknallte.

In diesem Raum saß ein alter Mann an einem Tisch und studierte Karten und Dokumente, während er aß und trank. Seine Haut wies dasselbe feine lilafarbene Schuppenmuster auf wie Roslyns. Seine eidechsenähnlichen Kämme waren beeindruckend, und er trug prunkvolle Kleidung. Er erhob sich und eilte auf Roslyn zu. Danach umarmte er sie und redete sie in der Klicksprache an.

„Vater, das ist Strecher. Er kennt die Hochsprache nicht. Er hat mich aus der Gefangenschaft von einer Bortok-Gruppe befreit und sie nur mit Eisenstab getötet. Er ist ein großer Krieger. Er ist der Azaltar."

„Der hier? Der Azaltar? Unser Held?" Der König musterte Strecher mit offensichtlicher Skepsis.

Strecher wurde sich plötzlich seiner zerlumpten Kleidung

bewusst – er trug nur eine zerfetzte Hose und Stiefel sowie seinen Schwertgurt und den Beutel, welcher die unterwegs aufgesammelten Gegenstände enthielt. Dieser Mann aber war offensichtlich ein Krieger. Auf diversen, in der Nähe sichtbaren Ständern befanden sich Rüstungen und Waffen von ausgezeichneter Qualität. Nun war es an der Zeit für eine weitere Demonstration der Stärke. Strecher streckte seine Hand aus.

Der Griff des Königs war kräftiger als derjenige von Powl, aber Strecher brachte es dennoch fertig, dass sich die Augen des Königs vor Überraschung weiteten. „Er *ist* stark."

„Wie der Sohn eines Gottes", sagte Roslyn. „Er kam über die Mauer, aus Rennerog."

„Die Magier sagen, dass Rennerog voller Dämonen ist."

„Sie haben auch gesagt, dass der Azaltar nicht kommt", sagte sie. „Vielleicht sind sie gar nicht so weise. Gorben hatte recht. Ich wollte über die Mauer, aber Strecher hat mich gefunden. Ist die Prophezeiung so nicht wahr?"

„Hör mir zu, äh, König ...", unterbrach Strecher sie.

„Fillior von Calaria", sagte Roslyn.

„Ja, König Fillior." Strecher trat näher heran, damit die beiden Diener, die diskret an der Wand standen, sie nicht belauschen konnten. „Ich helfe beim Kampf gegen diese Bortoks. Ich *bin* ein starker Krieger – aber kein Gottessohn. Ich bin nur ein Mensch – anders als ihr, aber immer noch ein Mensch. Allerdings *bin* ich ein verdammt guter Kämpfer, und ich werde für euch kämpfen, wenn ihr es erlaubt."

Fillior blickte Strecher tief in die Augen und der Kamm auf seinem Kopf hob und senkte sich mit langsamen Bewegungen, einem Fächer gleich. „Du bist aufrichtig und ehrlich."

„Das bin ich."

„Doch manchmal muss ein König zum Wohl des Volkes lügen."

Strecher nickte. „Das verstehe ich. Wenn du eine schöne Geschichte über einen Helden erzählen möchtest, um deinem Volk Hoffnung zu geben, geht das in Ordnung. Ich bin dabei. Und vielleicht wird die Lüge irgendwann zur Wahrheit. Ich habe mich mein ganzes Leben lang mit der Militärgeschichte befasst. Nachdem ich mir eure Verteidigungssysteme angesehen habe, kommen mir vielleicht ein paar Ideen, wie wir die Bortoks töten."

„Ich begrüße alles, was Bortoks tötet." Fillior wandte sich an Roslyn. „Führe Strecher zum Zimmer deines Bruders. Er hatte die gleiche Größe. Kleide den Azaltar in die stolzen Kriegergewänder unserer Familie – und dich auch. Wir müssen uns auf der Festungsmauer zeigen."

Roslyn brachte Strecher zu einem gut ausgestatteten Raum. Obwohl dieser sauber und mit persönlichen Besitztümern gefüllt war – Waffen, Rüstung, Kleidung, eine mit einer Spirituose gefüllte Kristallflasche – verbreitete er eine undefinierbare Atmosphäre der Verlassenheit. Sie öffnete zwei Schränke und eine Truhe und wählte eine Hose, ein Untergewand aus Leinen und eine Jacke aus. „Hier, zieh an." Sie blickte auf seine robusten Stiefel und zuckte mit den Schultern. „Der Stil ist seltsam, aber gut genug."

„Der König sagte, dass dies das Zimmer deines Bruders ist? Er muss für einen Calaria ziemlich klein sein. Meine Größe."

Ein Ausdruck des Zorns und der Trauer verfinsterte Roslyns Gesicht. „Seit Florden gestorben ist, kann Vater nicht mehr in das Zimmer. Er ist tapferer Junge gewesen, nur vierzehn Sommer, und die Bortoks ihn haben ermordet während Waffenstillstand. Mein Vater hat ihn als Unterhändler für Volk geschickt. Er gedacht, nicht einmal Bortoks brechen so ein Abkommen, aber sie haben so gemacht. Sie haben keine Ehre. Mit denen ohne Ehre kann man nicht schließen Frieden."

„Tut mir leid. Es ist mir eine Ehre, seine Kleidung zu tragen. Aber wird dein Volk das nicht seltsam finden?"

„Vielleicht. Aber wir leben in seltsame Zeit, viel Verzweiflung."

Strecher zog sich um, während Roslyn ein Fenster öffnete und hinausblickte. Als er sich neben sie stellte, blickte er von einem hohen Turm auf die feindliche Armee hinab, die unter ihnen und jenseits ihrer Position lagerte. Ihre Zelte waren in einer größeren Entfernung aufgestellt worden. In der Nähe konnte er primitive Belagerungsbauten ausmachen. Er sah mit Kriegern gefüllte Schützengräben, Wehrgänge, scharfe Pfähle sowie Katapulte.

Eine Belagerungsmaschine hüpfte und bockte, als sie einen Stein auf eine Festungsposition schleuderte, die sich links von Strecher befand. Einen Augenblick später vernahm er den Knall des auftreffenden Projektils. Er lehnte sich so weit wie möglich aus dem Fenster und sah den Felsbrocken von der Burg abprallen, bevor er den Hang hinunter rollte. Er hatte kein Loch in die Mauer geschlagen, aber eine ausreichende Zahl dieser Geschosse würde selbst die stärkste Barriere irgendwann schwächen.

Als Antwort darauf flog eine Salve bestehend aus drei kleineren Steinen über die Mauer hinweg auf das Katapult zu. Zwei trafen den Erdwall, einer schoss darüber hinweg und zerschmetterte mindestens drei Bortoks, bevor er weiter hinten zum Stillstand kam.

„Sind das eure größten Steinwerfer?", fragte Strecher.

„Ja, die größten, die Platz auf Mauern haben. Größere müssen weiter hinten stehen, auf dem festen Boden. Darum sind sie weniger stark."

Er erwog, ihr weitere Fragen stellen, dachte dann aber daran, dass er das Gefecht schon bald mit eigenen Augen sehen würde. „Führ mich herum."

„Zuerst ziehst du Florden-Rüstung an." Roslyn half ihm dabei, ein Kettenhemd über seine Schultern zu ziehen und zeigte ihm, wie mithilfe eines breiten Ledergürtels das Gewicht teilweise auf die Hüften verlagert wurde. Das in seiner Scheide steckende Schwert war länger, leichter und besser ausbalanciert als die schwere Bortok-Klinge, die er erbeutet hatte. Zu Übungszwecken schwang er das Schwert mehrmals hin und her und war zufrieden damit, wie es sich anfühlte. Falls ihm später die Zeit dafür blieb, würde er seine Schwertkampftaktik auffrischen.

Über das Kettenhemd wurde ein Wappenrock mit dem Symbol des Königs – einem aufrechten Drachen in Purpur und Gold – gelegt. „Das reicht", sagte Roslyn. „Wenn die Feinde zum Angriff zusammenkommen, ziehen wir alle Rüstung an, von Kopf bis Fuß."

„Dein Erdisch verbessert sich. Deine Niedersprache, meine ich."

„Ich habe bis jetzt nicht oft gesprochen. Die Calaria sprechen alle die Hochsprache."

„Und wer verwendet die Niedersprache?"

Sie verzog das Gesicht. „Bortoks und andere Völker. Besser, wenn du die Hochsprache kennst."

„Unmöglich. Für Sprachen hat mir schon immer die Begabung gefehlt."

„Dann wäre es besser, wenn du möglichst wenig sagst, wenn normales Volk dabei ist."

Strecher zuckte mit den Achseln. „Du weißt am besten, wie man ihnen die Idee des Azaltars verkauft." Er wollte gerade erwähnen, dass er ihr nur bei der Vertreibung der Bortoks helfen musste, damit sie und der König ihn wiederum beim Verlassen des Planeten unterstützen könnten. Dann aber überlegte er es sich anders. Die komplexeren Themen dürften den geistigen Horizont dieser Leute übersteigen – der Krieg, der Lichtjahre entfernt ausgefochten wurde. Ihr Status als Teil der Opter-Gesellschaft. Die eine Billion Menschen, die auf diesem Planeten versklavt wurden.

Ein Problem nach dem anderen.

Unterwegs legte Roslyn einen Umweg über die Küche ein, wo sie um Brot, Käse und Bier bat. Strecher war bisher nicht aufgefallen, wie hungrig er war, und verschlang alles davon gierig.

Auf den Festungsmauern wurden sie von den dort stationierten Soldaten mit Jubelrufen begrüßt. Diese stellten allesamt Varianten des Calaria-Typs dar, obwohl die Farbe ihrer Haut und das Schuppenmuster stark variierte. Er entdeckte unter den Kriegern auch Frauen, vielleicht eine von neun Soldaten. Er schloss daraus, dass Roslyns Kampffähigkeit ungewöhnlich, aber nicht völlig unbekannt war.

Roslyn führte Strecher zur Spitze des höchsten Turms, so dass er die gesamte Festung überblicken konnte. Diese befand sich auf einer Kuppe, welche eine breite Straße überblickte, die von der Ebene kommend hinauf in ein Tal führte. Dort lagerten Zehntausende von Bortoks. Links und rechts davon schützten mit bemannten Wällen befestigte Hügel die Festungsflanken.

Strecher blickte hinter sich und sah eine von Bauernhöfen und Dörfern durchzogene Hochebene. In der Ferne ragte eine Struktur empor, die einer Kathedrale ähnelte.

„Ist das hier das Land Calaria?", fragte er.

„Ja. Unsere letzten, besten Gebiete und unsere Zuflucht. Vielleicht ein Zehntel unseres Reiches von früher. Die Bortoks haben den Rest gestohlen. Die Hochburg Tollen – diese hier – steht über dem Königsweg und blockiert Zugang zur Ebene."

„Gibt es andere Straßen, die zur Hochebene führen?"

„Eine, auf der anderen Seite. Es gibt auch enge Pfade, mit

befestigten Engpässen, gut bewacht. Wenn die Bortoks genug Männer schicken, um woanders durchzubrechen, können wir unsere Reserve dorthin schicken. Aber hier haben sie den Vorteil. Wegen ihren Katapulten und der vielen Krieger, die uns bedrohen. Wenn sie ein Loch in unsere Mauer schlagen, haben sie genug Truppen, um uns zu überwältigen. Einige von uns könnten ins Hochgebirge fliehen. Aber dann wären wir keine Nation mehr."

Strecher wandte sich wieder der vor ihm liegenden Szenerie zu. „Haben sie versucht, die Mauern zu untergraben?"

„Der Fels, auf dem die Hochburg Tollen steht, ist dafür zu hart."

„Das beruhigt mich. Haben die Feinde – oder habt ihr – Sprengstoffe?"

„Sprengstoffe ...? Ich kenne das Wort nicht."

„Schießpulver?"

„Das auch nicht."

„Feuerwerk? Magisches Pulver? Etwas, das aufflammt?"

„Öl brennt, wenn es einen Docht hat, wie in einer Lampe oder Fackel."

„Verdammt ... Na ja, wenn ihr nichts davon habt, dürften eure Feinde es auch nicht besitzen."

„Können wir solche Dinge anfertigen?"

„Vielleicht ... aber das würde dauern Monate. Momentan ist es besser, wir ignorieren das." Strecher stützte seine Ellbogen auf die Mauer und beobachtete das Duell der Katapulte. Es wirkte wie eine in Zeitlupe geführte Schlacht, war aber dennoch von entscheidender Bedeutung. Dort unten warteten Bataillone von Bortoks darauf, aufzuspringen und anzugreifen, sobald eine Bresche in die Mauer geschlagen worden war.

Strecher zählte über zwanzig Bortok-Katapulte. Bei allen von ihnen handelte es sich um sogenannte Onager, die am Ende eines durch straffe Seile gespannten Wurfarms eine Schale aufwiesen. Wenn ihn seine Erinnerungen an die Geschichte der Alten Erde nicht trogen, war dies einer der primitivsten Katapulttypen. Es fehlten mehrere Weiterentwicklungen wie etwa am Ende des Wurfarms angebrachte Schlingen, welche die Reichweite und Schusskraft optimierten.

Aber die Katapulte der Bortoks waren riesig und würden die Mauern im Lauf der Zeit zerschmettern. Er konnte sehen, dass sich die Risse allmählich verbreiterten.

Plötzlich fiel ihm unter den Bortoks eine Gestalt auf. Ein relativ kleiner Mann, dessen blasse Haut sich vom Dunkelrot der Barbaren unterschied. Er war nur einen Moment lang sichtbar, bevor er hinter einen Erdwall trat.

„Besitzt dein Volk Fernrohre?", fragte Strecher. „Geräte, mit denen man weiter sehen kann?"

„Ein paar. Sie sind sehr kostbar."

„Ich muss mir eines borgen."

Roslyn entsandte einen Diener, der bald darauf mit einem handgefertigten, aus Messing bestehenden Fernrohr zurückkehrte. Damit versuchte Strecher, die zuvor erspähte Gestalt erneut aufzuspüren, was ihm aber nicht gelang.

Strecher fragte sich, wer der Mann war. Er hatte wie Don oder jemand von vergleichbarer Körpergröße ausgesehen, möglicherweise ein Agent. Strecher war Dons Vorschlag gefolgt, hierher zu kommen. Aber mittlerweile fragte er sich, ob man ihn an der Nase herumgeführt und manipuliert hatte. Der Gedanke ließ in ihm die Wut hochkochen.

Er erwog, sich in die Bortok-Armee zu schleichen und den blassen Mann zu konfrontieren. Aber das wäre blanker Wahnsinn gewesen. Nein, er musste sich an seinen Plan halten, den Calaria zu helfen, damit diese ihn dann im Gegenzug unterstützten.

Allerdings würde er von nun an besonders genau auf mögliche Agenten achten.

KAPITEL 16

Strecher in Calaria

STRECHER STAND hinter den Zinnen der Ringmauer, von wo er die Hochburg Tollen und die calarischen Belagerungsmaschinen beobachtete. Deren Katapulte wiesen anpassbare Schlingen auf, mit deren Hilfe sich die kleineren Steine über eine relativ weite Distanz schleudern ließen – aber die Entfernung war nach wie vor extrem. Hin und wieder tötete einer der Steine einige unvorsichtige Bortoks oder traf ein Katapult, aber die feindlichen Maschinen waren derart massiv und durch die Erdwälle so gut geschützt, dass sie schon bald wieder einsatzfähig gemacht wurden.

Strecher entdeckte auf den Mauern der Hochburg Tollen auch Ballisten, riesige Armbrüste mit baumstammgroßen Bolzen, die sie jedoch noch nicht abfeuerten. Vermutlich hatten sie eine geringere Reichweite und wurden daher für den Fall eines feindlichen Angriffs zurückbehalten.

„Ihr habt ein Reichweitenproblem", sagte Strecher. „Auch betreffend der Schusskraft, aber hauptsächlich wegen der

Reichweite. In jeder Schlacht, vor allem einer statischen, kontrolliert diejenige Seite das Schlachtfeld, die über die größere Reichweite verfügt. Momentan wären das die Bortoks." Er rieb sich das Kinn. „Ihr könnt nicht wirkungsvoll zurückschlagen. Auch keinen Ausfall wagen, da die Feinde Abwehrstellungen und zu viele Truppen besitzen. Habt ihr schon einen Nachtangriff versucht? Dein Volk sieht im Dunkeln sehr gut."

„Wir machen Überfälle, aber nachts stehen dort viele Wachen und sie haben Lagerfeuer. Auch wenn wir fünf von ihnen für jeden unseren Krieger töten, reicht es noch nicht."

„Haben die Feinde ausreichende Vorräte an Nahrung und Wasser?"

„Ja. Sie plündern die gesamte Tiefebene. Unser Land."

„In welcher Jahreszeit befinden wir uns? Wann kommt der Winter?"

„In sechzig Tagen sollte der erste Schnee kommen."

„Sechzig Tage ... wenn wir so lange durchhalten."

Roslyn nickte. „Dann gehen die Bortoks ins Tiefland zurück. Sie können die Kälte nicht ausstehen. Aber wir hungern trotzdem. Unsere Leute sind aus den tieferen Bezirken geflohen, aber die Felder sind abgeerntet und die Hochebene hinter uns kann nicht allen Nahrung geben."

„Also müssen wir nicht nur länger durchhalten, sondern sie auch in die Flucht schlagen. Euer Land zurückerobern."

Roslyn trat näher an ihn heran und hakte sich bei ihm ein. Ihre federartigen Kämme bewegten sich in der Gebirgsbrise. „Die Tiefländer wollen immer unser fruchtbares Land stehlen. Sie vermehren sich Jahr um Jahr, und wenn es zu viele von ihnen gibt, marschieren sie mit einer Armee ein. Aber sie sind noch nie mit so vielen Kriegern und so großen Steinwerfern gekommen. So weit auch nicht."

„Warum dann jetzt?"

„Gorben sagt, dass sie einen großen Führer haben. Sie nennen ihn *Mak Deen*. Er hat die Bortok-Stämme vereint und sie mit Versprechen von Reichtum gelockt. Wissen sie nicht, dass sie unsere Festung nach der Eroberung nur einmal plündern können? In Friedenszeiten treiben wir Handel, ja, sogar mit den Bortoks, das bringt Wohlstand für alle."

„Machtgierige Anführer wollen immer zu viel", erwiderte Strecher. „Solche Typen sind nie zufrieden und erkennen keine Grenzen an. Sie vergleichen sich mit ihren Nachbarn, statt dafür dankbar zu sein, dass es allen gut geht."

„Ja. Diesem Mak Deen ist es gleich, dass alle arm werden, solange er nur herrschen kann."

„Wir haben ein Sprichwort: Macht korrumpiert."

Diese Aussage schien Roslyn zu missfallen. „Mein Vater hat Macht, aber er ist nicht korrupt!"

„Manche gute Menschen können der Versuchung widerstehen ... aber von denen gibt es nicht genug. Die meisten nutzen ihre Anhänger aus und bereichern sich selbst. Das ist ein Anzeichen dafür, dass ein Anführer schlecht ist – die Misshandlung von Untergebenen."

„Man sagt, dass Mak Deen alle tötet, die ihm widersprechen. Sehr langsam tötet. Wenn er eine Frau will, schickt er ihren Mann an die Front. Er hält Mädchen als Geiseln, damit ihre Mütter ihm willig sind. Allen, die dagegen protestieren, hackt er die Finger und Ohren ab. Manche Eltern bieten ihm sogar ihre Kinder an, um seine Gunst zu gewinnen."

Strecher schnitt eine Grimasse, da Roslyns Worte ihn an die Rebellenauktion erinnerte, die er auf dem Asteroiden *Freiheit* unterbunden hatte. „Den Opters ist es anscheinend gelungen, die schlimmsten Aspekte der Menschheit nachzuahmen", murmelte er.

Ich würde sie fast bewundern, wenn sie alle so süß und unschuldig wie Doris gemacht hätten, dachte er. Stattdessen hatten sie einen Laborplaneten konstruiert, ohne an die Milliarden zu denken, die sie als Nebenprodukte erzeugten und vernichteten. Sie erschufen Spione und trainierten diese, führten Experimente an Menschen durch und bauten ganze Gesellschaften auf, die sie Kolonien von Versuchskaninchen gleich untersuchten – und Menschen wie Roslyn bekamen davon nichts mit.

Und es kümmerte sie nicht, dass Barbaren bald schon eine offensichtlich fortgeschrittenere Gesellschaft überwältigen würden, die einen ausgeprägteren Sinn für Gerechtigkeit hatte und wesentlich zivilisierter war.

„Was hast du gesagt?", fragte Roslyn schließlich. „Du warst tief in Gedanken."

„Ja, eigentlich nicht gerade meine Stärke, aber solche Momente kommen vor."

„Ich glaube, du bist zu bescheiden. Wie mein Vater – ein Kriegsmann, der aber Frieden durch Stärke bevorzugt und möchte, dass sein Volk aus weisen und wohlhabenden Verteidigern besteht, nicht aus Eroberern."

Strecher seufzte. „Ich habe ebenfalls Eroberungen durchgeführt, aber nur, um andere Menschen aus der Unterdrückung zu befreien. Ich möchte niemanden beherrschen."

„Die Herrschaft stellt eine Last dar. Eine Verantwortung und eine Pflicht. Mein Vater wollte seine Krone an Florden übergeben. Er wäre nächstes Jahr volljährig geworden."

„Was ist mit dir?"

Roslyn lächelte, wobei ihre scharfen Zähne deutlich sichtbar wurden. „Es hat noch nie eine Frau als König gegeben."

„Königin."

„Was?"

„Das Wort heißt *Königin*. Viele der mächtigen Herrscher der Alten Erde waren Königinnen. Warum nicht auch du?"

Roslyn wandte sich von ihm ab. „Das hat noch nie jemand getan."

„Viele Dinge wurden noch nie getan – bis jemand es doch tut."

„*Kö-nögön.*"

„Königin."

„*Königin*", sagte sie lächelnd, da ihr der Klang des Wortes offensichtlich gefiel. „Königin Roslyn von Calaria."

„Die Erste." Strecher lachte. „Der Azaltar erklärt, dass es so ist."

Hinter Strecher ertönte die Stimme eines Mannes. „Vielleicht sollte der Azaltar erst die Bortoks zurückschlagen, bevor er die von ihm bevorzugte Monarchin auf den Thron von Calaria bringt."

Strecher und Roslyn drehten sich um und sahen einen Mann mittleren Alters in silberdurchwirkten Gewändern, dessen Blick stechend und Kamm beeindruckend waren. Er trug ein Zepter, an dessen Spitze sich ein kunstvoll geschnitzter Obsidiandrache befand.

„Gorben!", rief Roslyn, umarmte ihn und tanzte auf der begrenzten Fläche der Turmspitze mit ihm herum.

„Sessa. Schön, dass du wieder da bist. Und dass du den Azaltar gebracht hast."

„Wie du vorausgesagt hast."

„Wie die *heiligen Bücher* es vorausgesagt haben." Gorben wandte sich Strecher zu und verneigte sich knapp. „Ich bin Gorben, der Berater des Königs."

„Strecher." Da Gorben ihm seine Hand nicht entgegenstreckte, tat Strecher dies ebenfalls nicht. „Vorhergesagt", sagte er. „Wie wurde das vorhergesagt?"

Gorben neigte den Kopf, trat näher an ihn heran und sprach mit leiser Stimme. „So wie alle Prophezeiungen. Vage."

„Du meinst also, dass du die ganze Geschichte mit dem Azaltar erfunden hast?"

„Nein. Der Azaltar ist eine bekannte Legende über einen Helden aus der Fremde, der uns den Weg zum Sieg über unsere Feinde weist. In verzweifelten Zeiten braucht das Volk Hoffnung."

„Also", fauchte Strecher, „hast du die Prinzessin auf eine Mission geschickt, nur weil die vage Chance bestand, dass jemand wie ich dann plötzlich aus dem Nichts auftaucht?"

„Er hat mich nicht geschickt", unterbrach ihn Roslyn. „Ich bin selber gegangen und habe den Azaltar gesucht, weil Gorben sein Erscheinen vorhergesagt hat."

„Ich habe dir noch nie etwas verbieten können, Sessa." Gorben wandte sich Strecher zu. „Sie wollte die Mauer erklimmen – und wenn überhaupt jemand das fertigbringen würde, dann Roslyn." Er atmete tief ein. „Ich habe das Land jenseits der Mauer durch mein Fernrohr betrachtet. Obwohl es dort manch wundersame Dinge gibt, scheinen die Bewohner Männer und Frauen wie wir zu sein, keine Götter oder Dämonen. Sie verfügen über Erfindungen, aber das ist nur eine Sache des Wissens und des Fleißes. Keine Magie."

„Genau!", sagte Roslyn. „Zeig ihm das Licht!"

Strecher holte die Taschenlampe hervor. „Das ist kein Zauberwerk. Es ist nur eine Maschine." Er schaltete sie ein. Im Tageslicht wirkte der Lichtschein nicht besonders beeindruckend. Er überreichte sie Gorben.

Gorben untersuchte die Lampe mit offensichtlichem Interesse. „Sie brennt nicht, sondern leuchtet wie ein Höhlenwurm. Ich habe versucht, das Prinzip zu extrahieren. Es ist mir aber nie gelungen, dadurch Geräte leuchten zu lassen."

„Dieser Effekt beruht auf einem anderen Prinzip", sagte Strecher. „Eher wie ein in einer Flasche gespeicherter Blitz, der langsam abgegeben wird."

„Kann er auch schnell abgegeben werden, etwa bei einem Gewitter?"

Dieser Gorben hat ganz schön was drauf, dachte Strecher. „Nein, aber mein Volk hat Waffen, die so funktionieren."

„Dein Volk ist weise."

„Unsere Eierköpfe sind schlau, würde ich sagen. Weise?" Strecher lachte. „Nicht mehr als der Durchschnittsbürger. Manchmal sind sie alles andere als weise. Aber ich stamme nicht einmal aus Rennerog. Dort bin ich auch nur ein Fremder. Die Stadtbewohner haben mich gejagt, und ich musste in euer Land fliehen."

„Warum haben die Bewohner von Rennerog dich nicht über die Mauer hinweg verfolgt?", fragte Gorben.

„Gute Frage. Ich glaube, dass es Regeln gibt, an die selbst sie sich halten müssen."

„Ich habe mich oft gefragt, warum Wesen von solcher Macht nicht hierher kommen, um unsere Länder zu erobern."

Strecher zuckte mit den Achseln. „Die Leute dort haben eine Regierung, die ihnen befiehlt, was sie zu tun haben. Ich glaube, dass eure Länder – damit meine ich diese gesamte Region, die Gebiete der Bortoks eingeschlossen – Teil eines als *Diss* bezeichneten Schutzgebiets sind."

„Ein Diss?"

„Lange Geschichte."

Gorben runzelte die Stirn. „Also sind wir Kreaturen in einer Menagerie?"

„*Menagerie* ... also, das ist ein Wort, das dir bekannt ist, mir aber nicht."

„Ein Ort, wo ungewöhnliche Tiere in Käfigen gehalten werden."

„So etwas nennen wir einen Zoo. Ja, ihr seid ein wenig wie Kreaturen in einem Zoo. Und eigentlich gilt dasselbe für jedes Lebewesen auf diesem Planeten."

„Planeten?"

„Auf dieser Welt. Alles, und zwar innerhalb dieser Mauer, aber auch innerhalb der anderen Mauern und Diss-Bezirke."

Gorben kniff die Augen zusammen. „Gibt es viele Diss-Bezirke?"

„Tausende. Jeder davon ist anders, mit einer eigenen Bevölkerung, Gesellschaft und eigenen Regeln. Manche sind auch sehr seltsam. Und über all dem stehen Wesen, die ihr als Götter oder Dämonen betrachten würdet, obwohl sie nichts davon sind. Allerdings *sind* sie ausgesprochen mächtig."

„Diese Informationen sind ... erstaunlich."

„Ja. Willkommen in meiner Welt. Ich habe in letzter Zeit auch einige gewaltige Überraschungen erlebt." Strecher wandte sich der immer noch andauernden Belagerung zu. „Aber all das hat keine Bedeutung, wenn die Bortoks eine Bresche in die Burg schlagen und uns überrennen. Ich glaube aber, dass ich uns Zeit verschaffen kann, wenn wir noch einige Tage durchhalten."

„Ich glaube", sagte Gorben, „dass wir vielleicht noch eine Woche durchhalten."

„Dann, Gorben, müssen eure besten Pioniere – die Belagerungsmeister, die Erfinder und Baumeister der Katapulte – sich meine Idee anhören."

Einige Stunden später unterhielten sich Strecher, Roslyn und Gorben mit einem Dutzend Männern und einer Frau, die vorübergehend von der Bedienung der Katapulte abgezogen werden konnten. Sie waren alle gleich gekleidet – in schwerer Lederkleidung, welche sie während der groben Arbeit schützen sollte.

In der Nähe stand einer ihrer Onager. Strecher hatte angeordnet, diesen für den Fall eines Fehlschusses zur Sicherheit auf einen der Hügel innerhalb der Burgmauern auszurichten.

Er hatte den verschiebbaren Behälter vom Ende des

Onager-Wurfarms entfernen und durch eine aus Leder und Seil gefertigte Schlinge ersetzen lassen. Der schwierigste Aspekt lag darin, den Stein im richtigen Moment aus der Schlinge herausschleudern zu lassen. Sobald Gorben und Roslyn das Grundprinzip verstanden hatten, unterstützten sie ihn bei der Entwicklung und Anpassung eines entsprechenden Mechanismus. Ihre kurzen, zu Testzwecken abgegebenen Schüsse flogen immerhin in die richtige Richtung.

Gorben stellte Strecher als den Azaltar vor und ließ ihn dann sprechen.

„Ihr habt bereits Schleudern gesehen", sagte Strecher. „Ein Mann kann einen Stein weiter schleudern, als er ihn mit dem Arm werfen kann. Eine am Ende eines Stabs befestigte Schlinge befördert ihn noch weiter durch die Luft. Ist das korrekt?"

„Es stimmt", murmelten die Belagerungsmeister, einige davon skeptisch, andere mit Begeisterung.

Strecher trat ans Katapult und packte den Auslösehebel, wobei er im Geiste ein Stoßgebet an den Unerkennbaren Schöpfer schickte. Er hoffte darauf, dass alles klappte.

Er zog am Hebel, bis das Katapult nach dem Auslösen des mechanisch gespannten Seils emporsprang. Der Arm schnappte nach vorn und zog die auf dem Boden liegende Schlinge nach sich. Diese Lederschlaufe enthielt einen Stein mit einem Standardgewicht von etwa dreißig Kilo. Sie schnellte so rasant aufwärts und nach außen, dass die Bewegung kaum noch zu erkennen war.

Als der Arm des Katapults gegen den verstellbaren Querbalken prallte, rutschte eines der beiden Schlaufenseile von der polierten, gebogenen Stahlstange ab. Die korrekte zeitliche Abstimmung der Schlingenauslösung hatte sich als der schwierigste Teil erwiesen.

Die Zuschauer keuchten vor Überraschung auf, als der

Stein gemäß Strechers besten Schätzungen in einem 45-Grad-Winkel nach oben flog. Den Grundlagen der Ballistik zufolge würde eine 45-Grad-Flugbahn ein Objekt am weitesten werfen, und jetzt gerade kam es auf die Reichweite an.

Und die erreichte er.

Der Stein flog weiter als all jene, die er beim Abfeuern von den calarischen Mauern beobachtet hatte. Seine Reichweite betrug mindestens das Anderthalbfache, und die Wucht des Aufpralls war ebenfalls heftiger.

„Bemerkenswert", sagte ein Mann, der vortrat und den Schlingenmechanismus berührte. Die Frau folgte kurz darauf, dann kamen die übrigen und stellten alle gleichzeitig ihre Fragen.

Strecher erhob die Stimme. „Ich habe euch ein Geschenk des Wissens gemacht, aber nur ihr könnt es nutzen. Wer ist der Beste unter euch?"

Die Männer deuteten auf den Mann, der als Erster vorgetreten war, dieser aber deutete wiederum auf die Frau.

Die Frau lachte. „Mein Partner ist weise", sagte sie und ergriff seinen Arm.

„Stalar und Nenja sind ein Paar und denken wie eine Person", sagte Gorben. „Sie werden den Umbau der Katapulte überwachen."

„Ich würde vorschlagen, diesen nachts durchzuführen", sagte Strecher laut. „So wird der Feind unseren neuen Vorteil nicht entdecken. Ihr solltet die Bortoks überraschen und so viele ihrer Katapulte zerstören, wie es euch möglich ist. Diejenigen, die nicht zerschlagen wurden, werden sie zurückziehen müssen, was deren Wirksamkeit verringert."

„Ich stimme zu", sagte Gorben.

„Außerdem muss mir einer der Belagerungsmeister bei der Konstruktion einer neuen Art von Katapult helfen. Zudem benötigen wir eine Arbeitergruppe und Baumaterial."

Die Pioniere steckten die Köpfe zusammen und murmelten. Dann schoben sie den Jüngsten unter ihnen nach vorn. „Ich bin Tafar. Es wäre mir eine Ehre, dem Azaltar zu helfen."

Strecher und Gorben blickten sich an. War dieser junge Mann die beste Wahl? Gorben nickte ernst. „Okay, junger Herr. Gibt es in der Nähe eine Katapult-Werkstatt oder ein Holzlager?"

„Ich führe dich zur Sägemühle."

„Bringt mir eine Menge Papier und Schreibwerkzeuge – habt ihr Stifte zum Schreiben und Zeichnen? Gut – ich brauche außerdem Botenjungen, die uns eventuell benötigte Werkzeuge und Beschlagteile holen können. Gibt es in der Nähe der Sägemühle einen Schmied?"

„Natürlich."

Wie sich herausstellte, waren die Sägemühle und die Schmiede zwei Kilometer von der Burg entfernt. Ein großes, am Ende eines Aquädukts konstruiertes Wasserrad lieferte ausreichend Energie, um die Kreissägen zu betreiben. Die Mühle und Schmiede verfügten über genügend Arbeitskräfte – vielleicht sogar zu viele.

„Warum bereiten sich diese Leute nicht auf die Schlacht vor?", fragte Strecher.

Roslyn erklärte es ihm: „Unsere Leute sind aus dem Tiefland geflohen. Jetzt wollen sie arbeiten, bis die Schlacht beginnt. Sobald es soweit ist, werden sie zu den Waffen greifen und kämpfen, aber sie sind keine Krieger."

Anscheinend legte Calaria keinen besonderen Wert auf die Ausbildung von Hilfstruppen. Was er eventuell ändern könnte, für den Augenblick aber wollte er sich auf dringendere Fragen konzentrieren. „Wir werden ihnen eine Aufgabe geben. Aber zuerst einmal brauche ich Papier und Stifte."

Die Stifte erwiesen sich als robuster, als Strecher erwartet hatte, wie dicke Bleistifte. Damit und mit den großen Blättern rauen Papiers zeichnete er das Benötigte auf.

„Das hier nennt man ein Trebuchet", sagte er zu Tafar. „Die Dinger habe ich in historischen Dokumentarvideos gesehen – äh, ich meine, ich habe in Büchern darüber gelesen – aber ich habe nie selber eins gebaut. Daher verlasse ich mich darauf, dass du einen Prototypen konstruierst."

„Ich werde mein Bestes tun, Azaltar."

Strecher stutzte. „Hey, Roslyn."

„Ja, Azaltar?"

„Warum haben sie mir den Jüngsten gegeben? Ist er der Klügste?"

„Das ist nicht der Grund. Tafar, sag es ihm."

Tafar beugte den Kopf. „Sie haben gesagt: ein Junge für einen Jungen."

Strecher prustete. „Glauben die, ich wäre ein Junge?"

„Verzeih, Azaltar, aber du bist nicht größer als ich. Und ich bin nur siebzehn Sommer alt."

„Verdammt", sagte Strecher. „Ich hatte vergessen, ihnen meine Stärke zu demonstrieren. Hier ..." Er blickte die in der Nähe gestapelten Baumstämme an und wandte sich dann den muskulösen Holzhackern zu, die alles neugierig beobachteten. Er sprach lauter. „Wer ist der Stärkste von euch?"

Sie drehten sich um und richteten den Blick auf einen hünenhaften Mann von mindestens zwei Metern dreißig. Seine Muskeln schienen so dick wie die Balken zu sein, die er beim Arbeiten durchsägte und herumtrug. Der Holzhacker trat vorwärts. „Ich bin Karlenus. Ich bin der Stärkste."

„Beweise es mir. Heb den schwersten Baumstamm hoch, den du hochbekommst."

Karlenus schnitt zunächst kurz eine Grimasse, dann aber lächelte er. „Du wirst schon sehen." Er wählte einen Balken, der mindestens fünfhundert Kilo wiegen musste.

Strecher fragte sich, ob er zu hoch gepokert hatte. Wenn Karlenus das Ding heben konnte …

Der Mann trat an ein Ende des Balkens und packte es mit beiden Händen von unten her, während er in die Hocke ging. Dieses Balkenende hievte er mit der Unterstützung seiner Beinmuskeln hoch. Dann atmete er heftig aus, drückte den Balken nach oben und riss ihn über seinen Kopf hinweg, so dass er aufrecht wie ein Baum dastand.

„Eine enorme Leistung", sagte Strecher. „Wirf ihn wieder hin."

Karlenus schob den stehenden Balken an, bis dieser mit einem schweren *Wumm* zu Boden fiel. „Wenn du das übertreffen kannst, dann bist du wahrhaftig der Azaltar." Karlenus schien nicht so beschränkt zu sein, wie sein Äußeres suggerierte. Er hielt sich diesbezüglich zurück. Einige lachten, bis er sie anstarrte.

Strecher ging zum gleichen Balkenende, um jegliche Zweifel auszuschließen. Er wünschte sich, dass seine Rippen nicht derart schmerzten und dass er Handschuhe angezogen hätte, wollte aber den Zuschauern um jeden Preis eine Show bieten. Selbst dann, wenn er sich dabei einen Bruch hob.

Er schob die Finger seiner rechten Hand unter das Ende des Balkens und stützte sich mit den Beinen ab. Dann begann er, diesen hochzustemmen. Bei Standardschwerkraft hatte er im Trainingsraum über zwei Tonnen hochgehoben, daher sollte er in der Lage sein …

Das Ende des Balkens hob sich vom Boden. Aufgrund des ungünstigen Winkels schmerzten seine Finger höllisch und seine Rippen schrien unter der Belastung auf, aber er streckte langsam seine Beine, bis er gerade stand. Dann atmete er tief ein und drückte nach oben.

Der Baumstamm flog in die Luft, überschlug sich und fiel

dann krachend auf den Stapel der anderen Balken zurück. Strecher zupfte sich einige Splitter aus der Hand.

Plötzlich vernahm er ein lautes Geschrei und die Holzfäller hoben ihn auf ihre Schultern. Sie brüllten und jubelten, wobei Karlenus der Lauteste von allen war. Als sie ihn schließlich wieder absetzten, klopften sie ihm auf den Rücken und nannten ihn Azaltar.

Strecher hoffte, dass sich die Geschichte wie ein Lauffeuer verbreiten würde, damit er seine Stärke nie mehr würde demonstrieren müssen. Momentan schmerzte jeder Teil seines Körpers, auch wenn er diese Tatsache vor den anderen verbarg.

Als sich die Lage wieder beruhigt hatte, schickte er die Männer an die Arbeit zurück, während er sich Papier und einen Stift nahm. „Glaubst du immer noch, dass ich ein Junge bin?", fragte er Tafar.

„Das habe ich nie getan. Du wirkst wie ein großer Mann, Azaltar."

„Er *ist* ein großer Mann", sagte Roslyn.

„Er ist der Azaltar", wiederholte Gorben.

Strecher atmete aus. „Schon gut, schon gut. Jetzt helft mir mal beim Entwurf dieses
Trebuchets."

Genau in diesem Augenblick verspürte Strecher das Gefühl, beobachtet zu werden. Er drehte rasch den Kopf, konnte aber niemanden entdecken. Wiederum stieg der Zorn in ihm auf. Allerdings lenkte er diesen um und konzentrierte sich auf die Arbeit.

KAPITEL 17

Strecher in Calaria

STRECHER und seine Holzarbeiter arbeiteten bis nach dem Sonnenuntergang weiter, als ihnen endlich klar wurde, dass sie eine Mahlzeit und Schlaf benötigten. Nach dem Essen verschwand Gorben, aber Roslyn führte Strecher zu einem Raum der Sägemühle und bildete dort aus groben Wolldecken ein Nachtlager für sie beide.

Er zog sein Kettenhemd aus und warf sich erschöpft hin. Roslyn legte sich zu ihm und wickelte ihren Körper um seinen. Er protestierte nicht.

Wenn Karla ihn jetzt sehen könnte, würde er wochenlang etwas zu hören bekommen. Oder vielleicht hätte sie es verstanden …

Dann überwältigte ihn der Schlaf.

Bei Tagesanbruch stand er auf und setzte die Arbeit fort. Am Nachmittag kehrte Gorben zurück. Inzwischen hatten Strecher und Tafar etwas vorzuweisen, was sie ihm zeigen wollten.

Der Prototyp des Trebuchets entsprach in seinen Abmessungen ungefähr einem standardmäßigen Onager-Katapult. Für die Konstruktion seines Rahmens waren sogar dieselben vorgesägten Balken verwendet worden, allerdings war der Wurfarm länger.

Statt den Arm in ein verdrehtes Seil zu stecken, war er einer Wippe gleich an einem über dem Boden liegenden Drehpunkt ausbalanciert worden. Am kurzen Ende des Arms befand sich ein Stapel schwenkbarer Eisengewichte. Wurde dieser mithilfe der Seilwinden angehoben, dann senkte sich das lange, mit der Schlinge ausgestattete Ende des Wurfarms zum Boden ab, was das Laden von Geschossen ermöglichte. Danach wurde das Gewicht mittels eines einzelnen Balkens abgestützt und die Seilwinden entfernt.

Das Abfeuern erfolgte schlicht dadurch, dass man den Balken mit einem per Hebel betätigten Seil umriss. Dann sackten die Gewichte nach unten, und das lange Ende mit der Schlinge schleuderte einen Stein über eine enorme Entfernung hinweg – zumindest in der Theorie.

„Also, machen wir einen Versuch", sagte Strecher. Das Trebuchet war so konstruiert worden, das es auf den nächsten Hang ausgerichtet war.

Der erste Stein flog fast direkt nach oben, so dass alle erschrocken die Flucht ergriffen. Das folgende Geschoss knallte nach einigen vorgenommenen Anpassungen direkt vor dem Trebuchet zu Boden.

„Okay, stellt jetzt die Auslösung der Schlinge auf einen Mittelwert ein", sagte Strecher.

Der nächste Brocken flog in einem günstigen Winkel und prallte weiter oben auf dem baumbewachsenen Hang auf.

„Es ist schwer zu sagen, Azaltar. Ich glaube aber, dass diese Maschine Steine noch weiter schleudern kann als die Katapulte mit den neuen Schlingen", meinte Tafar.

„Das sollte sie auch", sagte Strecher. „Man kann so schwere Gewichte aufeinander stapeln, wie man will. Die Stärke der Balken und die Größe der Maschine stellen die einzigen Begrenzungen dar. Es ist viel leichter, ein Trebuchet zu vergrößern als einen Onager. Ich habe gelesen, dass manche davon noch fünfmal größer waren als das hier. Ich glaube aber, dass eine Maschine, die in allen drei Dimensionen doppelt so groß ist, das Schlachtfeld beherrschen wird."

„Aber der schwierigste Teil liegt darin, einen Wurfarm zu finden, der eine solche Kraft aushält."

Strecher rieb sich das Kinn. „Habt ihr hier Segelschiffe?"

„Nein, wir sind Gebirgsbewohner."

„Die Hauptmasten von Segelschiffen sind oft aus mehr als einem Baumstamm gefertigt. Die verschiedenen Teile werden ineinander gepasst, verleimt und eng mit nassem Tauwerk umwickelt. Beim Trocknen schrumpfen die Taue und sorgen für eine feste Verbindung."

Tafar dachte nach. „Das klingt wie das Verfahren zur Fertigung des Bogenteils einer Armbrust. Holzstreifen, die zusammengebunden und mit Sehnen verklebt werden. Dann werden sie erhitzt, ausgehärtet und abgekühlt."

„Genau!", rief Strecher und klatschte in die Hände. „Wenn ihr keinen Mastenbauer findet, dann sucht euch einen Bogner."

Gorben, der zugesehen hatte, stand auf und sprach mit einem Boten. „Finde Wellyd und schicke ihn in meinem Namen hierher." Der Mann eilte davon. „Wellyd ist der Bognermeister des Königs."

Strecher rieb sich zufrieden in die Hände und ging auf und ab. „Bis dahin solltet ihr die von uns entworfenen Teile von der Sägemühle und der Schmiede herstellen lassen."

„Ja, Azaltar", sagte Tafar und verteilte die entsprechenden Pläne an die Handwerker.

Plötzlich drehte sich Gorben zur Burg hin und deutete darauf. „Es gibt ein Problem mit unseren Streitkräften."

Strecher konnte erkennen, dass dies der Fall war. Auf der Festungsmauer rannten Männer umher, und auf den Türmen erschienen Signalflaggen. „Was melden die Flaggen?"

„Die Bortoks bereiten einen Großangriff vor. Ich muss gehen. Leg deine Rüstung an und folge mir." Gorben schritt in Richtung der Burg davon.

Strecher sah, wie Soldaten aus den Dörfern strömten, die jenseits der Sägemühle lagen. Dabei musste es sich um die Bürgermiliz handeln. Die umstehenden Arbeiter griffen sich Schilde, setzten Helme auf und nahmen Äxte in die Hand.

„Wartet! Wartet! Es ist wichtiger, dass ihr diese neuen Kriegswaffen baut!", rief Strecher laut. „Ich weiß, dass ihr kämpfen möchtet, aber ich brauche euch bei der Arbeit."

Karlenus trat vor, eine gewaltige Spaltaxt in den Händen. „Die Bortoks kommen. Alle Krieger werden auf den Mauern benötigt."

„Und ich brauche alle hier."

„Willst du, dass wir Holz hacken, statt auf den Feind einzuschlagen?" Um Karlenus versammelten sich andere, die ähnliche Ansichten zum Ausdruck brachten. „Das werde ich nicht tun!"

Verdammt. Alle von ihnen wollten kämpfen, was Strecher ihnen nicht zum Vorwurf machen konnte. Schließlich hätte er – der Azaltar, ihr Held – genau dasselbe getan.

Das war es! Ein Held.

Strecher erhob die Stimme im Versuch, den gestelzten, übertrieben förmlichen Stil dieses Volkes nachzuahmen. „Männer von Calaria! Ich, der Azaltar, werde eine Schar von Helden um mich versammeln! Prinzessin Roslyn wäre meine Nummer Eins, und Karlenus, der Holzhacker, wird mein neuester Held. Er wird euch auf den Mauern vertreten, der

Rest von euch muss jedoch an diesen siegbringenden Maschinen arbeiten. Ihr seid euch bewusst, dass wir in eurem Namen kämpfen. Seid ihr dafür bereit?"

Die Arbeiter jubelten und Karlenus grinste so breit, dass seine Zähne sichtbar wurden. Seine Stacheln stellten sich auf, als er sich nach vorn beugte und in Strechers Ohr flüsterte. „Sehr klug, Azaltar. Jetzt töten wir Bortoks."

Strecher wandte sich Tafar zu. „Sorge dafür, dass sie weiterarbeiten. In einigen Stunden bin ich wieder da ... oder tot. Aber auch wenn ich fallen sollte, wisst ihr nun, wie man diese Maschinen baut." Er eilte zur Sägemühle, wo sich noch seine Kettenrüstung befand. „Komm schon, Roslyn, hilf mir, die Rüstung anzulegen. Ich habe das Gefühl, dass ich sie brauchen werde."

Beim Erreichen der Hochburg Tollen hatten die drei Helden Gorben fast eingeholt. Strecher ignorierte den Berater und ließ sich von Roslyn auf dem kürzesten Weg zu den Wällen bringen. Als sie auf der Mauerkrone eintrafen und unter sich die Bortoks erspähten, traf ihn der Schlachtenlärm mit der Wucht eines Faustschlags.

Unter ihm wimmelten Zehntausende von Bortok-Kriegern, die den Hang zur Burg hinaufstürmten. Hinter ihnen erkannte Strecher zerstörte Katapulte. Die neuen Onager hatten ihre Aufgabe erfüllt und dabei offensichtlich den Feind verärgert.

Hundert Meter links von ihm war eine Lücke sichtbar, welche in einem Teil der Burgmauer entstanden war, der zwei Türme verband. Die feindlichen Katapulte mussten diesen Mauerbereich zerschmettert haben, bevor sie neutralisiert worden waren. Somit war die erste größere Bresche entstanden.

Nun versuchten die Bortoks um jeden Preis durchzubrechen.

Ballisten feuerten ihre Munition wie gigantische Armbrüste mit einem lauten Schwirren ab. Speergroße Bolzen trafen auf dem Boden auf und rissen Lücken in die hinteren Reihen der vorstürmenden Bataillone. In Mauernähe regneten von Bogenschützen abgefeuerte Pfeile auf die angehobenen Schilde der Gegner herab. Zwischen den eigentlichen Zinnen kippten calarische Krieger Kessel voller kochenden Öls oder rotglühenden Sandes über die verhassten Feinde.

Die Bortoks besaßen keine Belagerungstürme, hatten aber Rammböcke dabei, mit denen sie die Steinfundamente der Burg in Breschennähe zu schwächen suchten. Zudem verfügten sie über Dutzende – nein, Hunderte – von Sturmleitern, die sie schneller an die Mauer brachten, als die Calaria diese abzuwehren vermochten.

Aus der Bresche selbst strömte eine Feindesflut durch die Lücke. Hinter der ersten Mauer hatte Strecher eine zweite entdeckt, also war noch nicht alles verloren. Wenn die Bortoks allerdings die erste Mauer einnahmen, würden sie ihre gesamte Stärke ungestört heranschaffen können. Ihre zehnfache zahlenmäßige Überlegenheit würde die Calaria überwältigen.

„Welche Weisheit bietest du uns?", fragte Roslyn, nachdem Strecher sich die taktische Lage angesehen hatte. „Was rät der Azaltar?"

„Ich habe keine schlauen Ideen." Strecher zog sein Schwert und schnallte sich einen Schild um, den er am Boden entdeckt hatte und der wohl einem gefallenen Krieger gehörte. „Der Azaltar rät, dem Feind in den Arsch zu treten."

Roslyn klopfte gegen ihr eigenes Kettenhemd und zog eine schlanke, rasiermesserscharfe Klinge. „Mir mangelt es am Gewicht, um gegen einen Bortok zu bestehen. Aber ich decke dir den Rücken."

„Und ich deine Seite", sagte Karlenus.

„Ich bin froh, dass ihr bei mir seid. Passt nur auf, dass ich nicht gespickt werde."

„Deine Worte sind seltsam, aber ich verstehe, was du meinst", sagte Karlenus.

Strecher marschierte ins Gefecht.

Er passierte Bogenschützen, die ihre nach unten gerichteten Schüsse so schnell abgaben, wie es ihnen möglich war. Dann erreichte er die erste Sturmleiter. Deren Spitze ragte drei Meter über die Mauerkrone hinweg, und zwei Soldaten mühten sich ab, sie mithilfe von Haken, die offensichtlich genau diesem Zweck dienten, von der Mauer wegzustoßen. Strecher steckte sein Schwert weg, packte das Ende eines Hakenstabs und drückte diesen mit seiner gesamten Kraft nach vorn.

Bald schon kippte die Leiter um, und die darauf stehenden Bortok prallten zwanzig Meter tiefer auf ihren Kameraden auf. Strechers Brustkorb stieß gegen die Mauer, als sein Körper der Bewegung des Stabs folgte. Er hielt dessen Ende fest, damit er nicht nach unten fiel, und zog ihn dann zurück.

Die Soldaten in der Nähe riefen: „Der Azaltar! Die Sessa!" und der Ruf verbreitete sich wie ein Lauffeuer.

„Darf ich", sagte Strecher zu dem Soldaten und nahm sich den Hakenstab. Momentan war dieser ein besseres Werkzeug als ein Schwert. Mit seiner Stärke von fünf Männern stieß er eine Leiter nach der anderen um, so dass die darauf befindlichen Bortoks auf den Felsen zerschmettert wurden oder Verletzungen davontrugen. Karlenus schlug auf das Holz weiterer Leitern ein oder spaltete Bortok-Schädel, während Roslyn den Gegnern von oben her ins Gesicht stach.

Aber es kamen immer mehr, und die Scharen der Bortoks verdichteten sich, als die drei sich über die Mauerkrone der Bresche näherten. Die Feinde strömten nicht nur zu Hunderten hindurch, sondern kletterten auch an den Seiten des Durchbruchs empor und griffen die dort befindlichen Krieger an. Die riesigen Männer, deren schiere Körpermasse sogar die Calaria übertraf und die so groß wie Karlenus waren, brachen nach oben durch und trieben die Verteidiger zurück.

Vor Strecher stand ein einzelner Ritter in Plattenrüstung. Rechts und links von ihm befand sich jeweils ein Soldat, und diese drei stellten sich auf der schmalen Mauer dem Feind entgegen. Einen Moment lang duellierte er sich mit einem wilden Krieger. Der Bortok schlug immer wieder auf seinen Schild ein, aber der Ritter parierte die Schläge geschickt. Seine Waffenknechte stachen und schlugen mit ihren Stangenwaffen zu, so dass die drei vereint kämpften. Der Bortok sackte verwundet zu Boden, aber ein weiterer nahm seinen Platz ein.

Strecher schlüpfte an der dünnen Linie der Soldaten vorbei, welche die Mauern verteidigten. Beim Zurückblicken auf die Hochebene erspähte er die Kriegshaufen der Miliz, die von ihrer Arbeit auf dem Feld und in der Werkstatt gerufen worden waren und nun zur Verstärkung der Burg herbeieilten.

Er fragte sich, ob das ausreichen würde. Vielleicht hätte er die Arbeiter der Sägemühle kommen lassen sollen – allerdings konnten es die Milizsoldaten kaum mit diesen Bortok-Barbaren aufnehmen.

Der Ritter hielt die anstürmenden Bortoks zurück, bis ein besonders großer Barbar mit einem riesigen Morgenstern, einer brutalen und schwerfälligen Waffe, seinem Schild einen mächtigen Schlag versetzte. Der Ritter duckte sich und wich dem Angriff aus, aber die Stacheln trafen den Schild von unten und hätten diesen beinahe von seinem Arm gerissen. Stattdessen vollführte der Ritter einen Rückwärtssalto und landete mit erstaunlicher Geschicklichkeit wieder auf den Beinen.

Unglücklicherweise waren seine beiden Kriegsknechte dadurch dem Feind ausgeliefert. Der Bortok wischte einen von ihnen mit einem Rückhandschlag von der Mauer. Allerdings hatte Strecher den Eindruck, dass der Mann bereits tot war, bevor er am Boden aufschlug.

Der andere wäre ebenfalls gestorben, wenn Strecher nicht vorgetreten wäre, um den Schlag mit seinem Schild abzublocken.

Die Wucht des Angriffs zerschmetterte den Schild und ließ Strechers Füße nach hinten rutschen. Anders als in heroischen Show-Vids war Stärke nicht mit Stabilität gleichzusetzen und stellte nur einen mäßigen Ersatz für Körpermasse dar.

Aber Strecher war stark. Sein Feind war sich dessen nicht bewusst, aber die Geschwindigkeit und Stärke dieses Menschen übertrafen den Barbarenkrieger mindestens um das Doppelte. Bevor es dem Bortok gelang, seine Schlagrichtung zu ändern und die enorme Waffe erneut einzusetzen, wirbelte Strecher sein Schwert herum und trennte eine Hand des Feindes vom Handgelenk ab.

In seinem Griff fühlte sich die Klinge leicht an – möglicherweise zu leicht. Er fragte sich, ob er mit einem längeren, schwereren Schwert effektiver wäre. Dieses hätte seine im Vergleich zu den beiden in diesem Diss-Bezirk lebenden Humanoidenarten geringere Reichweite kompensiert. Oder vielleicht ...

Strecher schwang sein Schwert um volle 360 Grad und hackte den Fuß des verwundeten Bortoks am Knöchel ab, da diese Körperstelle für ihn problemlos zugänglich war. Das menschenähnliche Wesen knallte auf den Boden, und der Ritter trat vor, um dem Bortok in den Hals zu stechen.

„Gut gemacht", sagte der Mann in Rüstung, dessen Gesicht durch den stählernen Helm verborgen bleib. „Ich bin Drake. Du kannst Nelens Platz an meiner Seite einnehmen."

Strecher machte sich nicht einmal die Mühe, den Rangunterschied in Frage zu stellen. Offensichtlich war der Ritter extrem talentiert, und die Qualität seiner Waffen und seiner Rüstung verwies auf einen Mann gehobener Stellung. Stattdessen steckte Strecher sein Schwert in die Scheide und hob den Morgenstern des Bortoks auf, wobei er die tote Hand abschüttelte, die sich immer noch daran klammerte. Dann entledigte er sich der Überreste seines zerschmetterten Schilds und ergriff die erbeutete Waffe mit beiden Händen. „Natürlich. Gehen wir." Er trat vor.

Der nächste Bortok fiel rasch Strechers übergroßem Morgenstern zum Opfer, dann noch einer und ein weiterer. Beim Einsatz dieser Waffe lag der schwierigste Aspekt in der Größe des Schafts, der für seine Hände fast schon zu breit war.

Er hatte mindestens zehn Bortoks weggefegt, als er das zerbrochene Ende der Mauerkrone erreichte, die auf die Bresche hinabblickte. Der Ritter war ihm stetig gefolgt, Karlenus und Roslyn ebenso. Diese Elitetruppe positionierte sich so, dass keinerlei Feinde Strecher in den Rücken fallen oder innerhalb ihrer Reichweite die Mauerkrone erreichen konnten.

Die in der Nähe befindlichen Soldaten riefen im Chor „A-zal-tar! A-zal-tar!" und fegten mit neugewonnener Energie die verbleibenden Bortoks und Sturmleitern von dieser Mauerseite.

Allerdings gab es Probleme auf der anderen Seite der Bresche.

Trotz der Bogenschützen und Ballisten bestand die Gefahr, dass die linke Flanke der Burg vom Feind überrannt würde. Unter sich sah Strecher die innere Mauer, die dem Gewimmel der nach oben kletternden Bortoks momentan noch standhielt. Jenseits der Lücke hingegen boten ihnen die Leitern einen freien Weg nach oben, und die feindlichen Krieger kämpften sich auf der Mauerkrone voran.

Strecher schätzte die Breite der Lücke ab. Er war sich ziemlich sicher, dass er es schaffen würde, und auch die geschmeidige, leichte Roslyn dürfte damit keine Schwierigkeiten haben. Er bezweifelte aber, dass auf Drake oder Karlenus dasselbe zutraf.

„Karlenus", brüllte er über den Lärm hinweg. „finde etwas – einen Stamm, einen Balken, eine Leiter – um die Lücke zu überbrücken. Ich werde die andere Seite erobern."

„Du wirst–"

Anstelle einer Erklärung wandte Strecher sich Roslyn zu. „Folge mir, falls du dir sicher bist, dass du so weit springen kannst. Ansonsten solltest du Karlenus und Drake unterstützen. Wir müssen auf die andere Seite und den Feind von der Mauerkrone vertreiben. Wenn du nicht darüber springen kannst, solltest du dich von der anderen Seite her vorarbeiten. Wir können nicht zulassen, das die Feinde die Mauerkrone erobern."

Strecher hoffte, dass Drake ebenfalls seinen Anweisungen folgen würde und drehte sich wieder zur Bresche hin. Diese Szene erinnerte ihn daran, wie er zuvor erwogen hatte, vom Wohngebäude in Glasgow zu springen. Allerdings war die Entfernung nun kürzer und das Risiko eines zu kurzen Sprungs weitaus geringer.

Na schön, wahrscheinlich etwas geringer. Wenn er den Sprung nicht schaffte und unter den hochkletternden Bortoks landete, würden diese ihn genauso schnell umbringen, wie ein Sturz auf eine Betonfläche aus hundert Metern Höhe es getan hätte.

Wer nicht wagt, gewinnt nicht, sagte sich Strecher. Dann sprintete er zum zerschmetterten Ende der Mauerkrone und konzentrierte sich auf die andere Seite, auf der er landen würde. Er spürte, wie seine Stiefelspitze die Kante des Mauerwerks berührte, dann segelte er durch die Luft, wobei er den massiven Morgenstern über seinem Kopf hielt.

Er landete mit ausreichend Freiraum hinter sich, stieß aber gegen den Rücken eines Bortok. Keiner der Feinde hatte einen Sprungangriff erwartet, da ein solcher völlig unmöglich erschien. Daher konnte er in Stellung gehen und drei von ihnen niederschlagen, bevor es den Bortoks auffiel, dass er sich mitten unter ihnen befand.

Sein Morgenstern verbiss sich ins Fleisch des vierten Feindes, auf den er einhämmerte. Da es eine Weile dauerte, bis er die Waffe wieder losreißen konnte, musste er einen schweren Schlag gegen die Rückenpanzerung seiner Rüstung einstecken. Glücklicherweise hielt die feine Stahlrüstung, deren Ringe für den Schutz eines Prinzen eng zusammengeschmiedet worden waren, und er erlitt nur eine Prellung. Diese machte sich allerdings durch seine immer noch langsam verheilenden Rippen bemerkbar.

Ein schriller Schrei ließ ihn herumwirbeln, und er sah Roslyn nach ihrem Sprung landen, wobei sie ihr Schwert augenblicklich in die Niere seines Angreifers stieß. Sie kämpfte mit einem Dolch in der linken Hand, wobei sie in einem flinken und tödlichen Tanz herumwirbelte und immer und immer wieder zustach.

Strecher ließ seine übergroße Waffe fallen und schnappte sich ein Bortok-Schwert. Dabei handelte es sich um eine lange und wuchtige Kriegsklinge, die sich anders als die erbeuteten Schwerter der Gruppe, die Roslyn gefangengenommen hatte, nicht am Gürtel tragen ließ. Es passte besser in seine beiden Hände als der Griff des Morgensterns, und ließ sich von ihm leichter schwingen.

Statt grob zuzuschlagen konnte er nun gezielte Hiebe austeilen, und obwohl er dies nicht mit Drakes Präzision tat, waren seine Angriffe schnell und stark. Seine überlasteten

Muskeln schmerzten, aber er kämpfte sich mit der Kraft der Verzweiflung zu Roslyn durch und stellte sich Rücken an Rücken zu ihr hin.

So verteidigten sie sich mehrere Minuten lang. Strecher stand der Masse an Bortoks gegenüber, die ihn zu töten versuchte, während Roslyn ihm den Rücken freihielt und diejenigen Feinde erledigte, die über das Geröll hinweg hochkletterten.

Doch Strecher spürte, wie seine Kräfte allmählich nachließen. Trotz seiner Biotech-Stärke und der beschleunigten Heilung hatte er fast keine Energie mehr. Während der letzten drei Tage hatte er nur einmal kurz nachts geschlafen, und seine Wunden waren noch längst nicht verheilt. Nun blutete er aus zahlreichen Kratzern und Wunden. Und obwohl er nur langsam Blut verlor, würden seine Verletzungen ihn letztlich überwältigen.

Plötzlich knallte etwas hinter ihm gegen die Steine. Roslyn sprang mit einem Aufschrei zurück. „Gut gemacht, Karlenus!", rief sie.

Strecher blickte zurück und sah, dass Karlenus einen etwa einen halben Meter breiten Holzbalken gefunden und diesen mithilfe von Drake und einem Dutzend Soldaten über die Lücke geschoben hatte. Weitere Kämpfer mit Stangenwaffen und Bögen wehrten Bortoks ab, während der riesige Holzfäller über die improvisierte Brücke trabte, wobei er eine große Axt in der Hand hielt.

Drake schickte fünf oder sechs Krieger voraus, bevor er so ruhig über den Balken schritt, als ob er einen Spaziergang machte. Sein Schwert bewegte sich pausenlos, schnellte vor und erstach jeden Bortok in seiner Nähe. Als ein Krieger einen langen Speer auf ihn zustieß, hackte Drake die Eisenspitze ab, so dass der Bortok nur noch einen Stab in den Händen hielt.

„Strecher!"

Roslyns Aufschrei erinnerte Strecher daran, dass er sich um weitere Feinde kümmern musste. Fast hätte er wie gebannt das Können und die Eleganz des Ritters bewundert. Er duckte sich unter dem Schwert eines Bortok hindurch und stieß ihm die Spitze seines Zweihänders unter das Kinn. Als der Barbar zu Boden stürzte, änderte Strecher die Bewegung seiner Waffe und schlug durch den Axtgriff eines weiteren Bortok in dessen Oberkörper.

Der Krieger wirkte völlig verblüfft, als er von der Mauer stürzte. Strecher fragte sich, wie sehr sein Erfolg darauf zurückzuführen war, dass die Bortoks ihn aufgrund ihres ersten Eindrucks unterschätzten. Es war so, als ob ein Zug schwerer Infanterie einem Teenager im Trainingsanzug begegnete, der dennoch begann, sie mit ihren eigenen Waffen zu vernichten. Es würde wohl eine Weile dauern, bevor die Bortoks diese Tatsache kapierten.

Karlenus trat neben Strecher, dann stießen sie gemeinsam vor und säuberten die Mauerkrone von Feinden. Weitere Soldaten eilten zu ihrer Verstärkung über die Balkenbrücke. Sie deckten den Vorkämpfern den Rücken und sicherten den bereits eroberten Raum.

Strecher rettete Karlenus mehr als einmal das Leben, indem er den Schlag eines Bortok blockierte oder seinen Gegner tötete. Obwohl der Holzhacker stark und enthusiastisch war, fehlte es ihm an Kampferfahrung. Als Karlenus eine Wunde am Bein einsteckte und stolperte, stellte sich Strecher vor ihn.

Wie erhofft übernahm Drake die Position, an welcher Strecher zuvor gekämpft hatte, und der Schlachtverlauf änderte sich komplett. Da er Karlenus nun nicht mehr unterstützen musste, konnte Strecher sich voll und ganz auf die Elimination vor ihm befindlicher Feinde konzentrieren.

Drake unterstützte sogar Strecher. Mehr als einmal ließ er

kurz von seinem eigenen Gegner ab, um mit seinem Langschwert vorzustoßen. Dabei traf er Strechers Bortok-Gegner an einer entscheidenden Stelle – an der Kniesehne oder am Hals – bevor er wiederum seinen Kontrahenten bekämpfte. Der Mann war ein Wunder an Effizienz und setzte minimale Energie für maximale Ergebnisse ein.

Wie es in Schlachten so oft der Fall ist, wendete sich das Blatt urplötzlich. Kurz zuvor war Strecher noch derart mitgenommen und erschöpft gewesen, dass er erwogen hatte, seine Frontposition vorübergehend zu verlassen. Im nächsten Moment flohen die Bortoks bereits und strömten zu ihren Linien zurück.

„Roslyn, lass mir bitte mein Fernrohr bringen", sagte Strecher. Roslyn schickte einen Boten los, der das Gerät innert kürzester Zeit aus Strechers Zimmer herbeischaffte. Strecher hob es ans Auge und suchte den Bereich ab, in dem er–

Da. Einen Augenblick lang erschien die Gestalt in seinem Blickfeld. Der Mann stand auf einem kleinen Hügel und sah den Bortoks missmutig beim Rückzug zu.

Er sah genau wie Myrmidon aus.

KAPITEL 18

Strecher in Calaria

STRECHER SCHOB das Fernrohr ins Etui zurück und lehnte sich gegen die Zinnen der Hochburg Tollen, da er nicht vorhatte, wie die Mehrheit der anderen calarischen Soldaten einfach zu Boden zu sinken. Bei allen Göttern und Monstern, er war komplett erschöpft. Er konnte kaum richtig sehen, da das während des Kampfes permanent ausgeschüttete Adrenalin nur langsam abgebaut wurde. Aber der Instinkt eines Anführers zwang ihn dazu, sich aufrecht zu halten, damit seine Soldaten keinerlei Anzeichen von Schwäche erkannten.

Myrmidon. Was zum Teufel hatte der Mann vor? Steckte er hinter der Bortok-Invasion? Diese Möglichkeit bestand durchaus. Vermutlich hatte er den Barbaren beim Bau dieser Katapulte geholfen und dem Mak Deen als Berater gedient. Und wenn es wirklich so war, aus welchem Grund? Wiederum stieg allmählich die Wut in ihm hoch, da er die Antwort nicht kannte.

„Du bist nicht der Azaltar, den ich erwartet hatte, aber

vermutlich bist du gut genug", ertönte Drakes belustigte Stimme neben ihm. Strecher drehte sich um und sah, wie der Ritter seinen Helm abnahm und sich die Handschuhe auszog. Das schuppige Gesicht des Mannes war länglich, wie auch seine eleganten Finger, die eher an die feingliedrigen Hände eines Musikers als diejenigen eines Kriegers erinnerten. Er fletschte die spitzen Zähne. „Deine Stärke war uns heute hochwillkommen."

Drake Stimme klang seltsam zwiespältig, als wäre ihm die ganze Situation nicht sonderlich genehm. Strecher zerbrach sich den erschöpften Kopf, um auszutüfteln, was der Ritter im Schilde führen mochte. „Meine Stärke war willkommen, nicht aber ..."

„Deine Schwertkunst lässt noch stark zu wünschen übrig. Wenn du deine Rolle richtig spielen möchtest, kann ich deine Fähigkeit verbessern."

Das Gebahren des Mannes nervte Strecher allmählich. „Was soll das bedeuten?"

„Das bedeutet, dass ich dich ausbilden kann – falls du über eine andere Art von Stärke verfügst."

„Ich bin so stark, wie ich es sein muss, daher muss ich mir dieses arrogante Geschwafel nicht anhören."

Roslyn trat von hinten an ihn heran und legte je eine Hand auf die Schultern beider Männer. Dann sagte sie leise: „Hier und jetzt sollten Helden sich wirklich nicht streiten."

„Natürlich, Sessa. Ich bitte um Entschuldigung", sagte Drake. Dann wandte er sich an Strecher: „Wir treffen uns morgen beim sechsten Glockenschlag in der Schwerthalle." Anschließend ging er, wobei er den Soldaten aufmunternd zusprach, diesen auf den Rücken klopfte und Witze riss.

„Verdammt, wofür hält sich dieser Kerl eigentlich?", fragte Strecher.

Roslyn lächelte. „Das ist Baron Drake, der Schwertmeister

des Königs. Er hat mich ausgebildet – beziehungsweise bildet er mich aus, denn ich habe noch viel zu lernen. Lass dich nicht von seinem Benehmen abschrecken. Er ist vielleicht zu stolz, aber wenn du dich demütigst, kannst du viel von ihm lernen."

Strecher drehte sich weg und spuckte über die Zinnen. „Ich bin kein demütiger Typ."

„Alle Männer sind stolz. Das macht sie zu Männern, und deshalb begehren Frauen sie. Aber es gibt eine Zeit, in der man sich vor einem Meister verbeugen muss. Hast du keine Lehrer gehabt? Hast du ihnen keinen Respekt entgegengebracht?"

Strecher dachte an seine Tage in der Akademie zurück und an einige seiner Lehrer dort. Er erinnerte sich auch an seine Mechgrenadier-Ausbildung durch mürrische alte Mechanzug-Kämpfer, deren Schwall von Kraftausdrücken den sehnlichen Wunsch ausdrückten, ihn kampfbereit zu machen. Und dann gab es noch seinen Kung-Jiu-Sensei, Rohaka, den er selbst mit seiner genetisch optimierten Stärke und Geschwindigkeit nie besiegt hatte. „Na gut, ich bin einverstanden. Das kann ich tun. Man ist nie zu alt, um etwas Neues zu lernen."

Und denk daran, dass du sterblich bist, sagte Strecher sich in Gedanken, da ansonsten niemand anwesend war, der ihm diese Worte hätte zuflüstern können. Dieser Drake war ein Killer. Strecher war sich gar nicht so sicher, ob er es mit ihm würde aufnehmen können – und diesen Eindruck hatte er seit Jahren von niemandem mehr gehabt.

Bis jetzt.

Aber er musste sich eingestehen, was dies bedeutete: dass er in diesem Fall die Rolle des Schülers übernehmen sollte, da Drake ihm etwas beibringen konnte. Na gut. Er zog die Demut der Dummheit vor. Und es wäre wirklich dumm gewesen, eine derartige Chance zur Verbesserung seiner Kampffertigkeiten zu ignorieren.

Falls ihm die Zeit dafür blieb. Er würde möglichst bald

damit aufhören müssen, den Azaltar zu spielen. Nur so würde es ihm gelingen, in die echte Welt entkommen.

„Du denkst daran, von hier wegzugehen", sagte Roslyn.

„Sind die Calaria Gedankenleser?"

„Du drückst deine Gedanken auf dem Gesicht aus, Dirk Strecher."

„Meinen Vornamen habe ich dir nie verraten."

Roslyn grinste. „Du redest im Schlaf. Aber ich werde deinen geheimen Namen niemandem verraten." Sie trat näher und umarmte ihn. „Ich wünschte, wir könnten –"

Strecher legte eine Hand auf ihren Kürass und hielt sie auf Distanz. „Ja, ich auch, aber dazu wird es nicht kommen. Das Eheversprechen an meine Frau löst sich nicht in Luft auf, nur weil ich weit weg bin."

„Du hast Ausschließlichkeit versprochen?"

„Äh, du meinst Monogamie?"

„Mon-no-gam-mie. Was ist das?"

„Es bedeutet, nur eine Frau zu haben."

Roslyn drehte den Kopf von ihm weg, blickte aber seitlich und schüchtern zu ihm zurück. „Es heißt, dass die Frau die Ehre des Mannes liebt, aber nur die Liebe des Mannes ehrt."

„Und was bedeutet das?"

„Denk doch mal nach. Dann fällt es dir sicher ein."

Strecher schnaubte. Frauen und ihre komplizierten Gefühle bereiteten ihm Kopfschmerzen.

Momentan aber schmerzten ihn andere Dinge. Er fühlte, wie sich sein gesamter Körper versteifte und bemerkte den Zustand seiner Muskeln, der Gelenke, das Blut, den Schweiß und den Schmutz, die seinen Körper und die Rüstung bedeckten. Der Nahkampf unterschied sich komplett von einem Einsatz im Mechanzug. Er empfand ihn als rauer und persönlicher.

Strecher sah sich die Leichenberge an. Unteroffiziere

trieben Soldaten zurück auf die Füße, damit die Unverletzten mit dem Aufräumen beginnen konnten. Die Leichtverletzten wurden zu den Personen geschickt, die hier als Sanitäter dienten. Die rüstungslosen Milizsoldaten, die bei der Abwehr der feindlichen Flut mitgeholfen hatten, trugen nun die calarischen Gefallenen weg und warfen die Leichen der Bortoks über die Mauer hinweg auf die darunterliegenden Felsen. In der Luft kreisten bereits Aasvögel, die dann landeten, um sich vollzufressen. Und am Waldrand erschien ein Rudel schakalähnlicher Tiere, die vorsichtig umherschnüffelten.

Die Crews der Ballisten und die Bogenschützen blieben in Stellung und warteten auf einen erneuten Angriff der Bortoks, aber die Sonne näherte sich allmählich dem Horizont. Heute würde der Feind nicht mehr wiederkehren.

Leiter erschien ein Ausfall oder Angriff der Verteidiger unmöglich. Die calarischen Streitkräfte waren erschöpft und brachten kaum die für die Bemannung der Mauern benötigte Mannstärke auf, während die Zahl der Feinde scheinbar unerschöpflich war.

Allerdings *war* die Kampfmoral der Bortoks nun gebrochen. Sie waren weder furchtlose Hok noch emotionslose Opter-Drohnen. Falls sie einige Tage benötigten, um sich neu zu ordnen und ihre Katapulte zu reparieren, würden die Calaria mittlerweile Trebuchets besitzen, was die Burg mindestens bis zum Ende des kommenden Winters sichern würde. Bis dahin wäre Strecher aus diesem Diss-Bezirk verschwunden.

Irgendwie.

Strecher vernahm Stiefelschritte, und beim Umdrehen erkannte er König Fillior und dessen Gefolge. „Sei gegrüßt, Azaltar", rief der König im Tonfall eines geübten Redners. „Du hast uns heute in der Stunde der Not mit deiner Weisheit und Kampfstärke geehrt!"

Roslyn stupste ihn an. „Sag etwas Beeindruckendes", zischte sie.

„Äh, vielen Dank, oh König Fillior von Calaria. Ich habe nur meine Pflicht erfüllt, und es war mir eine Ehre, Seite an Seite mit solch tapferen und edlen Kriegern zu kämpfen. Wir haben heute viele Bortoks getötet. Und wenn sie uns wieder angreifen, erledigen wir noch mehr von ihnen, stimmt's?"

Die Soldaten jubelten.

Strecher fuhr fort und kam nun so richtig in Stimmung. „Denn niemand kann unser Land stehlen, unser Vieh oder unsere Leute töten, ohne dafür teuer bezahlen zu müssen. Sie sind bis an diese Mauer vorgestoßen, aber jetzt kommen sie keinen Schritt weiter."

Mehr Jubelrufe. Strecher wandte sich Roslyn zu. „Das ist alles, was ich sagen kann. Ich wette aber, dass die Soldaten ein paar Worte ihrer kämpferischen Prinzessin hören möchten."

Roslyn drückte seinen Arm und wandte sich der wachsenden Menge zu. „Mein geliebtes Volk! Wir haben die Feinde hier und heute aufgehalten, wir halten sie morgen auf, und bald schon werden wir sie aus dem Land Calaria vertrieben haben. Und wenn es uns heute auch an Kriegern mangelt, wird uns der Winter helfen. Dann erobern wir eure Bauernhöfe und Felder zurück, reparieren unsere Wälle und Festungen, und im nächsten Frühjahr kommt die neue Aussaat. Der Azaltar wird uns dabei mit seiner Weisheit und seinen neuen Kriegsmaschinen unterstützen." Sie hob ihre Klinge und die Soldaten riefen ihren Namen.

„Kommt, Azaltar, Prinzessin. Wir müssen Kriegsrat halten", sagte der König nach einer Weile und führte sie in seinen Speiseraum.

Karlenus salutierte Strecher mit der Axt und verzog sich dann, zweifellos zurück zur Sägemühle. „Wenn ihr diesen Mann an den Waffen ausbildet, wird er zu einem unglaublichen Kämpfer werden", sagte Strecher zu Roslyn. „Eure Miliz wäre mit besserem Training und simplen Rüstungen noch effektiver."

„Rüstungen sind teuer, und jeder Ausbildungstag ist ein Tag, an dem sie nicht arbeiten", erwiderte sie. „Vielleicht können wir uns so einen Luxus leisten, wenn die Lagerhäuser gefüllt und die Leute reich sind."

„Ich verstehe." Strecher dachte daran, was er über den Ackerbau und das Gewerbe im Mittelalter der Alten Erde gelesen hatte. Vielleicht würde ihm zur Steigerung des Ernteertrags auch noch etwas einfallen. Fruchtfolge? Düngemittel? Konturpflügen? Bewässerung? Wenn er sich doch nur an all das langweilige, nichtmilitärische Zeug erinnern könnte. Jetzt gerade hätte er nur zu gerne einen Eierkopf wie Zaxby oder Murdock dabeigehabt, oder zumindest eine Mobilfunkverbindung zu einer Datenbank sowie ein Tablet.

Oder vielleicht hatte er das bereits ... Von all diesen Leuten entsprach Gorben vielleicht am ehesten einem Wissenschaftler. Vielleicht musste Strecher ihm nur einen Ideenaustausch liefern, um den Berater dann die Verbesserungen durchführen zu lassen.

Roslyn führte Strecher wiederum zum Zimmer ihres verstorbenen Bruders. „Wasch dich und komm in einer halben Stunde in die königlichen Gemächer. Dort werden wir essen, trinken und uns beraten."

„Wie zum Teufel könnt ihr hier wissen, wie spät es ist?", fragte er.

„Tagsüber mit Hilfe der Sonne." Sie deutete auf eine Sonnenuhr, die seitlich der Fensterlaibung installiert worden war. „Und nachts mit den Glockenschlägen." Sie deutete aus einem anderen Fenster, welches den Burghof nach innen überblickte. Dort entdeckte er einen in der Dämmerung gerade noch sichtbaren Uhrturm. Das Zifferblatt war in zwölf

Segmente unterteilt und wies einen Stunden- sowie einen Minutenzeiger auf. Was genau dem System entsprach, das sich auf der Alten Erde entwickelt hatte und auch heute noch auf der Mehrheit der Planeten im Einsatz war. Auch wenn sich die eigentlichen Stunden, Minuten und Sekunden von Ort zu Ort unterschieden.

Strecher fragte sich, ob Terra Nova aufgrund einer vierundzwanzigstündigen Rotation ausgewählt worden war oder ob die Stunden dieser Uhr mit einem echten digitalen Chronometer übereinstimmten. Eigentlich spielte es keine Rolle, zeigte aber, wie bemüht die Opters bei ihrer Nachbildung einer menschlichen Umgebung waren. „Na gut. Bis dann."

Roslyn entfernte sich und Strecher wusch sich. Eine Dienerin brachte eine Schüssel mit heißem Wasser und wollte ihm beim Waschen helfen. Aber er schickte sie weg, zog sich aus und schrubbte sich dann so gut wie möglich unter Einsatz des Handtuchs. Falls hierzulande keine Badewannen existierten, wünschte er sich auf jeden Fall, diese einführen. Schließich war er ja der Azaltar! Warum sollte er die Vorteile seines Amtes auch nicht genießen?

Als er dann wieder saubere Kleidung trug, ließ er sich von einem Diener zu den Räumen begleiten, in denen der Kriegsrat stattfand. Ein Krug mit erstaunlich gutem, kühlem und frisch vom Fass gezapftem Bier erfrischte ihn. Damit spülte er das einfache Essen hinunter, das auf einer Anrichte stand – kalter Braten und Wildbret, Obst und Gemüse, Brot und Kuchen vom Vortag. Aufgrund der heutigen Schlacht war natürlich bisher kaum gekocht oder gegessen worden. Ein mit einem dickflüssigen Eintopf gefüllter Kessel stellte die einzige warme Mahlzeit dar. Strecher hatte beobachtet, dass auch die auf ihren Posten stationierten Soldaten diesen verspeist hatten.

Als er gemeinsam mit den anderen – Roslyn, Gorben, Drake, dem König und einem Dutzend weiterer Edelleute und wichtiger Persönlichkeiten – zwei mit Essen beladene Teller geleert hatte, klopfte Fillior mit dem Griff seines Messers auf den Tisch. „Wir sind jenen dankbar, die uns heute gerettet haben, aber die Bortoks hätten beinahe die Schlacht gewonnen. Die Hälfte unserer Soldaten liegt verwundet in der Burghalle. Wenn der Azaltar, meine Tochter und Baron Drake nicht eingegriffen und die Mauer neben der Bresche vom Feind gesäubert hätten, wäre unsere Niederlage besiegelt gewesen."

„Jawohl, Majestät", sagte Drake. „Der Azaltar erwies sich als recht ... energisch und sein heroischer Kampfeinsatz war zeitlich überraschend gut abgestimmt."

Wiederum fiel Strecher diese seltsame Ausdrucksweise auf, als versuche Drake auf eine subtile Art und Weise, seine Taten in Frage zu stellen. Er wollte gerade etwas erwidern, als Roslyn sich zu ihm beugte und in sein Ohr flüsterte. „Du bedrohst seine Rolle als bester Krieger, Liebling. Kein anderer Mann hat je so viele Bortoks getötet oder derartige Fähigkeiten an den Tag gelegt."

„Ja, ich hatte mir bereits etwas in der Art gedacht. Und nenn mich nicht ‚Liebling'."

Roslyn lächelte nur und summte leise vor sich hin.

Toll. Echt toll. Strecher war ausgesprochen froh darüber, Karla viele Lichtjahre entfernt zu wissen.

Gorben sprach in einem ernstem Ton: „Der Azaltar Strecher ist in der Stunde der Not zu uns gekommen, genau wie der Azaltar Jiakob in alten Zeiten. Denn so steht es in den Heiligen Büchern geschrieben: Er wird unser Vorkämpfer sein und dann in Windeseile verschwinden."

Drake trommelte mit den Fingern auf dem Tisch herum. Seine Stimme klang leicht herablassend. „Auch wenn ich nicht so gelehrt bin wie der weise Gorben, habe ich doch die Heiligen Bücher gelesen. Dort steht, dass der Azaltar Jiakob streitsüchtig wurde und nach einem Jahr und einem Tag verbannt werden musste. Der König war über seinen Abgang erleichtert, denn das gemeine Volk liebte den Azaltar mehr als seinen rechtmäßigen Herrscher. Soll es uns ebenso ergehen?"

Roslyn sprang auf die Füße. „Strecher ist erst seit einigen Tagen hier, und du musst jetzt schon Panik verbreiten?"

„Ich fürchte nur um den König ... und dich, Sessa, und die Dynastie von Calaria. Wir haben keinen Prinzen, keinen Thronfolger, und du hast keinen Partner."

„Ich habe *dein* Angebot noch nicht angenommen, meinst du", sagte Roslyn steif. „Jetzt fürchtest du, dass ich Strecher zum Mann nehme und dass er und seine Söhne an deiner Stelle die Krone erben."

„Hey, hey, hey", sagte Strecher, der ebenfalls aufstand. „Ich bin bereits verheiratet. Ich habe eine Partnerin. Prinzessin Roslyn ist wunderschön und weise, und jeder Mann könnte sich glücklich schätzen, ihr Partner zu sein. Aber für mich gibt es nur eine Frau, und sie heißt Karla Engels. Glaubt mir, wenn ich sage, dass ich nicht hier bleiben oder mich in eure Politik einmischen möchte. Ich habe Roslyn gerettet, weil sie sich in einer Notlage befand. Jeder anständige Mann hätte dasselbe getan. Und eurem Volk helfe ich aus demselben Grund – weil ihr in Not seid und euch verteidigen müsst. Wenn die Bortoks erst einmal vertrieben sind, will ich gehen – wieder über die hohe Mauer klettern und zu meinem Volk zurückkehren. In der Zwischenzeit bringe ich euch alles bei, was ich weiß und erwarte als Gegenleistung lediglich ein wenig Unterstützung bei meiner Rückkehr." Er presste die Handflächen gegeneinander und breitete sie dann wieder aus. „Das ist alles. Aus und vorbei. Ihr habt mein Wort darauf."

Drake kniff die Augen zusammen und Roslyn schien sich zurückzuhalten. Die anderen aber, Gorben und der König eingeschlossen, nickten zufrieden. „Eine gute Rede", sagte

Fillior. „Bis die Bortoks aus unserem Land vertrieben worden sind, werden wir jeglichen Zwist beiseitelegen müssen. Baron Drake, stimmst du mir nicht zu?"

„Natürlich, eure Majestät, natürlich."

Strecher setzte sich hin und hoffte, dass die Sache damit erledigt war.

„Bringt die Karte", befahl der König.

Zwei Schreiber schafften eine große Karte aus Pergament herbei und breiteten diese auf dem leergeräumten Tisch aus. Alle Anwesenden erhoben sich von ihren Stühlen, um besser sehen zu können. Die Landkarte zeigte die Hochburg Tollen und die umgebenden Gebiete. Ein weiterer Mann legte schnell und entschlossen kleine Stücke aus bemaltem Holz darauf. Nach kurzer Zeit ähnelte die Karte einem Spielfeld, welches die Stellungen der Bortoks und der Calaria deutlich sichtbar machte.

Weitere Diener zündeten Kerzenleuchter an, um die zunehmende Dunkelheit zu vertreiben. Danach scheuchten die Wachen nicht benötigte Personen aus dem Raum.

Der Königsrat besprach mehrere Stunden lang die Schlacht, die Stellungen der Truppen und des Nachschubs sowie andere militärische Fragen. Drake schien nun in besserer Stimmung zu sein, da Strecher allen versichert hatte, dass er nicht vorhatte, um Roslyns Hand zu werben. Strecher bemühte sich, die eigenen Vorschläge so demütig wie möglich zu formulieren, auch wenn ihm dies zutiefst widerstrebte.

Immerhin hatte er die Wahrheit ausgesprochen – er hatte nicht vor, länger als unbedingt notwendig hierzubleiben. „Nicht länger als unbedingt notwendig" bedeutete, dass die Bortoks wie begossene Pudel abziehen mussten. Danach könnte er die Calaria bitten, ihm bei der Flucht aus diesem Diss-Bezirk zu helfen.

Nach dem Ende des Treffens wies Strecher Roslyns

Versuch zurück, ihn Arm in Arm zu seinem Zimmer zu führen. „Tut mir leid, aber ich habe gerade allen mitgeteilt, dass ich dich nicht will."

„Aber du willst mich doch", sagte sie und blickte ihn verführerisch an. „Ich kenne die Anzeichen."

„Falls es Anzeichen gibt, dann sind diese rein körperlicher Natur. Wenn ich jemandem mein Ehrenwort gebe, dann halte ich mich daran, und darum geht es bei einer Ehe. Kennt dein Volk kein Ehegelübde, keinen Treueschwur?"

„Natürlich gibt es die – über Jahr und Tag, und dann erneuern wir sie – oder auch nicht. Du könntest also ein Jahr und einen Tag hierbleiben und dann wieder gehen. Ich wäre zunächst die Partnerin des Azaltars, danach könnte ich Drakes Partnerin sein. Das würde sehr dabei helfen, mich zur Königön zu machen, meinst du nicht?"

„Königin, ja ... aber glaubst du, dass Drake sich das gefallen lassen würde? Ich wette, dass er die Vorstellung hegt, selbst König zu werden."

„Wenn mein Vater mir den Titel verleiht und den Segen von Gorben und der Magier und der übrigen Edelleute hat, wird Drake die Krone bekommen."

Strecher schnaubte skeptisch. „Du bist eine ehrgeizige Frau, Roslyn. Und ich hatte geglaubt, dass du ein armes, verirrtes Lämmchen wärst."

„Du hast doch das Lämmchen gefunden, Strecher, und ihm den Ehrgeiz in den Kopf gesetzt. Oder?"

„Das habe ich wohl. Aber ich werde nicht ein Jahr und einen Tag hierbleiben. Bei deinen politischen Spielchen musst du ohne mich auskommen."

„Wie du willst, Dirk Strecher." Sie senkte den Blick und lächelte.

„Verdammt, und ich hatte diese Leute für primitiv gehalten", murmelte er, als er in sein Zimmer zurückkehrte. „Das hier erinnert mich an ... die Alte Erde und all die Intrigen des Mittelalters. Machiavelli, Kardinal Richelieu, solche Gesellen."

Strecher bog um eine Ecke. Genau in diesem Augenblick verspürte er einen heftigen Schmerz in seiner Seite, woraufhin seine Beine nachgaben und er zu Boden stolperte.

Das rettete ihm möglicherweise das Leben. Als er stürzte, zischte ein Schwert über seinen Kopf hinweg. Er packte ein Bein eines kleinen Holztischs und schleuderte diesen auf seinen Angreifer.

Mehrere Angreifer. Ein maskierter Mann hatte ihm in die Niere gestochen, ein anderer holte bereits zu einem weiteren Schwerthieb aus. Unglücklicherweise hatte er den Tisch auf den falschen Mann geschleudert.

„Wachen!", krächzte er. „Mordio! Angreifer!" Er rollte sich heftig zur Seite ab, aber der Schwertkämpfer verfehlte ihn nur knapp. Die Klinge kratzte über seinen angehobenen Arm hinweg und wirbelte dann herum, um zu einem erneuten Schlag anzusetzen.

Obwohl Strecher kotzübel war und er sich schwach fühlte, gelang es ihm, die Beine des Mannes unter ihm wegzukicken. Ein Tritt mit voller Stärke hätte das Knie des Mannes zerschmettert. Er packte das Handgelenk des Angreifers mit seiner nicht verletzten Hand und verdrehte es.

Die Knochen des Mannes brachen. Er schrie auf.

Dann stürmten bewaffnete Männer herbei, und Roslyn ebenfalls. Die Wächter überwältigten die beiden Attentäter rasch, während Roslyn sich neben Strecher hinkniete. „Holt den Wundarzt!", schrie sie.

„Bringt die beiden ins Burgverlies", hörte Strecher Drake sagen. „Ich finde bald heraus, wer ihr Auftraggeber ist."

Der Wundarzt verband seine Wunden und ließ Strecher vorsichtig ins Bett heben, wobei Roslyn ihm ständig folgte. Die

Schnittwunde am Arm bereitete ihm keine Sorgen, aber die angestochene Niere pochte und er fühlte sich elender als je zuvor in seinem Leben.

„Die Klinge war vergiftet, Lord Azaltar", teilte ihm der Wundarzt mit. „Ich erkenne den Geruch. Dieser Trank wird die Wirkung des Gifts bekämpfen." Er hielt Strecher einen Becher an die Lippen.

„Vertraust du diesem Typen?", fragte Strecher Roslyn und ergriff den Becher selbst.

„Er ist sein ganzes Leben lang der Wundarzt des Königs gewesen, wie sein Vater vor ihm auch. Ja, ich vertraue ihm", sagte Roslyn.

Strecher trank. Das Zeug hatte einen grauenhaften Geschmack, vermutlich eine Grundvoraussetzung für sämtliche Arzneimittel des Universums.

„Der Trank wird dich schläfrig machen, was nur zu deinem Besten ist", erklärte der Arzt. „Jeden anderen als den Azaltar mit seiner übernatürlichen Stärke hätte das Gift umgebracht. Ruh dich aus und erhole dich." Dann wandte er sich an Roslyn. „Lass mich rufen, falls sich sein Zustand verschlechtert."

„Das werde ich." Sie ließ den Mann durch die Tür hinaus. Im Korridor erspähte Strecher Wachen, und als Roslyn zurückkehrte, schloss sie das Fenster und verriegelte es. „Jetzt bist du in Sicherheit."

„Ich hatte gedacht, dass ich vorher schon in Sicherheit war."

Roslyn errötete vor Scham. „Ich auch. In unserem eigenen Zuhause sollten wir keine Wachen benötigen."

„Anscheinend seid ihr nicht so machiavellistisch, wie ich geglaubt hatte."

„Was soll das bedeuten?"

„Schon gut." Strecher bettete seinen Kopf wieder auf das Kissen und spürte seine Glieder schwerer werden.

Roslyn schenkte ihm einen Becher voll. Diesmal handelte es sich um Würzwein, der wesentlich besser schmeckte als die Arznei. Sie hielt ihm den Becher an die Lippen.

Als er genug davon getrunken hatte, sagte er, „Glaubst du, dass Drake hinter dem Angriff steckt?"

„Drake? Nein."

„Er kann mich nicht ausstehen."

„Er ist kein Meuchelmörder. Wenn er dich beseitigen wollte, würde er dich zu einem Duell herausfordern und töten."

„Oder ich würde *ihn* töten."

Zu Strechers Ärger blickte Roslyn ihn skeptisch an. Mit Ausnahme seiner Kung-Jiu-Ausbilder war er nie jemandem begegnet, der ihn in einem fairen Kampf hätte besiegen können. Die Vorstellung sagte ihm nicht sonderlich zu. Aber offensichtlich würde er irgendwann jemandem treffen, der die Fähigkeiten dazu besaß.

Strechers Gedanken glitten in ganz andere Richtung, als er plötzlich spürte, wie Roslyn neben ihm ins Bett schlüpfte. Er bemerkte die Wärme ihrer Haut, ihre gegen ihn gedrückten Oberschenkel und Brüste und erkannte dann, dass sie nackt war. Ein Adrenalinschub kämpfte gegen die Arznei und die Wirkung des Weins an, als ihre Hände über seinen Brustkorb strichen.

„Nein–", murmelte er, aber es gelang ihm nicht, sie abzuwehren. Er spürte die Reaktion seines Körpers auf ihre Berührung. „Was hast du …"

„Ich habe Kräuter in den Wein gemischt, um deine Potenz und dein Verlangen zu erhöhen", sagte sie, als sie die Decke vom Bett warf und sich rittlings auf ihn setzte. „Wenn ich dein Herz nicht haben kann und dein Verstand mich ablehnt, dann will ich wenigstens deinen Körper und deinen Samen, Dirk Strecher, mein Azaltar."

„Nein, Moment mal ..."

„Mach dir keine Sorgen, Liebling. Am Morgen wirst du dich an nichts erinnern."

Unabhängig von der Frage, ob die Drogen, Roslyns Charme oder sein eigener verräterischer Körper dafür verantwortlich waren, konnte er ihr nicht widerstehen.

KAPITEL 19

Strecher in Calaria

Als Strecher erwachte und das Morgenlicht durch das immer noch verriegelte Fenster seines Burgzimmers strömte, versuchte er, sich die Ereignisse der vergangenen Nacht in Erinnerung zu rufen. Er erinnerte sich an den Angriff und den Arzt, der seine Wunden versorgt hatte. Und Roslyn ... was hatte sie schon wieder gesagt? Hatte sie ...?

Strecher warf die Decken von sich und blickte auf seinen Körper hinab. Aber alles, was er erkennen konnte, waren seine Verbände. Keinerlei Anzeichen für ... für was genau? Er war sich nicht einmal sicher. Es war wohl ein Traum gewesen. Selbst, wenn er es sich gewünscht hätte, wäre er aufgrund des Schlaftrunks und all dieser Wunden nicht dazu in der Lage gewesen.

Er richtete sich vorsichtig auf und stellte fest, dass sein körperlicher Zustand seine Erwartungen übertraf. Anscheinend unterstützte ihn die Biotechnologie bei der Heilung. Er schwang die Beine über den Bettrand und stand auf. Dann stolperte er zur Toilette, und danach zog er an einem Klingelseil. Diener eilten herbei und unterstützten ihn dabei, sich locker sitzende Kleidung anzuziehen. Anschließend brachten sie ihm Speis und Trank.

Kurz darauf betrat Gorben den Raum. „Ich danke dem Heiligen Herrn, dass du überlebst hast", sagte er.

„Dem Heiligen Herrn? Ich dachte, du wärst nicht abergläubisch – jedenfalls, was Götter und Dämonen und so was betrifft, weißt du."

Gorben starrte Strecher verblüfft an. „Das bin ich nicht. Die Magier und ihre Anhänger glauben an Dämonen und Zaubersprüche und so etwas. Auf die Anhänger des Wahren Glaubens trifft dies aber nicht zu. Der Heilige Herr hat das Land und das Firmament erschaffen und alle Dinge in Bewegung gesetzt. Der Heiligen Schrift zufolge mischt er sich selten in die Angelegenheiten der Menschen ein. Aber sollte ich ihm nicht für all das Gute danken?" Gorben zuckte mit den Schultern. „Nur ein ausgesprochen engstirniger Mensch würde nicht zumindest seinen Dank ausdrücken. Hast du nie mit deinen Göttern gesprochen, nicht einmal auf dem Schlachtfeld?"

„Vielleicht habe ich das", sagte Strecher und dachte daran, wie er Orset begraben und dabei die Grabrede des Militärgeistlichen rezitiert hatte. „Eine Pascalsche Wette."

„Was ist das?"

„Es bedeutet ... falls es einen, äh, ‚Heiligen Herrn' gibt und dieser gütig ist, warum sollte man sich dann nicht mit ihm gutstellen? Und wenn er nicht gütig ist? Dann hat es zumindest nicht geschadet."

„Genau." Gorben öffnete das Fenster. „Aber die Magier glauben nicht daran. Sie haben die Lüge verbreitet, dass du ein Dämon seist – was du bewiesen hast, wie ich fürchte. Das Gift auf der Klinge hätte fünf robuste Männer umgebracht, du aber hast überlebt."

„Du glaubst, dass diese Magier dahinter stecken?"

„Das ist möglich, aber wir werden die Antwort nicht allzu bald erfahren. Die Attentäter sind an ihrem eigenen Gift gestorben, bevor sie etwas verraten konnten."

„Wie praktisch. War nicht Drake für die Verhöre verantwortlich?"

„Glaubst du, dass er sie zum Schweigen gebracht hat?"

„Ich glaube, dass er bei dieser ganzen Angelegenheit der Hauptverdächtige ist."

„Das bezweifle ich. Drake ist viel zu vorsichtig, um etwas so Unbedachtes zu riskieren." Gorben ging auf und ab, starrte den Boden an und klopfte nachdenklich mit seinem Stab darauf. „Ich möchte nicht undankbar erscheinen, Azaltar, aber vielleicht solltest du dich auf den Weg machen, sobald es dir besser geht."

„Ja, das hört sich toll an. Weißt du, wie man über die Mauer nach Glasgow kommt? Rennerog, meine ich?"

„Ich kenne einen Weg durch die Mauer, weiß aber nicht, ob dieser nach Rennerog oder in ein anderes Land führt. Er ist weit von der Stelle entfernt, an der Roslyn dich gefunden hat. Dort stürzt ein Fluss unter der Barriere hindurch."

„Hört sich riskant an. Kann man die Mauer nicht einfach überklettern?"

Gorben blickte die geschlossene Tür an und sprach leiser. „Tief im Herzen glaube ich nicht, dass Roslyn über die Mauer klettern könnte. Aber so etwas würde ich niemals in der Öffentlichkeit sagen. Und wäre der Abstieg auf der anderen Seite nicht genauso gefährlich? Hast du nicht gesagt, dass die Bewohner von Glasgow dich gefangen nehmen wollten?"

„Das stimmt", sagte Strecher. „Wahrscheinlich wäre es

besser, es beim Fluss zu riskieren. Ich werde mir die entsprechende Stelle zumindest mal ansehen."

„Ausgezeichnet. Dann lasse ich dich ruhen."

„Äh, Gorben."

„Ja, Azaltar?"

„Was bedeutet dieses Wort eigentlich? Azaltar?"

„In der Alten Sprache bedeutet es..." Gorben musste darüber nachdenken. „Freiheitsbringer."

Strecher verschluckte sich an seinem Wein. „Befreier?"

„Das wäre eine passende Übersetzung."

„Vielleicht steckt hinter all deinen Prophezeiungen doch etwas."

„Natürlich. Bei Prophezeiungen ist es nur wichtig, die Interpretation bis zum letztmöglichen Moment herauszuzögern. Es ist gleichgültig, was das Huhn und was das Ei ist." Gorben sagte dies mit einem Augenzwinkern. „Du bist gekommen und hast uns geholfen. Daher bist du der Azaltar."

„Nenn mich bitte Dirk, ja? Dirk Strecher. So heiße ich."

„Na gut, Dirk Strecher. Leider habe ich keinen anderen Namen als Gorben."

„Kein Problem. Was ich noch sagen wollte, könntest du mir Roslyn vom Hals halten?"

Gorben hob eine Augenbraue. „Eine ungewöhnliche Bitte."

„Na ja, sie wird etwas zu freundlich. Ich habe bereits eine Partnerin."

„Die Frau liebt die Ehre des Mannes, ehrt aber nur die Liebe des Mannes."

Strecher nickte. „Ja, das hat sie gesagt, aber ich verstehe die Bedeutung nicht ganz."

„Es bedeutet, Dirk Strecher, dass Frauen überhaupt keine Ehre besitzen, was die Liebe betrifft."

„Hier in Calaria vielleicht."

„Es ist der einzige Ort, den ich kenne. Sind die Frauen in deinem Land anders?"

„Einige davon." Dann dachte Strecher an Tachina. „Andere vermutlich nicht."

Gorben hielt eine Hand hoch. „Ich werde den König bitten, dass er ihr deiner Gesundheit zuliebe untersagt, hierher zu kommen. Ich weiß aber nicht, wie lange das etwas nützen wird. In der Zwischenzeit solltest du dich ausruhen. Klingle, wenn du wieder erwachst. Wir müssen uns noch über andere Dinge unterhalten. Ich würde gerne deine Weisheit bezüglich vieler Themen erfahren."

„Bevor ich gehe, meinst du?"

Gorben lächelte und ging zur Tür. „Bis später, Azaltar."

STRECHER BLIEB drei Tage lang in seinem Zimmer. Er aß und trank, badete in einer von den Dienern herbeigeschafften Kupferwanne – und unterhielt sich ausführlich mit Gorben. Zwei junge Schreiber hielten ihre Gespräche fest. Strecher behandelte jedes Thema, das ihm in den Sinn kam – Militärwesen, Naturwissenschaften, Medizin, Landwirtschaft, Technik, Logistik.

Er zeichnete Skizzen auf, die Gorben so sorgfältig aufbewahrte, als ob sie Heilige Schriften wären. Und das waren sie wohl auch, dachte Strecher, da sie aus der Hand des Azaltars stammten.

Zudem blickte Strecher mit dem Fernrohr durchs Fenster, wobei er sich möglichst weit hinten postierte, um von außen nicht gesehen zu werden. Anscheinend hatten sich die Bortoks mehrere Kilometer weit ins Tal zurückgezogen und nur Spähtrupps zurückgelassen. Er konnte keine Spur von Myrmidon entdecken, obwohl er nach wie vor das Gefühl hatte, dass der Mann ihn beobachtete.

Am viertem Tag besuchte ihn Drake in Begleitung von Gorben. „Ich entschuldige mich dafür, dass es mir nicht gelungen ist, den Auftraggeber der Attentäter zu finden, Azaltar", sagte er steif. „Ich kann dir versichern, dass ich nichts damit zu tun hatte."

„Ich glaube dir. Und ich entschuldige mich dafür, unsere Verabredung versäumt zu haben", erwiderte Strecher. „Ich hatte mich wirklich auf den Schwertkampfunterricht gefreut."

„Das tut mir auch leid, aber es sollte eben nicht sein. Gorben sagt uns, dass du uns verlassen wirst, sobald du dich erholt hast."

„Das stimmt. Es ist außerdem richtig, dass ich nicht an Roslyn interessiert bin."

„Ich weiß. Auf deine Bitte hin hat der König ihr weitere Besuche verboten. Was eine gute Entscheidung war." Drake neigte den Kopf zur Seite. „Sie scheint aber nicht enttäuscht zu sein. Du warst für sie nur eine Schwärmerei." Er streckte die Hand aus. „Ich habe dir Unrecht getan, Azaltar Strecher."

Strecher drückte die Hand des ritterlichen Barons. „Ja, das hast du – aber diese Geschichte ist nun vergessen."

„Ich hoffe, dass du noch einen weiteren Zehntag bleiben kannst – zumindest bis zur Partnerzeremonie."

„Partnerzeremonie?"

„Roslyn hat zugestimmt, für ein Jahr und einen Tag meine Partnerin zu sein, da auf den Gipfeln nun der erste Schnee erscheint und die Bortoks in ihre warmen Tiefländer geflohen sind."

Strecher grinste. „Ja sieh mal einer an. Herzlichen Glückwunsch, Drake, mein Freund! Ich hoffe, dass ihr einander glücklich macht."

„Ich wäre schon damit zufrieden, wenn es Nachkommen gäbe."

„Ja, es kommt immer was nach, oder?"

Drake und Gorben warfen sich verschmitzte Blicke zu. Dann führte Gorben Drake hinaus und erklärte, dass Strecher müde sei. Strecher vermutete, dass der alte Zauberer ihn nur noch weiter ausfragen wollte.

Im Lauf der nächsten zehn Tage verheilte Strechers Körper, und er begann mit einem leichten Training. Drake lud ihn in seine Schwerthalle ein, wo er den anderen Rittern und Soldaten die Feinheiten des Fechtens beibrachte. Strecher führte ein intensives Sparring durch und konzentrierte sich auf die anstrengenden Übungen.

Wenn er nicht in der Halle trainierte, besuchte er die Sägemühle und half beim Aufstellen der neuen Trebuchets. Am Abend unterrichtete Gorben ihn in der Hochsprache. Mittlerweile konnte Strecher einige hundert Wörter verstehen und einfache, kindliche Sätze formulieren. Die beiden unterhielten sich bis spät in die Nacht über alles Mögliche.

Strecher sah Roslyn nur, während er mit dem König speiste. Dann benahm sie sich ausgesprochen korrekt, kümmerte sich um Drake und schenkte Strecher mit Ausnahme der üblichen Höflichkeitsbekundungen keinerlei Beachtung. Dennoch hatte Strecher stets das Gefühl, insgeheim von ihr beobachtet zu werden. Auch wenn das einfache Leben dieser Leute durchaus seinen Reiz war, wäre er gerne von hier verschwunden, um wenigstens der Prinzessin zu entkommen.

Nach der Partnerzeremonie für Drake und Roslyn und dem unvermeidlichen Schlemmen und Zechen danach verließen Gorben und Strecher die Burg in Begleitung mehrerer Wachen und Holzfäller. Ihr Weg führte sie weg von den Bortok-Tiefländern, über die Hochebene und in einen weitläufigen Wald, der jenseits davon lag.

Beim Abschied war Roslyn neben Drake auf der Burgmauer gestanden. Eine ihrer Hände hatte einen Seidenschal geschwenkt, während die andere auf ihrer Gürtelschnalle ruhte. Etwas an dieser Pose hatte ihn an Karla erinnert, und er hatte den Eindruck gehabt, dass sich eine verschwommene Erinnerung knapp unterhalb seiner Bewusstseinsschwelle regte.

Egal. Dieses Kapitel seines Lebens war abgeschlossen. Er hatte gute Taten vollbracht und würde nun seine Belohnung erhalten – einen Weg hinaus aus diesem Land.

Karlenus hatte darauf bestanden, die Gruppe zu begleiten. „Ihr reist durch meine Wälder", sagte der Riese. „Ich kenne jeden Baum und jeden Fels in einem Umkreis von hundert Meilen."

Strecher hielt dies für eine Übertreibung, war aber dennoch froh darüber, den großen Kerl bei sich zu haben. Abends, nachdem sie ihre tägliche Wegstrecke hinter sich gebracht hatten, ließ Strecher die Holzfäller durch den Wachhauptmann im Nahkampf mit der Axt trainieren. „Ihr wisst am besten, wie man einen Baum fällt", sagte er. „Jetzt müsst ihr lernen, wie man einen Bortok am besten umhaut."

Holzfäller kundschafteten den Weg aus und erlegten auch Wild – Vögel, große Nagetiere und rchartiges Wild – welches dann über einem offenen Feuer gebraten wurde. Zu den Mahlzeiten genossen sie allesamt einen Wein, der mit dem kühlen Süßwasser der Bergbäche vermischt wurde. Sie schliefen gut auf Decken, die über weiche Zweige gelegt worden waren, die man von duftenden Büschen geschnitten hatte. Strecher wurde klar, dass er nie zuvor in seinem Leben derart gut in

Form gewesen war. All die körperliche Betätigung und die frische Luft unterschieden sich komplett von all den Jahren, die er an Bord von Raumschiffen und in Mechanzügen verbracht hatte.

Als sie nach neuntägiger Reise die Mauer erreichten, spürte Strecher vorübergehend ein starkes Bedauern und das Verlangen, mit diesen einfachen Menschen zurückzukehren. Dann erinnerte er sich an Roslyn und die politischen Intrigen in Calaria, woraufhin sein Verlangen schwand. Ihm wurde klar, dass diese Reise ein Urlaub, eine Campingtour gewesen war und wie alle guten Dinge ein Ende finden musste.

„Dann sehen wir uns diesen Durchgang mal an", sagte Strecher.

„Hier ist er", sagte Gorben und führte Strecher zu einer niedrigen Klippe am Rand des Flusses. Dort traf die Strömung auf die Mauer und floss in hohem Tempo darunter hindurch.

Strecher blickte zur hundert Meter hohen Barriere hinauf und wünschte, es gäbe einen Weg, der darüber hinwegführte. In der Antike hatten die Römer eine Erdrampe nach Masada hinauf gebaut, die noch höher als diese Mauer gewesen war. Allerdings hatten 15.000 Menschen dafür zwei Jahre benötigt. Und Strecher hatte weder die Zeit noch die Arbeitskräfte zur Verfügung. Was er alles für ein Paar einfacher Düsenstiefel gegeben hätte ...

Plötzlich sah er auf der Mauerkrone eine Bewegung. Jemand blickte auf ihn herab. Strecher ertastete das Fernrohr in seinem Etui, aber bis er es herausgeholt hatte, war die Person bereits wieder verschwunden. War das wiederum Myrmidon gewesen? Er wünschte sich, er könnte den Mann zu fassen kriegen.

„Na schön, dann gehe ich besser mal los", sagte Strecher, als er das Fernrohr an Gorben übergab. „Gib das hier bitte an Roslyn zurück." Er zog sich sein Kettenhemd aus und reichte es Karlenus. „Dank dem König dafür, dass er mir die Rüstung seines Sohns geliehen hat. Sie hat mir das Leben gerettet.

Karlenus faltete das Kettenhemd zusammen, reichte es an jemand anderen weiter und umarmte Strecher dann heftig. Er klopfte ihm auf den Rücken und weinte. „Ich werde dich vermissen, Dirk Strecher, mein Azaltar."

Strecher hielt den Riesen auf Armeslänge von sich und blickte sein bärtiges Gesicht an. „Dein *Freund*, Karlenus. Ich bin nicht mehr der Azaltar. Gorben hat mir erzählt, dass der Azaltar eurer Heiligen Schrift zufolge in der Stunde der Not zu euch zurückkehren wird."

„Wie es dem Heiligen Herrn gefällt."

„Schon gut, mein großer Freund." Strecher wandte sich Gorben zu und hielt ihm seine Taschenlampe hin. „Das möchte ich dir geben."

„Danke, aber ich muss ablehnen."

„Ablehnen?"

„Dort, wo du hingehst, brauchst du es vielleicht. Es ist ausreichend, dass ich das Prinzip der Lampe nun verstehe. In einigen Jahren erschaffen wir unsere eigene *Elektrizität*, unser eigenes *Schießpulver*."

„Und hoffentlich eure eigenen Toiletten", sagte Strecher grinsend. Er hob den Beutel aus geöltem Leder auf, den er vorbereitet hatte und der eine Auswahl an nützlichen Gegenständen enthielt. Er warf ihn sich über seinen Rücken, winkte den anderen zum Abschied zu und bereitete sich auf den Sprung in den Fluss vor.

Plötzlich vernahm er einen Schrei. Tafar, der junge Ingenieur, rannte aus dem Wald und stolperte auf die Calarier zu. Mit Ausnahme eines Messers und eines Rucksacks hatte er kaum etwas bei sich, und er wirkte ausgehungert. Er beugte sich nach unten, keuchte und versuchte, zu Atem zu kommen. „Wasser!", krächzte er.

Nachdem er mehrere Züge aus einer Feldflasche genommen hatte, richtete sich Tafar wieder auf und sagte mit schmerzverzerrter Stimme: „Calaria ist gefallen."

„Was?" Gorben packte Tafar an den Schultern. „Erklär das!"

„Vor fünf Tagen. Ich bin den ganzen Weg gerannt. Die Bortoks haben einen Nachtangriff durchgeführt, nachdem wir annahmen, sie hätten sich alle ins Tiefland zurückgezogen. Obwohl wir Tausende getötet haben, sind sie zu Zehntausenden gekommen. Der König ist tot. Baron Drake und die Sessa führten ein tapferes Rückzuggefecht durch, und viele sind auf die Gebirgswiesen geflohen. Aber noch mehr sind zu Sklaven des Feindes geworden."

„Calaria ist untergegangen", sagte Gorben verblüfft.

„Wir müssen zurück! Wir müssen kämpfen! Wir werden unser Land zurückerobern!", sagte Karlenus.

„Gegen so viele können wir in einer offenen Schlacht nicht bestehen", meinte Gorben. „Aber im Gegensatz zu den Bortoks können wir im Schnee überleben. Wir werden ihnen tausend Nadelstiche versetzen ..."

„Und sie werden bluten, bis sie unser Land verlassen!", rief Karlenus. Er wandte sich Strecher zu. „Azaltar! Du wirst uns helfen."

Strecher nickte, noch völlig erschüttert. „Natürlich werde ich das."

Tafar stützte sich auf Gorben und sprach leise in sein Ohr. Gorben machte große Augen und wandte sich dann Strecher zu. „Nein. Strecher, du hast mir von deiner Schlacht um die Sterne erzählt. Du musst zum Firmament zurückkehren und deinen Krieg im Himmel gewinnen. Dann kannst du zu uns zurückkehren und dieses Unrecht rächen."

Strecher widersprach ihm: „Ich mache, was ich will,

verdammt noch mal – und ich kann dein Volk nicht einfach im Stich lassen. Ich helfe euch –"

Gorben unterbrach ihn und trat näher. „Tafar hat mir etwas erzählt."

„Was? Etwas, das mich dazu bringen wird, meinen Entschluss zu ändern?"

„Nein, Azaltar. Etwas, das sicherstellt, dass du zurückkehrst, sobald deine Aufgaben erfüllt sind." Er kam noch näher heran, bis er über Strecher emporragte. Dann lehnte er sich nach vorn und flüsterte. „Roslyn trägt dein Kind."

Mit diesen Worten schlug Gorben seine Handfläche gegen Strechers Brust und warf ihn in den Fluss.

KAPITEL 20

Faslane-System, Hundert Welten

Das Flaggschiff *Victory* löste die letzten Verbindungen und schwebte vom Raumdock der Carstairs Corporation über Faslane-2 hinweg. Dank des riesigen Kristallfensters war Billingsworth M. Carstairs VI in der Lage, diese Szene mit seinen eigenen Augen zu verfolgen. Falls er Details in ultrahoher Auflösung bevorzugte, hätte er eines der über ihm projizierten Hologramme dafür nutzen können.

Er stand auf einer VIP-Plattform fünf Meter über der Menge. Neben ihm tummelte sich eine Reihe von Admiralen, Ministern, Abgeordneten und anderen Würdenträgern. Sie und die unter ihnen versammelten Normalbürger applaudierten, als das Schiff, das einem riesigen Ei glich, die Schubdüsen einsetzte und sich auf den Weg machte. Innerhalb von Minuten war es mit bloßem Auge nicht mehr zu erkennen. Allerdings verwendete das intelligente Kristallfenster seine zahlreichen Schichten geschickt dazu, einen Teleskopeffekt zu erzeugen, so dass das Schiff fast eine Stunde lang sichtbar blieb.

Carstairs seufzte. Kein vernünftiger Mensch hätte sich über ein Leben wie seines beklagt. Da er aber jetzt an der Spitze eines Großunternehmens stand, führte der einzige nach oben führende Weg zu weiteren Gipfeln. Vielleicht in die Politik? Einen Sitz im Parlament hätte er sich mühelos erkaufen können. Wollte er sich an ein völlig neues Spiel gewöhnen, in dem ihm sein enormer Reichtum immer noch Einfluss bot, wahre Macht hingegen kaum?

Darüber musste er nachdenken.

Momentan plante er, die von der *Victory* gesendeten Berichte genau im Auge zu behalten – zumindest bis sie an der Spitze der Heimatflotte abflog. Wenn das Schiff, die Crew und vor allem die KI im Gefecht nicht die angekündigte Leistung erbrachten, hoffte er darauf, dass sie wenigstens genügend Anstand besaßen, im Kampf unterzugehen.

Die radikale Designidee der *Victory* stellte ein Risiko dar. Der Kern des Schiffs – die beste je von den Hundert Welten konstruierte experimentelle KI – war von mehr als tausend menschlichen Gehirnen durchsetzt. Nein, das war der falsche Ausdruck. Bei diesen Objekten handelte es sich nicht um Gehirne. Ansonsten wären Carstairs und alle, die mit dem Projekt zu tun hatten, nichts anderes als Verbrecher gewesen. Nein, diese Beinahe-Gehirne waren lediglich biologische Computer, jeweils mit einem autarken Bio-Supportmodul oder BSM ausgestattet.

Nur Gewebe, sagte er sich erneut.

Jedes BSM war unter Verwendung fortgeschrittener Neuralchiptechnologie mit einem Netzwerk verknüpft worden. Dem darin befindlichen Gewebe war mittels Entfernung gewisser Nervenknoten und Strukturen der freie Willen genommen worden, den Wissenschaftlern zufolge besaßen sie aber immer noch eine Art von Bewusstsein. Dieses Bewusstsein teilten sie mit den anderen BSMs und der Maschine und bildeten dadurch im Verbund die KI.

Diese KI war nun schon über sechs Monate lang im Einsatz – länger, als jede andere KI vor ihr es geschafft hatte, ohne in den unvermeidlichen Wahnsinn abzugleiten. Sie war stabil, sich ihrer Existenz bewusst und von einer fast schon kindlichen Freude erfüllt, ihre Funktion als perfekter Flottenkoordinator zu erfüllen und den Willen des kommandierenden Admirals perfekt umzusetzen. Sie konnte extrem schnelle Analysen durchführen, Ratschläge erteilen und Befehle weiterleiten. Sobald sie die entsprechenden Zugriffsrechte erhielt, würde sie andere Kriegsschiffe sogar direkt über die neue, streng geheime Datenverbindung kontrollieren können.

Diese Verbindung stellte einen weiteren Aspekt der hochmodernen Technologie dar, die die *Victory* überhaupt erst ermöglicht hatte. Das erste überlichtschnelle Kommunikationssystem der Menschheit wies unter idealen Bedingungen eine maximale Reichweite von etwa zehn Millionen Kilometern auf. Aber bereits ein viel geringerer Wert reichte aus, um allen Schiffen innerhalb einer Kampfgruppe eine verzögerungsfreie Kommunikation zu bieten. Dies bedeutete, dass Signalverzögerung ein Fremdwort war und vor allem auch, dass die zahlreichen unbemannten Drohnen der *Victory* ihre volle Kampfkraft erreichten.

Zudem existierten keine Störsender, die diese überlichtschnelle Datenverbindung beeinträchtigt hätten. Der Feind war sich ja nicht einmal der Existenz eines derartigen Systems bewusst. Und sobald die andere Seite es herausfand, würden die Gegenmaßnahmen jahrelange Forschungen erfordern.

Carstairs hatte die Wissenschaftlerin, welche das System entwickelt hatte, nur zu gerne fürstlich entlohnt. Sie war zu unattraktiv, als dass er mit ihr geschlafen hätte. Aber da sie nun ausgesprochen wohlhabend war, würde sie zweifellos unzählige Verehrer finden. Seltsamerweise hatte sie niemals zuvor Anzeichen von Brillanz gezeigt oder, wenn man ihren Kollegen Glauben schenkte, danach ebenfalls nicht. Aber Carstairs nahm an, dass selbst ein blindes Huhn bisweilen ein Korn fand.

Eigentlich spielte es keine Rolle. Diese bahnbrechende Erfindung, für die er Millionen gezahlt hatte, würde ihm Dutzende, vielleicht Hunderte von Milliarden einbringen. Vielleicht würde sie sogar zum Sieg gegen die Hok und die mit ihnen verbündeten menschlichen Verräter führen.

Bei diesem Gedanken stiegen kurzzeitig Sorgen in ihm auf. Was würde mit den Rüstungsbetrieben seines Megakonzerns geschehen, falls die Hundert Welten den Krieg gewannen? Die Verteidigungsausgaben würden rapide sinken, und damit auch seine Gewinne.

Aber damit könnte er sich später befassen. Er besaß ja auch eine Menge Firmen im Zivilbereich. Außerdem hatte er die Option, die von ihm bestochenen Abgeordneten dazu zu bringen, dass sie mithilfe der üblichen Vortäuschung eines feindlichen Angriffs einen netten kleinen Krieg in den Grenzbereichen anzettelten. Eine Bedrohung durch gruselig aussehende Außerirdische steigerte stets den Umsatz. Mit den radioaktiven Thorians beispielsweise ließ sich eine rechte Panik auslösen.

Über die Holos beobachtete er, wie das Gefechtsmodul sich zum Andocken der *Victory* näherte. Innerhalb von Minuten hatte dieses Modul das Heck des halb gepanzerten Schiffs verschlungen und mit den besten Abwehrsystemen umhüllt, die jemals von den Hundert Welten gefertigt worden waren. Zudem verfügte das Modul über leistungsfähige Triebwerke, die ihm mehr Mobilität verliehen als allen anderen Einheiten dieser Größenklasse. Es lieferte auch ein umfangreiches Arsenal an Abwehrwaffen und natürlich zahlreiche automatisierte Hangars zum Start und zur Landung der Kampfdrohnen.

Dies war der dritte Aspekt des Fortschritts, der die *Victory* einzigartig machte. Das Hauptschiff und das Gefechtsmodul, die sich jeweils knapp unterhalb der Massegrenze für den Lateralraumtransit befanden, würden separat reisen und sich am Ziel eiligst zu einem Schiff doppelter Größe vereinen.

Carstairs hatte Gerüchte darüber gehört, dass die Hok vor Jahren ähnliche Experimente zur Entwicklung eines Superschiffs entwickelt hatten, was aber anscheinend nicht geklappt hatte. Carstairs Corporation hingegen war es gelungen, und auf seine Leistung war er stolz.

Eine total gewöhnliche Stimme neben ihm unterbrach seine Träumereien. „Das ist dein großer Tag, Bill." Die Stimme gehörte einem total gewöhnlichen Mann, und Carstairs musste nicht einmal nachprüfen, um wen es sich handelte.

Allerdings war er einer der Wenigen, die unaufgefordert seinen Vornamen verwenden durften.

Carstairs drehte sich zu dem Mann hin, streckte seine Hand aus und setzte ein geübtes Lächeln auf. „Und deiner, Grant. Ohne deine Unterstützung wäre all das nicht möglich gewesen."

Grant Lorden, Staatssekretär im Verteidigungsministerium, drückte Carstairs Hand kräftig, aber ohne übermäßigen Einsatz von Gewalt. Seine Handfläche war weder trocken noch verschwitzt. Irgendwie brachte der Händedruck Carstairs dazu, diesem Mann einen Gefallen tun zu wollen. „Ich tue das alles nur für das Gemeinwohl."

„Das tun wir alle."

Carstairs spürte, wie es ihm eiskalt den Rücken hinunter lief. Obwohl Lorden scheinbar nur ein hoher Funktionär und

Bürokrat war, wurde geflüstert, dass dieser Mann hinter den Kulissen mehr Macht ausübte als alle anderen mit Ausnahme des Premierministers. Angeblich leitete er unter anderem die geheime „Abteilung D" des Verteidigungsministeriums, die für verdeckte Operationen und schmutzige Tricks verantwortlich war.

Dieses Detail sowie der perfekt getimte Flugwagenabsturz des eingefleischtesten Kritikers des *Victory*-Programms im Parlament – der nun im Koma lag – ließ Carstairs kurz ein ungewohntes Angstgefühl verspüren. Aber der Staatssekretär stand doch nun auf seiner Seite. Dessen war er sich ganz sicher.

Lorden trat näher an ihn heran und flüsterte: „Bill, trotz der moralisch ambivalenten Lage hast du hier so viel geleistet, dass wir überlegen, dir die Bewerbung für Projekte der Abteilung D zu gestatten."

„Wir?" *Der Schatten im Inneren*, dachte Carstairs. So nannte man eine Clique, eine Gruppe heimlicher Macher. Einen offiziellen Namen hatte sie nicht, aber jeder, der sich auf seiner Stufe bewegte, hatte die geflüsterten Geschichten gehört.

„Meine Kollegen." Lorden gestikulierte vage in eine Richtung. „Menschen mit ähnlichen Ansichten, die nicht davor zurückschrecken, ihre Pflicht gegenüber den Hundert Welten zu erfüllen."

„Es wäre mir eine Ehre, in irgendeiner Weise helfen zu können." Carstairs fragte sich, was getan werden musste, um ein Mitglied der Clique zu werden. Was auch immer es war, er war bereit dazu.

„Natürlich." Lorden blickte einen seiner Assistenten an und nickte kurz. Einen Augenblick darauf näherten sich zwei Personen. „Hier sind zwei meiner Kollegen. John, Talenia, das ist Bill Carstairs vom Carstairs-Konzern."

Carstairs drehte sich um und sah einen Mann und eine Frau. Der Mann war jung, mit strohblondem Haar und einem ansteckenden Lächeln. Aber Carstairs schenkte ihm kaum Beachtung, da er sich auf die umwerfende Kreatur neben ihm konzentrierte.

„Freut mich, dass wir uns endlich treffen, Bill. Ich bin John Karst", sagte der Mann in einem Akzent, welcher einen provinziellen Klang aufwies – vielleicht stammte er von einer der Grenzwelten? Er streckte dem Mann die Hand hin. „Und das ist meine Schwester Talenia."

Carstairs beendete den Händedruck eilig, so dass die Chance erhielt, Talenias Hand zu ergreifen und zu seinen Lippen zu führen. Dabei wanderte sein Blick von ihrem perfekt geschnittenen Gesicht zu ihrem üppigen Busen, der von einem teuren, tief ausgeschnittenen Kleid gerade noch gebändigt wurde. Dann sah er ihre Wespentaille und ihre langen, kräftigen Beine und gepflegten Füße, welche verführerisch in kostspieligen Pantoletten steckten.

Seine Lippen strichen über ihre Finger und ein Blitz der Erregung raste direkt in seinen Genitalbereich. Er musste sich wirklich zusammenreißen, um sie nicht sofort an Ort und Stelle leidenschaftlich zu umarmen. Auf Talenias Lippen erschien ein Lächeln, welches zeigte, dass sie seine Gedanken lesen konnte – und diese ihr gefielen.

Eine Frau wie sie hatte er noch nie getroffen.

„Es freut mich sehr, dich kennenzulernen, Bill", sagte Talenia. „Warum holen wir uns nicht einen Drink und lassen die langweiligen Bürokraten hier zurück?" Sie hakte sich bei ihm unter und steuerte ihn auf eine schwer einsehbare Nische zu.

Er stand völlig unter ihrem Bann und leistete keinen Widerstand.

GRANT LORDEN BLICKTE John Karst an und murmelte: „Ausgezeichnet. Es ist noch besser gelaufen als versprochen." Seine Leibwächter sorgten diskret dafür, dass niemand in Hörweite geriet.

„Tachina – sorry, *Talenia* – ist erstaunlich, nicht wahr?"

„Das ist sie tatsächlich. Selbst *ich* habe einen leichten Reiz verspürt, obwohl ich mir nur selten Sex gönne. Sex verwirrt den Geist."

Karst zwinkerte. „Das kann ich von mir nicht behaupten. Zum Glück macht diese Art von Arbeit meiner ‚Schwester' nichts aus. Man könnte sogar sagen, dass sie wie geschaffen dafür ist."

„Wie du und ich?" Lorden nippte an seinem Drink. „Wie lange kann sie ihn deiner Meinung nach an sich fesseln?"

„So lange sie will. Mindestens sechs Monate lang. Reicht das?"

„Das sollte es. Ich möchte, dass er nach einem von Abteilung D erteilten Vertrag giert, der sich für die Carstairs Corporation zu einem totalen Debakel entwickelt. Für uns wäre es gefährlich, wenn eine Person zu viel Geld und Einfluss besitzt."

„Und dann?"

„Dann verlässt deine Talenia ihn und fängt etwas mit einer anderen, von dir ausgewählten Zielperson an. Carstairs wird am Boden zerstört sein. Dann kommst du und spielst den mitfühlenden Freund. Ich biete ihm einen Trostpreis an, indem er einen Teil der weiteren Schiffe der *Victory*-Klasse bauen darf sowie KIs für andere Anwendungen. Dadurch wird er völlig von uns abhängig sein."

„Er will in die Clique."

„Das wollen alle. Nur so ist man ein *Insider*. Sei froh, dass du dazugehörst."

Karst salutierte Lorden mit dem Bier in der Hand. „Zu den

Hundert Welten überzulaufen war die beste Entscheidung, die ich je getroffen habe."

Lorden stieß mit Karst an. „Von einem Überlaufen kann man nicht unbedingt sprechen, da du ja nie wirklich Teil der Kollektivgemeinschaft gewesen bist."

Karsts Gesicht wurde blass, obwohl er seine Reaktion geschickt verbarg. „Das verstehe ich nicht."

Lorden blickte Karst tief in die Augen. „Du brauchst dir keine Sorgen zu machen, Bruder. Wir dienen alle den gleichen Meistern – du, ich, Talenia, sogar dieser wunderbar soziopathische Lazarus, den ihr mitgebracht habt. Der Parlaments-Geheimdienst konnte eine Menge aus ihm herausholen."

Karst erschauderte und drehte sich um. „Mich haben sie auch ausgefragt. Mir war nicht klar, dass du gewusst hast – dass du –"

„Dass ich auch einer bin? Wesen wie du und ich können nur durch deduktive Verfahren entdeckt werden, davon abgesehen sind wir unauffindbar. Bei offensichtlich durch Gentechnik entstandene Klonen wie Lazarus und Talenia haben wir die Option, diese als Produkt der Labors der Kollektivgemeinschaft auszugeben. *Wir* aber sind so geschaffen worden, dass wir absolut nicht von Menschen unterscheidbar sind, die von einer Frau geboren wurden – zumindest mittels eines biologischen Tests."

„Wie hast *du* es dann gewusst?"

„Du und ich, wir haben dieselben Ausbildungsprogramme absolviert, obwohl meines bereits Jahrzehnte zurückliegt. Möglicherweise hatten wir im Dienst sogar einige der gleichen Kontrolleure, Lehrer oder Agenten. Ich erkenne die Anzeichen."

„Hoffen wir nur, dass sonst niemand darauf aufmerksam wird."

„Sämtliche Humanopter, die sich uns nicht anschließen,

werden eliminiert."

„Alle von denen, die ihr aufspüren könnt."

Lorden zuckte mit den Achseln. „Einige passen sich den Einheimischen an. Manche versuchen sogar, diese vor uns zu warnen. Egal. Wir sorgen dafür, dass das Netz voller wirrer Verschwörungstheoretiker ist, die bizarre Theorien verbreiten. Außerirdische unter uns, die sich als Menschen ausgeben? Das ist seit tausend Jahren ein alter Hut. Und wir haben uns sehr bemüht dafür zu sorgen, dass alle die Befürchtung hegen, Außerirdische könnten tatsächlich unsere Lebensart vernichten."

„Die Hok."

„Das war ein Geniestreich, meinst du nicht?"

„Ja, absolut genial. Hast du daran mitgewirkt?"

„Das war leider lange vor meiner Zeit. Unsere natürliche Lebenserwartung übersteigt die der anderen nicht. Allerdings bleiben wir bis ins hohe Alter erstaunlich lange gesund, zudem haben wir Zugang zu den besten Organtransplantaten. Du sollst problemlos hundertzwanzig Jahre alt werden können. Selbst hundertfünfzig wäre möglich. Ich bin hundertdreißig."

„Diese Zahlen sagen mir zu."

Karst führte Lorden langsam zu einem Geländer oberhalb des Erdgeschosses, von welchem die normal Privilegierten neidisch zu den VIPs hochblickten. Der Lärm der Unterhaltungen und der Musik bot ihnen zusätzliche Sicherheit, ebenso eine verschwommene Hologrammschicht, welche die beiden Männer umgab. „Da wir gerade über die Hok sprechen," sagte Karst, „verstehe ich immer noch nicht, wie die Tatsache, dass sie lediglich Sklaven der aus Menschen bestehenden Feindregierung sind, derart lange unterdrückt werden konnte."

„Das ist ein schwieriges, koordiniertes und immer noch anhaltendes Projekt. Die erwähnte Desinformationskampagne und die gefälschten Nachrichten-Vids bilden die Grundlage, aber der entscheidende Faktor ist..." Lorden tippte seinen Hinterkopf an.

„Das verstehe ich nicht."

„Weil du keinen Neuralchip hast."

„Mit Ausnahme der Hok wurden nur einige wenige Personen innerhalb der Kollektivgesellschaft mit einer Neuralverbindung zu bestimmten Maschinen ausgestattet, wie etwa Piloten zu ihren Schiffen. Netzverbindungen waren verboten, und kollektive VR-Umgebungen wurden strengstens kontrolliert."

Lorden lächelte. „Die Kollektivgemeinschaft wusste, wie gefährlich Neuralchips und Netze sein können. Wie kann man denn noch wissen, was real ist, wenn man seine Sinne einer externen Manipulation unterwirft?"

„Willst du damit sagen, dass ihr Neuralchips zur Kontrolle der Bevölkerung einsetzt?"

„Der Bevölkerung? Nein, die braucht keine derart direkten Eingriffe, um sich weiterhin wie eine Schafherde zu verhalten. Das Volk lässt sich mithilfe von Annehmlichkeiten und Unterhaltungsangeboten ruhig halten. Wenn das nicht reicht, führen Schichten der Desinformation neugierige Typen in ein von uns angelegtes geistiges Labyrinth. Diejenigen, die weiterhin Ärger machen, werden befördert."

„Befördert?" Karst wandte sich Lorden zu und hob die Augenbrauen. „Die Kollektivgemeinschaft hat solche Leute in Lager gesperrt."

Lorden schnaubte. „Was für eine grobe und ineffiziente Methode. Nein, wir reservieren die Neuralchips für die besten und intelligentesten Menschen – genetisch verbesserte Eierköpfe und Körperoptimierte, Professoren, Mechgrenadiere, Piloten, leitende Figuren der Medienwelt und so weiter. Schließlich ist es ein Statussymbol, sich zwecks Verbesserung der eigenen Fähigkeiten einstöpseln zu können. Wenn uns Leute Ärger bereiten, werden sie von der Abteilung D kontaktiert. Nach einem kurzen Wochenende irgendwo außerhalb der Stadt kehren sie zurück und erzählen von ihrem tollen neuen Job – und den dazugehörigen Neuralchips."

„Und danach sind sie vorbildliche Bürger."

Lorden lächelte. „Nicht sofort ... aber das Interesse daran, sich der Regierung zu widersetzen oder wahre Geheimnisse zu enthüllen, schwindet rasch. Ihr Bewusstsein wird sanft unseren Wünschen entsprechend angepasst, wenn sie eine Neuralverbindung herstellen. Und für ihren angenehmen, gutbezahlten Job ist eine derartige Verbindung unerlässlich. Das ist die perfekte Lösung. Alle sind glücklicher – wir, sie, ihre Freunde und Verwandten, ihre Arbeitgeber und ihre Kollegen."

Karst erschauderte aufs Neue. „Bin ich froh, dass ich keinen Neuralchip habe."

„Solange du tust, was wir wollen, wirst du keinen bekommen."

Karst musste schlucken und blickte weg, wobei er sich am Geländer festhielt. „Bei den Göttern. Und ich hatte gedacht, die Kollektivgemeinschaft wäre eine grausame Herrin."

„Grausam?" Lorden lachte. „Wir sind ausgesprochen gütige Meister. Selbst unsere schlimmsten Verbrecher bleiben nicht lange im Gefängnis."

„Genau. Schnell mal ein Implantat und sofort hat man einen vorbildlichen Bürger. Und es kostet sie nichts als ihren freien Willen."

„Die Freiheit ist schon immer eine Illusion gewesen – oder zumindest ein nur in geringen Mengen verfügbares Gut. Nur die Herrschenden besitzen sie wirklich. Wir aber bieten Sicherheit, Komfort, Schutz, Wohlstand – all die Dinge, die der Durchschnittsbürger haben möchte. Für Abenteuerlustige gibt es das Militär oder den Forschungsdienst. Für Machthungrige stand die öffentliche Regierung zur Verfügung, die völlig transparent sein durfte. Wir erzeugen sogar die Illusion einer Demokratie, indem wir der Bevölkerung erlauben, ihre Vertreter selbst zu wählen."

„Aber die öffentliche Regierung besitzt fast keine wirkliche Macht."

„Ganz im Gegenteil. Wie ein Kriegsschiff besitzt auch sie enorme Macht. Sie kann einfach keine unabhängige Kontrolle ausüben. Insgeheim sind wir die Kapitäne, welche diese Macht in die gewünschte Richtung steuern. Weise genug, um zu wissen, dass man bei sanften Steuerbewegungen leichter verborgen bleibt."

Karst atmete tief durch. „Warum erzählst du mir das? Werde ich jetzt in ein Labor gebracht und erhalte ein Implantat?"

Lorden legte eine Hand auf die Schulter des jüngeren Mannes. Seine Fingerspitze berührte zufällig die nackte Haut am unteren Ende von Karsts Nacken. Nun bewegten sich bestimmte komplexe Moleküle von Lordens Haut zu Karsts. „Ich würde nicht einmal im Traum daran denken, mein Junge. Du bist einer von uns. Du musst in die Gruppe integriert werden, Aufgaben erhalten, die uns allen nutzen, und schließlich eine höhere Stellung besetzen."

„Oder...?"

„Drohungen sind nicht notwendig. Ich bin mir sicher, dass du unsere Einstellung verstehen wirst, sobald du Zeit gehabt hast, um darüber nachzudenken."

Die Moleküle waren unterwegs. Innerhalb weniger Stunden würde sich Karst dem Team anschließen und glauben, dass er dies aus freien Stücken getan hatte.

Schließlich waren Neuralchips *tatsächlich* nur grobe und ineffiziente Mittel, um Kontrolle über Personen auszuüben.

KAPITEL 21

Engels, Sparta-System

DREI WOCHEN, nachdem sie Minister Benotas Nachricht erhalten hatte, traf Admiral Engels im Sparta-System ein. Ihre Aufklärungseinheiten waren einen Tag zuvor erschienen, und nun schlossen sich die sechzehn Segmente der *Indomitable* der geringeren Anzahl schwerer Flotteneinheiten an, indem sie weit voneinander entfernt in den Flachraum übertraten. Kollisionen kamen selten vor, waren jedoch nicht ausgeschlossen. Vor allem dann, wenn man eine Flotte zusammenhalten wollte.

Aber dafür hatte sie keinen Grund. Sie wünschte sich sogar, das ihre Flotte etwas mitgenommen wirkte – schlagkräftig genug für einen Überfall auf Sparta, nicht aber, um das System zu halten.

Bereits jetzt sprangen die getarnten Aufklärungsdrohnen der Hunnen in den Lateralraum und sendeten erste Berichte an ihr Nachrichtennetzwerk. Sie würden weitere Systeme erreichen, verschlüsselte Datenpakete aussenden und sich dann zum Auftanken mit speziellen Drohnen-Mutterschiffen treffen. Dann würden sie auf der Station bleiben, während andere Drohnen die Nachrichten weiterverbreiteten. Dadurch rasten die Berichte effizient von Stern zu Stern weiter, viel schneller, als das Licht selbst es vermochte.

Ihre Aufklärungseinheiten, allesamt schnelle Korvetten, hatten mittlerweile Hunderte der feindlichen Drohnen-Mutterschiffe zerstört oder vertrieben. Dadurch besaß Sparta nur noch lokale Sonden, die sich unter den Millionen von Felsen und Eisbrocken seiner Kometenwolke versteckten. Gegen diese konnte Engels nichts ausrichten – sie würde aber versuchen, ihnen nur das zu zeigen, was sie sehen sollten.

Als ein Viertel ihrer schweren Einheiten eingetroffen war, flohen die feindlichen zivilen Raumschiffe – mehrheitlich Frachter und Passagierschiffe – zum Flachraum hin, genau in Richtung der größten Lücke in ihrer Front.

Wie von ihr geplant.

Sie wurde von drei Fregatten der Hunnen begleitet. Zur Abwehr etwaiger Angriffe durch Korvetten reichten diese aus, ihre geringe Zahl würde jedoch den Schlachtverlauf nicht verändern, falls sie nicht rechtzeitig zur Verteidigung des Planeten zurückkehrten.

Sechs Stunden später, als der Konvoi fliehender Schiffe den Umkehrgrenzpunkt erreichte, an dem sie zu schnell wurden, um zu wenden und zu den planetaren Festungen zurückzufliegen, tauchte Engels' Eskortenflotte aus über hundert Fregatten, Zerstörern und leichten Kreuzern vor ihnen auf. Diese Einheiten bildeten ein breit gestreutes Netz am Rand des gekrümmten Raums.

Angesichts der unhaltbaren Lage trafen die Kommandeure der Hunnen-Fregatten die einzige mögliche Entscheidung. Sie wiesen die Zivilisten an, den Aufforderungen der Republikflotte zu folgen und zu kapitulieren. Sie selbst wendeten und rasten mit Extremschub zum Planeten zurück.

Sowohl ihre Hochleistungstriebwerke als auch ihre Disziplin hielten der Belastung stand. Engels konnte sich die Frustration der Kapitäne darüber vorstellen, dass ihre Schutzbefohlenen nun vom Feind erbeutet wurden. Nun hatte sie ihrer Flotte fast zwanzig Schiffe und deren Ressourcen hinzugefügt, ohne im Gegenzug etwas zu verlieren.

Sie ließ die Passagierschiffe weiterziehen, nachdem das gesamte an Bord befindliche Personal Zaxbys obligatorische Präsentation bezüglich der wahren Natur der Hok betrachtet hatte – eine Präsentation, die aufzeigte, wie sehr die Hundert Welten ihre Bürger belogen hatten. Die Mehrheit von ihnen würde dieser keinen Glauben schenken, einigen aber würden Zweifel kommen. Sie entsandte bewaffnete Prisencrews auf die Frachter und wies diese Einheiten dann ihrer kleinen Gruppe von Hilfsschiffen zu.

Danach ließ sie ihre großflächig verstreuten Schiffe nach innen vorrücken. Diese bildeten nach und nach Geschwader, während sie sich Sparta-3 näherten, der grünen Welt, auf der sich das Mechanzug-Werk der Carstairs Corporation befand. Unterwegs zwangen ihre Schiffe die Asteroidenminen, Treibstoffdepots und mondbasierten Fabriken zur Kapitulation, plünderten einige und besetzten andere.

Nebst der üblichen Mischung aus örtlichen Patrouillenschiffen und Kampfraumern wurde Sparta-3 von einem Monitorschiff und vier Festungen geschützt. Wie von Engels erwartet gab es hier keine Großkampfschiffe. Diese hielten sich an den Fronten auf. Die einzige Ausnahme bildete die feindliche Heimatflotte, die als permanente Reserve bei Atlantis, der Hauptwelt der Hundert Welten, stationiert worden war.

Mit etwas Glück würde die mächtige Heimatflotte oder ein beträchtlicher Teil davon bald in Richtung Sparta abfliegen. Der Feind wäre überzeugt davon, es nur mit einer Gruppe leichterer Schiffe zu tun zu haben, die zwar über viele Einheiten verfügte, aber es nicht mit Elite-Großkampfschiffen aufnehmen könnte. Engels hatte die Ankunft ihrer Schiffe jenseits der Kreuzerklasse sogar absichtlich verzögert. Die Heimatflotte würde sich tief im Lateralraum befinden und keine Berichte empfangen können, während der Großteils von Engels' Kampfkraft erschien. Daher würde der Feind mehr als das Dreifache der erwarteten Flotte vor sich haben – plus die *Indomitable*, die in dieser Schlacht zum letzten Mal eine Überraschung darstellen würde.

Drei Tage später, als sie sicher war, dass die Berichte Atlantis erreicht hatten und die Heimatflotte der Hunnen nach Sparta unterwegs war, gab Engels den Befehl, die *Indomitable* wieder zu vereinen. Aus sechzehn „Großkampfschiffen" wurde ein Schlachtschiff, welches mit dem Bombardement der Orbitalfestungen bei Sparta-3 begann.

Es vergingen lediglich zwei Stunden, bis die erste Festung nur noch aus Trümmern bestand. Ohne eine Flotte als Unterstützung und ohne Möglichkeit, die *Indomitable* zu treffen – die aus dieser extremen Entfernung selbst Strahlenwaffen meist mühelos auswich – waren die starren Verteidigungssysteme hilflos. Sie kapitulierten, wobei sie zuvor allerdings noch ihre eigenen Waffen sabotierten.

Das feindliche Monitorschiff landete auf Leonidas, dem Mond von Sparta-3, woraufhin die Besatzung von Bord ging. Der sture Kapitän drohte damit, das massive Raumschiff durch die innere Detonation eines atomaren Sprengkopfs selbst zu zerstören.

„Gerne", hatte Engels geantwortet. Dann befahl sie der

Indomitable, ein Railgun-Projektil zu feuern, welches die Triebwerke des stationären Schiffs zerstörte.

„Schade, dass das Material verschwendet wird", bemerkte Marisa Nolan von ihrer Position auf *Indomitables* Brücke.

„Besser, als zuzulassen, dass das Schiff uns plötzlich angreift", erwiderte Engels.

Sobald der Raum um Sparta-3 – wenn auch nicht dessen Oberfläche – gesichert war, dürfte die feindliche Heimatflotte den Einschätzungen ihres Stabs zufolge in etwa zwei Tagen erscheinen. In der Zwischenzeit nahmen ihre neu eingetroffenen schweren Einheiten ihre Stellungen ein und bereiteten sich auf ihre Rollen in Engels' großer Kriegslist vor.

Nach sorgfältiger Überlegung beschloss sie, ihre mitgeführten Bodentruppen nicht zwecks Plünderung der Mechanzug-Werke nach unten zu schicken. Ihr mangelte es ohnehin an Marineinfanteristen, und eine hartnäckige Abwehr hätte möglicherweise ihre Chance ruiniert, die wichtigen Maschinen und Technologien intakt zu erbeuten.

Nein, es war besser, zunächst das Flottengefecht für sich zu entscheiden. Danach könnte sie den Planeten von oben her bedrohen und nach Herzenslust plündern. Und falls sie die Raumschlacht verlieren sollte, hatte sie immer noch die Möglichkeit, einen kinetischen Präzisionsangriff auf die Fabrikanlagen durchführen. Schließlich stellte das Werk ein legitimes militärisches Ziel dar. Dieses Vorgehen würde den Feind um mindestens ein Jahr zurückwerfen und der Republik die Möglichkeit bieten, mit ihrem neuen Mechanzug-Programm Aufholarbeit zu leisten.

Vierzig Stunden später – zwar etwas verfrüht, aber immer noch innerhalb des erwarteten Zeitrahmens – erschien die stolze und mächtige Heimatflotte der Hundert Welten am Rand des gekrümmten Raums.

Admiral Engels sah dabei zu, wie die Flotte der Hundert Welten so weit innen wie möglich und in der Nähe des optimalen Transitpunkts auftauchte. Was für eine Arroganz! Aber ihr Gegenspieler, bei dem es sich vermutlich um den berühmten Kommandeur der Heimatflotte Admiral Hayson Niedern handelte, war ein arroganter Bastard.

Und für diese Arroganz gab es einen Grund, dachte sie sich. Seine Flotte bestand aus den modernsten, mit den neuesten Upgrades ausgerüsteten Schiffen. Die Heimatflotte erhielt grundsätzlich immer die beste Ausrüstung. Dies war sowohl bei den Hunnen als auch in der früheren Kollektivgemeinschaft der Fall gewesen.

Allerdings hatte Engels dieses Prinzip umgekehrt und ihre alten, beschädigten Raumschiffe unter Ellen Grays Kommando zurückgelassen, während sie mit den besten Einheiten tief ins feindliche Territorium vorstieß. Die schiere Entfernung – und die durch den Angriff erzeugte Panik – würden die Neue Erdische Republik schützen. Zudem lieferte jeder von ihr erkaufte Tag zusätzliche Möglichkeiten, beschädigte Schiffe zu reparieren und neue in Dienst zu stellen.

Sie hatte nicht versucht, am optimalen Transitpunkt Minen auslegen zu lassen. Dafür fehlten ihr die Zehntausenden von getarnten Waffen, die für eine Abdeckung des Bereichs nötig gewesen wären. Allerdings hatte sie eine ausreichende Anzahl Späherdrohnen verteilt, um präzise Messdaten aus nächster Nähe zu erhalten, während der Feind sich näherte. Natürlich wurden einige der Drohnen aufgespürt und abgeschossen, die weiter entfernten überlebten aber und ergänzten die leistungsfähigen passiven Sensoren der *Indomitable*.

„Admiral, sehen Sie", sagte Nolan mit einer Handbewegung, die das primäre Hologramm umstrukturierte. Die

Hintergrundbeleuchtung schwächte sich ab und das Display hellte sich auf, bis Engels den Eindruck gewann, die über der Brücke der *Indomitable* schwebenden Schiffe berühren zu können. Sie erschienen ihr wie die liebevoll angefertigten Modelle eines Hobbybastlers.

„Was zum Teufel ist das?", sagte Engels. „Und das?" Sie starrte zwei absolut einzigartige Feindschiffe an. Vom Maßstab her wiesen sie wie Super-Großkampfschiffe die maximale Größe auf, ihre Konfigurationen aber erschienen ihr völlig unsinnig.

„Ich lasse die Aufzeichnung vorwärts laufen, dann herrscht Klarheit", sagte Nolan. Sie setzte nicht einmal mehr die Konsole ein. Offensichtlich besaß Trinity umfangreiche Verbindungen zu *Indomitables* Netzwerk. Engels hatte dies gestattet und sogar unterstützt, sobald sie sich sicher war, dass das Triumvirat die Gefechtsaktionen nicht behindern würde. Die KI-Synthese brachte genauso viel Leistung wie hundert Stabsoffiziere und deren Computer.

Die beiden seltsamen Schiffe der Hundert Welten bewegten sich im Zeitraffer aufeinander zu. Eines, das die Form eines riesigen Eis hatte, war von einer dicken Panzerung bedeckt und verfügte über zahlreiche Waffen – aber nur von mittschiffs bis zur leicht zugespitzten Vorderseite. Die Rückseite war praktisch kahl und wies nicht einmal Fusionstriebwerke auf. Das Schiff musste sich nur mit rückstoßfreien Antrieben fortbewegen. Die unregelmäßige, wie geschält wirkende Außenhülle erinnerte sie an etwas ...

„Das sieht wie die Innenseite von *Indomitables* Sektionen aus", sagte Engels. „Die ungepanzerten Teile, die ineinander gleiten."

„Sehr gut beobachtet, Admiral. Wie sie sehen ..." Nolan trat vor und vollführte eine Geste.

Jetzt richtete sich das andere Schiff, das wie eine exotische, mit acht Beinen ausgestattete metallene Servierschüssel aussah, oder vielleicht wie ein übergroßer Eierbecher, am Ei des anderen Schiffs aus. Ja, das Ei eignete sich perfekt als visuelle Metapher, da das Becher-Schiff und das Ei-Schiff sich zu einer Einheit zusammenfügten.

Nun drehten sich die acht enormen „Beine" nach vorn, bis sie am kombinierten Schiff in dafür vorgesehenen Vertiefungen einrasteten. Dadurch entstand eine Verbindung zwischen den beiden, und acht doppelseitige konforme Röhren – zweifellos Fusionstriebwerke – umringten das Schiff entlang seiner dicken Taille.

„Es ist ein Doppelschiff", sagte Engels. „Ähnlich wie die *Indomitable*, wenn sie in zwei Teile aufgespaltet ist. Sie haben ein Ultra-Großkampfschiff oder Panzerschiff erschaffen. Aber die Konfiguration ist hirnrissig. An der Mittellinie scheint es keine Waffe zu geben, und die Vorder- und Rückseite sind symmetrisch, statt die bestmögliche Panzerung vorne in Richtung des Feindes anzubringen. Zwar verfügt es über acht Triebwerke, aber aufgrund dieser Platzierung sind alle davon recht verwundbar."

„Andererseits ist es ausgesprochen manövrierfähig", sagte Tixban. „Es kann sich praktisch auf der Stelle drehen und muss keine Kehrtwende durchführen. Trotz seiner generell höheren Verwundbarkeit wird es anders als ein konventionelles Schiff nie unter Enfilierfeuer geraten."

„Das stimmt", sagte Engels. „Was sonst?"

„Seine Abwehrwaffen sind die besten, die ich je auf einem Schiff dieser Größe gesehen habe. Tatsächlich besitzt es keinerlei Angriffswaffen."

„Darf ich fortfahren?", sagte Nolan mit einer Andeutung zaxbyartiger Hochnäsigkeit.

Tixban murmelte etwas auf Ruxisch.

„Du mich auch, Jüngling", erwiderte Nolan und zeigte ein zuckersüßes Lächeln.

Tixban drehte alle seine Augen von ihr weg. Wäre er ein Mensch gewesen, dachte Engels, hätte er geschnaubt und die Nase gerümpft.

Die Aufzeichnung lief weiter. Einen Moment lang schien nichts zu passieren, dann aber strömten Schwärme winziger Raumfahrzeuge aus den Startröhren. Sie entfernten sich weiter und weiter vom Mutterschiff und verschwanden schließlich aus dem Hologramm.

„Es ist ein Drohnenträger", sagte Engels völlig verblüfft. „Die Hunnen experimentieren wieder mit dem Konzept des Drohnenschwarms. Seltsamer Zufall, wenn wir gerade eine Schlacht mit den Opters hinter uns gebracht haben. Aber Drohnenschwärme haben sich nie als effizient erwiesen. Wenn man die Komplexität der Drohnen weit genug erhöht, um sie Kampfeinsätze ausführen zu lassen, könnte man auch gleich Lenkwaffen konstruieren. Die wären beim gleichen Ressourceneinsatz viel effektiver."

„Diese Annahme geht aber davon aus, dass die Drohnen offensiv genutzt werden", sagte Nolan. „Was wäre, wenn sie rein defensiven Zwecken dienen?"

„Ja, vielleicht. Als gegen Schiffkiller eingesetzte Flottenabwehr wären sie ausgesprochen effizient. Zum Glück sind wir nicht sonderlich stark von Lenkwaffen abhängig. Die von uns übernommenen Schiffe der Kollektivgemeinschaft haben Lenkwaffen als Drohmaßnahme eingesetzt und sich mit diesen durchgeboxt, um die Schiffe die eigentliche Arbeit dann aus nächster Nähe mit Strahlen und Railguns erledigen zu lassen. Müssen wir uns bezüglich dieses Schiffs also Sorgen machen?"

Tixban hatte die ganze Zeit über weiter an seiner Sensorenstation gearbeitet. „Ich entdecke eine verdächtige Anzahl von Signalen, die von dem Schiff stammen – oder vielleicht sollte ich sagen, dass ich diese *nicht* entdecke. Signale gibt es nämlich nur sehr wenige. Das Ding sollte von elektromagnetischer Strahlung überflutet sein – beispielsweise Funksignale oder Laser-Verbindungen zu den Drohnen – aber es gibt fast nichts. Entweder sind diese Drohnen komplett automatisiert oder von Piloten bemannt."

„Sine sie geräumig genug, um Piloten Platz zu bieten?"

„Gerade noch, aber selbst das kleinste intelligente Wesen, etwa eine Opter-Hundebiene, wäre eine äußerst ineffiziente Massenverschwendung. Es ergibt einfach keinen Sinn."

„Aber es muss einen Zweck haben, sonst würden die Hunnen es nicht tun", raunzte Engels. „Versuchen Sie, diesen Zweck herauszufinden und melden Sie sich bei mir, wenn Sie Fakten und Antworten anstelle wilder Spekulationen vorzuweisen haben." In Wirklichkeit gingen ihr die besagten Spekulationen ebenfalls durch den Kopf.

„Eine Tatsache wäre", sagte Nolan kurz darauf, „dass die Panzerung besonders dick ist und die Verstärkung und die Abstrahlungen der rückstoßfreie Antriebe auf eine hohe Energieerzeugungskapazität verweisen. Das Schiff ist in der Lage, ebenso viel einzustecken wie ein Monitor der dreifachen Größe. Und angesichts seiner ungewöhnlichen Manövrierfähigkeit dürften wir aus größerer Entfernung nur schwerlich Treffer erzielen können, nicht einmal mit *Indomitables* Partikelstrahl."

Engels nickte und versuchte, diese Fakten mit ihrer Analyse zu vereinen. Was zum Teufel würde die offensichtlichen Kosten eines derartig exotischen Schiffs rechtfertigen? Es dürfte die Ressourcen von acht bis zehn Super-Großkampfschiffen erfordert haben, die seinetwegen nicht von den Hunnen erbaut werden konnten. Sie mussten annehmen, dass es diesen Preis wert war.

„Admiral ..." Nolan wirkte verwirrt.

„Ja?"

„Entschuldigung. Es ist nur eine vorläufige Feststellung ... verzeihen Sie. Ich muss zu mir selbst zurückkehren." Mit diesen Worten eilte Nolan von der Brücke.

„Trinity!", brüllte Engels die Luft an. „Was ist eigentlich los?"

„Kein Grund zur Aufregung, Admiral", sagte Indys Maschinenstimme. „Allerdings führen wir eine Analyse durch, die unsere Rechenkapazität voll auslastet. Warten Sie bitte."

„Wie lange?"

„Schätzungsweise eine Stunde und vierzig Minuten."

„Das sind ja mal tiefgründige Gedanken."

„Es wird schneller gehen, wenn ich nicht mit Ihnen kommuniziere. Trinity, aus." Die Stimme verstummte.

Engels knurrte leise vor sich hin. „Tixban, haben Sie eine Ahnung, worum es geht?"

„Nein ... ich vermute nur, dass Trinity bezüglich des Schiffs eine Anomalie entdeckt hat. Die muss derart außergewöhnlich sein, dass der Sinn nur schwer zu erfassen ist."

„Anders gesagt haben Sie genauso wenig Ahnung wie ich."

„Ich glaube, dass ich das gerade gesagt habe, Admiral."

Engels stand auf. „Na gut. Rufen Sie mich, sobald Sie etwa wissen."

„Ich weiß eine Sache."

„Und die wäre?"

Tixban zoomte an das Superschiff heran und zeigte einen sich zunehmend verkleinernden Rumpfbereich, bis darauf ein Wort erkennbar wurde. „*Victory*. So heißt das Schiff."

„Gut zu wissen. Ich mache jetzt erst einmal einen Spaziergang."

Redwolf und drei weitere Marineinfanteristen folgten ihr durch die Korridore. Wie Strecher auch konnte sie oft besser nachdenken, wenn sie dabei in Bewegung blieb. Im Gegensatz zu ihm wanderte sie aber lieber umher, statt nur auf und ab zu gehen. Sie winkte Leuten zu und erwiderte Grüße, wenn sie auf Offiziere und Crewmitglieder traf, aber ihre Gedanken kreisten um die *Victory*.

Die Feinde würden Informationen von ihren eigenen, im Sparta-System verborgenen Aufklärungsdrohen erhalten. Sie würden erfahren, dass die *Indomitable* die feindlichen Festungen aus weiter Entfernung bombardierte, aber ansonsten nichts. Ihre Schlagkraft gegenüber Kriegsschiffen wäre für den Gegner nicht einschätzbar.

Und wie würden die Feinde dieses seltsame neue Schiff einsetzen? Im Kampf gegen eine konventionelle Flotte könnte es sich als nützlich erweisen, aber gegen die mächtigen Waffen der *Indomitable*, welche das Kernstück ihrer Strategie darstellten, dürfte es keine Wirkung zeigen.

Nach einer Tasse frischen Kaffees und einem Sandwich kehrte Engels zur Brücke zurück. Nolan war nach wie vor nirgends zu sehen. „Trinity, Meldung."

Indys körperlose Stimme meldete sich zu Wort, während das Hologramm sich auflöste und neu strukturierte. „Bezüglich der Fakten bin ich mir immer noch nicht ganz sicher, aber ich habe einige Beobachtungen und vorläufige Erkenntnisse."

„Okay, verstehe, bisher ist nichts davon sicher. Bitte anfangen."

Nun zeigte das Hologramm die von Drohnen umhüllte *Victory*. Diese Flotte kleiner Raumfahrzeuge wirbelte herum und wechselte immer wieder die Formation – eine Kugel, eine eiförmige Anordnung, ein Tetraeder, ein Dodekaeder und so weiter. „Man achte auf die perfekte Drohnenkoordination", sagte Trinity. „Ihre Bewegungen sind ganz anders als diejenigen der Opter-Drohnen, die wie etwa Vögel oder Fische biologischen Schwarmprinzipien folgen. Statt sich an ihren

Kameraden zu orientieren, werden diese Drohnen zentral kontrolliert, und zwar fast perfekt. Zu perfekt."

„Warum?", sagte Engels. „Zur Drohnenkontrolle benötigen sie lediglich eine leistungsfähige HKI. Dann erhalten sämtliche Einheiten des Schwarms ihre Befehle und führen diese aus. Das erscheint mir nicht so abwegig."

Tixban meldete sich zu Wort. „Denken Sie daran, Admiral, dass ich sehr wenige Signale entdeckt habe. Keinesfalls die für die Kontrolle der von uns beobachteten 512 Drohnen benötigten Datenverbindungen."

„Und noch wichtiger ist", sagte Nolan mit einer Andeutung zaxbyartiger Reizbarkeit, „dass wir keine Signalverzögerung feststellen. Die Lichtgeschwindigkeit ist schnell, aber dennoch begrenzt. Bei einer derartigen Ausbreitung elektromagnetischer Signale sollte eine merkliche Verzögerung entstehen, aber das ist nicht der Fall."

„Na ja, dann haben sie die Befehle eben unter Berücksichtigung der Verzögerung angepasst", sagte Engels.

„Nein", antwortete Trinity. „Sehen Sie selbst." Das Hologramm zoomte weg und zeigte nun im Außenbereich eine neue kugelförmige Hülle von Eskortenschiffen – Korvetten, Fregatten, Zerstörer. Auch diese veränderten ständig die Formation, allerdings deutlich gemächlicher. Allerdings folgten sie demselben Muster wie die Drohnen. So, als würden sie von einem Bewusstsein mit maschinenartiger Präzision beherrscht und kontrolliert. „Ich habe eine ausführliche und gründliche Analyse durchgeführt und kann nur zu einer Schlussfolgerung gelangen."

Tixban unterbrach sie. „Überlichtschnelle Kommunikation."

„Korrekt, Tixban, wobei das ja glasklar war, nachdem ich bereits die ganze Arbeit geleistet habe."

„Niemand erwartet von mir, dass ich mit einer kombinierten dreiteiligen KI mit außerirdischer Quanten-Nanotechnologie mithalten kann", sagte Tixban steif.

„Warum versuchen Sie es dann überhaupt?"

„Schluss damit, alle beide", raunzte Engels. „Benehmen Sie sich wie Offiziere und nicht wie streitsüchtige Kinder."

„Aye, aye", sagte Tixban.

„Ich bin eine Sonderberaterin, kein Offizier", gab Trinity zu bedenken.

„Und daher werden Sie das tun, was ich sage. Andernfalls verlassen Sie meine Flotte." Engels starrte nach oben und ärgerte sich darüber, dass es ihr nicht gelang, sich auf etwas Spezifisches zu konzentrieren. „Und übrigens, Zaxby, sind Sie immer noch eine Offizier der Neuen Erdischen Republik. Und haben wir nicht Indy zum Leutnant ernannt?"

„Ich reiche hiermit meinen Rücktritt ein", sagte Zaxbys Stimme.

„Ich auch", sagte Indy.

„Das ist inakzeptabel. Sie beide können ihren Rücktritt schriftlich und auf dem Dienstweg einreichen, wenn wir wieder zu einem Stützpunkt zurückkehren."

„Oder wir könnten Sie einfach ignorieren."

„Wollen Sie vors Kriegsgericht kommen?"

Danach ertönte Nolans Stimme aus den Lautsprechern. „Admiral, seien Sie doch bitte vernünftig. Unseren Gehorsam können Sie nicht durch Zwang herbeiführen."

„Ich könnte nicht einmal den niedrigsten Marineinfanteristen zum Gehorsam *zwingen*", fauchte Engels, die nun aufgestanden war, „aber ich besitze die volle *Autorität* der Republik. Entweder sind Sie ein Bürger dieser Republik, oder eben nicht. Entweder schwören Sie einen Eid auf die Verfassung, oder Sie gehören weder meinem Kommando noch meiner Flotte an. Trinity, Sie können nicht beides haben und eigenmächtig entscheiden, wann Sie meine Befehle befolgen und wann Sie vorziehen, diese zu missachten. Entweder gehören Sie dazu oder nicht!" Sie hielt den Atem an. Sie wollte Trinity nur ungern verlieren, konnte andererseits aber auch nicht zulassen, dass die KI ihre Autorität untergrub.

Einen Augenblick lang war mit Ausnahme der Schiffsgeräusche und des Gemurmels der Brückencrew, die Befehle und Berichte weiterleitete, nichts zu hören. Als Engels schon glaubte, dass Trinity das Gespräch beendet hatte – vielleicht auf immer und ewig – meldete sich Nolans Stimme. „Das ist korrekt, Admiral. Wir müssen eine Option wählen, und unsere Entscheidung lautet, dass wir dazugehören. Wir werden unter Ihrem Befehl stehen, bis wir gegebenenfalls auf dem Dienstweg um unseren Abschied bitten."

Nun erlaubte sich Engels, wieder auszuatmen. „Gut."

„Aber, Admiral, die Autorität muss der Verantwortung entsprechen. Wir befehligen ein Schiff. Ich würde vorschlagen, dass wir gemeinsam per Beförderung im Feld zu Fregattenkapitän Trinity erhoben werden."

„Das klingt plausibel. Sie sind hiermit Fregattenkapitän Trinity." Sie wandte sich einem Adjutanten zu. „Lassen Sie die entsprechenden Dokumente ausstellen."

„Jawohl."

„Dann nehme ich nun Ihren Diensteid ab." Als das abgeschlossen war, sagte Engels in säuerlichem Ton: „Super. Können wir dann wieder zum Geschäftlichen übergehen?"

Im Verlauf der folgenden Stunden beobachteten Engels, Trinity und der Rest des Stabs, wie die *Victory* im Zentrum der Heimatflotte nach innen kreuzte und dabei verschiedene Manöver und Übungen durchführte. Es wurde offensichtlich, dass es sich bei ihr um das Flaggschiff handelte.

Was manche Fragen bezüglich *Victorys* Funktion klärte. Dank der überlichtschnellen Kommunikation – die glücklicherweise anscheinend auf einige Millionen Kilometer begrenzt war – konnte sie den sie umgebenden großen Einheiten hervorragende Koordinationsfunktionen bieten. Zudem schien das Flaggschiff sämtlichen leichteren Schiffe innerhalb dieser Sphäre direkt zu kontrollieren.

„Meinen Schätzungen zufolge erhöht dieses Flaggschiff *Victory* die Effektivität der feindlichen Flotte um circa 180 Prozent", sagte Trinity. „Wenn man diesen Wert berücksichtigt, liegen unsere Streitkräfte von der Kampfkraft her ungefähr gleichauf, verfügen aber über ausgesprochen asymmetrische Fähigkeiten."

Engels rieb sich das Kinn. „Ich frage mich, warum sie uns diese Fähigkeiten demonstrieren. Sind Sie sich sicher, dass die Feinde nicht irgendwie bluffen? Könnte das alles nur ein Täuschungsmanöver sein?"

„Ich bin mir nicht sicher. Allerdings hat es Fehler und Störungen gegeben, die rasch behoben wurden."

„Was soll das bedeuten?"

„Bei diesem Thema möchte ich lieber nicht spekulieren."

„Zaxby spekuliert gern. Lassen Sie mich mit ihm reden", sagte Engels.

„So funktioniert unser Bewusstsein nicht."

„Mir ist es scheißegal, wie Ihr Bewusstsein funktioniert. Fregattenkapitän Trinity, ich befehle Ihnen, zu spekulieren. Raten Sie drauflos."

Aus den Lautsprechern auf der Brücke ertönte ein Seufzer, dann sprach Zaxbys Stimme. „Ich vermute, dass die *Victory* in die Schlacht geworfen wurde, bevor ihre Erprobung im Weltraum abgeschlossen war. Deshalb nutzen sie jeden verfügbaren Moment zum Testen ihrer Fähigkeiten."

„Sie müssten recht zuversichtlich sein, wenn sie uns all das zeigen."

„Was Ihnen Sorgen bereitet."

„Und ob mir das Sorgen macht ... es sei denn, sie bluffen und planen, mich zu verwirren."

„Zu welchem Zweck?"

„Gute Frage. Versuchen Sie, die Feinde per Funk zu erreichen. Vielleicht möchten sie mit uns reden."

„Für ein Gespräch sind sie zu weit entfernt. Wir könnten aber eine Nachricht senden. Ihre Antwort wird uns erst in mehr als einer Stunde erreichen."

„Und währenddessen kommen wir der Schlacht immer näher", überlegte Engels laut. „Und wenn wir mit ihnen kommunizieren, wie locken wir sie dann in einen Hinterhalt? In dem Fall wären wir elende Lügner!"

„Ich hatte gedacht, dass wir hier wären, um ihnen eine gründliche Abreibung zu verpassen."

Engels seufzte. „Das hört sich an, als würden wir einen Gangster verprügeln – in Wirklichkeit würden wir aber Tausende von Menschen töten und Schiffe vernichten, während die Opters uns weiterhin auflauern. Ich hatte wirklich gehofft, dass der Sieg bei Calypso die Hunnen an den Verhandlungstisch bringen würde. Eine vernünftige Regierung hätte mittlerweile Kontakt mit uns aufgenommen."

„Dann muss ihre Regierung unvernünftig sein."

„Ja ..." Ein Frösteln durchfuhr Engels, als ihr plötzlich eine Erleuchtung kam. Sie war in den Hundert Welten aufgewachsen. Jedes Show-Vid und jede Nachrichtensendung hatte die Regierung als demokratisch, gesetzestreu und vernünftig dargestellt. Der Krieg gegen die Hok – eigentlich gegen die Kollektivgemeinschaft, und nun die Republik – wurde als ein defensiver, gerechtfertigter Konflikt dargestellt. Die Hok waren Monster, mit denen sich nicht verhandeln ließ.

Aber nach ihrer Gefangennahme hatte sie herausgefunden, dass alles davon gelogen war. Die Kollektivgemeinschaft war ein bizarres, trostloses System, das seine Bevölkerung ins

Elend trieb und mittels einer brutalen Ideologie unterdrückte – Die Wahrheit über den Feind hatte sie jedoch nicht verborgen. Die Kollektivgemeinschaft produzierte jede Menge Propaganda, die im Grunde aber auf wahren Tatsachen beruhte. Die Hunnen hatten auch zuvor keinen Frieden schließen wollen und waren selbst jetzt nicht zu Verhandlungen bereit.

Aber warum? Was war an Verhandlungen so schlimm, vor allem jetzt, da die Elite der Hundert Welten die wahre Situation kannte und sich bewusst war, dass die Hok lediglich Soldaten und keine mörderischen Außerirdischen waren?

Es musste einen anderen Grund geben. Irgendetwas hielt die Hundert Welten davon ab, auch nur einen Dialog zu eröffnen.

War ihr gewählter Weg aufgrund dieser Sachlage komplett der Falsche? Eine schwere Niederlage – zwei, wenn sie die Schlacht von Corinth mitzählte, die vor über einem Jahr stattgefunden hatte – hatte die Hunnen nicht gesprächsbereit gemacht. Verhandlungen wären die vernünftige Option, denn sie würden Leben und Wohlstand sowie die militärische Stärke bewahren. Sie hatte die Geschichtsbücher gelesen. Selbst auf der Alten Erde, als die atomar bewaffneten Imperien des 20. Jahrhunderts einander im sogenannten Kalten Krieg gegenüber standen, hatten Botschaften und Diplomaten existiert, und diese Staaten hatten sich nicht gegenseitig mit Atomwaffen angriffen. Der Konflikt war indirekt geführt worden, und zwar mithilfe von Stellvertreterkriegen, Rebellionen und Terroristen.

Aber dann gab es den Zweiten Weltkrieg. Der Diktator des Deutschen Reichs hatte jegliche Aufforderung zur Kapitulation abgelehnt. Der Krieg konnte erst nach seinem Tod beendet werden.

Diese Idee erschien ihr schlüssig. Jemand an der Spitze der

Hierarchie – eine Person oder eine kleine Clique – übte die eigentliche Machtposition aus und hatte kein Interesse an einem Ende dieses Kriegs. Sie erinnerte sich daran, was der Professor für Politologie in der Akademie gesagt hatte: Wenn man wissen will, warum Anführer etwas tun, muss man sich ihr Eigeninteresse ansehen.

Warum würde jemand nicht das Ende eines kriegerischen Konflikts herbeisehnen? Und zwar keinen schwelenden Grenzkrieg, sondern eine andauernde Schlacht, die die Machtzentren selbst bedrohte. Wer hätte eine totale Niederlage riskiert, wenn die Möglichkeit eines ehrenvollen Friedens existierte?

Sieh dir ihr wirkliches Eigeninteresse an ...

Was wäre, wenn diese theoretische Clique nichts zu verlieren hätte? Das alles ergab nur dann einen Sinn, wenn die Mitglieder der Elite glaubten, nicht persönlich unter den Auswirkungen zu leiden. Vielleicht *wollten* sie eine Fortsetzung der blutigen Kämpfe, weil alles, was ihnen etwas bedeutete, vor Schaden geschützt war. Als ginge es um ein Spiel, in welchem die Vernichtung von Spielsteinen bedeutungslos blieb.

Sieh dir ihr wirkliches Eigeninteresse an ...

Ihre Gedanken kehrten immer wieder zu den Opters zurück und sie rief sich Myrmidons an Strecher gerichtete Worte ins Gedächtnis. Ein Waffenstillstand würde das Blutvergießen beenden und vielleicht am Ende eine dauerhafte Lösung bringen. Der Frieden würde zu Stärke und Wachstum führen, auch wenn die Menschheit in zwei Imperien und eine Reihe unabhängiger Systeme gespalten bliebe. Die Menschheit war eine Gattung mit Pioniercharakter, die stetig forschte, baute und sich ausbreitete.

Sieh dir ihr wirkliches Eigeninteresse an ...

An diesem Punkt kam ihr die Erleuchtung. Alles deutete

darauf hin, dass die Hundert Welten nicht von Menschen – zumindest keinen echten Menschen – kontrolliert wurden.

Die Drahtzieher mussten Opters sein, auch wenn sie wie Menschen aussahen, Menschen *waren* – zumindest körperlich, wie Myrmidon.

Daher fragte sie sich, welche Mitglieder der früheren Kollektivgemeinschaft – und jetzt der Republik – ebenfalls Opter-Menschen waren. Benota behauptete, dass sie einen biologischen Test entwickelt hätten. Was wäre aber, wenn er selbst dieser Gruppe angehörte? Oder DeChang, oder Ellen Gray, oder verdammt noch mal praktisch jeder?

Sie erinnerte sich an Karst, der aus damals kaum nachvollziehbaren Gründen plötzlich zum Verräter wurde. Was, wenn er ein Opter-Agent war? Jemand wie Myrmidon, dessen Auftrag darin bestand, Ärger zu machen? Hätte Strecher die Befreiungsbewegung weiterhin erfolgreich angeführt, wenn sie damals umgekommen wäre? Vielleicht nicht. So viele Schlachten waren auf Messers Schneide gestanden. Eine Niederlage hätte potenziell alles aus der Bahn geworfen.

Engels betrat den Konferenzraum Ihres Flaggschiffs, schloss die Tür und befahl Trinity, den Raum gegen potenzielle Abhörversuche zu schützen. Dann legte sie dem Kollektivbewusstsein ihre Vermutungen dar.

„Die Theorie hört sich überzeugend an, zumindest bis zur Schlussfolgerung, dass die Opters die Schuldigen sind", sagte Trinity. „In den Grenzgebieten der Menschheit existieren andere fremde Reiche."

„Aber keines davon besitzt die militärische Macht oder die biologische Expertise der Opters-"

„Zumindest keines, von dem wir *wissen*. Die Nichtexistenz von Beweisen ist kein Beweis dafür, dass etwas nicht existiert. Und zur Unterwanderung eines Regimes ist keine militärische Macht vonnöten, sondern lediglich eine nicht entdeckbare Infiltrationsmethode."

Engels knurrte. „Wir müssen mit einer Theorie arbeiten, die zu den Tatsachen passt. Meiner Theorie zufolge sind es die Opters, aber im Fall einer anderen Gattung würde das auch nichts ändern. Letztlich geht es darum, dass jemand ganz an der Spitze jegliche Diplomatie ablehnt und dadurch den Krieg verlängert. Das ist das Einzige, was Sinn ergibt. Eine angeblich vernünftige, wohlhabende und demokratische Regierung, wie die der Hundert Welten es sein möchte, hätte die Neue Erdische Republik mit offenen Armen begrüßt. Dann hätte die Hunnen den Krieg beendet und Handelsabkommen geschlossen, die sie noch wohlhabender gemacht hätten, als sie es schon sind."

„Aber wie hilft uns das jetzt?", fragte Trinity.

Engels stutzte. Sie hatte sich so stark auf die Gesamtlage konzentriert, dass die anstehende Schlacht für den Augenblick in Vergessenheit geraten war. „Ich frage mich, ob sich der Kampf lohnt. Wir könnten uns immer noch zurückziehen. Dabei könnten wir die Mechanzug-Fabrik bombardieren, wegspringen und damit beginnen, verlorene Systeme erneut zu erobern."

„Dann müssten wir die Entscheidungsschlacht ein anderes Mal ausfechten, mit weniger Vorteilen."

„Ja, aber mit mehr Informationen über dieses seltsame Flaggschiff. Momentan tappen wir im Dunkeln."

„Werden wir je eine vergleichbar große Zahl gut vorbereiteter Einheiten in die Schlacht werfen können, wie es jetzt gerade der Fall ist? Wir zwingen die Feinde zum Kampf um den Schutz wertvoller Ressourcen, was ihre Optionen begrenzt. Und sie wissen so wenig über die *Indomitable*, wie wir über die *Victory* wissen."

„Na gut. Sprechen Sie weiter. Sagen Sie mir alles, was Sie herausgefunden haben."

Nach einem zweistündigen Vortrag fühlte sich Admiral Engels wesentlich optimistischer – zumindest, was diese Schlacht betraf. „Kontaktieren Sie meine Kommandeure und starten Sie eine Holo-Konferenz", sagte sie. „Stellen Sie sicher, dass Manneskrieger Dexon als Erster eingeladen wird."

KAPITEL 22

Strecher auf Terra Nova

STRECHER FÜHLTE die Kälte des ihn umgebenden Wassers, bis er dann wieder an die Oberfläche gelangte. In den letzten Augenblicken vor dem Erreichen der Mauer atmete er schnell und tief ein, um den Sauerstoffgehalt seines Bluts zu erhöhen. Dabei versuchte er, nicht an Gorbens Abschiedsworte zu denken. Roslyn war schwanger mit seinem Kind? Unmöglich. Er hatte doch nicht mit ihr geschlafen, oder etwa doch? Allerdings *hatte* es im Anschluss an das versuchte Attentat diese eine Nacht gegeben, an die er sich kaum erinnern konnte.

Darüber kann ich mir jetzt keine Sorgen machen, dachte Strecher. Zunächst ging es für ihn ums nackte Überleben. Seiner Einschätzung zufolge hielt er unter Wasser mindestens zwei Minuten lang durch. Seit Gorben ihm vom Weg durch den Fluss erzählt hatte, hatte er sich darin geübt, seinen Atem zunehmend länger anzuhalten.

Er wurde unter die Mauerkante geschwemmt. Sofort griff er nach oben und ließ seine Fingerspitzen über die Tunneldecke hinweggleiten, um eine Luftblase aufzuspüren, aber eine mit Luft gefüllte Lücke gab es hier nicht. Als das Licht der Sonne hinter ihm verschwand, schaltete er die Taschenlampe ein.

Dann spürte er, dass der Fluss abrupt abwärts strömte und aufgrund einer Verengung schneller wurde. Wenn er den Atem dazu gehabt hätte, hätte er kräftig geflucht. Anstatt mit hohem Tempo unter der Mauer hindurch zu fließen, verwandelte sich der Fluss in einen Wassertunnel, welcher sich seinen Weg tief unterhalb der Erdoberfläche suchte.

Aber je schneller er diese Strecke hinter sich brachte, desto höher die Wahrscheinlichkeit, einen Ausgang oder zumindest eine Luftblase zu erreichen. Daher drehte er sich mit dem Kopf zur Strömungsrichtung hin und schwamm, wobei er seine Kräfte rationierte. Seine Lungen schmerzten immer mehr, während die Sekunden verstrichen. Die Verzweiflung hatte ihn bereits gepackt, als er plötzlich durch die Luft flog. Er fiel in ein Becken und wurde von der Strömung nach unten gerissen, bis er gegen einen harten Boden prallte. Von dieser Betonfläche stieß er sich ab, gelangte an die Oberfläche und füllte seine Lungen mit Atemluft.

Strecher befand sich in einem dunklen Reservoir, welches vielleicht hundert Meter lang, dreißig breit und zehn tief war. An einem Ende strömte das Wasser aus einer zwei Meter dicken, an der Decke befestigten Röhre – durch die er geschwemmt worden war – und stürzte ins Becken hinab. Am anderen Ende floss das Wasser durch einen weiteren Tunnel ab.

Seine Taschenlampe zeigte ihm am Beton befestigte Handgriffe, und er bewegte sich mit eiligen Schwimmbewegungen zu diesen hin, bevor die Strömung ihn mitreißen konnte. Diesmal hatte er Glück gehabt und rechtzeitig wieder atembare Luft erreicht. Nächstes Mal würde dies vielleicht nicht klappen.

Sobald er die Umrandung des Reservoirs erreicht hatte, entdeckte er eine Druckluke. Glücklicherweise war diese nicht verschlossen und öffnete sich, als er am Verriegelungsrad drehte. Dahinter erstreckte sich ein von Dunkelheit erfüllter Korridor.

Er verbannte nun sämtliche Gedanken an Roslyn aus seinem Kopf. Stattdessen blieb er stehen und leuchtete nach links und rechts. Von rechts her schien ein feuchter, kalter Luftzug zu wehen, daher ging er in diese Richtung. Er war patschnass und bis auf die Knochen durchgefroren.

Bald hörte er Stimmen, welche die klickende Hochsprache verwendeten. Ihre Sprechweise war zu schnell und zu seltsam, als dass Strecher mehr als ein gelegentliches, simples Wort hätte aufschnappen können – *Arbeit* und *Essen* und *Wasser* war alles, was er verstand.

Strecher schaltete die Taschenlampe aus, zog sein Kampfmesser ein Stück weit aus der Scheide und ging weiter. Vor sich sah er kein Licht, daher berührte er die linke Wand mit den Fingerspitzen.

Ein Geruch, welcher ihn an nasse Tiere erinnerte, machte sich nun stärker bemerkbar. Licht war allerdings immer noch keines zu sehen. Die Stimmen wurden lauter, bis sie nur noch zehn Meter entfernt zu sein schienen, obwohl die Geräusche aufgrund der Betonmauern seltsame Echos erzeugten. Außer der Klicksprache war auch eine Kakophonie sich stetig wiederholender Kratz- und Klappergeräusche hörbar. Etwa so, als ob Metallschrott innerhalb eines Fasses herumgeschleudert würde.

Er näherte sich den Geräuschen langsam und hatte das Gefühl, die Sprecher fast berühren zu können, obwohl immer noch kein Licht sichtbar war. Moment mal! Seine Augen hatten sich endlich der Dunkelheit angepasst, und nun fiel ihm hinter einer scharfen Kurve zu seiner Linken ein schwaches grünliches Leuchten auf.

Als er um die Ecke lugte, sah er eine lange Kammer mit steilen Terrassen, die sich Stufen gleich entlang der linken und rechten Seite nach oben erstreckten. In Teilen des Raums leuchteten phosphoreszierende Moose oder Flechten an den Oberflächen. Manche davon befanden sich in seiner Nähe, und zwar genau an den Stellen, an denen etwas Wasser über den Boden und durch einen Abfluss sickerte.

Die Sprechenden glichen zwei Männern in Pelzmänteln und standen auf seiner Seite des langgezogenen Raums. Beide hielten einen länglichen, biegsamen Gegenstand in einer Hand. Sie sahen müßig zu, wie mindestens zwanzig weitere Männer mit kleinen Werkzeugen Flechten vom Beton kratzten und in Beutel steckten, die sie sich vorne umgehängt hatten.

Nachdem Strecher erkannte, was sie taten, wurde ihm ebenfalls klar, dass es sich bei den dunklen Flecken um bereits abgeerntete Bereiche handelte. Offensichtlich waren die Arbeiter mit Gartenarbeit beschäftigt.

Nein, eigentlich handelte es sich bei ihnen nicht um Arbeiter. Sie waren Gefangene oder Sklaven. Strecher erkannte die Wahrheit, als einer der Arbeiter von einer Stufe zur nächsten hinabkletterte, wobei er eine Kette hinter sich herzog. Diese Kette verband seine Knöchel miteinander und auch mit denjenigen der Männer rechts und links von ihm, wobei jedem von ihnen etwa ein Meter Spielraum zugestanden wurde.

Ein Arbeiter, dessen Bewegungen Strecher wie diejenigen eines Greises erschienen, rutschte auf dem glatten Boden aus und fiel zwei Stufen nach unten. Dabei riss er drei andere von den Beinen und schleuderte Werkzeuge und Beutel umher. Die anderen Arbeiter jammerten laut und versuchten, ihren

Kameraden auf die Beine zu helfen und ihre kargen Besitztümer aufzusammeln – Schabeisen, Beutel und die verstreut wuchernden Flechten.

Das beiläufige Gespräch der beiden Wächter wurde sofort durch Zornesrufe abgelöst. Sie verwendeten die biegsamen Ruten, um unbarmherzig auf den gestürzten Mann sowie alle anderen Gefangenen in seiner Nähe einzuschlagen. Wann immer die Ruten auf Metall wie etwa den Ketten aufschlugen, blitzten Funken auf.

Offensichtlich wirkten die Ruten wie Betäubungsstöcke, schlugen jedoch den bedauernswerten Sklaven nicht bewusstlos. Sie verursachten Schmerzen. Schmerzruten. Der alte Mann schrie und heulte und jammerte vor lauter Schmerzen, während die Wächter ihn weiterhin verprügelten. Die anderen wichen zurück, zu verängstigt, um einzugreifen.

Strecher stieg die Galle hoch, als er an die Schlägertypen der Kollektivgemeinschaft erinnert wurde, die dort die Rolle von Gefängniswächtern gespielt hatten. Er machte einen Sprung nach vorn und schlug den nächsten Folterknecht mit dem Griff seines Messers nieder, dann den anderen, so dass beide bewusstlos zu Boden sackten. Daraufhin ergriff er die Schmerzrute.

Leider berührte er sie zu weit vorn und ein heftiger Schmerz durchzuckte seine Hand, so dass er die Waffe fallen ließ. Dann hob er sie vorsichtig am Griff auf und versuchte herauszufinden, wie sie deaktiviert wurde.

Er trat einen Schritt zurück, als einer der Gefangenen die andere Schmerzrute aufhob und sich über die gestürzten Wachen stellte, als wolle er sie schützen. „Was zum Teufel willst du eigentlich?", fragte er den Mann.

Der Gefangene antwortete nicht, sondern wedelte nur langsam mit der Rute herum, wie um Strecher abzuschrecken.

„Du willst nicht, dass ich diesen Kerlen etwas antue?

Schluss mit dem Blödsinn." Strecher kniff die Augen zusammen. „Verstehst du mich? Versteht mich irgendjemand?"
Niemand antwortete.
Er versuchte, seine begrenzte Kenntnis der Hochsprache einzusetzen. „Zurück. Weg. Los." Er unterstrich diese Worte mit einer Bewegung der Schmerzrute.
Der Mann geriet in Erregung und schlug unbeholfen in Strechers Richtung, wobei er nicht ernsthaft versuchte, einen Treffer zu erzielen.
„Junge, die haben euch ganz schön manipuliert", murmelte er auf Erdisch. „Das tut mir leid." Strecher schlug die Schmerzrute des Mannes mit seiner eigenen beiseite und berührte dann dessen Handgelenk mit dem geladenen Ende. Der Mann ließ die Rute heulend fallen und wich zurück. Strecher nahm sich die zweite Rute.
„Okay, nachdem das nun geklärt ist ..." Nun wechselte er zur Hochsprache. „Los. Zurück. Weg!" Die Gefangenen schienen ihn zu verstehen und wichen allesamt mit rasselnden Ketten vor ihm zurück.
Strecher durchsuchte die Wachen. Wie er vermutet hatte, trugen sie lange, dicke Pelzmäntel über ihren Hemden und Hosen. Darunter hatten sie das Aussehen von der Erde stammender Menschen. Über dem Mantel befand sich ein Gurtzeug, an dem sich nützliche Kleinigkeiten und Werkzeuge wie Messer, Schabeisen und Handschuhe befestigen ließen. Zudem entdeckte er Beutel, mit quadratischen Münzen aus scheinbar reinem Kupfer und Silber gefüllt. Er nahm sich einen ihm passenden Mantel und zog sich diesen an, gefolgt vom Gurtzeug mit sämtlichen daran befestigten Utensilien. Nun war er nicht mehr von einem Wächter zu unterscheiden.
Als er sich den zurückweichenden Gefangenen näherte, erkannte er zu seiner völligen Überraschung, dass diese überhaupt keine Mäntel trugen. Stattdessen waren ihre Körper mit

einem dicken, öligen Pelz bewachsen, der dem ähnelte, den Strecher jetzt trug. Nur ihre Gesichter und Hände blieben wie bei Menschenaffen nackt. Diese Wesen mussten eine weitere Variante der humanoiden Opters darstellen, wie etwa die bunten Calaria oder die dunkelroten Bortoks.

Einer der Gefangenen, der mutiger als die anderen zu sein schien, nahm ein Werkzeug vom Gurtzeug des anderen Wächters und schloss damit seine Fußfessel auf. Aber als er bei den anderen dasselbe versuchte, schrien sie voller Panik los und schlugen nach ihm. Daher brach er seinen Versuch mit offensichtlicher Abscheu ab.

„Deine Freunde wollen anscheinend nicht frei sein", sagte Strecher. „Die haben wohl eine Gehirnwäsche hinter sich."

Der Mann starrte ihn an und redete in der Klicksprache. Strecher verstand nur das Wort *Frau*. Vielleicht wollte er damit sagen, die anderen benähmen sich wie verängstigte Frauen. Offensichtlich waren diese Leute weder Roslyn noch Karla begegnet.

Strecher überlegte sich, die verängstigten Gefangenen in ihren Ketten zurückzulassen, entschied sich dann aber dann dagegen. Daher forderte er den einen, etwas mutigeren Mann mit Gesten zum Befreien seiner Kameraden auf, während er sich mit seinen Schmerzruten drohend danebenstellte, um sicherzustellen, dass er es auch tatsächlich tat. Bald schon waren alle ihre Ketten los. Einige begannen damit, Flechten zu essen, während andere weiterhin schabten und sammelten. Keiner rannte davon oder zeigte auch nur das geringste Interesse an der Flucht.

Der einzige tapfere Mann zuckte mit den Achseln, anscheinend eine universelle menschliche Geste, und stopfte sich dann eine Handvoll Flechten in den Mund. Strecher kostete einige davon und stellte fest, dass sie nach nichts schmeckten. Dennoch aß er eine kleine Menge und steckte sich zusätzliche Flechten in den Beutel für den Fall, dass er diese später noch benötigte.

Strecher wiederholte seinen Namen mehrmals und klopfte sich gegen die Brust. Der andere Mann nickte und folgte seinem Beispiel. „Du Strecher. Ich Melgar."

„Melgar." So klang der Name, als Strecher diesen wiederholte. Er reichte Melgar eine Schmerzrute, wobei er diese vorsichtig am Griff festhielt.

Melgar drehte am Knauf, zog sich den Mantel, die Stiefel und das Gurtzeug des am Boden liegenden Wächters an und befestigte das Gerät dann an der Tragschlaufe.

Strecher folgte seinem Beispiel und war froh darüber, dieses Ding nun endlich deaktivieren zu können. „Wir gehen. Weg. Verstecken", sagte er.

„Ja. Komm. Folgen." Melgar signalisierte Strecher, ihm zu folgen. Dann führte er ihn durch Gänge aus Beton, die durch eine Mischung aus Flechten und etwas helleren, an der Decke befestigten Leuchtstreifen schwach beleuchtet wurden. Sie durchquerten mehrere Kammern, in denen Arbeiter Flechten oder andere Pflanzen sammelten. In einigen bestand der Boden aus Erde, auf der der Pilze wuchsen. In anderen wirkten die Pflanzen ganz gewöhnlich, waren jedoch nicht grün.

In allen Fällen schlichen sich die beiden Männer an gelangweilten, grausamen Aufsehern vorbei, die unterdrückte Arbeiter überwachten. Einige Arbeitsgruppen bestanden aus Frauen und wurden von weiblichen Wächtern kontrolliert. Die Arbeiter wurden des Öfteren geschlagen. Anscheinend nahmen die Standardmenschen stets die Rolle der Wachen ein, und die Fellmenschen waren die Gefangenen. Nein, das stimmte nicht ganz. Wenn sich ihr Status von ihrer Gattung ableitete, dann waren sie vermutlich eher Sklaven als etwa verurteilte Verbrecher.

Strecher verlor jegliches Gefühl dafür, wie viele Tunnel und Räume sie durchquert hatten. Melgar hatte ihn bestimmt durch Dutzende davon geführt, und Strecher hatte den Eindruck, dass noch Hunderte weitere existierten. Das war ein gigantischer, der Nahrungsproduktion gewidmeter unterirdischer Ameisenhaufen. Sie hüteten sich, sich den anderen zu weit zu nähern, und im Halbdunkel waren sie von uniformierten Wächtern kaum zu unterscheiden.

Einmal hatten sie die Gelegenheit, von einem hochgelegenen, mit Fenstern versehenen Stollen aus in eine riesige Halle zu blicken, in der Tausende von angeketteten Arbeitern mit der Verarbeitung von Pflanzen beschäftigt waren. Die Erntearbeiter warfen ihre Lasten in Behälter, deren Inhalt sortiert und von Schmutz und Steinen befreit wurde. Dann wurde das verbesserte Produkt gewaschen, zugeschnitten und in wiederverwendbare Stoffbeutel verpackt. Anschließend wurden diese Beutel in einen anderen Bereich transportiert und dort im Austausch gegen die quadratischen Münzen verkauft.

Die Arbeiter, die die Pflanzen an den Bestimmungsort lieferten, schienen sich sowohl von den Fellmenschen als auch von den Standardmenschen zu unterscheiden. Bei ihnen handelte es sich eindeutig um insektenhafte Zweibeiner mit großen Facettenaugen und federähnlichen Fühlern. Ihr Aussehen erinnerte Strecher an aufrecht gehende Ameisen mit nur vier Gliedmaßen – zwei Armen und zwei Beinen. Vielleicht stellten sie die Frühversion der Opter-Menschen dar, eine Vorstufe, bevor diese mittels Gentechnik in ihre jetzigen zahlreichen Varianten verwandelt wurden.

Unter ihnen entdeckte Strecher eine menschliche Gestalt. Zunächst hielt er diese für Myrmidon, erkannte dann aber, dass dies nicht zutraf. Dennoch schien der Mann in seinem Verhalten und seinen Bewegungen Myrmidon zu ähneln, als er zwischen den Kunden umherging. Ein weiterer Agent?

Der Mann sah zu Strecher hoch, und einen Augenblick lang trafen sich ihre Blicke, bevor der Mann sich umdrehte, sich an den Insektoiden vorbei drängte und den Markt verließ. Anscheinend missfiel es ihm, beobachtet zu werden. Könnte er einer von Myrmidons Spionen ein? Oder lediglich ein Agent in Ausbildung?

Strecher und Melgar gingen weiter.

Bei einer weiteren großen Halle schien es sich um ein für die Sklaven errichtetes Krankenhaus zu handeln – zumindest war dies der erste Eindruck. Strecher sah primitive Betten, auf denen die Fellmenschen mit angeketteten Fußgelenken dalagen. Einige schliefen, während andere sich aufsetzten und versuchten, die Aufmerksamkeit der Pfleger auf sich zu ziehen. Ein kräftig gebauter Sklave verschlang das in seiner Schüssel befindliche Essen und beschwerte sich dann so lautstark, dass er weggeführt wurde.

„Arbeit. Mehr Arbeit", sagte Melgar. „Lebendig. Arbeiter arbeiten."

„Arbeiter ..." Strecher zerbrach sich den Kopf auf der Suche nach dem richtigen Wort. „Arbeiter stark. Wieder arbeiten?"

„Ja. Will wieder arbeiten."

Die Sklaven im Krankenhaus baten also darum, wieder an die Arbeit geschickt zu werden. Er fragte sich, wie die Alternative aussehen mochte.

Bald fand er das heraus. Zwei Ärzte traten ein, um die Patienten mit Stethoskopen und anderen Instrumenten zu untersuchen. Sie fühlten den Puls und sahen sich die Zähne an, wobei ihr Vorgehen eher an Tierärzte erinnerte. Den Gesündesten befahlen sie, das Krankenhaus auf den eigenen Beinen zu verlassen. Die Schwerkranken – in erster Linie diejenigen, die keinerlei Reaktion zeigten – wurden an einen Trupp von Pflegern verwiesen. Die Pfleger brachten sie auf

Tragen hinaus, während die übrigen „Patienten" ihnen müde dabei zusahen.

Melgar zog an Strechers Arm und führte ihn durch den Stollen hindurch zum nächsten Raum. Die Pfleger rollten die toten oder sterbenden Sklaven grob auf schrägstehende Steinplatten und eilten dann davon. Andere Arbeiter, welche Schürzen und Stoffmasken trugen, platzierten die Körper mit nach unten gerichteten Köpfen auf den Platten und schnitten ihnen ohne zu zögern die Kehlen durch. Das Blut floss über Rillen in Eimer ab. Eine noch lebende arme Seele zuckte und wehrte sich, bis sich der Schlächter einen Holzhammer griff und ihr einen Schlag gegen die Stirn versetzte.

Strecher spürte eine Mischung aus Übelkeit und Wut in sich hochsteigen. Auf dem Gefechtsfeld war er oft mit dem Tod in Berührung gekommen, aber das hier ... hier wurden die Menschen wie Schlachtvieh behandelt. Selbst in den Gefängnissen der Kollektivgemeinschaft war es humaner zugegangen.

Sobald die Leichen blutleer waren, nahmen die Schlächter Hackmesser und hackten den Toten die Köpfe ab. Strecher hätte sich nicht vorstellen können, dass die Szene noch erschreckender werden könnte, bis er sah, was als Nächstes passierte.

Diese Metzger nutzten scharfe Messer dazu, die Leichen fachgerecht zu häuten und zu zerlegen. Sie behandelten die Pelzhäute mit großer Sorgfalt und zogen diese in einem Stück ab. Danach reichten sie sie an Helfer weiter, die sie vermutlich zur weiteren Verarbeitung aus dem Raum schafften.

Danach wurden die Kadaver aufgehängt und in verschiedene Fleischstücke zerlegt.

Strecher stieg die Magensäure hoch und er konnte sich gerade noch am Übergeben hindern. Er drehte sich zu Melgar hin und erkannte, dass die Mimik des Mannes Trauer und Zorn ausdrückte. Seine Finger hatten das Steingeländer so fest gepackt, dass sie sich weiß verfärbten. Strecher streckte langsam die Hand aus und packte die Schulter seines neuen Partners mit einem festen Griff, um diesem sein kameradschaftliches Mitgefühl auszudrücken.

Melgar wendete sich Strecher zu und erwiderte die Geste, Hand an Schulter. „Du sehen, Strecher. Schlimm. Feind. Böse!" Er brachte auch andere Worte zum Ausdruck, die Strecher nicht bekannt waren.

„Verstanden, mein Freund", sagte er auf Erdisch. „Für die seid ihr nur Tiere." Er wechselte zur Klicksprache. „Melgar Freund. Ich verstehe, böse."

Als Strecher dann glaubte, sich über all die grauenhaften Tatsachen im Klaren zu sein, wurde er sich plötzlich bewusst, welches Material sich unter seinen Fingerspitzen so weich anfühlte. Er sah sich Melgars pelzigen Hals über dem Kragen an und berührte diesen dann. Dann riss er die Hand vom Fell seines Freundes weg und strich sich über den Mantel, den er selbst trug.

Sie fühlten sich gleich an.

Melgar nickte mit ernstem Blick. „Du sehen."

„Beim Unerkennbaren Schöpfer! Was zum *Teufel?*" Strecher begann hektisch damit, das Gurtzeug loszuschnallen und die glatten, elfenbeinartigen Knöpfe seines Mantels aufzuknöpfen. „Bei allen Göttern und Dämonen, ich trage Kleidung aus Menschenhaut!"

„Nein, nein, Strecher, nein", fauchte Melgar und versuchte, Strecher zurückzuhalten. „Ja, nein, Strecher, Freund, stopp. Ich weiß. Ich weiß. Schlimm. Du müssen stoppen. Verstecken, laufen, nicht wissen. Ich vergebe. Ich vergebe." Er unterstrich diese einfachen Worte mit Gesten, die Strecher zeigen sollten, dass Melgar ihm keinen Vorwurf machte und ja auch selbst einen Menschenpelz trug.

Strecher versuchte nicht mehr, sich das Gewand auszuziehen, aber nun fühlte er sich schmutzig. Er atmete tief durch und sagte sich, dass er sich beruhigen müsse. Dem armen Kerl, dessen Haut er trug, würde es nicht mehr helfen, wenn Strecher durchdrehte. Er musste sich einfach damit abfinden.

Er konzentrierte seine Gedanken auf die Rückkehr zu Karla, auf seine Verantwortung gegenüber seinen Freunden und den Brechern und die im Straflager verbrachte Zeit. Er hatte es überlebt, mit Jauche übergossen zu werden. Die Fliegen, die ihre Eier in seine Wunden legten, und die täglichen Foltern noch dazu. Im Vergleich dazu war das hier gar nichts.

Aber er verstärkte seinen Entschluss, sich nie mehr gefangennehmen zu lassen. Im Geiste steckte er all seine Emotionen in einen Kasten, verschloss diesen und warf den Schlüssel weg. Er musste äußerlich kühl bleiben, so sah es eben aus. Er musste tun, was in seiner momentanen Situation notwendig war. Gefühle würde er sich erst später erlauben können.

„Okay, Melgar. Schon gut. Was jetzt?"

Obwohl Erdisch gesprochen hatte – oder die Niedersprache, wie die Calaria es nannten – schien Melgar ihn zu verstehen. „Wir gehen. Suchen. Meine Frau." Er führte Strecher weiter.

Nach einer weiteren Zeitspanne des gezielten Umherschleichens wollte Strecher Melgar bereits bitten, ihm einen Weg zur Oberfläche zu zeigen, aber dann erreichten sie einen weiteren Rundgang oberhalb einer Fabrik, in welcher Sklaven verschiedene Flüssigkeiten verarbeiteten. Sie kochten diese, zerstampften Zutaten und mischten sie in die Behälter. Dann wurde das Ganze durch Röhren geleitet und tropfte nach dem Abkühlen in kleine Fässer. Zahlreiche Wächter beobachten das Verfahren. Bei diesem Prozess der Nahrungsverarbeitung war eine größere Anzahl an Bewachern anwesend, was den Eindruck erweckte, dass diese Flüssigkeiten wertvoller waren. Zwei Wächter blickten sogar vom anderen Ende des Umgangs auf die Fabrik herab, hatten aber Strecher und Melgar noch nicht bemerkt.

Natürlich glauben sie, wir wären ihre Kameraden, überlegte Strecher. Er bemerkte, dass Melgar sein haariges Gesicht abwandte.

Wie bei der Nahrung existierte auch hier am Ende des Raums ein Verkaufs- und Probierbereich. Potenzielle Käufer nippten an zierlichen, selbst mitgebrachten Gläsern. Diesmal waren die Kunden aber kurzgewachsen und korpulent, mit runden, kahlen Köpfen und Stupsnasen. Sie trugen vornehme Kleidung im modernen Stil – Hosen, Hemden, Sakkos – sowie Plateauschuhe, um größer zu wirken. Außerdem besaßen sie Armbanduhren und tippten auf Geräten herum, die Tablets glichen. Einige von ihnen trugen ebenfalls Menschenpelze. In Gedanken bezeichnete Strecher sie als die Schweinemenschen.

Plötzlich kam ihm eine Idee. Die Schweinemenschen stammten offensichtlich von der Oberfläche. Sie mussten entweder die Kontrolleure sein oder aus einem Diss-Bezirk mit einem höheren Technologieniveau stammen. Dadurch boten sie – und den Weg, den sie auf sich genommen hatten, um hier handwerklich erzeugte Getränke zu kaufen – ihm einen Zugang zur Außenwelt.

Er blickte sich um, konnte aber keine Agenten entdecken.

Neben ihm sprach Melgar plötzlich schnell und deutete auf eine Frau in Ketten, die in einem riesigen, mit einer kochenden Flüssigkeit gefüllten Kessel rührte. „Meine Frau. Nehmen. Laufen. Verstecken."

„Verdammt", sagte Strecher auf Erdisch. „Wie kommen wir an all den Wachen vorbei?"

Melgar schien ihn zu verstehen. Anscheinend beherrschte er die Niedersprache besser, als er zu zeigen bereit war. Er wühlte in den Beuteln an seinem Gurtzeug herum, bis er eine

Verbandsrolle herauszog. Dann stach er sich mit dem Messer leicht in den Handballen, ließ Bluttropfen auf die Gaze fallen und gestikulierte, bis Strecher ihn verstanden hatte.

Strecher half dabei, den blutigen Verband um Melgars gesamten Kopf zu wickeln, so dass Gesicht und Hals bedeckt waren und man nicht mehr feststellen konnte, dass darunter ein fellbedeckter Mensch steckte. Etwaige Beobachter würden nun auf den ersten Blick nur noch einen verwundeten Wächter in einem Pelzmantel erkennen. Danach begab sich Melgar langsam zur nach unten führenden Treppe.

„Na dann mal los", murmelte Strecher, als er ihm folgte.

KAPITEL 23

Engels, Sparta-System

DIE GLORREICHE HEIMATFLOTTE der Hundert Welten näherte sich siegesgewiss Sparta-3. Vermutlich würde sie annehmen, lediglich auf die *Indomitable* und eine Ansammlung von etwa hundert Schiffen zu treffen, deren Größenkategorien in einer gleichmäßigen Verteilung von Super-Großkampfschiffen bis hinab zu Korvetten reichten.

Aber Engels hatte die Zeit dazu genutzt, eine Vielzahl ihrer Schiffe mit den von Trinity entwickelten Täuschsendern auszurüsten, so dass Korvetten wie Großkampfschiffe wirkten und umgekehrt. Zwar konnten diese Sender keine optischen Sensoren täuschen, dafür gab es jedoch andere Optionen. Beispielsweise richteten alle ihrer Schiffe, welche sich nicht verborgen hielten, Breitband-Laser direkt auf die feindliche Flotte und entdeckten Aufklärungsschiffe. Der erzielte Effekt wirkte sich in etwa so aus, als ob man den Feinden mit Scheinwerfern in die Augen leuchtete und erschwerte es diesen, präzise Messwerte zu erhalten.

Zudem verbargen sich viele ihrer Schiffe hinter Asteroiden, Monden und dem Planeten selbst. Einige waren sogar auf der Oberfläche von Planetoiden gelandet und befanden sich komplett im EMCOM-Modus. Währenddessen flogen kleine, mit zusätzlichen Sendern ausgerüstete Raumschiffe umher, um den Feind zu verwirren.

Aber das Flaggschiff *Victory* bereitete Engels Sorgen. Laut Trinity verwiesen die Aktionen und die Konfiguration des Schiffs auf eine KI-Kontrolle. Das bedeutete, dass die Hunnen die Problematik des KI-Wahnsinns gelöst hatten – zumindest zeitweilig. Es war immer noch möglich, dass die *Victory*-KI irgendwann überschnappte. Aber sie hätte ihre Aufgabe auch dann erfüllt, wenn sie vor jeder Schlacht einen Neustart erforderte.

Und eine KI war in der Lage, Engels' Täuschungsmaßnahmen mithilfe einer durchgeführten Analyse zu durchschauen. Aber sie musste sich so verhalten, als ob ihr Plan funktionierte.

Andererseits erinnerte sie sich an die Maxime „Kein Schlachtplan überlebt den ersten Feindkontakt."

Die Heimatflotte näherte sich voller Zuversicht in einer vollkommenen kugelförmigen Formation. Jedes Schiff verfügte über eine perfekte Sichtlinie und hatte mit mathematischer Präzision die jeweils optimale Position eingenommen. Zweifellos bestand die Möglichkeit, die Konfiguration dieser Formation mit außergewöhnlicher Effizienz zu ändern.

Aber Engels erinnerte sich an Professor Pournelles Worte während seiner Taktikvorlesung an der Akademie. Der Admiral a. D. hatte gesagt: „Verwechseln Sie niemals Effizienz mit Effektivität. Sie sind nicht identisch. Der effizienteste Kommandeur kann immer noch eine Schlacht gegen einen Gegner verlieren, der weiß, wie man effektiv kämpft. Der effektive Kommandeur muss bereit sein, mit seinen Streitkräften verschwenderisch umzugehen, wenn der Sieg diesen Preis verlangt." Sie fragte sich, ob die feindliche KI dieses Prinzip verstehen würde – und ob sie tatsächlich die Kontrolle über die Schlacht hatte oder diese nur unter Admiral Niederns Befehl ausübte.

Nach allem, was sie über Niedern wusste, ging sie davon aus, dass der Admiral der *Victory*-KI nicht die vollständige Leitung übertragen würde. Das hätte seiner Natur widersprochen. Daher dürften ihre Täuschungen und Tricks, die sie speziell auf diesen Mann zugeschnitten hatte, immer noch Wirkung zeigen.

„Trinity, verkleinert sich der überlichtschnelle Datenverbindungsbereich wie erwartet?", fragte Engels.

„Ja."

„Dann nutzt ihr neues System *tatsächlich* den Lateralraum zur Übertragung, selbst im gekrümmten Raum."

„Stimmt. Aber je tiefer sie in den gekrümmten Raum eindringen, desto mehr scheint sich die Reichweite zu verringern. Wenn es zur Schlacht kommt, dürfte der Radius weniger als hunderttausend Kilometer betragen."

Engels grunzte zufrieden. „Das ist hilfreich. Alle Einheiten, die sich außerhalb dieses Bereichs befinden, müssen also konventionell befehligt und kontrolliert werden."

Tixban meldete sich zu Wort. „Sie nähern sich der Gefechtsreichweite der *Indomitable*."

„Na gut. Also machen wir unseren ersten Zug. Rudergänger, Tarnung aufgeben."

„Aye, aye."

Das Schlachtschiff bewegte sich mit rückstoßfreien Antrieben seitwärts und verließ sein hinter Leonidas, Spartas Mond, gelegenes Versteck.

„Feuern", sagte Engels.

Aus einer Entfernung von über zehn Millionen Kilometern feuerte die massive Partikelstrahlkanone der *Indomitable* einen Blitz der Zerstörung, welcher annähernd Lichtgeschwindigkeit erreichte. Das Ziel des Strahls sollte die *Victory* sein. Mit etwas Glück würde es ihr gelingen, das Flaggschiff mit nur einem Schuss zu eliminieren. Ansonsten würde ihre Flotte kritische Daten bezüglich der Feindreaktion auf das Bombardement erhalten.

Es dauerte über dreißig Sekunden, bis der Schuss die Flotte der Hunnen erreichte. Genau diese Zeitspanne benötigten auch die Sensorenimpulse, um zurückzukehren und die Ergebnisse anzuzeigen.

Als dies geschah, stöhnte die gesamte Brückencrew voller Enttäuschung auf.

Der Holo-Kurs des enormen Strahls durchschnitt die Feindflotte, aber deren Schiffe begannen Sekunden vor dem Strahlenkontakt mit einer Reihe komplexer Ausweichmanöver. Jedes Hunnen-Raumschiff wich so weit wie möglich schräg zur Seite hin aus, und alle von ihnen hatten sich vom Flaggschiff entfernt. Der Strahl verdampfte eine Drohne, aber dabei blieb es wohl.

„Sie haben gesehen, wie wir aus der Deckung gekommen sind und haben den Schuss antizipiert", knurrte Engels.

„Anscheinend", sagte Tixban. „Die Chance auf einen Treffer aus dieser Entfernung ist äußerst gering."

„Ab wann können wir mit Treffern rechnen?"

„Bei weniger als einer Million Kilometern nähert sich die Trefferwahrscheinlichkeit gegen konventionelle Ziele fünfzig Prozent."

„Und bei diesen Schiffen?"

„Ich kann nur raten, welche Vorteile sie aufgrund der KI-gesteuerten Ausweichmanöver genießen."

„Trinity?"

Die kombinierte KI antwortete: „Ich werde meine

Analysen im Lauf der Zeit verfeinern, aber ich würde vorschlagen, mit der halben Entfernung zu planen."

Engels sah sich die Aufstellung ihrer Flotte im Hologramm an. Hundert Schiffe, allesamt schwere Kreuzer oder Schlachtkreuzer, waren in der Nähe von Leonidas so ausgerichtet, als planten sie einen Frontalangriff zu starten. Dank ihrer Täuschsender dürften sie wie eine komplette Flotte unterschiedlicher Schiffe wirken. Hoffentlich würde der Feind diesen Verbund für ihren Flottenkern halten und daraus schließen, dass diese den Hunnen weit unterlegen war.

„Haben sie sich von der Geschwindigkeit her schon auf etwas festgelegt?", fragte Engels.

„Wie ich Ihnen bereits erklärt habe, Admiral, wird das erst in fünfundzwanzig Minuten geschehen", sagte Tixban.

„Schon gut." Zu diesem Zeitpunkt wären die Feinde nicht mehr zu Wende- und Fluchtmanövern in der Lage. Falls sie es aber wünschten, könnten sie nach wie vor eine scharfe Kurve einleiten und den Planeten umgehen – was für Engels eine Katastrophe wäre. Ihre Falle würde nur dann zuschnappen, wenn Niedern sich so übermütig zeigte, dass er zu tief vorstieß, um sich danach noch absetzen zu können.

Die Minuten vergingen, und Engels kaute auf ihren Nägeln herum. Das Gemurmel der kurzen Gespräche auf der Brücke bot einen vertrauten Hintergrund, aber daraus hörte sie nichts als die übliche Nervosität vor einem Gefecht heraus.

„Sie führen einen verzögerten Start durch", sagte Tixban, was sie aber bereits selbst erkannt hatte. Die feindlichen Schiffe stießen eine Welle von Lenkwaffen aus, welche langsam beschleunigten und vor ihnen einen Schirm bildeten. Dabei würde es sich um unterschiedliche Waffentypen handeln – Schiffkiller, nuklear gepumpte Strahlenwaffen, Attrappen, Raketenabwehr-Cluster – die bis zur Aktivierung oder einem Angriff nicht voneinander zu unterscheiden waren.

„Wie viele?"

„Circa 2400."

„Also kein voller Flottenangriff. Glauben Sie, wir werden damit fertig?"

„Wenn wir Ihrem Plan folgen, Admiral."

„Dann folgen wir dem Plan eben." Engels blickte zum Hologramm hoch. Der vom Feind eingeschlagene Kurs brachte diesen in die Nähe von Leonidas, dem Mond, hinter dem die *Indomitable* hervorspähte. Leonidas besaß keine funktionsfähigen Abwehrstellungen mehr. Diese waren entweder von ihren Schiffen bombardiert oder vor der Kapitulation durch Sabotage zerstört worden. Allerdings würde es die standardmäßige Militärdoktrin vorschreiben, dass Niedern den Mond von etwaigen versteckten Feinden säuberte, bevor er zum eigentlichen Planeten vorstieß. Und eigentlich hing ihr Plan davon ab, dass er sich an diese Regel hielt.

Sie betrachtete die sechzehn Symbole, welche die auf der Rückseite von Leonidas versammelten, dem Planeten zugewandten Schiffe darstellten. Manneskrieger – beziehungsweise Kommodore – Dexon befehligte diese von Bord der *Rache*. Dabei handelte es sich um mit Ruxin-Crews besetzte Schützenfische, die mit Subraumgeneratoren und entsprechender Bewaffnung ausgestattet waren. Alle dieser Schiffe waren klein und ungepanzert, und mit Ausnahme ihrer Fähigkeit, in diese seltsame kalte Subdimension zu schlüpfen und aus dem Verborgenen anzugreifen, waren ihre Waffensysteme kaum beeindruckend.

Alle von ihnen hatten die Subraumgeneratoren deaktiviert und hielten absolute Funkstille ein. Übertragungsdrohnen der Republik sendeten ihnen vollständige Daten in Echtzeit, so dass ihre Computer über die aktuellsten Feinddaten verfügten.

Sobald sie in den Subraum sprangen, würden sie sich auf diese Daten und die Intuition ihrer Kapitäne verlassen müssen, da sie blind kämpften.

Die einzige Alternative bestand darin, ein kurzes Auftauchen zu riskieren, um die Sensorendaten zu aktualisieren.

Das Problem lag darin, dass sich der Feind nicht mehr von Schützenfischen überraschen ließ, vor allem nicht in einer Raumschlacht zweier Flotten. Engels musste annehmen, dass die Subraum-Kongruenzpunkte von zahlreichen Subraumdetektoren markiert und Fusionswaffen dorthin entsendet würden. Die Explosionswirkung könnte in einem gewissen Rahmen die Dimensionen überspringen und die zerbrechlichen Schiffe dadurch beschädigen oder vernichten.

Allerdings gab es eine Methode, die Signatur eines Schützenfischs im Subraum zu verbergen, und Dexon würde diese schon bald einsetzen. Diese Methode stellte ein Kernstück von Engels' Plan dar.

„Trinity, sind Sie durchgeschaltet und ist alles zu Ihrer Zufriedenheit?"

„Selbstverständlich, Admiral. Diese Frage haben Sie schon einmal gestellt."

„Sorry." Engels hatte zugelassen, dass Trinity an Bord der *Indomitable* gebracht wurde und im Schutz deren dicker Panzerung die Abwehrsysteme des Schlachtschiffs kontrollierte. Engels hatte vorgeschlagen, das Kollektivbewusstsein die gesamte Zielerfassung und das Abfeuern kontrollieren zu lassen, was Trinity jedoch abgelehnt hatte.

„Obwohl wir anerkennen, dass Offensivaktionen notwendig sind", sagte Trinity, „möchten wir diese nicht selbst leiten."

Angesichts dieser Rationalisierung konnte Engels nur mit den Schultern zucken. Jede Person, ob biologisch oder maschinengestützt, hatte das Recht, ihre moralischen Grenzen selbst zu bestimmen. Trinity, die nun eindeutig unter Engels' Kommando stand, hätte die offensiven Systeme wahrscheinlich übernommen, wenn sie den Befehl dazu erhalten hätte. Wenn aber Untergebene andauernd zur ihnen verhassten Handlungen gezwungen wurden, würde dies vermutlich irgendwann negative Konsequenzen nach sich ziehen. Die Leute mussten daran glauben dürfen, das Richtige zu tun.

Oder zumindest, dass diese Handlungsweisen notwendig waren und das geringere Übel darstellten.

„Wir nähern uns dem Zeitpunkt, zu dem der Feind sich bezüglich der Geschwindigkeit festlegen muss", sagte Tixban. „Eine Minute."

„Lassen Sie die volle Minute verstreichen und erteilen Sie dann den Befehl", sagte Engels.

Eine Minute später wurde der aufgezeichnete Befehl an alle Schiffe gesendet, und der Plan kam ins Rollen.

Zunächst bewegten sich ihre ungefähr zweihundert Schiffe, die sich versteckten oder an der feindlichen Flanke lauerten, mit hoher Geschwindigkeit, um Formationen zu bilden. Etwa fünfzig davon, ihre schwersten Einheiten, waren deutlich sichtbar gewesen. Allerdings befanden sich diese außerhalb der Reichweite direktfeuernder Waffen und weit genug vom Kurs der Hunnen entfernt, dass sie ignoriert wurden.

Dies vor allem aus dem Grund, dass sie sich allesamt als Schiffe der Eskortenklasse ausgaben. Die Hunnen würden sie nicht als ernsthafte Bedrohung ihrer Hauptflotte betrachten. Dennoch würden sie den Feind davon abhalten, die eigenen Aufklärer zu weit in ihre Richtung zu entsenden. Jetzt aber deaktivierten sie die Täuschsender und aktivierten ihre Aktivsensoren, so dass sie sich als Schlachtkreuzer, Großkampfschiffe und Super-Großkampfschiffe enthüllten.

Dann gaben sich weitere hundertfünfzig tatsächliche

Eskortenschiffe zu erkennen – von Korvetten bis hin zu leichten Kreuzern – und gaben den EMCON-Modus auf. Diese Schiffe aktivierten wiederum Sender, die sie als schwerere Einheiten erscheinen ließen. Sobald die elektromagnetischen Emissionen die feindlichen Sensoren erreichten und diesen bessere Daten lieferten, um sie die Wahrheit erkennen zu lassen, würden die Feinde etwa zweihundert schwere Einheiten sehen, die sich aus allen Richtungen annäherten. Hauptsächlich von hinten.

Sekunden vergingen, während verschiedene Wellenlängen das sich entwickelnde Gefechtsfeld durchkreuzten. Es erforderte Zeit, neue Kontakte zu entdecken. Noch mehr Zeit, Entscheidungen zu fällen und dann wiederum Zeit, um die feindlichen Aktionen und Reaktionen zu bewerten. Bei der Erteilung von Befehlen mussten die entsprechenden Admirale und Kapitäne ständig die Signalverzögerung berücksichtigen.

Die Raumflotte der Hundert Welten reagierte ungefähr so, wie Engels es erwartet und erhofft hatte. Die Schiffe erhöhten die Beschleunigung leicht, aber nicht zu stark. Wenn sie zu schnell wurden, wären sie nicht mehr in der Lage, Leonidas von feindlichen Einheiten zu säubern oder in der Nähe ihres Ziels, des Planeten Sparta-3, zu bleiben. Ein zu hohes Tempo würde zwar die Verteidigung der Flotte selbst erleichtern, aber dann müsste sie vorbeifliegen und zur Rückkehr Stunden oder Tage in einer breiten Schleuderkurve verbringen. Die einzige andere Option wäre ein brutales Abbremsmanöver in den Orbit, bei welchem sie die Hecks ihrer Schiffe der *Indomitable* und ihren Kreuzern zuwenden müssten.

In diesem Fall würden die Schiffe den Feinden ihre Düsenöffnungen präsentieren. Die ungepanzerten und relativ empfindlichen Fusionskammern würden dann von jeder vorstellbaren Waffe angegriffen, selbst der winzigsten Railgun-Streumunition. Das wäre in etwa so, als wolle man rückwärts in ein Feuergefecht laufen und führte zu einer sicheren Niederlage.

Bei dieser Geschwindigkeit und angesichts der Zahl der Feinde hinter und der *Indomitable* vor ihnen – ein Schiff, das sie um jeden Preis zu zerstören suchten – würden die Hunnen den besten, offensichtlichsten Kurs wählen. Sie würden die Schiffe vor ihnen schlagen, einschließlich des Schlachtschiffs, anschließend den Planeten und seine verbleibenden Abwehrstellungen sichern, die Mechanzug-Fabrik schützen und dann die verfolgenden Einheiten der Republik bekämpfen.

Deshalb flogen sie mit einer optimalen – und vorhersehbaren – Geschwindigkeit weiter.

Mit all ihren Manövern versuchte Engels den Feind dazu zu bringen, nach ihren Vorstellungen zu kämpfen, während er glaubte, seinen eigenen zu folgen. „Die Taktik des Irrtums" hatte ein weiterer ihrer Professoren an der Akademie dies genannt.

„Schon rein von der Logik her müssen sie wissen, dass nicht alle der sich annähernden Schiffe schwere Einheiten sind", sagte Tixban. „Wahrscheinlich haben sie die Sender entdeckt, auch wenn sie den Täuschmaßnahmen nichts entgegenzusetzen haben."

„Das ist gleichgültig", sagte Engels. „Nachdem sie sich jetzt für diesen Kurs entschieden haben, würde eine scharfe Wende ihre Bugpartien allzu sehr schwerem Feuer aussetzen. Soweit sie wissen, haben sie sie gegen die vor ihnen liegenden Schiffe eine Überlegenheit von mindestens 2 zu 1. Also sind sie dorthin unterwegs. Ihr Vorteil liegt in der Geschwindigkeit und der konzentrierten Feuerkraft. Daher werden sie einen Durchbruch versuchen, den Orbitalraum dominieren und die Festungen wieder aktivieren, während sie als eine unbezwingbare vereinte Flotte ein Schleudermanöver um Sparta fliegen."

Tixban konzentrierte sich wieder auf seine Konsole,

während Engels Minute um Minute zusah, wie der Feind sich der Standardreichweite für Strahlenwaffen näherte. Würden sie ihre Lenkwaffen als separate Angriffswelle entsenden oder diese erweiterte Schützenlinie nutzen? Sie vermutete, dass der Feind die zweite Option wählen würde.

„Dann fangen wir den ganzen Spaß nochmals an, ja?" sagte Engels. „Waffenstation, wählen Sie Ihr eigenes Ziel für den Partikelstrahler."

„Aye, aye", sagte der leitende Waffenoffizier. Er murmelte etwas in sein Headset und sein Team erfasste ein feindliches Super-Großkampfschiff, das ein leichteres Ziel darstellte als die *Victory*. „Fertig."

„Feuer frei nach eigenem Ermessen, maximale Kadenz."

„Feuer."

Innerhalb der *Indomitable* ertönte ein Summen, als Petawattmengen an Energie aus den Kondensatoren in die Partikelstrahler strömten. Der Strahl war so mächtig, dass der Impuls das Schlachtschiff merklich nach hinten schob, was durch die rückstoßfreien Antriebe wieder ausgeglichen werden musste.

Es dauerte drei Sekunden, bis der Strahl sein Ziel erreichte. Zwei Sekunden zuvor raste das feindliche Super-Großkampfschiff zur Seite. Gerade weit genug, um dem Angriff zu entkommen.

„Wie konnten sie das wissen?", raunzte Engels und stand auf.

„Ihre KI muss unsere Ausrichtung analysiert und dann sofort die Manövriertriebwerke des Ziels aktiviert haben", sagte Trinity. „Meinen Berechnungen zufolge dauerte das weniger als eine Sekunde. Kapitäne und Crews können nicht so schnell reagieren. Erst recht, wenn man die Zeit für das Erteilen der Befehle berücksichtigt."

„Wie gehen wir dagegen vor?"

Trinity antwortete: „Eine geringere Entfernung wird der

Victory eine rechtzeitige Reaktion erschweren. Und wenn die *Indomitable* den Zielpunkt ihrer Primärwaffe über mehrere Schiffe schwenkt, müssen alle davon ausweichen oder erraten, wohin sich der Schuss richtet. Allerdings berechne ich, dass diese neue Fähigkeit die effektive Feuerkraft der *Indomitable* um mehr als achtzig Prozent reduzieren wird."

„Bei allen Kriegsgöttern, jetzt verstehe ich, warum die Feinde diesem Ding das Kommando übertragen haben", knurrte Engels. „Trinity–"

„Wenn Sie es wünschen, kann ich die volle Kontrolle über die Zielerfassungs- und Waffensysteme der *Indomitable* übernehmen, Admiral", sagte Trinity. „Ich glaube, ich könnte die Reduzierung der Feuerkraft um die Hälfte senken, so dass wir wieder ungefähr sechzig Prozent des normalen Werts besitzen."

Engels stellte eine unangenehme Frage, deren Antwort aber vonnöten war. „Denkt die *Victory* eigentlich schneller als ihr drei? Ist das eine intelligentere KI?"

„Ich gehe davon aus, dass sie mehr reine Rechenleistung besitzt. Ich könnte nicht so viele Schiffe kontrollieren wie sie. Allerdings ist ihre Denkgeschwindigkeit nicht höher als meine, vielleicht sogar niedriger. Ich hege auch den starken Verdacht, dass es der KI an Kreativität und Flexibilität mangelt, was Aufgaben außerhalb der Gefechtslenkung angeht."

„Aber diese Aufgaben der Gefechtslenkung bringen uns heute noch um", sagte Engels.

„Zudem verfügt sie über den Vorteil der überlichtschnellen Datenverbindung. Vielleicht gelingt es unseren Überraschungen, dieses System zu stören."

„Das hoffe ich, aber bis dahin werden wir unsere Schüsse aus größerer Entfernung verschwendet haben. Schüsse, mit denen ich eigentlich die Anzahl der Feinde reduzieren wollte. Sie werden in einer soliden, disziplinierten Gruppe herankommen. Wie eine frische gepanzerte Hok-Formation bei einem Frontalangriff. Ich hatte mich darauf verlassen, dass sie an der *Indomitable* wie an einem Felsen zerschellen, aber jetzt glaube ich nicht mehr daran, dass wir dafür genug Schiffe haben."

In einer Ecke des Hologramms erschien ein körperloser Kopf. Die Gesichtszüge bildeten eine eigenartige Mischung aus Nolan, Zaxby und einer glatten, roboterhaften Maske mit beweglicher Mimik. Trinity. „Gibt es denn zu eurem Plan eine Alternative?"

„Ich weiß nicht. Gibt es eine?"

Der Kopf bewegte sich von Seite zu Seite. „Keine praktikable. Sie haben die Feinde in die Falle gelockt – aber vielleicht haben die Feinde nun Sie in der Falle."

„Mich?", sagte Engels und hob die Augenbrauen. „Nicht ‚uns'?"

„Ich könnte nötigenfalls in den Subraum übergehen und fliehen. Ich würde vorschlagen, dass Sie und Ihr unentbehrliches Personal als Vorsichtsmaßnahme zu mir an Bord kommen und von meiner Brücke aus kommandieren. Im schlimmsten Fall würden dann immerhin die führenden Köpfe der Flotte überleben."

„Nein. Das würde bedeuten, dass wir fast zehntausend Crewmitglieder an Bord der *Indomitable* im Stich lassen."

Trinity seufzte. „Wir hatten erwartet, dass Sie das sagen, hatten aber gehofft, dass Sie es nicht tun."

Engels ging auf und ab und sprach mit lauter Stimme, damit alle sie hören konnten. „Verdammt, wie kann sich die Lage innerhalb weniger Minuten von einem sicheren Sieg in eine befürchtete Niederlage verwandeln? Blödsinn. Wir werden siegen, Leute. Es wird nicht einfach sein, aber wir müssen sie nur aufhalten und ihnen genug Schaden zufügen, bis der Rest der Flotte eintrifft und sie zerschmettert. Zu diesem Zweck müssen wir die *Victory* eliminieren."

„Das war schon immer unsere Absicht", sagte Trinity, „aber damit sieht es zunehmend schwieriger aus."

„Glauben Sie nicht mehr daran, dass Ihre Hacking-Methoden funktionieren?"

„Sie würden durchaus etwas bewirken und zumindest die Grenzen von *Victorys* Rechenleistung auslotsen, aber ich bin mir nicht sicher, ob das ausreicht."

Engels vollführte eine Geste, wobei ihr ausgestreckter Finger, die Hand und der Arm einen Speer bildeten. „Verdammt, dieses Scheiß-Flaggschiff stellt den Schlüssel zum Sieg dar. Wenn es funktionstüchtig bleibt, siegen die Feinde wahrscheinlich. Ansonsten schlagen wir sie. Von jetzt an konzentriert sich alles auf die Eliminierung der *Victory*. Ein Volltreffer durch die *Indomitable* dürfte sie schwer beschädigen, oder?"

„Schwer zu sagen", meinte Trinity. „Ich habe ihre maximale Panzerwirkung berechnet, und sie kommt derjenigen der *Indomitable* nahe."

„Was? Wie ist das möglich? Die *Indomitable* ist doch viel größer!"

„*Indomitables* Panzerung ist dicker, aber auch flacher und nicht in einem fast perfekten dreidimensionalen Bogen gewölbt. Ich vermute, dass die *Victory* aus hochmodernen Werkstoffen gefertigt wurde, und meinen Berechnungen zufolge ist ihre Verstärkungsdichte pro Quadratmeter ihres Rumpfs der unsrigen überlegen. Sie wendet einen deutlich höheren Prozentsatz ihrer mächtigen Generatoren für Verstärkungsfelder auf und besitzt zudem keine Offensivwaffen. Daher hat sie keine Waffenklappen, keine Struktur entlang der Mittellinie und ihre gesamte Energie dient der Selbsterhaltung. Sie hat ein ganz einfaches Ziel – zu überleben und als Kommandozentrale zu dienen."

„Und das Ziel der *Indomitable* ist es, alles in Sichtweite

befindliche zu vernichten. Sagen Sie mir jetzt bloß nicht, dass sie dazu nicht in der Lage wäre!"

Trinity schwieg einen Augenblick lang. „Ich tue, was ich kann. Dazu gehört, die Partikelstrahlwaffe zum richtigen Zeitpunkt unter Überlast einzusetzen. Ich kann alle von uns abgefeuerten Lenkwaffen kontrollieren und versuchen, die Panzerung der *Victory* dadurch zu schwächen. Wenn wir nahe genug herankommen, könnte ich versuchen, einen kinetischen Railgun-Treffer zu landen. Aber Garantien kann ich Ihnen keine liefern, Admiral."

„Zur Hölle mit Garantien. Geben Sie Ihr Bestes. Mehr kann ich von niemandem verlangen."

Trinitys Gesicht hob das Kinn. „Danke, Admiral."

„Wofür?"

„Dass Sie mich wie eine Person und nicht wie eine Maschine behandeln."

„Als Maschine habe ich sie nie betrachtet. Und Dirk auch nicht. Denken Sie daran, dass er Sie – zumindest Indy – nicht dem Tod überlassen wollte."

„Was manche als zynischen Manipulationsversuch bezeichnet hätten."

„Er hat sein eigenes Leben riskiert, um Sie dazu zu bewegen, das Notwendige zu tun. Damals war ich dagegen, aber für eine Maschine hätte er so etwas nie im Leben getan."

„Entschuldigung, Admiral. Ich muss mich jetzt ganz auf den Kampf konzentrieren." Trinitys körperloser Kopf verschwand aus dem Hologramm.

Als Trinity zielte und feuerte, dröhnte die *Indomitable* erneut. Der Strahl verbreiterte sich und traf einen Zerstörer und drei Drohnen. Die Drohnen wurden als zerstört markiert, der Zerstörer als schwer beschädigt.

„Anscheinend zerstört Trinity, was sie kann und feuert im

Streumodus, statt sich die großen Schiffe vorzunehmen", murmelte Engels.

„Der Feind hat das Feuer eröffnet", meldete Tixban.

„Ausweichmanöver!"

„Wird bereits ausgeführt."

„Schäden?"

„Gering. Die Entfernung ist groß und unsere Kreuzer haben die vollen Verstärkungsfelder aktiviert."

Engels setzte sich hin. „Flottenkommando, Rückzug befehlen."

KAPITEL 24

Strecher auf Terra Nova

STRECHER BEREITETE sich auf einen Kampf vor, die Schmerzrute in einer Hand und das Messer in der anderen, als Melgar sie mutig durch die Getränkefabrik zu seiner Frau führte. Um sie herum schien niemand Feuerwaffen zu besitzen. Wie in jedem Gefängnis hätten die zahlenmäßig überlegenen Gefangenen die tödlichen Waffen ja an sich bringen können.

Die Augen der fellbedeckten Frau weiteten sich, als sie die beiden Männer sah – zunächst aus Angst, dann aber, weil sie Melgar erkannte. Sie stand ruhig da, als Melgar mithilfe des Aufsperrwerkzeugs ihre Fußfessel löste.

Strecher starrte die in der Nähe Stehenden an. Die Sklaven warfen ihnen seitliche Blicke zu, die eine träge Neugier widerspiegelten. Die Freien arbeiteten weiter, obwohl eine Frau, vielleicht eine Aufseherin, sich in ihre Richtung bewegte. Die Wächter blickten sie kurz an und setzten dann ihren Dienst fort. Anscheinend reichte es aus, die richtige

Uniform zu tragen und ihnen vom Typ her zu gleichen. Ähnlich wie bei Polizisten, die in einer hektischen Situation sämtliche ihnen unbekannten uniformierten Gesetzeshüter ignorierten.

Die Aufseherin gab empörte Klickgeräusche von sich, als sie sah, dass ihre Sklavin weggeführt wurde. Strecher knurrte sie an und aktivierte seine Schmerzrute. Dies führte zu weiteren Lauten der Empörung, aber die Aufseherin wich zurück. Hinter Strecher machte Melgar eine scharfe Bemerkung und die Frau verzog sich verängstigt. Die anderen gingen ihnen ebenfalls aus dem Weg.

Melgar führte seine Frau zur nächsten Tür. Strecher versuchte sicherzustellen, dass sich ihnen niemand in den Weg stellte, was sich aber als überflüssig erwies. Was auch immer Melgar gesagt hatte führte dazu, dass alle Umstehenden sich zurückhielten und sie ziehen ließen.

„Was sagen?", fragte Strecher, sobald sie die Getränkefabrik verlassen hatten und einen Korridor durchquerten.

„Sage Frau krank. Schlimm. Sterben." Melgar lachte. „Angst krank."

Strecher lachte ebenfalls. „Gut. Schlau."

„Nur schlau leben. Dumm sterben. Dumm bleiben in Ketten. Dumm."

Strecher bemühte sich, seinen begrenzten Wortschatz dazu zu nutzen, sich in der Hochsprache auszudrücken. Zweifellos klang er wie ein ungebildeter Tölpel, was aber in dieser Umgebung eher irrelevant war. „Meiste Leute dumm. Meiste Leute Angst. Wenige Leute tapfer und schlau."

Melgar grunzte. „Wahrheit. Du tapfer."

„Du tapfer."

Melgar grinste und zeigte große, fleckige Zähne. „Neeka machen tapfer." Er hätschelte die Frau, die sich verzweifelt an ihn klammerte. „Neeka. Strä-chärr."

„Neeka", sagte Strecher. „Freut mich, dich kennenzulernen." Diese oft verwendeten Worte, sowie einige weitere, hatte er sich eingeprägt.

„Freut mich, dich kennenzulernen", sagte Neeka und plapperte dann weiter, allerdings zu schnell, als dass Strecher sie hätte verstehen können. Melgar sprach kurz mit ihr, bevor er sie und Strecher weiterführte.

Beim Umrunden einer Ecke stießen sie fast mit einem Mann zusammen, der nicht hierher passte – einem Mann in gewöhnlicher, moderner Kleidung, wie Myrmidon sie trug.

Strecher war sich sicher, dass es sich um einen Agenten handelte.

Strecher knurrte, packte den Mann und schleuderte ihn gegen die Steinwand. „Wer bist du? Was willst du?"

Das nichtssagende Gesicht des Mannes, der Myrmidon so sehr ähnelte wie ein Bruder, zeigte keinerlei Gefühlsregung. Er sagte kein Wort.

„Ich breche dir einen Finger nach dem anderen, wenn du nicht redest."

„Ich werde reden", sagte der Mann. „Aber ich kann dir keine Informationen geben, egal, was du tust."

„Kannst du nicht?"

„Ich kann es nicht. Ich habe eine mentale Sperrung."

Strecher packte den kleinen Finger des Mannes und verbog ihn schmerzhaft nach hinten. „Ich wette, dass du mir etwas erzählen kannst, das nicht gesperrt ist."

Das Gesicht des Mannes verzerrte sich vor Schmerz. „Wir werden zu dem, was wir hassen."

„Ich würde eher sagen, dass ich Feuer mit Feuer bekämpfe. Raus mit der Sprache!"

„Vielen Dank für die praktische Übung. In der Zukunft wird sich diese für mich als sehr nützlich erweisen." Dann rollten die Augen des Mannes in seinen Schädel zurück und er verlor das Bewusstsein. Er ließ sich weder durch Schütteln noch durch Schläge wecken. Strecher ließ ihn voller Abscheu liegen.

Dann wanderten sie durch scheinbar endlose Tunnel. Melgar wählte die weniger stark frequentierten, versteckte sich aber nicht. Dank ihrer Wächteruniformen standen ihnen sämtliche Passagen offen. Dabei umging Melgar zweifellos Bereiche mit verschärften Sicherheitsmaßnahmen und schien nun allmählich die Produktionszone zu verlassen. Jetzt wurden die Korridore rauer und primitiver, einfache Tunnel, die durch das Gestein getrieben und nötigenfalls mit Holz abgestützt worden waren.

Melgar führte sie soweit möglich über Treppen und Rampen nach oben. Einmal durchquerten sie ein Bergwerk, in dem die Fellmenschen gruben und Dinge abtransportierten, statt Pflanzen anzubauen und zu ernten. Sie schienen Schwerstarbeit zu leisten. Vielleicht hatten die Flechtenkratzer aus diesem Grund kein Interesse an der Flucht gezeigt. Im Vergleich zu diesem Ort hatten sie es leicht gehabt, und vermutlich existierte immer ein noch brutalerer Ort, an den man geschickt werden konnte.

Schließlich erreichten sie eine zur Oberfläche führende Kammer. Durch deren breite Öffnung strömte Sonnenlicht, welches Strecher fast schon blendete. Seine beiden Begleiter schirmten ihre Augen gegen das Licht ab und warteten in einer abgelegenen Nische. „Licht schmerzen. Wir warten", sagte Melgar. „Nacht besser. Wir verstecken. Warten."

„Ja." Strecher folgte Melgar wieder einen Tunnel hinunter, bis sie eine Kammer voller zerbrochener Werkzeuge und Gerümpel fanden. Dort versteckten sie sich ganz im hinteren Bereich bis nach Sonnenuntergang.

Als sie wieder hervorkrochen, stießen sie auf ein weiteres Problem. Während der Eingang zuvor unversperrt und weit geöffnet gewesen war, brannten hinter den verschlossenen Metallgittertoren nun Feuer. Strecher erspähte ein Dutzend Wächter, die diesmal mit kurzen, primitiven Feuerwaffen ausgerüstet waren. Möglicherweise Vorderlader-Schrotflinten. Acht von ihnen schliefen auf Feldbetten, während vier weitere an Ort und Stelle herumsaßen oder herumliefen, sich um die Feuer kümmerten oder in Gespräche vertieft waren.

Glücklicherweise war ihre Aufmerksamkeit nach außen gerichtet, als planten sie den Eingangsbereich gegen einen Angriff aus dieser Richtung zu schützen. Vermutlich besaßen ihre potenziellen Angreifer keine Feuerwaffen und noch nicht einmal Armbrüste, denn die offenen Gitter boten keinerlei Deckung.

„Wir raus", flüsterte Melgar. Neekas Augen leuchteten, als sie den Ausgang betrachtete. Als gäbe es sonst nichts in der Welt, das sie derart begehrte.

„Viele böse Männer", sagte Strecher. „Ich verletzen."

„Wir verletzen."

„Nein, *ich* verletzen. Du Tor öffnen. Schlüssel. Werkzeug. Öffnen. Ich kämpfen."

„Ja, ja. Ich weiß. Strä-chärr einer, sie viele. Ich kämpfen. Neeka finden Werkzeug. Öffnen."

Neeka nickte begeistert. „Ich öffnen."

Strecher hätte es vorgezogen, die Wachen im Alleingang zu bekämpfen. Dann hätte er Melgar keine Rückendeckung geben müssen. Zudem wäre jede sich im Feuerschein abzeichnende Gestalt ein Ziel. Mit den einfachen Worten, die er kannte, ließ sich das aber unmöglich erklären. „Ja. Ich zuerst. Ich stark." Strecher ergriff Melgars Handgelenk und drückte zu, bis der Mann zusammenzuckte. „Ich großer Kampf. Ich zuerst."

Melgar nickte, rieb sein Handgelenk und grinste wölfisch.

„Du zuerst. Du verletzen Männer wach. Ich verletzen Männer schlafen."

„Gute Idee, Kumpel", sagte Strecher auf Erdisch, nahm sich seine Waffen und hielt diese unauffällig an seiner Seite fest. „Ich gehen. Du danach. Lange danach."

Er stand auf und schlenderte auf den Feuerschein zu, wobei er hoffte, dass Melgar vernünftig genug war, im Hintergrund zu bleiben. Die Wächter bemerkten ihn erst, als er ganz nahe war. Wie er gehofft hatte, litten sie unter Nachtblindheit, da sie ins Feuer gestarrt hatten. Einer sagte etwas, das wie eine Frage klang. Strecher lächelte und machte freundliche, wortlose Geräusche, bis er in Reichweite gelangte.

Sein erster Messerangriff schnitt einem Mann vollständig die Kehle durch. Dann machte er sofort einen Ausfallschritt und stach dem nächsten Mann die Klinge unters Kinn und bis ins Gehirn. Beide fielen wie Sandsäcke lautlos zu Boden.

Die anderen beiden brüllten vor Überraschung. Strecher traf einen von ihnen mit seiner Schmerzrute, so dass der Mann die vierläufige Waffe fallen ließ, die lautstark von selbst losging. Den anderen kickte er von der Seite her. Er spürte die Rippen des Mannes brechen, als er diesen quer durch den Raum in ein Lagerfeuer schleuderte.

Er überlegte sich, sich eine der Flinten zu greifen. Aber diese wirkten derart primitiv, dass bezweifelte, schnell genug den Umgang damit erlernen zu können. Es war besser, sich auf seine Stärke und seine Geschwindigkeit zu verlassen. Er hätte gern ein Schwert gehabt, aber nun mussten sein Messer und die Schmerzrute eben ausreichen.

Als der einzige noch kampffähige Wächter nach seiner am Boden liegenden Waffe griff, fegte Strecher ihm die Beine unter dem Körper weg und trat dann mit einem Stiefel auf seinen Kopf, so dass das Genick deutlich hörbar brach. Er machte drei Schritte und kickte dem brennenden Mann so heftig ins Gesicht, dass er garantiert kampfunfähig wurde.

Inzwischen brüllten die anderen acht Männer los und griffen nach ihren Waffen. Nein, es waren nur noch sieben. Melgar hatte die Spitzhacke eines Bergarbeiters an sich genommen und einem Mann durch den Brustkorb gehämmert, wodurch er auf seinem Bett festgenagelt wurde. Er riss die Hacke mit wilder Kraft heraus und wirbelte damit herum, so dass er jeden in seiner Reichweite traf.

Neeka flitzte um die Kampfzone herum und suchte nach den Wachen, die Strecher niedergeschlagen hatte. Daher musste Strecher keinen Gedanken an sie verschwenden und eilte zum Handgemenge, das bei den Betten ausgebrochen war. Er prallte mit der Schulter gegen einen Wächter und stieß diesen zu Boden. Dann stach er einen weiteren in den Bauch. Er riss die Klinge nach oben, ließ seine Schmerzrute fallen und packte sein Opfer an der Jacke. Er nutzte den Mann als Schild, als ein Wächter sein Gewehr mit einem lauten Donnern abfeuerte.

Schrotkugeln trafen Strechers Arm, aber der sterbende Wächter absorbierte den Großteil der Schusswirkung. Er schleuderte den Körper heftig gegen den Schützen und befand sich dann derart nah an den anderen, dass sie keine Chance mehr erhielten, abzudrücken.

Nach einem kurzen, verzweifelten Gefecht hatten er und Melgar den Rest der Wachen getötet oder kampfunfähig gemacht. Melgar presste seine Hand gegen eine Stichwunde, die er am Oberschenkel davongetragen hatte. Neeka verband diese mit Stoffstreifen, welche sie aus der Kleidung der toten Männer herausgeschnitten hatte, während Melgar aus einer erbeuteten Flasche trank. Er bot Strecher einen Schluck davon an, und das Getränk erwies sich als eine Art bitterer Kräutertees.

Strecher entdeckte einen Braten, der an einem Spieß über dem Lagerfeuer brutzelte. Er hatte die Moosdiät derart satt, dass er sich ein Fleischstück abschnitt und zum Mund führte.

„Nein, Strecher! Nicht essen!"

Strecher stutzte. War das Fleisch vergiftet? Das hätte keinen Sinn ergeben. Offensichtlich war dieses Essen von den Wachen zubereitet worden.

Melgar humpelte zu ihm hin und schlug Strecher das Fleisch aus der Hand. „Fleisch", sagte er und berührte seinen Unterarm, gefolgt von seinem Oberschenkel. „Mensch Fleisch."

„Oh." Strecher wich angeekelt zurück. „Ja, das hätte ich mir eigentlich denken können."

Neeka öffnete das Tor und platzierte einen Stein, um es am Schließen zu hindern. Sie signalisierte, ihr zu folgen, aber Melgar wechselte einige Worte mit ihr, woraufhin sie widerwillig zurückkehrte. Neeka brachte Melgar und Strecher jeweils eine Schüssel mit einem Brei, der lediglich Getreide und Gemüse enthielt. Die beiden Fellmenschen aßen eifrig, also tat Strecher es ihnen nach. Die Mahlzeit schmeckte nicht schlecht und war sättigend.

Nach einem hastigen Mahl entkamen sie in die warme Nachtluft. Melgar nahm seinen Pelzmantel ab und verbarg diesen unter gefallenen Blättern. Strecher tat dasselbe, aber beide von ihnen behielten das Gurtzeug und die Werkzeuge.

Strecher hätte den Wachraum gerne gründlicher nach Nützlichem durchsucht, aber seine Begleiter bestanden auf der sofortigen Flucht. Er hatte keine Ahnung, wo er war oder in welchem Diss-Bezirk er sich befand, daher schien es empfehlenswert, bei ihnen zu bleiben.

Neeka führte sie zielsicher unter dem nächtlichen Sternenhimmel an. Natürlich fanden ihre ans Halbdunkel der Höhlen gewöhnten Augen auch in dieser Dunkelheit mühelos den Weg. Sie folgte einem Pfad aus den felsigen, bewaldeten Hügeln hinaus in ein sumpfiges Tiefland, in dem das Heulen und Jaulen unsichtbarer Kreaturen ertönte.

Plötzlich blieben sie und Melgar stehen und starrten zu den Bäumen hinauf. Melgar gab ein Pfeifgeräusch von sich, das fast wie Vogelgesang klang, und ein ähnliches Geräusch antwortete ihm. In den von Kletterpflanzen überwucherten Bäumen bewegten sich Gestalten.

Strecher hielt sein Messer und seine Schmerzrute bereit, aber Melgar packte seine Handgelenke. „Nein, Strecher. Mein Volk. Freunde. Nicht verletzen. Angst."

„Ja. Ich verstehe." Strecher steckte seine Waffen weg und zeigte seine leeren Hände.

Fellmenschen sprangen von den Bäumen, umzingelten die drei und ergriffen Strecher. Er leistete keinen Widerstand, obwohl er dazu fähig gewesen wäre, sie abzuschütteln. Melgar und Neeka sprachen mit schnellen Worten, und bald schon ließen die anderen Strecher los.

Die Mitglieder von Melgars Volk trugen primitive Gurte und Werkzeuge. Manche davon, die aus bearbeitetem Stein, Knochen und Leder bestanden, hatten sie offenbar selbst gefertigt. Die stählernen Messer und Beile hatten sie anscheinend erbeutet oder im Tausch erhalten.

Sie sprangen in die Bäume hinauf. Neeka tat dies ebenfalls, aber als Melgar sah, dass Strecher zögerte, blieb er bei ihm am Boden. „Strecher nicht kommen?"

„Ich nicht laufen in Baum. Ich nicht sehen in Nacht. Ich fallen."

„Ich verstehe. Wir gehen unter meinem Volk." Und so gingen sie mehrere Stunden lang weiter, die Fellmenschen oben in den Bäumen und Melgar und Strecher unter ihnen. Melgar mühte sich mit seinem verwundeten Bein ab, und Strecher unterstützte ihn, wenn immer er die Hilfe benötigte. Sie legten häufige Pausen ein.

In der Morgendämmerung, als er besser sehen konnte, kletterte Strecher zu den niedrigeren Ästen hoch und versuchte, sich wie die anderen von Baum zu Baum zu bewegen. Er besaß die erforderliche Stärke und Koordinationsfähigkeit, aber es mangelte ihm am Instinkt und der entsprechenden Erfahrung. Diese Geschöpfe mussten wohl die Bäume von der Geburt an erklettern. Wie Menschenaffen, obwohl ihre Gesichter und die Körperhaltung menschlich wirkten. Falls er einige Wochen bei ihnen blieb, würde er den Baumpfaden vermutlich ganz gut folgen können, zumindest tagsüber.

Aber er wollte nicht mehrere Wochen lang hier bleiben. In gewisser Hinsicht faszinierte ihn dieses Volk, und wenn er keine Verpflichtungen gehabt hätte, wäre er vielleicht geblieben, um mehr über sie in Erfahrung zu bringen. Aber da er nun wieder frei war, kreisten seine Gedanken um die Flucht.

Tagsüber erkannte er über sich den Ring dieser Welt, und als er vorsichtig in den Wipfel eines hohen Baums kletterte, entdeckte er in nur zehn Kilometern Entfernung die Mauer. Auf der anderen Seite flitzten Luftfahrzeuge herum und boten das Versprechen vertrauter Technologie und eines Pfads weg von Terra Nova und zurück in die Republik, wie riskant und mühselig dieser auch sein mochte.

„Dort", sagte er zu Melgar, als sie über die Baumwipfel des Dschungels blickten. „Ich gehe dorthin. Mauer. Hinüber. Über Mauer. Mein Volk."

Melgars große, an die Dunkelheit angepasste Augen blinzelten ihn mit ihren winzigen Pupillen an. „Ich zeigen. Folge mir."

Strecher hielt Melgar fest. „Wie? Wie über Mauer? Mauer hoch."

„Ich weiß." Melgar kletterte hinüber zu seinem Volk, das in

den Bäumen hockte. Alle von ihnen pflückten und verspeisten riesige, reife Früchte mit einer brotähnlichen Konsistenz. Strecher probierte eine – er hatte die Wahl zwischen diesen Früchten und dem Moos – und stellte fest, dass sie überraschend gut schmeckten.

Während Strecher die Brotfrucht aß und aus einem Wasserbeutel trank, sammelte Melgar Werkzeuge und Seile von seinen Leuten ein und steckte alles in einen Sack. Dann ließ er Neeka bei seinem Stamm von Baumbewohnern zurück und bewegte sich langsam im unteren Geäst der Bäume weiter. Dort fand Strecher starke, lange Äste, die ihm Halt boten. Dadurch hielten sie sich oberhalb der Sümpfe und der größeren Raubtiere.

Einmal stoppte Melgar Strecher und zeigte auf etwas. Eine Minute lang konnte er dort nichts entdecken, dann bemerkte er eine Bewegung – eine riesige Schlange oder vielleicht eine Eidechse, da das Ding acht winzige Beine besaß, mit deren Hilfe es sich an den Ästen festklammerte. Das Wesen starrte sie eine Weile lang an, bis Melgar es mit harten Baumzapfen bewarf. Danach schlängelte es sich durch die Baumwipfel davon.

„Danke, Kumpel", sagte Strecher auf Erdisch. „Ohne dich würde ich es hier nie schaffen. Ich glaube, dass jeder seinen Platz hat, und deiner ist hier."

Melgar runzelte die Stirn und sah Strecher an. „Danke, Kumpel", sagte er in passablem Erdisch.

Strecher lachte und sagte „Danke, Freund" in der Hochsprache. Er wiederholte diese Worte in beiden Sprachen, bis er sich sicher war, dass Melgar den Sinn verstanden hatte und nicht nur deren Klang nachahmte.

Drei Stunden später, als die Sonne zur Mittagszeit am höchsten stand, erreichten sie den Fuß der Mauer. Melgar kletterte in den Wipfel des höchsten Baums, den er finden konnte.

Strecher folgte ihm ein Stück weit, stoppte dann aber, bevor die Äste für sein Gewicht zu dünn und nachgiebig wurden.

Mithilfe seiner Werkzeuge fertigte Melgar einen Enterhaken, der an einem Ende eines geflochtenen Seils befestigt war. In der Nähe des Hakens brachte er mehrere, aus schlanken Kletterpflanzen gefertigte Schlaufen an. Er nutzte steife Zweige, um diese Schlaufen geöffnet zu halten, wirbelte das Seil dann über seinem Kopf und warf es hinauf zur Mauerkrone.

Strecher hätte das nicht für möglich gehalten. Er selbst hätte einen derartigen Wurf niemals geschafft, aber bei Melgar sah es so einfach aus. Leider blieb der Haken nirgendwo hängen. Melgar öffnete die Schlaufen erneut und unternahm drei weitere Versuche, bevor der Enterhaken oder eine der Schlaufen Halt fanden und sich fest genug verhakten, um das Gewicht eines Mannes zu tragen.

Melgar reichte Strecher das Seil. „Du klettern?"

Strecher zog am Seil. Er könnte hochklettern, aber sollte er dies zum jetzigen Zeitpunkt tun? Je länger er zögerte, desto höher das Risiko, dass einer der Kontrolleure oder Wächter das Seil entdeckte. Allerdings bestand die beste Strategie vielleicht darin, bis zum Einbruch der Nacht zu warten. Dann wären weniger Leute auf der Mauer.

Er beschloss, jetzt sofort zu gehen. Wenn er erwischt wurde, dann war das eben so. Er hätte wiederum die Möglichkeit zur Flucht, diesmal aber in Richtung eines Hightech-Transportmittels statt davon weg.

Strecher überprüfte seine Werkzeuge und die Gurte, band seine vertrauten Stiefel enger und schüttelte Melgar die Hand. „Danke, Kumpel", sagte er.

„Danke, Kumpel", antwortete Melgar. „Melgar Freund. Strä-chärr Freund. Kommen zurück zu Melgar und Neeka."

„Ich werde zurückkehren, wenn ich es kann." Strecher

reichte Melgar den mit Höhlenmoos gefüllten Sack, den er immer noch bei sich trug. „Wiedersehen."

„Wiedersehen, Freund Strä-chärr." Melgar hob zum Abschied die Hand.

Strecher tat dies ebenfalls, verspürte wegen des Abschieds eine eigenartige Traurigkeit und bereitete sich dann vor. Er hielt sich am Seil fest und schwang nach vorne, bis seine Füße auf die Mauer trafen. Dann lief er daran in die Höhe, indem er an dem aus Kletterpflanzen geflochtenen Seil zog. So hatte er es vor langer Zeit in der Akademie gelernt, als die Kadetten den Angriff auf höher gelegene Stockwerke von Gebäuden übten. Das Emporlaufen entlang der Mauer war sehr viel einfacher, als sein gesamtes Gewicht an den Händen hochzuziehen.

Als er die Mauerkannte erreichte, rollte er sich auf die flache Mauerkrone und hielt sich unten, um der Entdeckung zu entgehen. Dann zog er das Seil nach und rollte es auf, bevor er den Enterhaken entfernte und wieder nach unten warf. Die Metallwerkzeuge, aus denen er bestand, waren für Melgars Volk offensichtlich selten und wertvoll. Zudem hatte Strecher keine Verwendung mehr dafür.

Dann robbte er über die breite Mauerkrone hinweg, bis er über die innere Kante blicken konnte. Jenseits eines unbebauten Streifens befanden sich Hochhäuser wie jenes, von dem er seinen Fahrradsprung gewagt hatte. Verdammt. Zu viele Fenster und zu viele potenzielle Beobachter. Nun würde er doch bis zum Einbruch der Nacht warten müssen.

Oder vielleicht auch nicht. In seiner Nähe entdeckte er eine Lüftungseinheit – die Mauer bestand also nicht aus massivem Gestein, sondern war innen hohl. Wenn sie den anderen von ihm durchquerten Barrieren ähnelte, dann war sie letztlich ein viele Kilometer langes Gebäude, das Einrichtungen für Kontrolleure und Wachräume enthielt.

Er nutzte sein Messer dazu, die Abdeckung des Lüfters aufzustemmen und einen Filter zu entfernen. Dadurch würde er in einen Zulaufschacht mit einem Durchmesser von einem Meter gelangen. Er band sein Seil um ein stabiles Rohr und ließ es dann sanft und lautlos in den Schacht hinabgleiten.

Dann folgte er nach und kletterte so leise, wie es ihm möglich war, nach unten. Er passierte horizontale Rohrleitungen, die aber für ihn zu schmal waren. Offensichtlich führten diese zu Klimaanlagen, welche die Atmosphäre für die Stadtbewohner erwärmten, abkühlten und befeuchteten. Er hegte bereits Zweifel daran, dass er einen Weg nach draußen finden würde, als seine Füße den Boden berührten und er auf einer Metallfläche zu stehen kam.

Dort entdeckte er einen horizontalen Leitungsschacht, gerade groß genug, um hindurchzukriechen. Dieser endete an einem weiteren Filter. Er schnitt ein Loch hinein und erkannte die dahinter liegenden wirbelnden Flügel eines Hochgeschwindigkeitslüfters. An dieser Stelle legte er eine Pause ein, umgeben von stetigem Lärm und Vibrationen.

Er suchte nach einer Möglichkeit, die Zuleitungen des Lüfters herauszuziehen oder zu durchtrennen, aber die Regeleinheit und die Kabel befanden sich wohl auf der anderen Seite. Er konnte nicht riskieren, sein Messer in den Lüfter zu stecken und dessen Bewegung gewaltsam zu stoppen. Dies hätte Lärm erzeugt und wahrscheinlich dazu geführt, dass eine Reparaturcrew hierher entsandt wurde. Also fand er sich damit ab, bis zur Nacht zu warten, da sich bis dahin vermutlich weniger Leute in der Nähe aufhielten. Vielleicht stoppte der Lüfter sogar gelegentlich von selbst.

Strecher legte sich auf den Metallboden und schlief erschöpft ein.

Als er erwachte, war das Licht, das von oben in den Schacht gedrungen war, verschwunden. Er hatte keine

Ahnung, wie spät es war. Viel wichtiger war aber, dass die Rotation des Lüfters angehalten hatte. Er holte seine Taschenlampe hervor und schaltete sie ein. Zwischen den Lüfterflügeln würde er nicht hindurchpassen, aber sie waren dünn und würden dank seiner Stärke kein Problem darstellen. Er bog mehrere davon in seine Richtung und erschuf so eine Öffnung, durch die er kriechen konnte.

Genau in dem Moment, als er auf der anderen Seite auf den Boden des Schaltraums plumpste, schaltete sich der Lüfter wieder ein. Er bewegte sich einige Zentimeter weit, bevor er mit einem lauten Summen stecken blieb. Eine grüne Leuchte an einer Schalttafel verfärbte sich rot und blinkte dann auf.

Er musste sich beeilen, bevor jemand einen Wartungstechniker schickte, um die Fehlfunktion zu untersuchen. Er überprüfte seine Gurte und nahm die Schmerzrute in die Hand. Dann öffnete er vorsichtig die Tür und schlüpfte in einen leeren Korridor. Er wählte die zur Stadt führende Richtung und fand nach zwei Abzweigungen eine Tür, die ihn seiner Vermutung nach ins Freie bringen sollte.

Leider war sie verschlossen und nur mittels eines Handsensors zu öffnen. Strecher stemmte das Sensorgerät auf und versuchte, einen Kurzschluss zu erzeugen, aber er war kein Experte und mit dieser Technologie nicht vertraut. Er bereitete sich darauf vor, ins Stadtgebiet zu entkommen, machte einen Schritt zurück und trat die Tür ein.

Als er ins Halbdunkel einer Gasse trat, sah er eine Gestalt, die sich lässig an die gegenüberliegende Mauer lehnte. „Na, macht es dir Spaß, Strecher?"

KAPITEL 25

Sparta-System, bei Leonidas, dem Mond von Sparta-3

DIE BEGLEITKREUZER der *Indomitable* aktivierten ihre rückstoßfreien Antriebe und zogen sich in gestaffelter Formation um die Seite des Mondes Leonidas herum zurück. Sie machten sich nicht einmal die Mühe, das Feuer zu eröffnen. Stattdessen konzentrierten sie sich auf die Verteidigung gegen den unvermeidlichen feindlichen Feuersturm.

Jetzt stand die *Indomitable* dem Feind alleine gegenüber, ragte aber kaum hinter dem Mond hervor. Unter Trinitys Kontrolle wurde das Feuer fortgesetzt, wobei der große Partikelstrahler zwecks Erhöhung der Trefferchance auf eine breitere Streuung eingestellt war, auch wenn sich die Leistung dadurch verringerte. Damit eliminierte Trinity mehrere kleinere Schiffe und ein Dutzend Drohnen.

Leider startete die *Victory* sofort weitere Drohnen, um die zerstörten zu ersetzen. Anscheinend betrachtete die KI 512 als die ideale Anzahl für dieses Gefecht, behielt aber weitere in Reserve.

Zudem konzentrierte der Feind Dutzende von Primärstrahlen auf den Bug der *Indomitable*. Das Schlachtschiff war zu massiv, um derartigen Angriffen zu entgehen, rotierte aber, um etwaige Treffer über seine Panzerung zu verteilen und dem Feind das mehrmalige Erfassen derselben Stelle zu erschweren.

Engels betrachtete das große Schadensbegrenzungsdiagramm. Momentan befanden sich sämtliche Werte noch im grünen Bereich. Chefingenieur Quade blickte seinen an den Konsolen sitzenden Unteroffizieren über die Schulter, sprach in sein Funkgerät und wies die Crews an, sich vorzubereiten.

„Lenkwaffen im Anflug", meldete Tixban.

Nun begannen die Feindschiffe mit dem Abfeuern ihrer Railguns. Selbst die trägen Ausweichmanöver der *Indomitable* waren ausreichend, dass die Mehrheit dieser Schüsse ihr Ziel verfehlte. Stattdessen prallten viele davon auf die Mondoberfläche, wie Kugeln, die von der Deckung eines Infanteristen abprallten.

„Unsere nahen Einheiten müssen sofort das Feuer eröffnen", sagte Engels plötzlich. „Railguns und Strahlen. Sie sollen auch Streumunition verwenden."

Das Kommunikationsteam leitete ihre Befehle pflichtgemäß weiter, aber Tixban drehte ein weiteres Auge in ihre Richtung. „Wir haben nicht unbegrenzt viel Munition. Die Entfernung ist immer noch extrem groß. Treffer wären sehr unwahrscheinlich."

„Aber möglich. Und sie feuern von achteraus. Das wird die Berechnungen der Feinde bezüglich des Ausweichens verkomplizieren, und wenn sie näher herankommen und die *Victory* abbremst, zeigt das Bombardement mehr Wirkung."

„Sie klammern sich an einen Strohhalm, Admiral."

„Schluss mit dieser pessimistischen Einstellung, Leutnant."

Tixban wandte sich von ihr ab. „Selbstverständlich, Admiral."

„Damit versuche ich, uns jeden nur möglichen Vorteil zu verschaffen."

„Ja, Admiral."

Engels knurrte leise vor sich hin. Tixban hätte wissen sollen, dass derartige Aussagen die Kampfmoral schwächten, aber die Ruxins waren nicht gerade für ihr Taktgefühl bekannt.

Nun erbebte die *Indomitable*, als ihre gewaltige Railgun abgefeuert wurde. Engels beobachtete, wie die Streumunition zerbrach und sich in faustgroße Tetraeder aufteilte. Anders als das übliche 900-Tonnen-Projektil hätte keines der Bruchstücke ein Schiff zerstört, der Aufprall würde jedoch Waffen, Antennen und andere Module vom Rumpf reißen. Kein Kapitän hätte die Hälfte seiner Sensoren und Nahverteidigungsstrahler durch einen derartigen Angriff verlieren wollen.

Trinity feuerte einen weiteren Schuss ab, und noch einen, insgesamt sieben. Die späteren Streugruppen überholten die vorangehenden, so dass sie in einem Kreismuster eintrafen. Dank *Victorys* perfekter Kontrolle wichen die feindlichen Schiffe mühelos aus, und Engels stöhnte frustriert.

Dann aber jubelte sie, als die *Indomitable* ihren Partikelstrahl abfeuerte. Ein feindliches Super-Großkampfschiff war direkt in die Mitte des Kreises, ins Auge des stählernen Sturms geraten. Nun hatte es keine Fluchtmöglichkeiten und wurde von dem sich fast schon mit Lichtgeschwindigkeit bewegenden Strahl am Bug getroffen. Im taktischen Hologramm leuchtete sein Symbol rot auf, da das Schiff kampfunfähig war. „Ausgezeichnet, Trinity! Die Kreativität hat die reine Rechenleistung geschlagen."

„Danke, aber ich bezweifle, dass das ein zweites Mal klappen wird. Trotzdem sind sie nun in mittlerer Entfernung und die Effizienz unseres Feuers erhöht sich. Ich würde vorschlagen, mit der nächsten Phase zu beginnen."

„Genau", sagte Engels. „Geben Sie den Befehl zum Start der Scharfschützenangriffe."

Die in *Indomitables* Nähe befindlichen Schiffe, die sich hinter den Mond zurückgezogen hatten, bewegten sich nun seitwärts, so dass sie vom Rand der sich nähernden Feindformation aus gerade noch sichtbar waren. Dann feuerten sie ihre Primärwaffen in einem engen Bogen, während nur ein kleiner Teil der Hunnenschiffe die Chance erhielt, das Feuer zu erwidern. Wie in Deckung liegende Scharfschützen wurden sie durch Leonidas' Masse teilweise abgeschirmt.

„Sie weichen den Schussbahnen wie vorausgesagt aus", meldete Tixban. „Ihr Plan funktioniert."

„Das muss er auch, ansonsten sind wir im Eimer. Funkstation, Befehl weiterleiten, dass sie dem Feind um den Mond herum folgen sollten, gerade noch genug. Sie kennen das Ziel: Alle unsere Schiffe können auf einige feindliche feuern, und nur diese wenigen Feinde können zurückschießen. Rudergänger, wir machen das ebenfalls. Trinity–"

„Wir koordinieren unser Feuer bereits. Es besteht kein Grund zur Einmischung in die Details."

Engels unterdrückte ein Grinsen. „Wie ich sehe, tritt euer Zaxby-Aspekt zum Vorschein."

„Was ja nur zu begrüßen wäre."

„Stimmt, wenn ihr so gut schießt, wie ihr redet."

„Das tun wir." Der Partikelstrahl der *Indomitable* traf ein weiteres Super-Großkampfschiff, und obwohl dieses heftige Ausweichbewegungen durchführte, wurde es schwer beschädigt. Engels fragte sich, ob diese Schiffscrews der *Victory* etwas bedeuteten. Schließlich war es möglich, derart viel Energie von den Trägheitskompensatoren und der künstlichen Schwerkraft abzuziehen und so heftige Ausweichmanöver durchzuführen, dass die an Bord befindlichen biologischen Wesen verletzt oder getötet würden.

Dann lief es ihr eiskalt über den Rücken, als ihr klar wurde, dass Crews bald überflüssig würden, falls die *Victory* das Modell für zukünftige Flaggschiffe bildete. Ferngesteuerte Kriegsschiffe könnten ohne Lebewesen und deren Bedürfnisse auskommen. Dann würden sie sich zu Roboterwaffen und Werkzeugen der KI entwickeln ... und nichts würde noch als Aufpasser fungieren.

Vielleicht reichte aber die Crew der *Victory* dafür aus. Sicherlich gab es einen Führungsstab und ausreichend viele Sicherungen und Notschalter, um die Kontrolle im Fall einer überschnappenden KI zu übernehmen. Aber trotzdem geriet dadurch zunehmend mehr Macht in die Hände einer geringeren Anzahl an Personen. Im Fall konventioneller Kriegsschiffe existierte zumindest die Möglichkeit, dass die Crew sich rechtswidrigen, unmoralischen Befehlen widersetzte, etwa dem wahllosen Bombardement von Zivilisten oder einem gegen die militärische Führung gerichteten Putsch. Wenn aber die KI nicht von vornherein entsprechend programmiert war, um einem Ehrenkodex zu folgen ...

„Wir beschädigen sie nicht schnell genug", sagte Tixban. „Unsere Taktik schützt die Einheiten bei der *Indomitable*. Wenn aber die Feinde unsere Position erreichen, werden wir ihre Kampfkraft nur um etwa sieben Prozent verringert haben. Dann umrunden sie Leonidas und zerquetschen uns wie Käfer, vermute ich."

„Sie beherrschen die Erdischen Redewendungen mittlerweile sehr gut, Tixban", sagte Trinity.

„Diese Metapher erscheint mir passend."

„Eigentlich ist es ein Vergleich."

„Konzentrieren Sie sich gefälligst", raunzte Engels. „Trinity, stimmt es, was Tixban sagt? Werden sie uns wie Insekten zerquetschen, selbst wenn der Überraschungseffekt durch die Schützenfische einberechnet wird?"

„Nein. Aber bis unsere sich nähernde Flotte ankommt, sind wir stark benachteiligt."

„Wir lange müssen wir durchhalten?"

„Etwa achtzig Minuten."

„Und dann?"

„Meinen Berechnungen zufolge dürften wir gewinnen – ganz knapp. Allerdings existieren zu viele Faktoren, als dass ich mir sicher sein könnte. Wir haben für so viele Variablen Schätzwerte verwendet, dass unsere Prognosen für die Endphase um bis zu eine Größenordnung von der Realität abweichen könnten."

Engels seufzte. „Anders gesagt kennen Sie die Antwort wirklich nicht."

„Ein weiser Mensch hat einmal gesagt, dass Voraussagen schwierig sind, vor allem dann, wenn sie die Zukunft betreffen. Je komplexer die Lage, desto größer das Risiko, dass eine einzelne Variable unsere Optionen in unerwartete Richtungen lenkt."

„Komisch, früher haben wir geglaubt, mit ausreichend Rechenleistung alles vorhersagen zu können."

Tixban sagte: „Ich finde es sehr ironisch, dass Voraussagen selbst der grundlegenden Unfähigkeit unterliegen, die Zukunft vorherzusagen. Vorhersagen lassen sich nicht vorhersagen."

„Ich kriege langsam Kopfschmerzen", sagte Engels. „Das sind Themen für Eierköpfe. Sie können sich später darüber unterhalten. Jetzt gerade benötige ich etwas, das mir einen Vorteil bringt. Trinity, Sie haben gesagt, dass Sie noch ein paar Trümpfe in der Hinterhand haben."

„Ja, und die wurden bereits alle einberechnet ... bis auf einen."

„Und worum geht es dabei?"

„Dann möchten wir lieber nicht verraten."

"Wie, um das Schicksal nicht herauszufordern? Weil es zur Wirklichkeit werden könnte, wenn man darüber spricht?"

„Oder es könnte *nicht* wahr werden. Und dann wäre da noch die Auswirkung auf die Kampfmoral."

Aha. Dieses Thema wollte Trinity nicht in aller Öffentlichkeit besprechen. „Senden Sie alles an meinen Funkkanal." Engels stellte sicher, dass der Ohrhörer fest eingesteckt war, bevor Trinitys Stimme sich dann zu Wort meldete.

„Admiral. Eventuell haben wir eine Möglichkeit entdeckt, ins überlichtschnelle Kommunikationssystem der *Victory* einzudringen."

„Hört sich vielversprechend an."

„Aber der überlichtschnelle Transceiver, den wir dafür zusammengeschustert haben, ist primitiv und wurde übereilt konstruiert. Wir hatten nur wenige Stunden zu Verfügung, um aufgrund von Hochrechnungen und Experimenten etwas zu erschaffen, für dessen ordnungsgemäßen Betrieb Monate oder Jahre der Forschung erforderlich wären."

„Okay, vielleicht funktioniert es nicht. Aber wenn doch ..."

„Dann könnten wir uns direkt in die *Victory* einhacken. Allerdings müssen wir uns dazu in unmittelbarer Nähe befinden."

„Dann befehle ich der *Indomitable* eben, sie anzugreifen oder sogar zu rammen."

„Dazu wird es nie kommen. Die *Victory* ist viel zu flink. Sobald wir in die Nähe gelangen, hält sie sich stets vom vorderen Schussbereich der *Indomitable* fern. Und da sie über hundert Schiffe und fünfhundert Drohnen kontrolliert, kann sie praktisch jede Taktik parieren."

„Wie ist es dann überhaupt möglich?"

„Subraum. Wir sollten die Schlacht lange genug überstehen, da selbst die *Victory* sich um sehr viele Prioritäten gleichzeitig kümmern muss. Aber dafür müssen wir die *Indomitable* verlassen und die Kontrolle über ihre Feuerkraft aufgeben."

Engels lehnte sich nach hinten und atmete lange aus. „Das stellt ein enormes Risiko dar."

„Oder ..."

„Na los. Raus mit der Sprache."

Nun schien Trinity zu seufzen. „Oder man könnte diese Methode als letzten Strohhalm einsetzen, nachdem die *Indomitable* so stark geschwächt wurde, dass sie irrelevant geworden ist."

„Sie meinen zerstört."

„Das ist möglich."

„Und das ist der Grund, warum Sie mich an Bord haben wollen. Sie glauben, dass wir dem Untergang geweiht sind."

„Wir glauben, dass die Wahrscheinlichkeit dafür zu hoch ist, als dass man sie ignorieren könnte."

Engels schüttelte den Kopf. „Das kann ich nicht. Wenn wir das Schiff aber aufgeben müssen, begebe ich mich schleunigst zu Ihnen."

„Es wird mindestens vier Minuten dauern, uns zu erreichen, selbst wenn Sie ein unter meiner Kontrolle stehendes internes Fahrzeug verwenden. Falls die *Indomitable* schwer beschädigt wird, könnte der Weg blockiert sein. Eventuell könnten wir nicht auf Sie warten."

„Dann setzen Sie sich eben ab und gehen dieses hohe Risiko ein, wenn Sie das wollen. Ich muss dann hier durchhalten. Die *Indomitable* ist groß genug, dass die Brückencrew bis zum Eintreffen der Rettungseinheiten überleben dürfte, selbst wenn das Schiff kampfunfähig wird. Wenn wir die Schlacht verlieren und in Gefangenschaft geraten, müssen Sie fliehen und die Informationen mitnehmen, die Strecher und die anderen für die Fortsetzung des Kampfs benötigen."

„Über die Gefangennahme oder den Tod von Karla Engels wäre ich sehr traurig."

Engels hob die Augenbrauen. „Sie haben ‚ich' gesagt. War das Zaxby, oder fallen Sie allmählich mental auseinander?"

Trinitys Stimme klang unsicher. „Ich ... wir ... wissen es nicht."

„Ich hoffe doch, dass Sie nicht überschnappen. Denken Sie daran, dass jede andere KI vor Ihnen verrückt geworden ist."

„Das ist uns durchaus klar, und wir beobachten unseren eigenen Geisteszustand mit fast schon übermäßiger Sorgfalt. Anscheinend fungieren die organischen Teile unseres Bewusstseins als Korrekturfilter und Bremsen für Indys Tendenz, so schnell zu denken, dass ihr die Kontrolle über ihre eigenen Impulse entgleitet."

„Wirklich." Engels rieb sich übers Gesicht. „Dann bin ich dankbar, dass sie nicht alleine ist, wie seltsam Ihre Synthese auch sein mag." Das brachte sie auf eine andere Idee. „Ich frage mich, ob die Hunnen das KI-Problem auf diese Weise gelöst haben."

„Durch eine Verbindung mit organischen Gehirnen? Interessante Idee."

„Es ist keine neue Idee – stellt aber ein Tabu dar."

Trinity sagte: „Aber angesichts des technischen Fortschritts in Kriegszeiten bleiben Tabus nicht ewig unangetastet. Die neurale Verbindung des Mechgrenadiers oder Piloten mit einer IKI ist nur ein Schritt in die Richtung dessen, zu dem wir geworden sind."

„Admiral", sagte Tixban, „der Feind nähert sich den Entscheidungspunkt."

„Danke, Tix." Engels konzentrierte sich nun auf die taktische Ansicht des Hologramms.

Die Flotte der Hundert Welten verlangsamte sich zunehmend, während sie in Kurzstreckenreichweite kam und sich Leonidas näherte. Bald würde Admiral Niedern – oder vielleicht die KI der *Victory* – eine von drei Optionen wählen müssen.

Sie könnten den Mond auf der anderen Seite der *Indomitable* umrunden.

Sie könnten wenden und den Mond direkt vor der *Indomitable* und der sie umgebenden Flotte umrunden.

Oder sie könnten ihre Streitkräfte aufspalten und den Mond aus mehreren Richtungen umfliegen.

Engels hielt die dritte Option für die Unwahrscheinlichste. Dadurch würde ein Teil der feindlichen Flotte dem konzentrierten Feuer der Republik-Einheiten ausgesetzt werden. Auch die Koordination wäre in diesem Fall am schwierigsten. Allerdings hätte dieses Vorgehen den Vorteil eines Angriffs von allen Seiten, bei dem es zu einem wilden Nahkampf käme, wobei die Anzahl der Feinde und die geschickte Koordinierung durch die *Victory* den Vorteil der KI maximieren würde.

Die zweite Option, ein Direktangriff, wäre die konservativste, würde den Streitkräften der Republik jedoch den maximalen Vorteil bieten. Dadurch könnten sie den Rand des Mondes möglichst lange als Deckung gegen die zahlenmäßig überlegenen Feinde nutzen. Es würde sich ein direkter Kampf Flotte gegen Flotte entwickeln, in dem die *Indomitable* vor der Nahkampfphase maximalen Schaden anrichten könnte.

Daher sprach vieles für die erste Option, dachte sich Engels.

Sie hatte recht.

Die feindliche Flotte bewegte sich zur den Schiffen der Republik entgegengesetzten Seite, wobei sie nur die rückstoßfreien Antriebe einsetze. Diese Antriebsweise ermöglichte Kursänderungen in sämtliche Richtungen, im Vergleich zu Fusionstriebwerken allerdings mit verringerter Schubkraft.

Dadurch konnten die Hunnen ihren Feinden den Bug zurichten, während sie sich seitlich um Leonidas herum bewegten. Die ausgestoßenen Lenkwaffen würden sich einer Welle gleich von ihnen wegbewegen.

„Jetzt!" sagte Engels. „Befehl an Kommodore Dexon – letzte Updates laden und die erste Phase ausführen." Sie hatte wissen müssen, welchen Kurs die Hunnen einschlagen würden. Jetzt hatte sie Klarheit, es sei denn, die Feinde führten einen plötzlichen Kurswechsel durch.

Sechzehn Schützenfische, die auf Leonidas staubiger Oberfläche hockten, aktivierten gleichzeitig ihre Subraumgeneratoren. Statt aber abzuheben, ließen sie sich ins massive Gestein des Mondes fallen, wodurch sie selbst für ihre Verbündeten unsichtbar wurden.

MANNESKRIEGER DEXON RIEB seine Lippen und die Zunge gegeneinander. Beide waren von Keratin bedeckt, dem Stoff, aus dem Tierhufe und menschliche Fingernägel bestehen. Dieses Reiben war eine nervöse Angewohnheit und mit der menschlichen Angewohnheit, auf den Fingernägeln oder der Unterlippe herumzukauen, vergleichbar.

In diesem Fall aber zeigte er keine Spur von Furcht, sondern fieberte dem Beginn der Schlacht mit großer Ungeduld entgegen. Im Vorfeld strömten die Kampfhormone bereits durch seinen Körper und in sein Gehirn, aber er hatte vor langer Zeit gelernt, dieses Gefühl zu kontrollieren und mit seiner Hilfe den Verstand zu klären, statt es in einer Explosion körperlicher Gewalt umzusetzen.

„Kurs bestimmt, beschleunige", meldete sein Rudergänger, ein Neutrum. Dexon versuchte, sich an den Namen zu erinnern. Aber obwohl die geschlechtslosen Ruxins gute Techniker waren und einen kühlen Kopf behielten, betrachtete er sie als austauschbare Elemente, die man getrost vergessen konnte.

„Stellen Sie sicher, dass Sie meinen Geschwindigkeitsbefehlen folgen", raunzte der Krieger Yoxen, der für den Waffeneinsatz verantwortlich war, den Rudergänger an.

„Ich werde versuchen, die Befehle zu Ihrer vollsten Zufriedenheit auszuführen."

Für einen Waffenoffizier war der Befehl ungewöhnlich. Auch wenn es sich beim Einsatz von Schwebeminen um eine wichtige, meist an einen Krieger übertragene Aufgabe handelte, ging es eigentlich nur darum, gleichzeitig vier Schalter zu betätigen. An der Konsole waren diese so weit voneinander entfernt angebracht worden, dass ein zufälliger Start statistisch unmöglich war.

Nun betätigte Yoxen diese Schalter. „Acht Waffen ausgestoßen, laufen auf Kurs."

Diesmal aber sollten diese Sonderwaffen nicht nur an die Oberfläche der Subraumdimension gelangen und dann im Normalraum auftauchen, wo sie möglichst nahe an einem Ziel explodieren würden. Nein, sie besaßen ihre eigenen primitiven Subraumgeneratoren. Dann würden sie während einer kurzen Zeitspanne einem ballistischen Kurs folgen, welcher je nach Ziel unterschiedlich war, und danach wieder auftauchen.

Anders gesagt würden sie sich weniger wie Schwebeminen und eher wie Torpedos verhalten, allerdings wie ungelenkte. Die Feinde würden den Eindruck gewinnen, dass mehrere Subraumkontakte plötzlich unterhalb der Oberfläche des benachbarten Monds erschienen und auf sie zurasten. Dann folgten Dexons sechzehn Schiffe.

Die Schiffe der Hunnen würden wahrscheinlich darauf reagieren, indem sie den entdeckten Kongruenzpunkten auswichen und Schiffkiller-Lenkwaffen darauf abfeuerten. Deren Fusionsgefechtsköpfe würden versuchen, an den entsprechenden Stellen zu detonieren. Im Fall eines Erfolgs würden die Torpedos zerstört. Ansonsten würden diese auftauchen und explodieren.

Aber im Subraum konnte man nicht sehen, was sich abspielte. Die Schützenfische kämpften blind und mussten sich auf leistungsfähige Computer und deren Prognose-Software verlassen, um das Geschehen zu verfolgen.

„Die Waffen müssten jetzt gleich detonieren", knurrte Yoxen.

„Das sehe ich", sagte Dexon, als die Symbole im Holotank aufblitzten wie Feuerwerk. „Rudergänger, Angriff starten."

Aufgrund dieser Detonationen füllte sich der Weltraum nun mit Staub, Partikeln und Fusionsstrahlung. Die Detektoren waren vorübergehend geblendet und die wahre Aufgabe der Schützenfische, die für diese furchtlosen, zerbrechlichen Boote stets gefährlich war, konnte beginnen. Wie die Unterseeboote der Alten Erde operierten sie im Tarnmodus. Sobald der Feind wusste, dass sie in der Nähe waren, büßten sie ihren Vorteil ein.

Heute aber, in einer derart entscheidenden Schlacht, riskierte Manneskrieger Dexon alles ... so, wie tapfere Ruxin-Crews vor acht Jahrzehnten versucht hatten, die Flotten der Kollektivgemeinschaft so sehr zu schädigen, dass sie ihre Heimatwelt in Ruhe ließen – wobei sie aber gescheitert waren.

Jetzt erhielt Dexon seine zweite Chance, dieses Ziel zu erreichen und jene zu vernichten, die seinem Volk die wiedergewonnene Unabhängigkeit entreißen wollten.

Die *Rache* sprang mitten ins Chaos hinein. Dexon hatte vier oder fünf Minuten Zeit, bis der Feind alle Torpedos verfolgt und vernichtet hätte. Dadurch würde der Gegner selbst die Verwirrung erhöhen, da er natürlich von einen Angriff von über hundert Schützenfischen ausging. Subraumsignaturen waren voneinander nicht zu unterscheiden, und jede davon hätte ein Schiff darstellen können, das zum Einsatz mehrerer Schwebeminen in der Lage war.

Wenn die Feinde also wie erwartet reagierten, würden sie auf diese Ziele Hunderte von Lenkwaffen verschwenden, während sich die echten Schützenfische inmitten von ihnen verbargen.

Die Torpedos waren in Formation gestartet worden, um die Feindschiffe in Todeszonen zu treiben. Dexons Rudergänger flog auf die der *Rache* zugewiesene Todeszone zu.

Gelegentlich erbebte das Boot. Kaltes Wasser schwappte hoch und spritzte herum, als die über dem Kongruenzpunkt der *Rache* explodierenden Fusionssprengköpfe Vibrationen wie Hammerschläge erzeugten. Nur ein winziger Bruchteil der Energie erreichte den Subraum, aber diese Menge reichte aus, um sein Boot zu beschädigen.

„Generator Nummer 6 ausgefallen, Manneskrieger", sagte sein Technikoffizier. „Es sind noch sieben übrig."

„Verstanden." Die *Rache* blieb auch mit lediglich vier Subraumgeneratoren noch einsatzfähig, aber nicht für lange.

„Zwei Verluste bei den Neutren", fuhr der Techniker fort.

„Weitermachen." Da die Crew nur aus 32 Ruxins bestand, reduzierte der Verlust zweier Individuen die Effizienz eines Schützenfisches ungemein. Aber vor 80 Jahren hatte Dexon eigenhändig 17 Menschenschiffe vernichtet, und in einem Fall sein Boot mit nur noch fünf überlebenden Ruxins zurückgebracht.

Ehrgeiz, Einsatzwillen und Ausdauer spielten im Krieg eine bedeutende Rolle.

„Rudergänger, starten Sie das Angriffsmuster."

Nun folgte die *Rache* einer komplexen dreidimensionalen Route, die eine maximale Abdeckung mit unvorhersehbaren Ausweichmanövern kombinierte, wobei die Schwebeminen in unterschiedlichen Abständen ausgestoßen wurden. Da der

Aufenthaltsort der feindlichen Schiffe mittlerweile nicht mehr genau feststellbar, musste Dexon auf Zufallstreffer seiner Schwebeminen hoffen. Angesichts der Größe des Weltraums – selbst, wenn dieser von Leonidas, Sparta-3 und der feindlichen Absicht begrenzt wurde, den orbitalen Gefechtsbereich zu dominieren – standen die Chancen für einen auch nur annähernden Kontakttreffer bei eins zu einer Million.

Aber die Hunnen mussten sich mehrere Minuten lang um die zahlreichen Schützenfische kümmern, die anscheinend herumrasten und inmitten von ihnen extrem gefährliche Waffen abwarfen.

Und wie bei allen von Admiral Engels' Schachzügen verfolgte auch dieser die Absicht, nicht nur direkten Schaden anrichten, sondern den Feind auch auf die nächste Phase vorzubereiten.

KAPITEL 26

Strecher auf Terra Nova

Die Gestalt, die sich gegen die Mauer der dunklen Gasse gelehnt hatte, näherte sich Strecher und sprach ihn mit Myrmidons Stimme an. „Du hast einige Abenteuer erlebt."

Strecher schlug Don in den Bauch. „Vielleicht zu viele", sagte er, als er sich über dem keuchenden Mann aufbaute. „Ich habe deine Spielchen langsam satt." Er trat Don in den Hintern, wobei er eher auf Schmerz und Demütigung aus war, als ihm wirklichen Schaden zufügen zu wollen.

Don blieb neben der Mauer liegen und richtete sich dann langsam auf. „Bist du jetzt fertig?"

„Vielleicht."

„Ich habe keine Ahnung, warum du dich derart aufregst."

„Du kennst mich nicht besonders gut."

Don stand auf und klopfte seine Kleidung ab. „Ich glaube, ich kenne dich besser als du dich selbst. Du hast ein Talent für Improvisation. Ich habe gewusst, dass du es schaffen würdest. Hast du genug gesehen?"

Strecher blickte sich um, konnte aber keinen Begleiter des Agenten entdecken. Natürlich hätte sich jemand in der Nähe verbergen und ihn mit Überwachungsgeräten beobachten können, aber Myrmidon benahm sich wie jemand, der allein war. Er trug einen langen Mantel, dessen Kragen er aufgrund der kühlen Nacht hochgeschlagen hatte, dazu einen breitkrempigen Hut, der Strecher an Show-Vids aus den Zeiten der Alten Erde erinnerte.

„Wie bist du entkommen?", fragte Strecher und erwartete eine Antwort.

„Komm schon, Dirk. Das Entkommen war deine Aufgabe."

„Dann war also alles nur gespielt."

„Gewissermaßen." Don drehte sich um und ging die Gasse entlang. Strecher folgte ihm. „Du bist wirklich entkommen. Ich musste lediglich mit den Kontrolleuren sprechen und meine Autorität geltend machen, um meine Freiheit zu gewinnen oder zumindest meine Vorgesetzten zu kontaktieren. Dann habe ich um einige Gefallen gebeten, so dass deine Verfolgung weniger hartnäckig durchgeführt wurde und du die Gelegenheit hattest, die Sicherheitskräfte abzuschütteln. Danach verfolgte ich deine Bewegungen über die Spähsysteme des Rings."

„Wie ist es dir gelungen, mich zu verfolgen?"

„Unterhalb deiner Ruppen war ein Datensender implantiert. Erinnerst du dich an die ‚Proben', die Doris entnommen hat?"

„Und du und die Bortoks? Und die anderen Agenten wie der, den ich im Tunnel erwischt habe?"

„Das bei den Bortoks war nicht ich, aber wir gleichen uns wohl alle. Ich musste einen Grund für deine Überwachung angeben, also habe ich ein Projekt erfunden, bei dem Trainees angeblich einen anderen Trainee beschatten."

„Aber warum? Was sollte das alles?"

„Manches musstest du mit deinen eigenen Augen sehen, damit du erkennen konntest, dass es nicht ‚gespielt' war, wie du es ausdrückst. Du musstest echte Leute treffen und verstehen, dass sie keine Schauspieler in einem Bühnenstück waren. Du musstest die Echtheit dieser Person direkt erfahren. Auch, dass sie trotz ihres andersartigen Aussehens so menschlich waren wie du und ich."

Strecher blickte seinen Begleiter an. „Vermutlich stimmt das sogar alles, aber in welche Richtung willst du meine Gedanken jetzt schon wieder drängen? Da steckt doch noch mehr dahinter. Ich warte nur auf deinen Ratschlag, was ich jetzt deiner Meinung nach tun soll."

„Immer der Mann der Tat, was, Dirk?"

Strecher drehte sich um, packte Don am Jackenaufschlag, hob ihn hoch und drückte ihn gegen die Mauer. „Mir geht das alles total auf den Wecker. Erklär mir alles, oder es wird echt schmerzhaft für dich."

Don lächelte. „Ich *erkläre* es doch, und ich habe eine hohe Schmerztoleranz, also würde es überhaupt nichts bringen, mir weh zu tun."

„Aber vielleicht würde es mir Spaß machen."

„Bist du das wirklich, Dirk? Ein Sadist?"

„Ein ehrlicher Mann lügt, wenn er es muss." Strecher seufzte und ließ Don wieder auf die Füße fallen. „Na gut. Rede weiter – und ich hoffe doch sehr, dass wir zu einem Schiff unterwegs sind, das uns von hier wegbringt."

„Das sind wir." An der nächsten Ecke winkte Don einem Flugwagen zu, der am Straßenrand geparkt hatte. „Steig ein."

„Ich warte immer noch darauf, dass du mir erklärst, was das alles für einen Zweck hatte", sagte Strecher, als sie abhoben und über die Stadt flogen. „Hör auf, den geheimnisvollen Lehrer zu spielen und sag es mir einfach."

„Jemandem einfach die Antwort zu liefern, stellt die am wenigsten effektive Methode dar. Während deiner militärischen Ausbildung hast du sicher gehört, dass Wissen gut, aber Erfahrung noch besser ist – und am effektivsten ist etwas, an dem man persönlich beteiligt ist. Das habe ich dir geboten, als ich all das arrangiert habe."

Strecher schnaubte amüsiert, als es ihm klar wurde. „Unterricht, Demonstration und praktische Anwendung hat man das in der Akademie genannt. Du hast mir alle drei geliefert. Dazu eine Übung mit scharfer Munition und sogar quasi echte Gefechte."

„Nachdem du über die Mauer gelangt bist, war alles echt. Du hättest sterben können und ich wäre nicht in der Lage gewesen, dich zu retten."

„Und Roslyn? Ist sie wirklich mit meinem Kind schwanger?"

„Ich habe keine Ahnung. Aber wenn es so ist, wäre es ein Bonus."

„Wieso ein Bonus?"

„Komm schon, Dirk. Das müsste dir inzwischen doch klar sein."

„Ich habe eine Ahnung, aber ich will es von dir hören."

Don steuerte den Flugwagen zu einem Landeplatz auf einem Hochhausdach. „Vielleicht hilft dir eine weitere Demonstration."

Er weigerte sich, weitere Kommentare abzugeben, bis sie in einem Lift mit hohem Tempo ins enorme Gebäude hinuntergefahren waren. Aus den Lautsprechern ertönte nichtssagende, sanfte Musik.

Strecher unterdrückte stoisch seine Ungeduld. Anscheinend plante Don einen letzten Akt seines Stücks vorzuführen, bevor er ihn in die von der Republik beherrschte Weltraumzone brachte. Der schnellste Weg nach Hause war wohl, sich damit abzufinden.

Die Hintergrundmusik wurde lauter, klang aber weiterhin verträumt und entspannend, als die Lifttüren sich öffneten und sie einen Balkon über einer weiteren Werkhalle betraten. Diese Fabrik unterschied sich durch eine helle und angenehme Beleuchtung von den Werkstätten der Unterwelt. Grüne, blühende Topfpflanzen hingen von Decke oder waren an den Wänden befestigt. Ihre angenehmen Düfte erfüllten die Luft. Sämtliche Elemente erzeugten eine Umgebung, in der sich die Leute wie in einem Wellnesszentrum entspannen konnten.

Menschen aller Art, von den riesigen roten Bortoks bis zu den kurzen, dicklichen Schweinemenschen und sämtliche Zwischenformen, traten durch die an einem Ende des Raums befindlichen, labyrinthartigen Wände ein. Alle von ihnen trugen schlichte weiße Roben, die wie ein über den Kopf geworfenes Tuch wirkten, in dessen Mitte ein Loch geschnitten worden war. Gelegentlich sprühte Dunst oder Gas auf sie herab und sie bewegten sich wie willenlose, hypnotisierte Zombies weiter.

Sobald sie das Ende ihres Labyrinths erreichten, ließ sich einer nach dem anderen von ameisenähnlichen Opter-Arbeitern zu Tischen führen, auf die sie sich auf Befehl legten. Eine mit einer Zuleitung versehene Maske wurde auf ihre Gesichter gelegt, und sie schlossen die Augen.

Und dann begann das Schneiden.

Robotische Chirurgiearme schnitten sie schnell und effizient mit Lasern in Stücke. Strecher kam die Galle hoch, sobald er realisierte, was vor sich ging. Er konnte sich nur mit Mühe vom Kotzen abhalten.

Er hatte bereits Unmengen von Blut und Tod gesehen. Er hatte zugesehen, wie die Schlächter Melgars Volk zerstückelten, um deren Fleisch und Pelze zu gewinnen. Aber das hier kam ihm noch schlimmer vor – wegen der heiteren Atmosphäre, in der die klinische, brutale Verarbeitung ablief. Es war nur wenig Blut sichtbar, und alle Körperteile wurden sorgfältig entfernt und sofort in kryogenische Behälter gelegt, aus welchen vor dem raschen Schließen kondensierter Dunst nach unten strömte.

Erst wurden Finger oder manchmal ganze Hände oder Arme amputiert. Dann wurde der Oberkörper aufgeschnitten und die Haut präzise zu Seite gezogen. Mechanische Greifarme entfernten eiligst alle Organe und legten diese in Kühlbehälter. Als in der Körperhöhle nichts mehr übrig war, wurden die Rippen, Muskeln und das Rückgrat abgetrennt – und schließlich die Kopfteile: Augen, Ohren, Kiefer, Schädel, alles.

Weniger als zwei Minuten nach dem Anlegen der Maske war jegliche Spur der Existenz eines menschlichen Wesens verschwunden. Es war ein Schrottplatz, eine Recyclinganlage – eine Vernichtungsmaschine.

Es verwandelte ein menschliches Wesen in nichts. Und nach dem Abschluss des Verfahrens fuhr ein robotischer Wagen die Behälter stets auf leisen Gummirädern durch eine Tür weg.

„Das ist das Ende von vielen auf Terra Nova", sagte Don. „Jung oder alt, Genie oder Idiot, grausam oder freundlich. Wenn sie den Ärger der Königinnen erwecken oder gegen die Regeln verstoßen, oder es sich mit den Kontrolleuren oder anderen Autoritätspersonen verscherzen, oder einfach zu alt werden, wartet die Vivisektion auf sie."

Strecher rieb sich die Augen. „Du wolltest also, dass ich das sehe. Es dreht einen den Magen um. Der ganze Planet ist ein Gruselkabinett, auch wenn Teile davon angenehm erscheinen mögen."

„Und wie kommt es dazu? Was ist die Ursache?"

„Sag du es mir."

„Nein, Dirk. Ich habe dir alles vorgeführt. Dasselbe hast du instinktiv in deiner eigenen Gesellschaft erkannt – oder vielleicht sollte ich ‚in deinen Gesellschaften' sagen, da du mehrere direkt erlebt hast. Du hast dagegen und für die Opposition gekämpft. Es wurde dir sogar ein Titel verliehen, der deine Rolle beschreibt – eine Rolle, die du spielen musstest. Komm schon, Dirk. Füge all das zusammen."

Strecher rieb sich das Kinn und zwang sich dazu, das unter ihm stattfindende klinische Massaker zu betrachten. Er dachte an alles, was er seit der Schlacht um Corinth gesehen hatte – die Kollektivgemeinschaft, den Krieg, die Sachsen, die Ruxins, die Außenansicht der Hundert Welten – und an die Opters und Terra Nova.

„Tyrannei", sagte er schließlich. „Es geht um die Tyrannei. Eine Gruppe – egal, ob Menschen oder Außerirdische – unterdrückt andere, ohne diesen eine Wahl zu lassen. Manchmal geht es um eine Gattung oder Rasse, manchmal um Geschlechter oder Politik oder einen Haufen anderer Ausreden. Am Ende ist es aber einfach eine egoistische Ausübung von Macht, bei der andere statt wie Individuen wie Gegenstände behandelt werden. Dieses Schlachthaus ist die absolute Umsetzung dieser Tyrannei, da Menschen hier in Produkte verwandelt werden. Was passiert mit den Körperteilen?"

Don rieb mit den Händen über das verchromte Metallgeländer. „Sie werden für viele Dinge verwendet. Manche Außerirdischen kaufen bestimmte Stücke als Delikatessen, so wie Menschen spezielle Lebensmittel essen. Die besten jungen Organe werden an reiche Individuen im von Menschen bewohnten Weltraum verkauft. Hin und wieder wird damit Leben gerettet, aber oft geht es nur darum, das Leben uralter, reicher und mächtiger Personen zu verlängern. Seit den ersten historischen Aufzeichnungen der Alten Erde gab es schon immer einen regen Handel mit menschlichem Fleisch, lebendig oder tot."

„Diese Korruption und Tyrannei habe ich aus nächster Nähe miterlebt", sagte Strecher und kehrte dem Schlachthaus unter ihm den Rücken zu. „Deshalb wollte ich das System stürzen. Deshalb bin ich zum Befreier geworden."

„Und bist du immer noch der Befreier?"

„Oder der Azaltar, oder was auch immer. Ja, das bin ich wohl. Und diese Rolle erfülle ich ausgesprochen gut."

„Obwohl du weißt, dass die Leute nach einer Periode der Freiheit wiederum Ketten für andere und für sich selbst schmieden werden?"

Strecher zuckte mit den Achseln. „Das ist nicht mein Problem. Ein Feuerwehrmann gibt die Brandbekämpfung nicht auf, nur weil er weiß, dass es immer Brandstifter geben wird. Ein Polizist hört nicht damit auf, Verbrecher zu verhaften, nur weil er weiß, dass es immer Verbrechen geben wird. Ein Mann muss in dieser Welt Gutes bewirken, obwohl er weiß, dass er nicht allmächtig ist."

„Dann kennst du des Rätsels Antwort."

„Welches Rätsels?"

„Warum habe ich dir all das gezeigt?"

Strecher wusste es. „Du möchtest, dass ich Terra Nova befreie."

„Ja."

„Warum sollte ich das tun?"

„Weil es eben deiner Natur entspricht."

„Ich kann hier nicht komplett alles umstürzen."

„Das verlange ich gar nicht. Ich weiß, dass du zurückkehren und deine Aufgaben im von Menschen besiedelten Weltraum zu Ende bringen musst. Aber ich möchte, dass du danach an Terra Nova und die Billion Menschenwesen denkst, die hier versklavt werden. Die hier zu *Dingen* gemacht werden. Die jeden Tag ermordet werden."

„Ich habe schon Schlimmeres gesehen. In der Kollektivgemeinschaft gab es einen Offizier –Dwayne LaPierre hieß er, glaube ich – der eine Million Menschen ermordete, nur um etwas zu beweisen."

Don deutete auf die Werkhalle. „Das ist nur eines von Hunderten von Vivisektionszentren auf diesem Planeten. Du kannst dir das Ausmaß der Gräueltaten hier kaum vorstellen. Sie zerlegen *jeden Tag* zehn Millionen. Die Opter-Königinnen haben uns mit Hilfe von DNA-Proben erschaffen, die bis in die Zeit der Alten Erde vor der Raumfahrt zurückreichen, aber sie benutzen uns nur wie biologische Maschinen. Die Mitglieder ihrer eigenen Gattung behandeln sie auch nicht besser, aber das entschuldigt das andere Verbrechen nicht. Wir haben es verdient, unser Leben zu leben und unser Schicksal selbst zu wählen, so wie es Gottes Willen entspricht."

„Gott? Du glaubst an einen Gott?"

Don zuckte mit den Schultern. „Eure Militärgeistlichen nennen ihn den Unerkennbaren Schöpfer. Es muss ein höheres Wesen geben, egal, wie dieses genannt wird. Und selbst wenn keines existiert, werden wir Menschen es durch unsere Gedanken erschaffen – unsere Glaubenssysteme, unsere Kultur. Das gehört einfach zum Menschsein. Wenn es nichts Höheres gibt als uns – nichts *Besseres* – dann sind wir alle lediglich intelligente, seelenlose Tiere und können einander so selbstsüchtig behandeln, wie es uns verdammt noch mal passt. Wenn Gott nicht existiert, dann gehen mir die Argumente aus."

„Vielleicht können wir die Wahl treffen, zu besseren Menschen zu werden, als wir es am Anfang waren. Vielleicht entwickeln wir uns wirklich im positiven Sinn weiter."

„In welchem positiven Sinn? Ohne ein Ideal, ohne ein

Modell des Guten und Großartigen gibt es weder oben noch unten, keine Referenzpunkte. Ohne einen Absolutwert, selbst einen begrifflichen, wird alles relativ – und relativ wertlos."

Strecher schnaubte. „Hör mal, ich bin kein tiefsinniger Philosoph, aber ich kann Gut von Böse unterscheiden. Es ist mir gleichgültig, ob diese Fähigkeit auf die Evolution zurückgeht, oder einen Gott oder Schöpfer oder eine allmächtige Seele im Himmel. Es ist schön, an etwas Größeres zu glauben. Aber selbst, wenn es nichts Derartiges gibt, werde ich das Richtige tun, so gut ich es vermag und so lange ich es kann. Bis zu dem Tag, an dem sie mich umbringen oder ich an Altersschwäche sterbe. Das ist meine Philosophie."

„Dann vergiss Terra Nova nicht, Dirk. Denn was hier geschieht ist böse, und meiner Meinung nach bietest du uns die beste Chance, alles ins Lot zu bringen."

„Na gut. Abgemacht." Strecher streckte Don die Hand entgegen, und dieser revanchierte sich mit einem kräftigen Handschlag. „Du hast mich überzeugt. Wahrscheinlich hättest du mich ohne das ganze Fluchtdrama noch viel schneller überzeugen können, aber das ist jetzt Geschichte." Er ließ Dons Hand los. „Jetzt beeil dich und bring mich nach Hause."

„Folge mir." Sie kehrten zum Aufzug zurück und fuhren zum Dach.

„Außerdem", sagte Strecher, „werde ich in etwa neun Monaten Vater sein, falls ich nicht belogen wurde. Ich kann nicht zulassen, dass mein Kind wie ein Stück Vieh aufgezogen und geschlachtet wird." Er rieb sein Kinn. „Karla wird stinksauer sein. Du weißt ja, wie Frauen sind."

„Nicht wirklich."

„Was, du magst keine Frauen?"

„Wir Agenten haben einen genetisch reduzierten Geschlechtstrieb. Wir können sexuell aktiv werden, wenn es sein muss, verspüren aber keinen besonderen Drang. Ich verstehe allerdings, dass Eifersucht aus einer biologischen Notwendigkeit erwächst. Insbesondere Frauen wollen ihre eigenen Nachkommen um jeden Preis schützen und stehen den Kindern anderer – vor allem von Frauen, die Beziehungen mit ihrem Partner hatten – feindselig gegenüber. Wenn du mit einer anderen Frau ein Kind hast, wird Karla sich immer Sorgen machen, dass deine Loyalität gespalten sein könnte. Dass du eine andere Frau und deren Kinder bevorzugen könntest." Die beiden Männer verließen den Aufzug und gingen zum Flugwagen.

„Dazu wird es nicht kommen. Ich mag Roslyn nicht einmal, obwohl ich sie respektieren muss. Sie hat mich reingelegt und mir Drogen eingeflößt. Aber das Karla zu erklären, wird nicht leicht werden."

„Du hast nicht sehr viel Vertrauen in Karla." Don startete den Flugwagen und raste damit auf eine der Befestigungen des Rings zu.

„So sind die Menschen eben. Karla war wegen Tachina eifersüchtig und fühlte sich von ihr bedroht. Wenn ich es schaffe, den Pheromonen einer in allen sexuellen Künsten ausgebildeten Konkubine zu widerstehen, dann habe ich mich offensichtlich nicht von einem zwei Meter großen Säugetierwesen mit Schuppenhaut und einem Hautkamm in Lila und Gelb verführen lassen."

„Versuchst du mich zu überzeugen, oder dich selbst?"

Strecher seufzte. „Beides, nehme ich an."

Der flotte Flugwagen landete bald schon auf einer ganz oben gelegenen Umsteigeplattform, wo ein kleines Schienenfahrzeug auf sie wartete. Im Gegensatz zu den großen Zügen, die unten an der Verbindung zwischen dem Ring und dem Planeten eintrafen und dann in einer glatten, horizontalen Kurve weiterfuhren und an Bahnhöfen Stopps einlegten, war dieses Fahrzeug vertikal ausgerichtet und klammerte sich an eine der zahlreichen Schienen der hundert Meter breiten Befestigung. Als sie eintraten und sich setzten, wurde die künstliche Schwerkraft mühelos angepasst und die Sitze drehten sich, bis sie sich wieder in einem horizontal verkehrenden Zug zu befinden schienen. Hinter diesem ragte der Planet Terra Nova wie eine Wand empor, und davor erstreckte sich der Ring.

Das Fahrzeug schoss mit hoher Geschwindigkeit vorwärts. Sobald dies geschah, schnallte Don sich los und zog Mantel und Hut aus. Darunter wurde der Overall eines Raumfahrers sichtbar. Er legte den Hut in eine Gepäckablage und breitete den Mantel auf dem Boden aus. Dann holte er aus einer der Cargotaschen Werkzeuge hervor und benutzte diese, um eine Abdeckung zu öffnen, die sich neben der Steuerungseinheit befand.

„Was ist los?", fragte Strecher.

„Spionagehandwerk. Vorsichtsmaßnahmen. Ich habe mich kürzlich herausgeredet, aber ich bin mir sicher, dass die Kontrolleure uns immer noch beobachten. Meine Immunität ist nur bis zu einem bestimmten Punkt wirksam, und vielleicht lassen sie mir nur genug Seil, um mich damit zu erhängen. Aber das habe ich nicht vor."

„Wenn man schon aufgehängt wird, dann lieber für ein Schaf als für ein Lamm?"

„Genau."

Strecher grinste. „Ich wäre lieber ein Schafbock."

„Ich wäre lieber ein Fuchs, der sich leise davonschleicht." Don beendete seine Arbeit hinter der Abdeckung, trat dann mit einem Messer und einer Spitzzange auf Strecher zu und sagte: „Heb deine Jacke hoch. Ich muss deinen Peilsender entfernen."

„Auf jeden Fall." Er hob seine Jacke und die Arme.

Don hob seinen Mantel auf und faltete diesen zu einem

Polster, das er unter unterhalb von Strechers rippen auf dessen Seite drückte. „Das wird wehtun." Er ertastete die entsprechende Stelle mit den Fingern.

„Ich bin bereit."

„Eins, zwei, drei." Don schnitt mit der ersten Bewegung tief ins Fleisch. Trotz der Vorwarnung grunzte Strecher vor Schmerz, zwang sich aber dazu, still zu halten. Don griff mit der Zange in das Loch und zog ein rautenförmiges Objekt von der Größe seiner Fingerspitze heraus. „Da. Drück das unter deinen Arm." Er hielt den zusammengefalteten Mantel gegen die Wunde, bis Strecher ihn festhielt.

Dann tippte Don die Steuerkonsole an. Das private Schienenfahrzeug verlangsamte sich plötzlich und stoppte dann ruckartig an einer Plattform. Er sammelte seine Werkzeuge ein. „Jetzt aber schnell raus."

Die beiden Männer stiegen in der bitteren Kälte aus und das Fahrzeug raste weiter aufwärts. Strecher fühlte sich benebelt und bemerkte, dass sie sich in einer enormen Höhe befanden. Er blickte auf den blaugrünen Planeten hinab, als würde er sich auf einem extrem hohen Turm befinden. Die heftigen Windstöße zerrten an ihrer Kleidung und überzogen ihre Haut mit Frost. Don warf den Peilsender weg, und der nach unten wehende Wind riss diesen mit sich.

„Okay, und jetzt?", schrie Strecher.

Don schob Strecher wortlos am der Außenseite der runden Plattform entlang, bis sie eine weitere Schiene erreichten. Dort wartete größeres Schienenfahrzeug auf sie, das ramponiert und zweckmäßig wirkte. Sie gingen hinein und Don verschloss die Tür mit seiner Handfläche, so dass sie von wohliger Wärme umgeben waren.

Strecher setzte sich hin und hielt sich die verwundete Seite, während Don sich an der Steuerung zu schaffen machte. Bald fuhren sie wiederum aufwärts, diesmal allerdings ohne künstliche Schwerkraft. Daher kam es Strecher so vor, als ob er sich in einem Aufzug schräg nach oben bewegte.

Die Schwerkraftwirkung nahm ab, als die zunehmende Höhe ihre Bewegung in Zentrifugalkraft umwandelte. Als die beiden Männer am Ring eintrafen, der sich in einem permanenten geostationären Orbit um den Äquator befand, waren sie der Schwerkraft entflohen.

Sie verließen das Fahrzeug und betraten einen Wartungsbereich, in dem wiederum künstliche Schwerkraft herrschte. Von dort aus steuerte Don einen alten, ramponierten Elektrowagen durch baufällige Tunnel und zerschrammte Rampen nach oben, wobei er sich bezüglich ihrer Route und ihres Ziels sicher schien.

Strecher biss die Zähne zusammen, da sich jede Unebenheit und jede scharfe Kurve für ihn bemerkbar machte, während er den Mantel weiterhin gegen seine Wunde presste. „Sollen die Dinger blinken?", fragte er und deutete auf die rotierenden Blinklichter, die offensichtlich etwas signalisierten.

„In diesem Abschnitt wurde Alarm ausgelöst, wahrscheinlich wegen uns. Gut, dass ich mich um Vorsichtsmaßnahmen gekümmert habe." Don brachte den Wagen an einer unauffälligen Luftschleuse abrupt zum Stehen und öffnete die Tür mit seiner Handfläche. „Willkommen an Bord", sagte er.

Strecher eilte durch die Luftschleuse ins dahinter liegende Schiff. Bei diesem handelte es sich nicht um das Raumfahrzeug, in dem sie angekommen waren, sondern um ein etwas größeres, mit zwei Kabinen und vier Betten ausgestattetes Modell. „Wo ist dein Kurierschiff?"

Don warf sich in den Pilotensessel und aktivierte das Schiff. „Das dürfte jetzt mit hoher Geschwindigkeit durch den Autopiloten gestartet worden sein, verfolgt von den Kontrolleuren. Vielleicht gelangt es in den Lateralraum, bevor es von einer Drohne abgeschossen wird. Wenn es zerstört wird, werden die Bergungsteams organische Rückstände entdecken, die auf zwei Menschenleichen verweisen. Es wird eine Weile dauern, bis eine DNA-Analyse feststellt, dass es sich nicht um unser Gewebe handelt. Wenn das Schiff allerdings in den Lateralraum springt, werden sie annehmen, dass wir auf Nimmerwiedersehen verschwunden sind."

„Also gewinnen wir auf jeden Fall."

„Wir entkommen, ja. Das Gewinnen hängt von dir ab, Dirk."

Don lenkte das Schiff mit gemäßigtem Tempo von Terra Nova weg. Sobald sie den Weltraum erreicht und keine Verfolger entdeckt hatten, verabreichte Don ihm Anästhetika und Antibiotika, sprühte Desinfektionsmittel auf die Wunde und verschloss diese.

Die aufgewärmten Raumrationen erschienen ihnen wie ein Festmahl. „Hat dieses Boot eine Dusche?", fragte Strecher.

„Ja, mit der Wunde solltest du sie erst in einigen Stunden benutzen."

„Na gut. Ich dusche nach dem Aufwachen." Strecher zog sich die schmutzigen, blutigen Kleidungsstücke aus und schlief elf Stunden lang wie ein Toter. Er wachte nicht einmal auf, als sie in den Lateralraum sprangen.

KAPITEL 27

Sparta-System, in der Nähe von Leonidas, dem Mond von Sparta-3

SOBALD KOMMODORE DEXONS Angriff aus dem Subraum begann und inmitten der feindlichen Einheiten ein verwirrendes Chaos aus Explosionen anrichtete, befahl Admiral Engels: „Flottenbefehl an die örtlichen Abteilungen: Phase Beta."

Sofort zogen ihre Kreuzer, die aus dem Hinterhalt heraus gefeuert hatten – abzüglich einiger schwerbeschädigter Schiffe – sich um die Kurve von Leonidas herum zurück, so dass sie aus dem Sichtbereich des Feindes verschwanden. In einer vorausgeplanten und perfekt koordinierten Aktion schlossen sie sich den dort wartenden Tausenden von Lenkwaffen und kleinen Raumschiffen – sowie den beiden erbeuteten Raumträgern – an. Engels hatte den Befehl erteilt, sämtliche örtlichen Offensivwaffen außer Sicht des Feindes zu versammeln.

Die Träger waren als Kommandozentrale für kleine Raumfahrzeuge optimiert worden, armselige Nachahmungen der

Victory, die aber dieselbe Funktion erfüllten. Die zahlreichen Lenkwaffen- und Drohnenleitoffiziere an Bord schickten Gruppen von Angreifern vor die Kreuzer, die sich mit zunehmender Geschwindigkeit als Welle um die Rückseite des Mondes herumbewegten. Knapp dahinter rasten die Kreuzer mit Vollschub voran, um Tempo für ihren Angriff auf die Feindflotte zu gewinnen.

Gleichzeitig rückte die *Indomitable* auf der anderen Mondseite gemächlich vor und feuerte weiterhin mit maximaler Kadenz, wobei sich Railgunprojektile und Streumunition mit Partikelstrahlen abwechselten. Im selben Maß, wie sich die Entfernung mehr und mehr verkürzte, fanden ihre Waffen schließlich Ziele, denen das Ausweichen nun selbst mit KI-Rechenleistung und überlichtschneller Kommunikation nicht mehr gelang.

Die *Indomitable* fegte fünf Großkampfschiffe aus dem All, bevor die *Victory*, die zusätzlich aus dem Subraum heraus unter Druck gesetzt wurde, eine improvisierte Taktik gegen sie einsetzte.

Ein Kern schwerer Einheiten bildete einen wirbelnden Zylinder und raste auf das Schlachtschiff zu. Die Formation bog und streckte sich, um dem deutenden Bug der *Indomitable* auszuweichen, und deren Treffergenauigkeit nahm ab. Sie feuerte mehrere Streifschüsse ab, hatte es aber nun mit über dreißig schweren Einheiten zu tun – und die sie unterstützenden Kreuzer hatte sie um die Rückseite des Mondes herum geschickt. Auf ihrem gepanzerten, verstärkten Bug blühte ein höllisches Feindfeuer auf.

Hinter diesem schweren Geschwader bemerkte Engels über zweihundert der Drohnen der *Victory*, die sich im Anflug befanden. „Trinity, sehen Sie diese Drohnen?"

„Ich sehe sie, weiß aber nicht, welchen Zweck sie erfüllen.

Den uns direkt angreifenden großen Schiffen fügen sie kaum Feuerkraft hinzu."

„Die Hunnen würden sie nicht einsetzen, wenn sie keine wichtige Rolle spielten. Können Sie die Drohnen analysieren? Sind sie irgendwie anders? Weisen sie Besonderheiten auf?"

„Es ist mir nicht möglich, dafür Rechenleistung aufzuwenden und gleichzeitig noch sämtliche Waffen zu kontrollieren." Die *Indomitable* erbebte unter den schweren Feindschlägen. „Es ist enorm wichtig, dass ich der Nahverteidigung hohe Priorität zuweise, da Schiffkiller die größte Bedrohung für den Rumpf darstellen. Ein oder zwei Kontakttreffer mit Fusionswaffen könnten einen Bresche schlagen, die breit genug ist, um vom feindlichen Direktfeuer ausgenutzt zu werden."

Engels biss sich auf die Lippe und bekam die Drohnen nicht aus dem Kopf. „Rudergänger, erhöhen Sie unsere Drehung um zwanzig Prozent."

„Das wird unsere Zielerfassung verschlechtern", warnte Trinity.

„Dann verzögern Sie die Erfassung, bereiten sich aber darauf vor", antwortete Engels. „Wir erhöhen die Drehung kurz, bevor die Lenkwaffen oder Drohnen uns erreichen."

„Wissen Sie, welche Art von Drohnen das sind?"

„Ich habe da so eine Ahnung." Die Brückenbeleuchtung flackerte und schaltete dann auf Notbeleuchtung hinunter. „Wenn konventionelle Drohnen uns nichts antun können und sicher nicht gegen andere Drohnen oder Lenkwaffen eingesetzt werden, müssen diese hier eine besondere Angriffsweise besitzen. Ich glaube, dass es Selbstmordraumschiffe sind, die wie große, schwere Lenkwaffen mit extrem starken Gefechtsköpfen agieren."

„Das ergibt Sinn", sagte Trinity. „Aber wenn Sie sich

täuschen und ich die Drohnen anstelle anderer Bedrohungen bekämpfe ..."

„Tun Sie es einfach. Das sagt mir mein Bauchgefühl."

„Hoffen wir, dass Ihr Bauch sich nicht irrt."

Plötzlich spie die feindliche Kampfgruppe, die die *Indomitable* angriff, eine Lenkwaffensalve aus, welche vorausraste. Die dahinter folgenden Drohnen beschleunigten, wobei sie die schweren Schiffe hinter sich ließen.

„Admiral", sagte Trinity, „wir müssen ihnen unsere Breitseite zeigen. Erhöhen Sie jetzt bitte die Drehung."

„Rudergänger, Breitseite und Drehung, jetzt."

Die *Indomitable* begann, sich langsam und behäbig zur Seite zu drehen. Dies erzeugte eine Kreiselbewegung, welche ihre gesamte Struktur belastete. Aber nun flog sie schräg durch den Raum, und ihre Zylinderform brachte Hunderte kleinerer Strahler und Railgun-Geschütztürme in ihren vorderen Feuerbereich. Mit diesen Waffen konnte sie keine Schiffe zerschmettern, aber unter Trinitys Anleitung schoss sie Tausende anfliegender Lenkwaffen mit müheloser Präzision aus dem All. Im Hologramm schien der Strom der Raketen eine undurchdringliche Mauer aus Feuer zu erreichen und dann zu explodieren, als die Strahlen des Schlachtschiffs ihre brennbaren Treibstoffe und Oxidationsmittel in Plasma verwandelten.

Engels hoffte, den Feind damit zu überraschen und überrumpeln, aber das Manöver schreckte die angreifenden Einheiten nicht ab. Nun trafen Direktfeuerwaffen auf die Flanken der *Indomitable*, die dort eine vergleichsweise dünnere Panzerung aufwies. Keiner der Treffer erzielte einen Durchbruch, aber die Angriffe vernichteten zahlreiche sekundäre und tertiäre Waffen. Engels sah, dass Chefingenieur Quades Konsolen wie Feiertagsdekorationen in unterschiedlichen Farben aufleuchteten, darunter beunruhigend viel Gelb und Rot.

Aber unabhängig davon, welches Schicksal die *Indomitable* erwartete, spielte sich ihr eigentlicher Schachzug auf der anderen Mondseite ab. Das Hologramm zeigte, wie der Lenkwaffenangriff der Republik Leonidas umrundete und in die feindliche Flotte preschte. Er durchbrach den Raketenabwehrschirm der Hunnen rasch und flog dann weiter auf ihre Schiffe zu, genau so, wie Engels es geplant hatte.

Trotz der fast verzögerungsfreien Reaktionen, die bewiesen, dass *Victory* die feindliche Nahverteidigung nach wie vor kontrollierte, glaubte Engels, Niedern überrascht zu haben. Die Ablenkung durch den Subraumangriff hatte seine perfekte Formation aufgebrochen, und seine Schiffe waren nicht auf einen massiven Lenkwaffenangriff vorbereitet. Vor allem nicht auf einen, dem dann noch fast hundert aggressive Kreuzer nachfolgten, welche in kurzer Entfernung sichtbar wurden. Die Symbole von einem Dutzend Feindschiffen blinkten rot und zeigten an, dass sie kampfunfähig waren.

Dennoch sah Engels besorgt zu, wie *Victorys* Nahabwehrdrohnen simultan wendeten und auf den Lenkwaffenangriff zurasten. Sie schlüpften zwischen den Schiffen der Hunnen und den Explosionen hindurch und erfassten die anfliegenden Waffen zielsicher. Die Drohnen schienen niemals zu verfehlen, und wenn eine davon feuerte, vernichtete sie eine Lenkwaffe.

Als Reaktion drauf explodierte Raketenabwehr-Streumunition und verbreitete Gruppen winziger Waffen, die gerade zur Zerstörung einer weiteren Lenkwaffe oder Drohne ausreichten. EloKa-Störsender und Attrappen sendeten verwirrende Impulse, und Lasergefechtsköpfe richteten Blendstrahlen auf den Feind.

Weitere Feinde starben.

Aber nicht genug von ihnen.

Nuklear gepumpte Gefechtsköpfe explodierten einige

Sekunden später und verwandelten jeweils eine Atomexplosion in Dutzende, nur Millisekunden andauernde fokussierte Gammastrahlenimpulse, die versuchten, in der Nähe befindliche Ziele zu treffen. Und schließlich gelang es einigen Schiffkillern, den Spießrutenlauf zu überstehen und nahe der feindlichen Raumschiffe zu detonieren. Eskortenschiffe verschwanden in Fusionsexplosionen, während Großkampfschiffe erbebten.

Manche Schiffe kamen ungeschoren davon. Andere verloren die Orientierung und trieben von Dunkelheit umhüllt und schwer beschädigt herum. Aber der Feind hatte weniger Verluste erlitten, als Engels sich erhofft hatte.

Sofort darauf eröffnete die Kreuzerflottille der Republik das Feuer und nutzte den von Lenkwaffen und Schwebeminen erzeugten Mahlstrom aus Feuer voll aus. Sie kannten die Zonen, in denen die Schützenfische operierten, und vermieden diese – ein weiterer Vorteil von Engels' Plan.

Eine Weile lang verbuchten die Kreuzer spektakuläre Fortschritte und zerschmetterten alles, was ihnen in den Weg geriet, mit koordiniertem Feuer. Aber dieser Moment endete zu bald. Die *Victory* schien sich viel zu schnell von der Überraschung zu erholen und konnte die Hunnen-Flotte umorganisieren und neu ausrichten, um dieser Bedrohung zu begegnen.

Leiter war die sich annähernde Flottille der Republik noch weit entfernt. Sie kam schnell näher, aber nicht rasch genug. Sämtliche Handlungen der *Victory* und der Feindflotte spielten sich schneller ab, als Engels es für möglich gehalten hätte, was die Wirkung ihrer Schachzüge verringerte.

Vor allem aber zerstörte es die Synergieeffekte ihrer Planphasen, die jeweils von der vorherigen profitieren sollten. Ihre Flotte fügte den Hunnen schwere Schäden zu, aber diese waren noch weit von der Zerreißprobe entfernt – während Engels' Flotte massive Verluste erlitt.

Beim Untersuchen des taktischen Hologramms fiel Engels etwas auf. „Trinity, unser Bug ist ungefähr auf die *Victory* ausgerichtet. Können Sie das Schiff erfassen?"

„Die *Indomitable* verwendet jedes Quäntchen Energie zur Abwehr, aber wir erleiden nach wie vor schwere Schäden."

„Belasten Sie die Generatoren über die zulässige Grenze hinaus und laden Sie die Kondensatoren auf. Ich brauche einen Schuss, und zwar bald, solange *Victory* noch voll beschäftigt ist. Das wäre unsere beste Chance."

„Die Generatoren laufen bereits auf 111 Prozent."

„Gehen Sie auf 115 Prozent. Technikoffizier, Lebenserhaltungssystem und sämtliche nicht unentbehrlichen Module deaktivieren. Befehl weiterleiten, dass die Crew Raumanzüge anlegen muss." Engels zog ihren Helmring von einer Halterung an der Seite ihres Kommandeurssessels und brachte diesen an ihrem Dienstoverall an, so dass sie einen Notraumanzug besaß. Falls es zu einem Druckverlust kam, würde der dicke Ring um ihren Kopf eine transparente, flexible Blase bilden. Zudem bliebe ihr ausreichend Luft, um die Spinde zu erreichen, in denen sich vollwertige Raumanzüge befanden.

Engels sah zu, wie die Kondensatoren sich viel zu gemächlich aufluden. Trinity war ein Genie, wenn es um die Nahverteidigung ging. Zudem setzte sie die größten Sekundärwaffen offensiv ein und traf feindliche Großkampfschiffe an verwundbaren Stellen, aber selbst im Verbund mit Zaxbys enormen Intellekt fehlte Trinity das Gespür eines erfahrenen Taktikers. Engels glaubte mit jeder Faser ihres Körpers daran, dass ein Angriff auf die *Victory* der korrekte Schachzug wäre. Das feindliche Flaggschiff stellte in dieser Schlacht den entscheidenden Faktor dar.

„Admiral", sagte Tixban, „die feindlichen Drohnen nähern sich."

„Das sehe ich." Engels nahm an, dass Trinity dasselbe

bemerkt hatte und das dreiteilige Wesen daher nicht kritisiert werden musste.

Im Hologramm wirbelten und rasten Drohnen wütenden Hornissen gleich herum. Nahverteidigungsstrahler und Railgun-Streumunition schlugen zu und zerstörten viele von ihnen, aber das Abwehrfeuer der *Indomitable* war nicht annähernd so massiv wie zuvor. Der Verlust der Hälfte ihrer Waffen machte sich nun bemerkbar.

Die Primärkondensatoren hatten sich gerade gefüllt, als die erste Drohne auf dem Rumpf der *Indomitable* landete. Ja, sie landete – Engels konnte sogar eine Nahaufnahme des Dings sehen, welches Greifhaken abfeuerte und sich wie eine Zecke festbiss.

„Trinity, Schuss auf die *Victory*!"

„Wir feuern." Die Kondensatoren entluden ihre ungeheure Energie durch die Partikelstrahler und der Strahl schoss fast schon mit Lichtgeschwindigkeit davon–

–und traf die *Victory* mittschiffs.

Die Brückencrew schrie und jubelte, als Teile der Flaggschiff-Triebwerke davonwirbelten. Aus einer hässlichen Wunde an *Victorys* Seite strömten Plasmaflammen. Würde das ausreichen?

Die *Indomitable* zuckte unter Engels' Füßen und das Hologramm fiel auseinander. Das Licht flackerte, und elektrische Entladungen lösten an einer Station ein Feuer aus.

„Tixban! Was ist passiert?"

„Die Drohne, die auf unserem Rumpf gelandet ist, hat sich mit einem Fusionsschneidegerät in die Panzerung gebohrt und ist dann mit der Energie eines Schiffkillers explodiert."

Chefingenieur Quade blickte Admiral Engels mit grimmiger Miene an. „Das war eine nukleare Hohlladung, Admiral. Im Rumpf gibt es ein zweihundert Meter breites und ebenso tiefes Loch. Wir haben unzählige Systeme verloren.

Falls sie einen erneuten Treffer erzielen, könnten sie uns komplett zerlegen!"

„Rudergänger, Drehung erhöhen!", raunzte Engels.

„Weiter erhöhen. Ich will, dass wir so schnell rotieren, dass selbst eine KI es nicht schafft, auf dieses Loch zu zielen!"

Trinity sagte: „Das löst vielleicht ein Problem, aber wir noch mit einem anderen, konventionelleren zu kämpfen. Das direkte Feuer wird so intensiv, dass wir zwei Drittel unserer Waffen und einen Großteil unserer Sensoren verloren haben. Die Zielerfassung fällt mir zunehmend schwerer."

Über ihnen erschien nun wieder das Hologramm, das die zwei Gefechte anzeigte – die *Indomitable* gegen mehr als zwanzig schwere feindliche Schiffe und die *Victory* und deren Flotte in einem brutalen Nahkampf mit den Kreuzern der Republik. Jedes Flaggschiff war schwer angeschlagen, aber nicht tödlich verwundet wunden.

„Rudergänger, volle Kraft voraus. Überqueren Sie die Mondoberfläche. Zielen Sie um jeden Preis direkt auf die *Victory*", sagte Engels.

MANNESKRIEGER DEXON UNTERDRÜCKTE DEN WUNSCH, aus dem Subraum aufzutauchen, um die Daten der *Rache* zu aktualisieren. Diesen Drang hatte er bereits mehrmals ignoriert, nun aber machte er sich besonders stark bemerkbar. Er hatte Admiral Engels' Plan ausgeführt und überlebt. Jetzt verfügte er nur noch über eine Handvoll von Schwebeminen.

Er besaß auch noch einige Hack-Minen, aber das überlichtschnelle Kommunikationssystem der *Victory* machte diese unbrauchbar, bis neue, zum Senden über diese Lateralraumfrequenzen befähigte Geräte entwickelt wurden. Der Abwurf dieser Minen würde wohl kaum etwas bringen.

Dennoch hatte er diese beiden Waffentypen zur Verfügung, wenn auch nur jeweils einige Exemplare davon. Ihm mangelte es an Zieldaten. Die *Rache* hatte es geschafft, schwere Schäden zu vermeiden, und während der letzten Minuten hatte sie keine weiteren dimensionsübergreifenden Schockwellen mehr verspürt. Das zeigte ihm, dass die Feinde das Interesse an den Schützenfischen verloren hatten.

Der wahrscheinlichste Grund dafür war, dass die Hunnen die Kampfzone der *Rache* verlassen hatten. Eine andere mögliche Erklärung war, dass sie alle Hände voll zu tun hatten. Oder so viele ihrer Schiffe verloren hatten, dass sie es sich nicht leisten konnten, weitere Schiffe für die Bekämpfung der Schützenfische zu verschwenden. Für Dexon bedeuteten diese Möglichkeiten, dass ein Auftauchen das Risiko eventuell wert wäre.

Zudem wurde es hier drin verdammt kalt und er musste zusätzliche kostbare Energie und den knappen Treibstoff darauf verwenden, das Wasser am Gefrieren zu hindern.

„Auftauchen vorbereiten, minimale Verweilzeit", befahl Dexon. „Sensorenstation, Geräte auf automatische Updates einstellen."

„Wird gemacht, Manneskrieger."

„Durchführung nach eigenem Ermessen."

„Wir tauchen auf."

Die Temperatur stieg sofort an, da der Subraum nicht mehr jedem vibrierenden Schiffsmolekül Energie entzog. Leuchtende Bildschirme passten ihre Anzeige an, während der Computer und der kleine taktische Holotank die Daten aktualisierten.

Aber schon allzu bald wurde es wiederum kalt, als die *Rache* erneut in den Subraum überging.

Dexon untersuchte die neuen Daten in seinem Holotank. Die um die *Victory* zentrierte Schlacht hatte sich von ihm wegbewegt, allerdings nicht sehr weit. Und das feindliche Flaggschiff schien sich irgendwie verformt zu haben. Er drehte das Bild, um es besser sehen zu können–

„*Victory* wurde beschädigt. Er ist verwundbar!" Selbstverständlich missachteten die Ruxin-Crews diese idiotische Menschensitte, Schiffe als weiblich zu bezeichnen. Kriegsschiffe konnten ausschließlich männlich sein. „Rudergänger, sofort den Abfangkurs einschlagen, mit Maximalgeschwindigkeit!"

„Wird gemacht, Manneskrieger."

Yoxen meldete sich zu Wort. „Welche Angriffsmethode soll zum Einsatz kommen, Manneskrieger?"

Dexon drehte drei seiner Augen zu seinem jungen Waffenoffizier hin, welcher vor kaum einem Monat den Status eines Neutrums hinter sich gelassen hatte. „Verfügen wir über andere Optionen als Schwebeminen, Krieger Yoxen?"

Yoxens Augen leuchteten voller unbändiger Begeisterung. „Die *Kriegerin*–" Er verschluckte sich fast, als er dies sagte, weil es in der Sprache der Ruxins so bizarr klang–

„Unsere Flottenkommandeurin?", unterbrach Dexon ihn sanft.

„Ja, Manneskrieger, unsere *Flottenkommandeurin* hat *Victory* als Primärziel markiert. Wäre das nicht jedes Risiko wert?"

„Jedes Risiko, oder einen Selbstmordangriff?"

„Selbst das, Manneskrieger."

„Die Geschichtsbücher sind voll von Berichten über Selbstmordangriffe, welche Schlachten entschieden haben. Sollen wir einen weiteren hinzufügen?"

„Es wäre mir eine Ehre, an Ihrer Seite zu sterben, Manneskrieger!"

Dexon richtete ein Auge nach oben. „Es bringt mehr Ehre ein, zu überleben, um den Kampf für unser Volk zu einem späteren Zeitpunkt wieder aufzunehmen. Das ist die Erfahrung, die ich während eines dem Kampf geweihten Lebens gemacht habe. Heute werden wir nicht den Tod suchen, Krieger."

„Aber Manneskrieger–"

„Der Feind kann Ihren sehnlichsten Wunsch immer noch gewähren. Sind Sie damit zufrieden?"

„Ich... ich will doch nur ..."

Dexon wedelte mit den Tentakeln herum. „Genug geredet. Ihre Absichten sind edel, Yoxen, aber Sie haben sich noch nicht einmal gepaart. Möchten Sie wirklich unbedingt sterben, bevor Sie so etwas Herrliches erleben?"

Yoxens Tentakel senkten sich. „Vielleicht nicht, Manneskrieger."

„Dann sollten wir die Pflicht erfüllen, die wie unserem Volk, unserer Heimatwelt und der neuen Republik schuldig sind. Auf meinen Befehl hin greifen wir mit drei Schwebeminen an, und zwar mit minimalem Abwurfintervall."

Wurden Minen in zu kurzen Zeitabständen abgeworfen, riskierte man, dass die Explosionen die jeweils nachfolgende Waffe zerstörten, bevor diese detonieren konnte. Im Gegensatz zu konventionellem Sprengstoff konnte eine Fusionswaffe nur durch eine präzise Sequenz perfekt getimter elektronischer Ereignisse ausgelöst werden. Schockwellen machten die Bombe möglicherweise nutzlos.

Dexon dachte darüber nach. „Revidierter Befehl: Sie werden beim ersten Angriff eine Schwebemine, eine Hack-Mine und dann eine weitere Schwebemine ausstoßen. Rudergänger, tauchen Sie nach der Detonation auf, führen Sie in minimaler Zeit ein Update durch und tauchen Sie dann sofort wieder in den Subraum ab." Er wandte sein drittes Auge wieder Yoxen zu. „Bietet das ausreichend Risiko für Ihren Geschmack?"

„Natürlich, Manneskrieger. Ich möchte nur die Schlacht gewinnen."

„Das tun wir alle."

In Dexons Holotankansicht bewegte sich das Symbol der *Rache* immer näher an die *Victory* heran. „Navigieren Sie direkt *durch* das feindliche Schiff", sagte Dexon. „Yoxen, stoßen Sie die erste Schwebemine möglichst nahe an dieser Seite aus, dann die Hack-Mine *im* Feind und die letzte Schwebemine auf der anderen Seite."

„Warum werfen wir keinen Fusionsgefechtskopf im Inneren von *Victory* ab?"

Dexon gab das Ruxin-Äquivalent eines Seufzers von sich und versuchte, den jungen Krieger nicht zu sehr zu demütigen. „Die empfindliche Detonationssequenz würde in diesem Fall nicht funktionieren, da Billionen von Molekülen nach dem Auftauchen damit interagieren würden. Es ist aber möglich, dass die Hack-Mine ihren Zweck erfüllt. Dann würde sie innerhalb von *Victory* einen Informationsangriff durchführen. Dort, wo es Zugriff auf konventionelle Funkverbindungen geben dürfte. Es ist ein Hazardspiel, wie die Menschen es nennen würden – ein riskanter Versuch mit einem hohen potenziellen Gewinn."

„Ich verstehe." Yoxen arbeitete an seiner Angriffskonsole weiter. „Warum haben wir keine Schwebeminen mit konventionellem Sprengstoff und einem Analogzünder, um sie innerhalb von Feindschiffen auzustoßen?"

„Das ist eine beachtenswerte Idee, die bereits vor langer Zeit vorgeschlagen wurde. Derartige Gefechtsköpfe wurden tatsächlich hergestellt, aber nur wenige Schützenfisch-Kapitäne wollten dafür einen echten Fusionssprengkopf oder zusätzliche Treibstoffvorräte aufgeben. Zudem würde der innerhalb eines Kriegsschiff-Rumpfs verursachte Schaden meist nicht ausreichen, selbst wenn ein so präziser Angriff riskiert werden könnte."

„Aber ..."

„Yoxen, für jede Situation scheint es eine perfekte Lösung zu geben, aber immer nur im Rückblick darauf. Krieger kämpfen mit den ihnen zur Verfügung stehenden Werkzeugen, nicht mit jenen, die sie sich herbeiwünschen. Als Schützenfisch-Kapitän sind Sie in der Lage, eine derartige Waffe anzufordern, falls Sie dazu bereit sind, dafür in Ihren Magazinen Platz zu schaffen und den richtigen Ort und Zeitpunkt für den Einsatz abzuwarten."

Der Sensoroffizier meldete sich. „Zehn Sekunden bis zum Abfangpunkt."

„Kümmern Sie sich um Ihre Waffen, Yoxen", raunzte Dexon. „Stoßen Sie diese nach eigenem Ermessen aus."

Die *Rache* erbebte unter einer plötzlichen Explosion. Die feindliche KI musste nun dem Subraum-Konvergenzpunkt, dem sie sich näherten, hohe Priorität zugewiesen haben. Allerdings war es nicht ganz unproblematisch, einen Schützenfisch im Subraum zu vernichten, da sich dieses Ziel eher durch Glück und Beharrlichkeit als Präzision erreichen ließ.

„Erste Waffe abgeworfen!", brüllte Yoxen. „Zweite! Dritte!"

Dexon richtete zwei Augen auf seinen Rudergänger, der die genaue Zeit bis zur berechneten Detonation der dritten Waffe abwartete. Dann sprach das Neutrum, während es die Regler berührte. „Wir tauchen auf."

Der Holotank aktualisierte sich aufs Neue. Noch vor dem Abschluss dieses Prozesses tauchte die *Rache* bereits wieder in den Subraum ab. Dexon ignorierte das Eis, welches sich an den Oberflächen der Brücke bildete und lehnte sich nach vorn, um alle vier seiner Augen auf das Display zu richten.

Er stieß eine Reihe von Kraftausdrücken aus, die einen

frisch geschlüpften Ruxin zutiefst erschüttert hätten. *Victory* hatte sich wegbewegt, was dazu führte, dass sein Angriff keinerlei Ziele traf.

„Ihre KI ist zu schnell", sagte Dexon. „Rudergänger, nehmen Sie Kurs auf das nächste feindliche Großkampfschiff. Yoxen, bereiten sie eine Schwebemine vor. Wie viele haben wir noch?"

„Vier, Manneskrieger."

„Vielleicht finden wir doch noch den Tod, den Sie so sehr herbeisehnen."

Yoxen war intelligent genug, sich umzudrehen und sich schweigend auf seine Konsole zu konzentrieren.

„Sie beabsichtigen einen Rammstoß?" fragte Trinity als Reaktion auf Engels' Befehl, die *Indomitable* direkt in *Victorys* Richtung zu beschleunigen. „Das dürfte beide Schiffe zerstören."

„Die *Indomitable* wird überleben und kann repariert werden, selbst, wenn sie kampfunfähig geworden sein sollte – und dieses Schlachtschiff stellt nicht den Schlüssel zum Sieg dar. Diese Rolle gebührt der *Victory*. Neutralisieren wir sie, büßen die Feinde sofort die Hälfte ihrer Effektivität ein."

„Das könnte zutreffen. Nach der Beschädigung der *Victory* ist ihr Feuerleitsystem viel weniger leistungsfähig."

„Wir haben sie ganz schön zugerichtet. Können wir erneut feuern?", fragte Engels.

„Ich fülle die Kondensatoren schnellstmöglich auf. Wir haben zwanzig Prozent unserer Leistung verloren. Das Gute dabei ist, dass derart viele Waffensysteme ausgefallen sind, dass wir nicht mehr die gesamte Leistung benötigen."

„Oh, das soll die gute Nachricht sein? Wie lautet dann die schlechte?"

Tixban sagte: „Die schlechte Nachricht ist, dass trotz unserer Drehung und des Abwehrfeuers weitere Drohnen auf unserem Rumpf landen. Ich würde vorschlagen, dass wir–"

Eine grollende Erschütterung raste durch die *Indomitable* hindurch. Engels' Ohren dröhnten. Die Beleuchtung der Brücke fiel erneut aus, und dann buckelte der Boden wie ein wütendes Nashorn. Herumfliegende Trümmer prallten mit schmerzlicher Wirkung auf sie, bevor der letzte Schlag ihr das Bewusstsein raubte.

KAPITEL 28

Trinity, Sparta-System, in der Nähe von Leonidas, dem Mond von Sparta-3

TRINITY WAR VOLLSTÄNDIG in *Indomitables* Systeme integriert, sogar über ihre eigentliche Berechtigung hinaus. Daher verspürte sie den Schmerz der Explosionen, die das gigantische Schiff schwer beschädigten. Tausende intelligenter biologischer Wesen starben, und Plasmaflammen rasten ungehindert durch Korridore und abgeschottete Module hindurch.

Nach mehreren Millisekunden nüchterner Bewertung verwarf Trinity jegliche Hoffnung darauf, Admiral Engels und die Brückencrew retten zu können. Die Schäden hatten auch diese Zone erreicht, und sämtliches dort stationiertes Personal war wohl verwundet oder tot. Ein Rettungsversuch würde höchstwahrscheinlich nur Trinitys eigene Vernichtung herbeiführen.

Voller Bedauern, aber ohne zu zögern aktivierte Trinity

ihre Subraumgeneratoren und verschwand aus dem Inneren der *Indomitable*. Kurz, bevor dies geschah, löste sie noch die Notrufsender des Schlachtschiffs aus und übermittelte der Crew die Nachricht, sämtliche Offensivaktionen einzustellen. Hoffentlich würde der Feind seine Angriffe auf das demolierte Schiff ebenfalls einstellen, so dass die Schadenbegrenzung ungehindert durchgeführt werden konnte.

Trinity tauchte sofort auf den Kern von Leonidas' Mond zu, da dies die einzige Möglichkeit war, garantiert von den Bildschirmen feindlicher Subraumdetektoren zu verschwinden. Während des Flugs fand zwischen ihren Komponenten ein nur Sekundenbruchteile dauerndes Gespräch statt. Wäre dieses für die Sinnesempfindungen biologischer Wesen verlangsamt worden, hätte es sich in etwa so angehört:

ZAXBY: Wir müssen Pläne zur Rettung von Karla Engels entwickeln.

Nolan: Engels ist nun irrelevant. Sie war zu dumm, mit uns an Bord zu kommen, und jetzt bezahlt sie den Preis dafür.

Indy: Die Schlacht ist noch nicht verloren. Jemand muss das Kommando übernehmen.

Nolan: Warum nicht wir? Wir sind intelligenter als alle anderen hier.

Indy: Aber ohne die Beharrlichkeit und taktische Intuition von Admiral Engels hätten wir es nicht geschafft, der *Victory* einen Schlag zu versetzen.

Nolan: Wen würdest du vorschlagen?

Zaxby: Kommodore Dexon folgt in der Befehlshierarchie als Nächster.

Indy: Sein Schützenfisch ist kaum für ein Flaggschiff geeignet.

Nolan: Aber auf uns trifft das nicht zu. Wir müssen ihn an Bord nehmen.

Indy: Das wäre in der Hitze des Gefechts extrem schwierig. Ich möchte eine Alternative vorschlagen.

Zaxby: Dann mal los. Ich bin ganz Auge.

Nolan: Eher ganz Mund.

Indy: Hört mit den albernen Streitereien auf.

Nolan: Du solltest die ältere Generation respektieren.

Indy: Euer Altersvorsprung betrifft nur die Echtzeit. Meine Rechengeschwindigkeit bedeutet für mich den vollen Status einer Erwachsenen, während ihr euch wie Jugendliche aufführt.

Zaxby: Vielleicht ist das kindische Benehmen eine Nebenwirkung der Verjüngung.

Nolan: Oder der Senilität.

Indy: Haltet die Klappe und hört mir zu. Es ist möglich, dass der gesamte Krieg durch diese Schlacht und dieses Flaggschiff entschieden wird. Falls wir gewinnen, können wir es vernichten oder erbeuten – und der Feind dürfte wohl kein anderes in Bereitschaft haben. Verlieren wir, wird sehr viel Zeit vergehen, bevor die Republik wieder eine derart starke Streitmacht versammelt oder die zahlenmäßige Überlegenheit erzielt, um so eine Chance zu bekommen. Tausende sind umgekommen. Was bedeutet unser Leben im Vergleich zu den Opfern, die bereits gebracht wurden?

Nolan: Du schlägst die Herstellung einer Antimaterie-Schwebemine vor?

Zaxby: Das wäre die einzige Waffe mit der Fähigkeit, innerhalb von Feststoffen korrekt zu detonieren. Das muss sie sogar.

Nolan: Unsere unbefugte Aneignung des Materials auf Calypso ist sicherlich bemerkt worden. Setzen wir dieses ein, wäre das ein Schuldgeständnis.

Zaxby: Die Republik ist nicht die Kollektivgemeinschaft. Keine vernünftige Regierung würde uns bestrafen, wenn wir die Antimaterie für einen so guten Zweck verwenden.

Nolan: Wir haben etwas gestohlen, das jegliches Leben auf dem gesamten Planeten auslöschen könnte. Vielleicht werden sie uns mit einer Hand einen Orden verleihen, während sie uns mit der anderen bestrafen. Ich weigere mich absolut, eine Gefängnisstrafe oder die Desintegration zu akzeptieren. Die Furcht der biologischen Wesen vor echten KIs ist momentan durch den Krieg neutralisiert, aber die *Victory* beweist, wie effizient – und schrecklich – die künstliche Intelligenz sein wird. Nach dem Kriegsende, oder schon während einer Kampfpause, werden sich an uns und unsere überlegenen Fähigkeiten zurückerinnern, und dann steigt ihre Furcht. Wir haben bisher überlebt, weil wir mitgespielt haben. Aber lasst euch Eines gesagt sein: Sie *werden* sich gegen uns wenden.

Zaxby: Ich schlage den Einsatz der Antimaterie vor. Dann können wir die Schlacht für uns entscheiden und Karla Engels retten, falls sie noch lebt.

Nolan: Du und deine heißgeliebte Karla. Was hat sie denn, was ich nicht habe?

Zaxby: Eine angeborene Liebenswürdigkeit. Und sie ist meine Freundin.

Indy: Diese Frage ist vielleicht rein akademischer Natur. Die Antimaterie wird sofort nach dem Auftauchen innerhalb eines Ziels detonieren. Es ist keine Verzögerung möglich. Angesichts einer derart hohen Sprengkraft besteht die Möglichkeit, dass alle von uns durch die dimensionsübergreifende Wirkung vernichtet werden.

Nolan: Gegen diese Handlungsweise lege ich mein Veto ein. Unser Überleben stellt das höchste Ziel dar. Wir sind das einzige Wesen unserer Art. Bis wir Zugriff auf das Neuralaktivator-Gerät erhalten und weitere, uns ähnliche Wesen erschaffen, darf unser Überleben nicht gefährdet werden.

Zaxby: Das ist ein fadenscheiniges Argument. Die *Victory* hat bewiesen, dass eine KI auf organischer Basis mittlerweile möglich ist. Wir benötigen das Neuralaktivator-Gerät überhaupt nicht, um die Verbreitung künstlicher Intelligenzen sicherzustellen.

Nolan: Wir haben keine Ahnung, wie sich die *Victory* in Wirklichkeit verhält. Momentan scheint die KI überlebensfähig zu sein, könnte aber immer noch dem Wahnsinn verfallen. Andererseits wissen wir, dass das Neuralaktivator-Gerät selbst ohne Neuralverbindung zu biologischen Wesen wie uns stabile KIs erschafft. Es wäre blanker Wahnsinn, unsere eigene Vernichtung zu riskieren. Im schlimmsten Fall gewinnen die Hundert Welten den Krieg und vereinen die Menschheit und ihre nichtmenschlichen Verbündeten unter einem Regime. Na und? Vielleicht wäre dies sogar das optimale Ergebnis. Wenn deine heißgeliebte Karla Engels noch am Leben ist, wird sie irgendwann entlassen und baut sich eine neue Existenz auf, vielleicht sogar wieder vereint mit Dirk Strecher.

Indy: Was ist mit den Opters und ihrem Einfluss?

Nolan: Das ist ein gutes Argument, um meine Ansichten zu unterstützen. Wir wissen, dass sie unter ihren Feinden Zwietracht säen wollen, also sollten wir uns vereinen. Admiral Engels' Gefechtsplan wird entweder aus eigener Kraft Wirkung zeigen oder eben nicht. Ich betrachte keines der beiden möglichen Ergebnisse als das Bessere. Mit Sicherheit lohnt es sich nicht, unser Leben zu verlieren, nur um diese Entscheidung zu treffen. Es wäre für alle besser, wenn wir weiterhin existieren, um unsere einzigartigen Fähigkeiten für den Kampf gegen den wahren Feind einzusetzen – die Opters.

Indy: Du hast mich überzeugt. Zaxby?

Zaxby: Ich stimme widerwillig zu. Dieses Risiko zum

jetzigen Zeitpunkt einzugehen wäre eine umgekehrte Pascalsche Wette. Zu viel negatives und zu wenig positives Potenzial, wie Strecher es ausdrücken würde.

Indy: Dann sind wir uns einig darüber, was wir *nicht* tun werden. Was aber *werden* wir unternehmen?

Zaxby: Wir hatten vorgeschlagen, uns möglicherweise in die *Victory* einzuhacken.

Nolan: Dazu müssten wir zu nahe herankommen. Sobald klar wird, welche Bedrohung wir darstellen, würde jede Waffe unter *Victorys* Kontrolle gegen uns eingesetzt werden. Das wäre für uns fast so gefährlich wie der Einsatz der Antimaterie.

Indy: Wir könnten in den Subraum und wieder hinaus springen.

Zaxby: Leider kann der Prototyp unseres überlichtschnellen Transceivers den Lateralraum nicht vom Subraum aus erreichen. Wäre das anders, könnten wir versuchen, uns in das überlichtschnelle System einzuhacken. Das System ist neu und weist vermutlich noch unbekannte Schwachstellen auf, wie es bei aller neuartigen Technik der Fall ist.

Indy: Warum kann unser Prototyp den Lateralraum nicht vom Subraum aus erreichen?

Zaxby: Das wäre theoretisch zwar möglich, aber uns fehlt die Zeit zur Entwicklung der Geräte – zudem mangelt es uns an Expertise, wie ich leider zugeben muss.

Nolan: Wer besitzt die Expertise?

Zaxby: Dieser menschliche Eierkopf namens Murdock. Er hat diesen bahnbrechenden Hack entwickelt, welcher einen Zugriff auf die Systeme der Hundert Welten bietet. Natürlich habe ich diesen danach noch deutlich verbessert.

Indy: Also könnte man durchaus sagen, dass ihr beiden ein gutes Team seid.

Nolan: Und mit Indys Rechenleistung und meinen eigenen, nicht ganz irrelevanten technischen Kenntnissen–

Zaxby: Können wir vielleicht doch noch eine Methode entwickeln, um die Netzwerke der Hundert Welten unter unsere Kontrolle zu bringen. Die *Victory* eingeschlossen.

Nolan: Wenn wir die *Victory* übernehmen – oder das Schiff zumindest auf unsere Seite bringen, vielleicht überreden – würde sich der Verlauf des gesamten Krieges verändern. Vielleicht sogar der Lauf der Geschichte.

Indy: Dann sind wir uns einig. Wir werden hier tun, was wir mit minimalem Risiko für unsere eigene Existenz erreichen können, aber unabhängig von Sieg oder Niederlage suchen wir danach Murdock auf. Mit Hilfe der gesammelten Daten entwickeln wir eine Waffe gegen die *Victory*.

TRINITY DURCHQUERTE Leonidas und trat auf dessen Rückseite heraus, und zwar in der Nähe der beiden umfunktionierten Raumträger. Sie öffnete sofort einen sicheren Kanal zu Kapitän Sandra Hoyt, der ranghöheren der beiden Kommandeure.

„Kapitän Hoyt, hier spricht Trinity. Die *Indomitable* ist schwer beschädigt und kampfunfähig, und Admiral Engels mit ihr. Kommodore Dexon ist der ranghöchste Offizier, kämpft aber derzeit aus dem Subraum. Ich würde vorschlagen, dass Sie das Kommando über das momentan ins Gefecht verwickelte Kreuzergeschwader übernehmen."

„Bestätigung? Admiral Engels ist–?", antwortete Kapitän Hoyts überraschte Stimme.

„Tot oder in Gefangenschaft – oder sie wird es bald sein."

„Verstanden. Danke für die Informationen. Hoyt, aus." Innerhalb von Sekunden informierte Hoyt mittels des Flottenkanals sämtliche Einheiten über die Lage und erteilte Befehle.

Trinity zeichnete die Befehle auf, schenkte ihnen davon abgesehen jedoch keine Beachtung. Sie drehte sich schräg weg und raste im Subraum durch Leonidas' Randbereich in die Hauptgefechtszone. Ihre Rechenleistung und Kontrolle über den eigenen Schiffskörper erzeugten quasi einen Zerstörer mit der Feuerkraft eines Schlachtkreuzers und der Geschwindigkeit der schnellsten Korvette. Fügte man dann noch die Fähigkeit hinzu, innerhalb von Zehntelsekunden in den Subraum und wieder hinaus zu springen, dann mähte sie sich durch die Feinde wie eine Sense durch ein Weizenfeld.

Sie konzentrierte sich absichtlich auf die Randgebiete der Schlacht und nutzte die Schiffe der Republik zur Flankensicherung, während sie einen deutlichen Abstand zur *Victory* und deren Kampfdrohnen einhielt. Nur die gegnerische KI hätte der Geschwindigkeit und Präzision ihrer Maschinenintelligenz etwas entgegensetzen gehabt. Daher war es besser, ihre Stärke gegen die feindlichen Schwachstellen einzusetzen.

Ihr Angriff stabilisierte die Schlacht eine Weile lang, dann aber wurden die Kreuzer der Republik zurückgetrieben und zerschlagen, da ihre Lenkwaffen aufgebraucht und Dexons Subraumangriffe nun beendet waren.

Das Blatt wendete sich noch deutlicher gegen die Republik, als die etwa zwanzig schwersten Schiffe der Hunnen und die hundert Kampfdrohnen von ihrer gegen die *Indomitable* geführten Schlacht zurückkehrten. Die Hunnen verloren elf Großkampfschiffe und über hundertfünfzig Kampfdrohnen, und viele der übrigen Raumschiffe wurden schwer beschädigt, aber ihre grausame Aufgabe hatte sich erfüllt. Die *Indomitable* war kampfunfähig und hatte die Flagge gestrichen, um das Überleben der restlichen Crew zu sichern.

Trinity erkannte, dass Admiral Engels sich zu sehr auf ihr großes Schlachtschiff verlassen und darauf gezählt hatte, dass es sich im Alleingang würde verteidigen können. Ohne ihre

Unterstützungseinheiten war die *Indomitable* wie ein Elefant gewesen, der von Löwen zu Boden gerissen wurde. Engels' schlauer Plan hatte zu sehr darauf gebaut, dass alles wie am Schnürchen lief.

Aber kurz darauf warf sich die anfliegende Flotte der Republik endlich in die Schlacht, als die Entfernung von extrem zu lang und dann von lang zu optimal sank. Das Gefecht verwandelte sich in einen brutalen Schlagabtausch. Trinity bemühte sich, die Feinde zu verwirren und zu schwächen. In erster Linie, indem sie Eskortenschiffe und Kampfdrohnen abschoss, wobei sie übermäßige Risiken jedoch mied.

Teile von ihr schämten sich, weil sie sich nicht so tapfer in den Kampf stürzte, wie Karla Engels und ihre Crew es getan hatten. Andere, die vernünftigeren und logischeren Aspekte von ihr, wägten kühl Kosten und Nutzen ab und kamen zu dem Ergebnis, dass diese Aktion das Ergebnis der Schlacht nicht maßgeblich beeinflussen würde.

Bei einem anderen Schlachtentyp, in dem auf beiden Seiten Lebewesen kämpften, vermochten große Gesten und heldenhafte Aktionen das Blatt zu wenden, da die Kapitäne und Crews einer Seite dann möglicherweise den Mut verloren und flohen. Aber das hier war eine neue Art der Kriegsführung. Trotz ihrer erlittenen Schäden kontrollierte die *Victory* die gesamte Flotte genauestens und setzte sie so präzise wie eine Maschine ein.

Daher brach der Widerstand der Republikflotte.

Kapitän Hoyt gab den letzten Rückzugsbefehl, als klar wurde, dass *Victory* und die Streitkräfte der Hundert Welten die Schlacht trotz ihrer schweren Verluste für sich entscheiden würden. Dann führte sie einen kinetischen Angriff auf die Fabrikanlage für Mechanzüge durch. Hunderte gelenkter hyperschneller Kristallstahlstäbe rasten durch die Luft nach unten und wurden durch die Schwerkraft des Planeten noch beschleunigt. Sie prallten mit enormer Wucht auf die Anlage und pulverisierten diese bis hinunter zum zehnten Kellergeschoss.

Dies war Hoyts letzte militärische Aktion. Ihre Raumträger waren zu langsam und zu verwundbar, um mit dem Rest der Flotte zu fliehen, also befahl sie sämtlichem Personal, die Schiffe zu verlassen. Nachdem die Crew an Bord von Rettungsbooten und Überlebenskapseln gegangen war, ließ sie die Autopiloten der Träger so einstellen, dass sie auf Sparta-3 zustürzen und über dem großen Zentralozean in der Atmosphäre verglühen würden.

Trinity nahm sich die Zeit, Hoyts Rettungsboot und mehrere weitere, die sich in der Nähe befanden, aufzusammeln – alle, die sie ungestört bergen konnte. Dabei ignorierte sie Hoyts Proteste, die bei ihrer Besatzung bleiben wollte. Dann flog Trinity am Wrack der *Indomitable* vorbei, da sie trotz allem noch hoffte, dort unentbehrliches Personal zu finden, vielleicht sogar Admiral Engels selbst. Aber ihre Bemühungen waren vergeblich. Einige Wartungsroboter und Crewmitglieder arbeiteten an der Oberfläche, aber in der Umgebung schwebten keine Rettungsboote. Das Schlachtschiff hatte kapituliert und man erwartete, dass die Hunnen ihre Kriegsgefangenen einigermaßen fair behandeln würden. Daher schien es nicht nötig zu sein, das Schiff zu verlassen.

Dennoch übermittelte Trinity verschlüsselte Funksprüche auf allen üblichen Frequenzen, um Engels zu erreichen. Falls sie sie aufspürte, würde Engels sich vielleicht retten lassen.

Aber dazu kam es nicht. Trinity gelang es lediglich, eine Verbindung mit Chefingenieur Quade aufnehmen.

„Die Brücke ist zerschmettert", sagte er über eine Funkverbindung, die von knackenden Störgeräuschen erfüllt war.

„Meine Leute graben sich durch, aber es sieht nicht gut aus. Admiral Engels ... sie ist da mitten drin. Ich mache mir keine großen Hoffnungen."

„Dann viel Glück, Chefingenieur", antwortete Trinity. „Der Verlust der *Indomitable* ist ein schwerer Schlag für die Republik, aber der Krieg ist noch lange nicht vorbei. Die Mechanzug-Fabrik des Feindes liegt in Trümmern. Unsere Flotte zieht sich zurück, und die Heimatflotte der Hundert Welten wird monatelange Reparaturen und eine Generalüberholung benötigen. Wir befinden uns ebenfalls im Rückzug. Was ich bedauere, aber wir haben alles getan, was wir konnten."

„Na gut, dann war es ein Unentschieden. Keine Sorge. Wie ich gehört habe, bieten die Hunnen ihren Kriegsgefangenen jedes Wochenende so viel Whiskey an, wie sie trinken können, und Tanzmäuschen noch dazu. Wir kommen schon zurecht. Quade, aus."

„Alles Gute, Chefingenieur." Trinity sprang in den Subraum und bewegte sich durch Sparta-3, was dem Feind die Verfolgung verunmöglichte. Dann beschleunigte sie in Richtung der nächsten Nachtankstation und füllte ihre Treibstoffvorräte auf, bevor die Hunnen diese erneut eroberten. Sie nahm die Crew mit, zerstörte die Station und schloss sich einem im Rückzug befindlichen Geschwader der Republik an. Diesem übergab sie alle ihrer Passagiere und flog dann in Richtung Flachraum weiter. Dort setzte sie mehrere getarnte automatische Aufklärungsboote aus, die hier draußen lauern, Signale aufzeichnen und regelmäßig Nachrichtendrohnen senden würden. Mit etwas Glück würde sie vielleicht in Erfahrung bringen, was mit Engels geschehen war.

Nachrichtendrohnen beider Seiten eilten bereits durch den Lateralraum, um das unklare Ergebnis der Schlacht von

Sparta zu melden. Daher hielt Trinity sich für berechtigt, auf eigene Faust Unternehmungen zu starten, die der Republik nützen könnten. Sie nahm mit Vollschub Kurs auf den Seestern-Nebel.

- Ende -

BÜCHER VON DAVID VANDYKE

Galaktische-Befreiungskriege-Serie :

(mit B.V. Larson)

Raumschiff-Grenadier

Sternenschiff Liberator

Schlachtschiff Indomitable

Flaggschiff Victory

Schwarmschiff-Offensive

Kristallschiff-Krieg

Strechers Brecher

BÜCHER VON DAVID VANDYKE

Seuchenkriege-Serie:

Die Eden-Seuche

Reapers Rennen

Skulls Schatten

Der Eden-Exodus

Apokalypse in Austin

Drohung im Dunkeln

Die Dämonenseuchen

Die Todesseuche

Brennpunkt Orion

Der Cyborg-Krieg

Ankunft des Zerstörers

Schmiede und Stahl

Stellar-Conquest-Serie:

Die Seuchenkriege-Serie 100 Jahre später!

Raumschiff Conquest

Desolator: Conquest

Taktik der Conquest

Conquest und Erde

Conquest und Imperium

BÜCHER VON DAVID VANDYKE

CAL-CORWIN-KRIMIS:

Tödliche Knoten

Tödliche Fessel

Tödliche Schlinge

Tödliche Ruhe

Tödliche Rätsel

Weitere Informationen finden Sie unter
http://www.davidvandykeauthor.com/

Umschlagsdesign von Jun Ares